# 엘러리 퀸 *Ellery Queen*

*20세기 미스터리를 대표하는 거장. 작가 활동 외에도 미스터리 연구가, 장서가, 잡지 발행인으로 잘 알려져 있다. 또한 '엘러리 퀸'은 그의 작품 속에 등장하는 탐정 이름이기도 한데, 셜록 홈스와 명성을 나란히 하는 금세기 최고의 명탐정이다.*

엘러리 퀸은 한 사람의 이름이 아니라 만프레드 리(Manfred Bennington Lee, 1905~1971)와 프레더릭 다네이(Frederic Dannay, 1905~1982), 이 두 사촌 형제의 필명이다. 둘은 뉴욕 브루클린 출신으로 각각 광고 회사와 영화사에서 일하던 중, 당시 최고 인기 작가였던 밴 다인(S. S. Van Dine)의 성공에 자극받아 미스터리 소설에 도전하기로 마음먹는다. 그들의 계획을 현실로 만든 것은 〈맥클루어스〉 잡지사의 소설 공모였다. 탐정의 이름만 기억될 뿐 작가의 이름은 쉽게 잊힌다고 생각한 그들은, '엘러리 퀸'이라는 공동 필명을 탐정의 이름으로 삼았다. 그들이 응모한 작품은 1등으로 당선됐으나, 공교롭게도 잡지사가 파산하고 상속인이 바뀌어 수상이 무산된다. 하지만 스토크스 출판사에 의해 작품은 빛을 보게 되는데, 이것이 바로 엘러리 퀸의 역사적인 첫 작품 《로마 모자 미스터리》(1929)였다.

이후 엘러리 퀸은 논리와 기교를 중시하는 초기작부터 인간의 본성을 꿰뚫는 후기작까지, 미스터리 장르의 발전을 이끌며 역사에 길이 남을 걸작들을 생산해냈다. 대표작은 셀 수 없을 정도이나, 그가 바너비 로스 명의로 발표한 《Y의 비극》(1932)은 '세계 3대 미스터리'로 불릴 만큼 높은 평가를 받고 있으며 중편 〈신의 등불〉(1935)은 '세계 최고의 중편'이라는 별칭을 가지고 있다. 이외 《그리스 관 미스터리》(1932), 《이집트 십자가 미스터리》(1932), 《X의 비극》(1932), 《재앙의 거리》(1942), 《열흘간의 불가사의》(1948) 등은 미스터리 장르에서 언제나 거론되는 걸작들이다. '독자에의 도전'을 비롯해 그가 작품에서 보여준 형식과 아이디어는 거의 모든 후대 작가들에게 영향을 미쳤으며 특히 일본의 본격, 신본격 미스터리의 기반이 됐다.

작품 외에도 엘러리 퀸은 미스터리 장르의 전 영역에 걸쳐 두각을 나타냈다. 비평서, 범죄 논픽션, 영화 시나리오, 라디오 드라마 등에서도 활동했으며, 미국미스터리작가협회 회장을 역임했다. 또 현재에도 발간 중인 〈EQMM 엘러리 퀸 미스터리 매거진〉(1941년 시작됨)을 발간해 앤솔러지 등을 출간하며 수많은 후배 작가를 발굴하기도 했다. 미국미스터리작가협회는 이런 엘러리 퀸의 공을 기려 1969년 '《로마 모자 미스터리》 발간 40주년 기념 부문'을 제정하기도 했으며, 1983년부터는 미스터리 분야에서 두각을 나타낸 공동 작업에 '엘러리 퀸 상'을 수여하고 있다.

**SIGONGSA** *design* 윤정우
*photo* ⓒ *Eric Schaal*

# 재앙의 거리

# Calamity Town

## 재앙의 거리

**엘러리 퀸 지음**
**정태원 옮김**

검은숲

라이츠빌 약도

# 차례

## 제1부

## 제2부

## 제3부

제1부

# *1*
## 엘러리 퀸, 미국을 발견하다

라이츠빌 역 앞에서 무릎까지 쌓여 있는 짐 더미에 둘러싸인 채 엘러리 퀸은 생각했다. '이건 마치 제독이라도 된 기분이군. 콜럼버스 제독 말이야.' 역사(驛舍)는 검붉은 벽돌 건물이었다. 처마 밑의 녹슨 손수레 위에 낡아빠진 푸른색 작업복을 입은 사내아이 둘이 나란히 앉아, 리듬에 맞춰 똑같이 껌을 씹고 더러운 다리를 흔들면서 멍하니 엘러리를 바라보았다. 역 주변 자갈밭에는 군데군데 말똥이 뒹굴고 있었다. 철로 한쪽으로 난 길에는 소박한 작은 가게들과 조그만 목조 2층집들이 옹기종기 모여 있었다. 네모진 포석이 깔린 가파른 언덕길은 시내 쪽으로 이어졌고, 멀리 있는 높은 건물들과 그쪽을 향해 달려가는 버스의 듬직한 등을 볼 수 있었다. 다른 쪽 길에는 차고와 '필 식당'이라는 간판이 붙은 고물 전차, 그리고 네온사인이 달린 대장간이 있었다. 그 외에는 시야가 확 트인 상쾌한 초록빛뿐이었다.

"시골은 역시 좋구나." 엘러리는 신명이 나서 중얼거렸다. "초록색과 노란색. 밀짚의 색깔. 파란 하늘, 하얀 구름." 이곳의 색깔은 그가 지금까지 경험한 어떤 파란빛보다 더 파랬고, 어떤 흰빛보다 더 새하얬다. 도시와 시골이 만나는 이곳 라이

츠빌 기차역은, 20세기마저도 광활한 평원에 녹아들게 만들어
시간을 멈춰버렸다.

"그래, 여기야. 이제야 겨우 찾았군. 여기요, 짐꾼!"

홀리스 호텔도 어펌 하우스도 켈튼 여관도 이 이방인에게 내줄
방은 없었다. 호경기라는 것이 엘러리보다 이곳 라이츠빌로 두
발짝 먼저 달려왔던 것이다. 홀리스 호텔에 마지막 남아 있던
방 하나는 온몸에 '군수산업'이라고 써 붙인 듯한 뚱뚱한 신사
에게 눈앞에서 빼앗기고 말았다. 엘러리 퀸은 별로 실망한 기
색도 없이 호텔 프런트에 짐을 맡기고는 식당에서 천천히 점심
을 들며 〈라이츠빌 레코드〉를 읽었다. 그 신문의 편집인 겸 발
행인은 프랭크 로이드였다. 엘러리는 신문에 언급된 이 지방
유명 인사로 보이는 사람들의 이름을 가능한 한 많이 외우려고
애썼다. 그리고 호텔 로비 한쪽에 있는 담배 가게에서 마크 두
들의 아들 그로버에게 펠맬 담배 두 갑과 라이츠빌 지도를 사
서는 햇볕이 뜨겁게 내리쬐는 붉은 돌이 깔린 광장으로 걸어
나갔다.

　광장 중앙에는 말에게 물을 먹일 수 있는 구유가 있었다. 엘
러리는 그 앞에 멈춰 서서 라이츠빌의 창건자인 제즈릴 라이트
의 동상을 올려다보았다. 한때는 구릿빛이었던 이 동상은 이끼
가 낀 듯 빛깔이 변해 있었으며, 받침돌로 되어 있는 말구유는
쓰지 않은 지 몇 년은 된 듯했다. 동상의 큰 코 위에는 새똥이
말라붙어 있었다. 명판에는 '제즈릴 라이트는 1701년 인디언
이 버리고 간 땅을 경작하여 농장으로 만들고, 번영시켜 라이
츠빌을 건설했'라고 적혀 있었다. 광장 너머 존 F. 라이트가

행장으로 있는 라이츠빌 국립 은행의 깨끗한 창문들이 엘러리 퀸에게 미소를 보냈다. 엘러리 퀸도 마주 웃어 보였다. 오, 개척자들이여!

엘러리는 둥근 광장을 왔다 갔다 하면서 솔 가우디 양복점, 봉통 백화점, 듄 맥클린의 고급 주류 판매점과 윌리엄 케첨 보험회사 등을 들여다보았다. 그리고 J. P. 심슨 전당포 위에 걸어 놓은 세 개의 금빛 공과 하이 빌리지에 있는 마일론 가백 약국 쇼윈도에 화분처럼 진열된 초록과 빨강의 약병들도 구경했다. 다음에는 광장을 중심으로 수레바퀴처럼 뻗어나가는 큰길들을 살펴보기 시작했다. 하나는 넓고 큰 거리로, 붉은 벽돌로 지은 라이츠빌 공회당과 카네기 도서관, 높은 나무들이 있는 공원이 보였고 그 너머로 공공사업추진국인 듯한 하얀 건물도 보였다. 다른 거리에는 상점이 즐비하게 있고, 평상복 차림의 부인들과 작업복 차림의 남자들이 북적거렸다. 지도에 따르면 그곳이 번화가였으므로 엘러리 퀸은 그쪽으로 걸어갔다. 이 거리에는 〈라이츠빌 레코드〉 신문사가 있었다. 건물 안을 들여다보니 피니 베이커 노인이 조간을 찍고 난 커다란 인쇄기를 열심히 닦고 있는 중이었다. 엘러리는 거리를 따라 느긋하게 거닐며 새로 지은 우체국 앞을 지나고, J. C. 페티그루 부동산을 지나 '5, 10센트 균일상점'을 기웃거린 다음 비주 극장 옆에 있는 앨 브라운 아이스크림 가게에 들어갔다. 그는 그곳에서 뉴욕 칼리지 아이스크림을 먹으면서 고등학생쯤 되어 보이는 피부가 까맣게 탄 소년들과 볼이 발그레한 소녀들이 종알거리는 소리를 들었다. 사방에서 토요일 밤의 데이트에 관해 이야기하는 소리가 들려왔다. 아마 이곳에서부터 5킬로미터쯤 떨어진 라이츠빌 교차로 근처에 숲이 있고, 1달러만 내면 그곳에서 열리는 '댄스파티'에 참가할 수 있는 모양이었다. "마지, 제발 부탁인데, 주차장까지 엄마 좀 데려오지 마! 2주 전처럼 붙들려서 또 야단맞기는 싫단 말이야!"

엘러리 퀸은 젖은 잎과 인동넝굴의 냄새를 깊게 들이마시면서 느긋한 기분으로 거리를 돌아다녔다. 카네기 도서관 현관에 놓인 박제된 독수리도 나쁘지 않았고, '이곳 밖으로 책을 들고 나가면 안 돼요!'라는 표정으로 그를 매섭게 쩨려보는 나이 많은 도서관장 미스 에이킨에게조차 호감이 갔다. 그는 로우 빌리지의 좁고 구불구불한 길이 좋았다. 그는 시드니 고치의 잡화점에 들어가 커피, 고무장화, 식초, 치즈, 등유 따위의 냄새를 음미하다가, 그냥 나올 수 없어 씹는담배 올드 마리나를 한 갑 샀다. 그는 다시 문을 연 라이츠빌 기계 공장도 좋았고, 세계대전 전몰자 기념비의 맞은편에 위치한 방적 공장도 좋았다. 잡화점 주인인 시드니 고치가 방적 공장에 대한 이야기를 해주었다. 그곳은 처음엔 방적 공장으로 문을 열었다가 곧 텅 비었고, 다음에는 양화점으로 바뀌었고, 결국 다시 문을 닫았다고 했다. 엘러리는 그 건물의 창문이 깨져 있는 걸 보았다. 로우 빌리지 아이들이 데이드 스트리트에 있는 세인트 존스 교구 학교에 오가는 동안 여름에는 돌을, 겨울에는 눈덩이를 던져 그렇게 된 것이었다. 그러나 지금은 경비원이 허리에 기다란 총집을 차고 무서운 얼굴로 공장을 지키기 때문에 아이들은 '야아!' 하고 고함만 지를 뿐, 이제는 그곳에서 조금 떨어진 뮬러 사료 가게를 공격 목표로 삼고 있다고도 잡화점 주인이 말해주었다. 시드니 고치는 또한 모직물 공장에 생각지 않았던 구원의 손길이 뻗쳤다고도 말했는데, 바로 군수품 때문이었다. "경기가 대단히 좋아요, 형씨! 그러니 방이 없는 것도 당연하지요. 우리 집만 해도 세인트폴에서 삼촌이, 피츠버그에서 조카가 오는 바람에 베티하고 둘이 살 때보다 식구가 두 배로 늘어났어요!" 사실 엘러리는 이 마을이 하나에서 열까지 전부 마음에 들었다. 엘러리는 시청 뾰족탑의 큰 시계가 2시 30분을 가리키는 것을 흘긋 보았다. 방이 없다고? 그는 멈추거나 주위를 기웃거리는 일 없이 빠른 걸음으로, 다시 큰 거리를 돌아가 곧장 J. C. 페티그루 부동산으로 들어갔다.

## 2
## 재앙의 집

엘러리 퀸이 들어갔을 때 페티그루는 12사이즈인 발을 자신의 책상 위에 올려놓은 채 졸고 있었다. 매주 어폄 하우스에서 열리는 상공회의소 주최 오찬회를 마치고 막 돌아온 참이라, 그의 배 속은 어폄 부인의 프라이드치킨으로 가득 차 있었다. 엘러리가 페티그루를 깨웠다. "안녕하십니까? 저는 스미스라고 합니다. 지금 막 라이츠빌에 도착해서, 가구가 딸린 작은 월세방을 찾고 있는데요."

"만나서 반갑습니다, 스미스 씨." 페티그루는 개버던 사무용 재킷에 팔을 끼우며 말했다. "오, 좀 덥군요! 가구가 딸린 방이라고요? 이곳에 처음 오셨다는 것을 딱 알아보겠네요. 라이츠빌에는 가구 딸린 셋집은 없습니다, 스미스 씨."

"그럼, 가구 딸린 아파트는……."

"마찬가지죠." 페티그루가 하품을 했다. "아, 실례했습니다! 너무 더워서요, 그렇지 않나요?"

"그렇네요." 엘러리가 대답했다.

페티그루는 회전의자에 한껏 등을 기대고 앉아 상아 이쑤시개로 잇새에 낀 치킨 찌꺼기를 파낸 뒤 유심히 들여다보았다. "다들 집 문제로 고민이에요. 깔때기에 밀알을 쏟아붓듯 사람들이 이곳으로 밀려들어오고 있거든요. 특히 기계 공장에서 일하려고 말이죠. 잠깐만요!" 엘러리는 기다렸다. "그래!" 페티그루는 이쑤시개 끝에서 찌꺼기를 고상하게 떼어냈다. "스미스 씨, 미신을 믿습니까?"

엘러리는 어리둥절한 얼굴로 대답했다. "미신 같은 것은 믿지 않는데요."

"그러시다면……." 페티그루는 밝은 얼굴로 입을 뗐지만, 곧 심각한 어조로 바뀌어 물었다. "그런데 하시는 일은 뭡니까? 뭐, 별로 상관은 없습니다만……."

엘러리는 망설이다 대답했다. "작가입니다."

페티그루는 놀랍다는 듯이 물었다. "소설을 쓰는 겁니까?"

"그렇다고 할 수 있지요. 책이나 다른 것 등등을 씁니다."

"오, 이거, 선생님 같은 분을 알게 되어 매우 영광입니다, 스미스 씨. 스미스라…… 이상한데요. 저는 책을 상당히 많이 읽는다고 자부하는데 그런 성을 가진 작가는 생각나지 않아요……. 성 말고 이름은 어떻게 되십니까, 스미스 씨?"

"말씀드리지 않았군요, 엘러리입니다. 엘러리 스미스."

"엘러리 스미스 씨라……." 페티그루는 생각에 잠겼다.

엘러리는 싱긋 웃으며 말했다. "사실은 필명을 씁니다."

"아! 그럼 필명은……?" 그러나 '스미스 씨'가 그냥 웃고만 있자 페티그루는 턱을 어루만지며 말했다. "물론 보증인은 있으시겠지요?"

"집세를 석 달분 선불로 내면 되지 않을까요, 페티그루 씨?"

"그럼, 그렇게 하지요!" 페티그루는 싱긋 웃었다. "스미스 씨, 저와 함께 갑시다. 당신에게 딱 맞는 집이 있습니다."

"아까 저한테 미신을 믿느냐고 왜 물었습니까?" 페티그루의 연초록색 쿠페 자동차를 타고 가며 엘러리가 물었다. "그 집에 귀신이라도 나옵니까?"

"아뇨……. 그저 그 집에 대한 이상한 소문이 나돌고 있어서……. 당신한테는 소설의 소재가 될지도 모르겠군요. 안 그렇습니까?" '스미스 씨'는 고개를 끄덕였다. 그럴 수도 있는 일이다. "그 집은 힐 지역의 존 F. 라이트 씨 댁 바로 옆에 붙어 있습니다. 네, 그 존 F. 라이트 맞습니다. 라이츠빌 국립 은행 은행장 말이에요. 사실, 라이트 씨한테는 딸이 셋 있는데, 3년 전에 둘째 딸 노라가 짐 하이트라는 사람과 약혼을 했지요. 짐은 존 라이트의 은행에서 출납계 주임으로 일했습니다. 이 고장 사람은 아니고, 2년 전쯤에 뉴욕에서 훌륭한 보증인의 소개장을 들고 라이츠빌로 왔어요. 출납계 조수 일부터 시작했는데 일을 아주 잘했답니다. 짐은 아주 착실한 남자였어요. 나쁜 패거리들과는 절대 어울리지 않았고, 도서관에 주로 다녔죠. 유흥거리를 찾지도 않았어요. 가끔 루이 카한의 비주 극장에 가서 영화를 보거나, 콘서트가 열리는 밤이면 그 부근에서 친구들과 어울려 팝콘을 먹고, 지나가는 여자들을 구경하면서 이따금 농담이나 던지는 게 고작이었을 겁니다. 열심히 일했고, 패기도 대단했지요. 독립심이요? 나는 짐처럼 혼자 힘으로 꿋꿋이 살아가는 사람을 본 적이 없습니다. 누구나 그에게 호감을 가졌지요." 페티그루는 한숨을 쉬었다. 그렇게 훌륭한 청년을 이야기하면서 왜 한숨을 쉬는지 엘러리는 궁금했다.

"노라 라이트 씨가 짐이란 분을 좋아하게 되었으리라고 짐작할 수 있군요." 엘러리가 이야기를 더 끌어내기 위해 한 마디

보탰다.

"정답이에요. 그에게 완전히 빠졌지요. 짐을 만나기 전에 노라는 별로 눈에 띄지 않는 편이었습니다. 안경을 꼈는데 그 때문에 자기는 남자들에게 매력이 없는 여자라고 생각했던 모양입니다. 언니 롤라와 막내 퍼트리샤가 남자 친구들과 어울려 놀러 다닐 때도 노라는 늘 집에서 책을 읽거나 바느질을 하거나 어머니가 하는 사회사업을 도왔지요. 그런데 짐이 나타난 후 노라는 완전히 달라졌습니다. 짐은 안경 따위에 신경을 쓰는 남자가 아니었거든요. 노라는 예쁜 아가씨고, 짐이 적극적으로 접근하면서 그녀도 달라졌습니다…… 정말 완전히 달라지더군요!" 페티그루는 얼굴을 찌푸리며 말했다. "내가 너무 말을 많이 하는 것 같군요. 아무튼 당신도 짐작할 수 있을 겁니다. 짐과 노라가 약혼하자 사람들은 참으로 어울리는 한 쌍이라고 입을 모았지요. 더구나 첫째 딸 롤라의 그 일이 있고 난 후였으니까요."

엘러리가 재빨리 물었다. "그 일이라니 무슨 일입니까, 페티그루 씨?"

페티그루가 쿠페를 넓은 시골길로 몰았다. 그들은 번화가에서 상당히 멀리 떨어진 곳까지 와 있었다. 상쾌한 초록빛으로 가득 찬 시골의 풍경이 엘러리의 시선을 사로잡았다.

"롤라에 관해서는 아직 말씀을 안 드렸던가요?" 부동산업자가 희미하게 말했다. "으음, 그러니까…… 롤라는 집에서 몰래 달아났었죠. 지방을 돌며 공연을 하는 어떤 작은 극단의 배우와 함께 말입니다. 그리고 얼마 후 라이츠빌로 다시 돌아왔어요. 이혼을 하고요." 페티그루는 여기까지 말하고 입을 다물었다. 엘러리는 롤라 라이트에 관한 이야기를 더 이상 들을 수 없음을 깨달았다. 페티그루는 한참 후에 다시 입을 열었다. "뭐, 그건 그렇고, 존 라이트와 헐마이니 라이트는 짐과 노라에게 결혼 선물로 집을 지어주기로 했지요. 라이트 저택 바로 옆 소유지에 집을 지었어요. 헐마이니가 노라를 될 수 있는 한 가까이 두려고 했거든요……. 딸 하나가 집을 나갔으니 무리도 아니지요."

"롤라는…… 이혼을 했다고 했죠? 그 후에 돌아왔고요. 고향으로 돌아온 뒤 그녀는 부모님과 함께 살지 않습니까?"

"네." 페티그루가 짧게 대답했다. "그래서 존은 짐과 노라를 위해 바로 옆에다 방이 여섯 개 있는 예쁘고 아담한 집을 지어주었던 겁니다. 헐마이니는 정성스럽게 융단이며 가구며 벽걸이, 테이블보와 은식기 같은 것을 빈틈없이 갖추어놓았고요. 그런데 갑자기 그런 일이 생겨버려서……."

"무슨 일이 있었는데요?"

"사실은 스미스 씨, 아무도 모른답니다." 부동산업자는 조심스럽게 말했다. "당사자인 노라 라이트와 짐 하이트 외에는 아무도 모르지요. 결혼식 전날, 모든 준비가 완벽하게 되어 있던 그날, 짐 하이트는 갑자기 이 마을에서 사라졌습니다! 사실입니다. 달아나버린 거예요. 그게 벌써 3년 전의 일이지요. 짐은 아직도 돌아오지 않았습니다." 자동차는 크게 휘어진 언덕길로 접어들었다. 곧 너른 잔디밭과 크고 오래된 저택들이 보였다. 주위에 늘어서 있는 느릅나무와 단풍나무와 노송나무와 수양버들은 집들보다도 키가 더 컸다. 페티그루는 힐 지역을 바라보며 눈썹을 찡그렸다. "그다음 날 아침, 존 라이트는 은

행 사무실 자기 책상 위에 사직서가 놓여 있는 것을 발견했지
요. 하지만 짐은 왜 갑자기 마을을 떠나는지에 대해서는 한 마
디도 남기지 않았어요. 노라마저 아무 말 하지 않았답니다. 그
저 자기 방에 틀어박힌 채 꼼짝도 하지 않았대요. 아버지, 어머
니, 동생 퍼트리샤, 그리고 사실상 세 딸을 길러낸 늙은 가정부
루디가 달래도 노라는 자기 방에서 혼자 울기만 했지요. 우리
딸 카멜이 퍼트리샤 라이트와 아주 친하거든요. 그래서 퍼트리
샤한테 그런 이야기를 다 들었답니다. 그날은 퍼트리샤도 많이
울었다고 하더군요. 아마 가족 모두가 그랬겠지요."

"그래서 그 집은?"

페티그루는 차를 길옆에 세우고 시동을 껐다. "결혼식은 결
국 못 치렀습니다. 사람들은 둘이 심하게 싸웠을 거다, 곧 짐이
슬그머니 나타날 거다 하고 가볍게 생각했죠. 하지만 그는 끝
내 나타나지 않았습니다. 두 사람이 그렇게 헤어지다니 둘 사
이에 어지간히 큰일이 있었던 게 틀림없어요!" 부동산업자는
고개를 저었다. "어쨌든 새집은 완공됐고, 입주할 준비도 됐는
데, 살 사람이 없어져버린 겁니다. 헐마이니에게는 엄청난 충
격이었을 겁니다. 헐마이니는 노라가 짐을 버렸다고 말했지요.
하지만 그 뒤로 마을 사람들은 이러쿵저러쿵 말이 많았습니다.
그리고 결국엔……." 페티그루가 말을 멈췄다.

"결국엔?"

"얼마 지나지 않아 노라가 미쳤다는 소문이 돌기 시작했지
요……. 그래서 방이 여섯 개 있는 그 집이 재수 없다는 말을
듣게 된 겁니다."

"재수가 없다……!"

페티그루는 역겹다는 듯한 미소를 지었다. "정말 웃기는 사람들이죠? 집 때문에 짐과 노라가 헤어지다니요? 그리고 물론, 노라는 아무렇지도 않습니다. 그러니까 제 말은, 노라는 미치지 않았다는 말입니다. 그럴 리가요!" 페티그루는 코웃음을 쳤다. "그런데 거기서 끝이 아닙니다. 짐이 돌아오지 않자 존 라이트는 딸을 위해 지은 그 집을 내놓았습니다. 얼마 뒤에 사겠다는 사람이 나타났지요. 마틴 판사의 부인인 클래리스 여사의 친척으로, 보스턴에 사는 헌터라는 사람이었습니다. 그 거래도 제가 했습니다."

페티그루는 목소리를 낮추었다. "스미스 씨, 이건 실제 있었던 일입니다. 헌터 씨가 매매계약서에 서명하기 전에 집을 한 번만 더 보겠다고 하더군요. 그래서 저는 그를 그 집으로 다시 안내했지요. 거실을 돌아보는데, 헌터 씨가 '저기 소파를 놓는 것은 아무래도 좋아 보이지 않는군요' 하고 말하더니 갑자기 무엇에 깜짝 놀란 것처럼 공포에 질린 얼굴이 되었습니다. 그러고는 가슴을 움켜쥐며 내 앞으로 쓰러졌어요. 그러더니 그 자리에서 즉사했지 뭡니까! 그 일이 있고 나서 저는 일주일이나 잠을 못 잤어요." 페티그루는 이마를 훔쳤다. "윌러비 의사가 심장마비라고 합디다. 하지만 마을 사람들은 그렇게 말하지 않았습니다. 그 집 때문이라는 거죠. 짐이 달아나더니, 그 다음엔 그 집을 사려던 사람이 갑자기 죽었으니 말입니다. 게다가 설상가상으로, 프랭크 로이드가 경영하는 〈라이츠빌 레코드〉의 건방진 풋내기 기자 하나가 헌터의 죽음에 대해 기사를 쓰면서 그 집을 재앙의 집이라고 썼지요. 프랭크는 그 기자를 당장 해고해버렸어요. 프랭크는 라이트 집안사람들과 가까운 사이거든요!"

"어처구니없는 얘기로군요!" 엘러리가 웃었다.

"어쨌거나 그 후엔 아무도 그 집을 사려고 하지 않았지요. 그래서 존 라이트는 세를 놓기로 했어요. 하지만 빌리겠다는 사람마저 없었습니다. 불길하다는 겁니다. 아직 그 집을 빌리겠다는 마음에 변함이 없습니까, 스미스 씨?"

"당연하죠." 엘러리는 기분 좋게 말했다. 페티그루는 다시 차의 시동을 걸었다.

"운이 나쁜 가족이군요. 딸 하나는 남자와 달아나고, 또 한 명은 애인에게 배신을 당했으니 말입니다. 막내딸은 괜찮습니까?"

"퍼트리샤요? 미인인 데다 영리하기로는 우리 딸 카멜이랑 비슷하지요! 퍼트리샤 라이트는 카터 브래드퍼드와 꾸준히 만나고 있어요. 카터는 이번에 막 지방 검사로 임명되었지요……. 자, 다 왔습니다!"

부동산 소개업자가 운전하는 차는 언덕 중턱에 자리 잡은 식민지 시대풍 저택의 진입로로 들어섰다. 언덕의 집들 중 가장 큰 저택이었고, 잔디밭에 서 있는 나무들도 가장 키가 컸다. 그 저택 바로 옆에 하얀 목재로 지은 작은 집이 있었다. 창문은 모두 닫혀 있었다.

거대한 라이트 저택의 현관으로 걸어가는 동안 엘러리는 자신이 빌리려 하는 텅 빈 작은 집과 그 집의 닫힌 창문을 바라보았다. 페티그루가 초인종을 누르자 풀을 빳빳하게 먹인 앞치마를 두른 늙은 가정부 루디가 문을 열고 무슨 일로 찾아왔는지 그들에게 물었다.

# 3
## 유명한 작가, 라이츠빌로 이사 오다

"주인어른께 오셨다고 전하죠." 루디는 쌀쌀맞게 말하고는 앞치마를 더치캡처럼 양쪽으로 펼쳐 잡고 안으로 들어갔다.

"우리가 재앙의 집을 빌리러 왔다는 걸 루디가 알아차린 모양이네요." 페티그루가 웃었다.

"그런데 왜 저를 나치의 앞잡이라도 되는 것처럼 쳐다보는 걸까요?"

"루디는 아마 집을 빌려주고 돈을 받는 건 존 라이트처럼 훌륭한 사람에겐 어울리지 않는다고 생각하는 것 같습니다. 루디와 헐마이니 가운데 누가 더 이 가문을 자랑스럽게 여기는지 알 수 없을 때가 있다니까요."

엘러리는 집 안을 둘러보았다. 훌륭했다. 값비싸 보이는 오래된 마호가니 가구가 몇 개 놓여 있었고, 이탈리아 대리석으로 만든 멋진 벽난로도 있었다. 벽에 걸린 유화 중 적어도 두 점은 상당히 가치가 높은 그림이었다. 그가 흥미를 보이자 페티그루가 말했다. "저 그림들은 모두 헐마이니 부인이 사들인 작품입니다. 헐마이니는 그림을 보는 눈이 상당하지요. 저기, 나오는군요. 존 라이트 씨도 함께 나오는군요."

엘러리는 일어섰다. 강건한 몸집에 엄격한 표정을 가진 여자가 나타나리라고 예상했는데, 그 예상은 보기 좋게 빗나갔다. 헐마이니는 처음 보는 사람들을 늘 당황스럽게 했다. 그녀는 몸집이 작았고, 어머니처럼 자애로운 인상을 지니고 있었다. 존 팔러 라이트는 컨트리클럽 회원답게 햇볕에 그을린 얼굴을 하고 있었고, 섬세하고 날렵한 느낌을 주었다. 엘러리는 첫눈에 그가 마음에 들었다. 그는 우표첩을 소중한 듯이 들고 있었다. "라이트 씨, 이분은 엘러리 스미스 씨입니다. 가구가 딸린 집을 찾고 있지요. 스미스 씨, 라이트 부부와 인사를 나누세요, 으흠." 페티그루는 조금 긴장한 것 같았다.

존 라이트는 높고 갈라지는 목소리로 스미스 씨를 만나게 되어 대단히 영광이라고 말했고, 헐마이니도 팔을 뻗으며 부드럽게 "안녕하세요, 스미스 씨"라고 인사를 건넸다. 그러나 엘러리는 헐마이니의 아름다운 파란 눈 속에서 얼음처럼 차가운 무엇이 반짝이는 것을 보고 그 순간 부인이 남편 쪽보다 더 강단이 있다고 판단했다. 그래서 엘러리는 부인에게 대단히 정중하게 대했다. 이에 헐마이니는 조금 마음이 부드러워진 듯 가느다란 손가락으로 윤기 있는 백발을 가볍게 어루만졌다. 그녀가 만족했거나 들떴을 때, 아니면 둘 다일 때 무심코 나오는 버릇이었다.

"그래서 이 댁 옆에 지은 작은 별채 생각이 바로 났지요, 라이트 씨." 페티그루가 존경을 담아 말했다.

"난 세놓는 것을 찬성할 수 없어요, 존." 헐마이니가 차가운 목소리로 말했다. "페티그루 씨, 나는 절대……."

"스미스 씨가 어떤 분인지 알면 달라질 수도 있겠죠." 페티그루가 재빠르게 말했다.

헐마이니는 놀란 듯했다. 벽난로 옆 안락의자에 앉아 있던 라이트가 몸을 앞으로 내밀었다. "그래요? 누구신데요?" 헐마이니가 물었다.

"이분은 유명한 작가 엘러리 스미스 씨입니다." 페티그루가 말했다.

"유명한 작가!" 헐마이니가 놀라며 말했다. "어머, 제가 너무 경솔했군요! 루디, 여기 커피테이블에 놓아줘!" 루디가 포도 주스와 레모네이드로 만든 펀치, 안에 든 얼음이 부딪힐 때마다 고운 소리가 나는 유리병과 아름다운 크리스털 유리잔 네 개가 놓인 쟁반을 내려놓았다. "스미스 씨, 그 집이 마음에 드실 거라고 확신해요." 헐마이니는 재빨리 말했다. "누구나 원하는 작은 집이죠. 제가 직접 이것저것 꾸몄답니다. 강연 같은 것도 하시나요? 우리 부인 클럽에서는……."

"골프 치기에도 아주 좋은 곳이죠. 얼마 동안 집을 빌릴 생각입니까, 스미스 씨?" 존 라이트가 물었다.

"분명 라이츠빌이 마음에 들어서 계속 머무르고 싶어지실걸요. 스미스 씨, 루디가 만든 펀치를 좀 드셔보세요." 헐마이니가 끼어들었다.

"문제는 라이츠빌이 너무 빨리 발전하고 있다는 건데, 아마 조만간에 그 집이 팔릴 것 같아서……." 라이트가 얼굴을 찌푸렸다.

"그 문제는 간단해요! '누군가가 집을 사겠다고 하면 스미스 씨에게 얼마간의 기간을 드리고 집을 비워달라고 한다'라는 조항을 임대 계약서에 적어놓으면 됩니다." 페티그루가 나섰다.

"다 됐네요. 어서 일을 추진시켜볼까요." 헐마이니가 쾌활하게 말했다. "스미스 씨는 앞으로 살게 될 집이 보고 싶으실 거예요. 페티그루 씨, 당신은 제 남편과 함께 여기서 우표 수집 이야기나 나누세요. 스미스 씨, 가실까요?" 헐마이니는 별채까지 가는 동안 엘러리의 팔을 붙잡고 놓지 않았다. 마치 그렇게 붙들지 않으면 달아날지도 모른다고 생각하는 듯했다. "가구에는 먼지가 앉지 않도록 덮개를 씌워놓았어요. 정말 멋진 가구들이랍니다. 미국 초기의 새눈무늬목 단풍재로 만들었죠. 아직 새것이에요. 보세요, 스미스 씨, 사랑스럽지 않나요?"

헐마이니는 아래층, 위층은 물론 지하실과 지붕 밑 방까지 엘러리를 끌고 다니며 모든 곳을 그에게 보여주었다. 사라사 천으로 장식한 2층의 큰 침실, 아래층 거실의 단풍나무 가구, 미술품이 가득한 벽, 황마포 유단, 절반쯤 책이 꽂혀 있는 책장…… "와우, 정말 훌륭하네요. 라이트 부인." 엘러리는 적당히 받아넘겼다.

"맞아요, 가정부도 필요하겠죠?" 헐마이니는 기쁜 듯이 말을 이었다. "참, 서재는 어디로 할까요? 2층 두 번째 침실을 손보면 서재로 사용할 수 있을 거예요. 글을 쓰려면 서재가 필요하겠죠, 스미스 씨?" 엘러리는 적당히 사용할 수 있을 거라고 둘러댔다. "그렇다면 이 집이 마음에 드셨단 말씀이지요? 다행이에요!" 헐마이니는 목소리를 낮춰 물었다. "물론 라이츠빌에는 비밀리에 오신 거겠죠?"

"그렇게 물어보시니 제가 대단한 사람이라도 된 것 같군요. 라이트 부인……."

"친한 친구들 외에는 아무에게도 말하지 않을게요. 무엇을 쓰실 생각이세요, 스미스 씨?"

"소설이요." 엘러리가 소심하게 말했다. "작은 도시를 무대로 한 특별한 소설입니다, 라이트 부인."

"그렇다면 지역색을 파악하기 위해 이곳에 오셨군요! 멋져라! 우리 라이츠빌을 선택하시다니! 스미스 씨, 우리 딸 퍼트리샤도 꼭 만나보세요. 그애는 무척 머리가 좋답니다. 라이츠빌에 대해 뭔가 알아보고 싶을 때 그애가 틀림없이 도움이 될 거예요……."

두 시간 후 엘러리 퀸은 '엘러리 스미스'라는 이름으로 임대 계약서에 서명했다. 힐 지역 460번지의 주택을 1940년 8월 6일부터 6개월 동안 가구와 함께 빌리기로 했다. 집세는 한 달에 75달러로 3개월분을 선불로 주기로 하고, 이 집이 팔릴 경우에는 집주인이 1개월 전에 계약 해제를 통고하도록 계약서에 조건을 기입했다.

"사실은 말입니다, 스미스 씨. 조금 전에 저는 잠깐 숨이 멎을 뻔했습니다." 페티그루가 라이트 저택을 나서면서 말했다.

"언제요?"

"당신이 라이트 씨의 만년필을 빌려 그 임대계약서에 서명할 때에요."

"숨이 멎을 뻔했다고요? 왜요?" 엘러리는 미간을 찌푸렸다.

페티그루가 큰 소리로 웃었다. "그 집에서 가엾은 헌터 씨가 죽을 때의 모습이 떠올랐지 뭡니까. 재앙의 집이라니, 괜한 소리죠! 당신은 여기 이렇게 튼튼하게 살아 있지 않습니까!"

그는 계속 유쾌하게 웃으며 쿠페를 타고 홀리스 호텔에 맡겨둔 엘러리의 짐을 가지러 떠났다……. 엘러리는 왠지 불안한 기분으로 라이트 저택 앞의 길에 혼자 서 있었다.

엘러리는 자신의 새로운 거처로 돌아오자, 왠지 모르게 등골이 서늘했다. 라이트 부인의 손에서는 풀려났지만 왠지 이 집에 무엇인가가 있는 듯한 느낌이 들었다. 무어라고 딱 집어 말할 수는 없는, 텅 빈, 끝이 없는, 말하자면 우주 같은 것……. 엘러리는 언뜻 '유령'이라는 단어가 떠올랐으나, 그 순간 섬뜩해져 정신을 차렸다. 재앙의 집! 마치 라이츠빌 거리를 재앙의 거리라고 하는 것처럼 어처구니없는 말이 아닌가! 그는 코트를 벗고 셔츠 소매를 걷어 올린 다음 청소를 시작했다.

"어머, 스미스 씨, 뭘 하고 계신 거예요?" 깜짝 놀란 듯한 목소리가 들려왔다. 엘러리는 나쁜 짓을 하다 들킨 사람처럼 가구 덮개를 떨어뜨렸다. 헐마이니 라이트가 급히 들어왔다. 그녀의 두 볼은 붉게 물들어 있었고, 흰 머리칼은 흐트러져 있었다. "그러지 마세요! 앨버타, 어서 들어와. 스미스 씨가 널 잡아먹지는 않을 테니까." 수줍음을 타는 아마조네스가 주춤거리며 들어왔다. "스미스 씨, 앨버타 매너스커스예요. 일하는 방식이 분명히 마음에 드실 거예요. 앨버타, 거기 그러고 서 있지 말고, 2층부터 시작해!" 앨버타는 뛰어 올라갔다. 엘러리가 감사의 말을 중얼거리며 사라사 천을 씌운 의자에 앉자 라이트 부인은 놀라울 만큼 정력적으로 청소를 하기 시작했다.

"금방 정리해드릴게요! 그건 그렇고, 뭐, 중요한 일은 아닌데, 좀 전에 앨버타를 데리러 나갔다가 〈라이츠빌 레코드〉에 잠깐 들렀어요. 어휴! 이 먼지 좀 봐! 그리고 프랭크 로이드 씨와 비밀스러운 이야기를 좀 하고 왔답니다. 로이드는 〈라이츠빌 레코드〉의 편집장 겸 발행인이에요." 엘러리의 심장이 빨리 뛰기 시작했다.

"나간 김에 로건네 가게에 들러서 엘러리 씨를 위한 채소와 고기도 주문해두었어요. 물론 오늘 저녁은 우리 집에서 함께 식사하실 거죠? 오, 내가 잊은 건 없겠지……? 전기…… 가스…… 수도…… 음, 모두 부탁해놓은 것 같네요. 아, 전화! 내일 일어나자마자 처리해야겠어요. 음, 아까도 말했지만, 아무리 신경을 써도 늘 그렇잖아요. 빠르든 늦든 당신이 라이츠빌에 왔다는 소문은 온 거리에 퍼질 거예요, 스미스 씨. 그리고 당연히 언론인으로서 프랭크가 당신에 대한 기사를 쓸 것 같아서…… 당신이 유명한 작가라는 사실을 기사에서 언급하지 말아 달라고 개인적으로 부탁해두는 게 낫겠다 싶었어요. 어머, 패티! 카터! 오, 얘들아, 너희들이 아주 놀랄 일이 있단다!" 엘러리는 일어나서 재킷을 집어 들었다. 머릿속에 떠오른 조리 있는 생각이라고는 그녀의 눈빛이 햇빛에 일렁이는 시냇물 같다는 것뿐이었다.

"당신이 유명한 작가로군요." 퍼트리샤 라이트는 고개를 약간 갸우뚱하며 그를 바라보았다. "아빠가 카터랑 저한테 말해 주었어요. 엄마가 지금 유명한 작가와 함께 있다고요. 저는 틀림없이 헐렁한 바지를 입고 처량한 얼굴과 우울한 눈빛을 한 배 나온 시인일 거라고 생각했는데, 아니라서 다행이네요." 엘러리는 붙임성 있게 보이려고 입속으로 뭔가를 중얼거렸다.

"정말 근사하지, 패티?" 헐마이니가 크게 말했다. "스미스 씨, 죄송해요. 정말이지 제가 시골뜨기 같다고 생각하시겠네요. 사실 진짜 압도되긴 했어요. 패티, 카터를 소개해드려야지."

"카터! 아, 미안해요. 스미스 씨, 이쪽은 카터 브래드퍼드예요." 총명해 보이지만 근심에 잠긴 키 큰 청년과 악수하면서, 엘러리는 이 청년이 퍼트리샤 라이트를 어떻게 꽉 잡아놓을지를 고심하고 있다고 생각했다. 엘러리는 순간 동정심을 느꼈다.

"제 생각엔 우리 모두가 다 시골사람 같아 보이겠군요, 스미스 씨." 카터 브래드퍼드가 예의 바르게 말했다. "쓰시는 건 픽션입니까, 논픽션입니까?"

"픽션입니다." 엘러리는 대답하며 생각했다. 전쟁이 시작되었군.

"정말 다행이에요." 퍼트리샤는 엘러리를 바라보며 말했다. 카터는 얼굴을 찌푸렸고, 엘러리는 미소를 지었다. "엄마, 이 방은 제가 맡을게요……. 그래도 되죠? 스미스 씨, 우리의 귀찮은 간섭이 모두 끝난 다음엔 당신이 이 방을 마음대로 바꿔도 좋아요. 그러나 지금은……."

카터 브래드퍼드의 의심스러운 시선을 받으며 퍼트리샤는 집 안 정리를 시작했다. 엘러리는 생각했다. '이런 종류의 재앙이라면 매일 일어나도 좋겠군. 카터, 자네에게는 미안하지만 내가 퍼트리샤를 좀 가르쳐야겠어.'

엘러리의 쾌활한 기분은 페티그루가 시내에서 그의 짐과 함께 그날 마지막 발행된 〈라이츠빌 레코드〉를 펄럭여 보이며 들어왔을 때조차 사라지지 않았다. 신문의 발행인 겸 편집인인 프랭크 로이드는 엄밀히 따지자면 헐마이니 라이트와의 약속을 지킨 것이었다. 신문 기사에 엘러리를 그저 '뉴욕에서 온 엘러리 스미스 씨'라고 썼을 뿐이니까. 하지만 그 기사의 표제는 다음과 같았다. '유명한 작가, 라이츠빌로 이사 오다!'

# 4
## 세 자매


엘러리 '스미스'는 힐 지역의 상류사회와 라이츠빌 지식인들에게 센세이션을 불러일으켰다. 그리스어를 공부했다는 도서관장 미스 에이킨과 라이츠빌 고등학교에서 비교문학을 가르치고 있는 홈스 여사, 그리고 거리의 허풍쟁이로 잘 알려져 있는 에멀린 뒤프레 등이 그들이었다. 그중에서도 에멀린은 엘러리를 이웃으로 맞아들이는 기적적인 행운을 누리게 되었다는 이유로 모두의 부러움을 샀다. 에멀린 뒤프레의 집은 엘러리의 집 바로 옆이었다. 힐 지역에 자동차들이 갑자기 많이 다니기 시작했다. 라이츠빌 사람들의 관심이 히드라의 머리처럼 계속 자라나는 통에, 라이츠빌 옴니버스 회사가 그의 집 앞으로 관광버스를 운행한다 해도 엘러리는 놀라지 않았을 것이다. 그는 여러 곳에서 초대를 받았다. 다과회, 만찬회, 오찬회, 그리고 한 번은 에멀린 뒤프레한테서 아침 식사까지 초대받는 일이 있었다. '아침 이슬이 잔디밭에서 걷히기 전 상쾌한 공기를 마시며 예술을 이야기하고 싶다'는 것이 이유였다. 하이 빌리지에서 잡화 대여 및 판매를 하는 벤 댄지그는 고급 문구가 이렇게 잘 팔린 적은 일찍이 없었다고 말했다.

　그래서 엘러리는 아침마다 퍼트리샤와 둘이서 이 집을 빠져

나가게 되기를 은근히 기다렸다. 그녀는 간편한 바지와 스웨터 차림으로 와서 자기의 작은 컨버터블에 그를 태우고 라이츠빌 거리를 구석구석 누볐다. 그녀는 라이츠빌과 슬로컴에 모르는 사람이 없었고, 만나는 모든 사람을 엘러리에게 소개해주었다. 그 이름도 가지각색이었다. 오헬러런, 짐브루스키, 존슨, 다울링, 골드버거, 베누티, 자카드, 블라디슬라우스, 브로드백 등등. 직업도 가지가지였다. 출장 수리공, 세공 기술자, 조립공, 농부, 소매상인, 날품팔이 일꾼 등. 백인과 흑인과 황인, 크고 작은 아이들, 진흙탕을 뒹구는 아이들과 깨끗하게 차려입은 아이들도 소개해주었다. 놀랄 만큼 발이 넓은 퍼트리샤 덕분에 엘러리의 노트는 얼마 안 가서 재미있는 말투, 저녁 정찬에서의 사소한 사건들, 16번 도로에 있는 술집에서 토요일이면 일어나는 난리법석, 스퀘어댄스와 재즈 콘테스트, 여자들이 지나가면 휘파람을 불고, 담배를 많이 피우고, 웃고 서로 쿡쿡 찌르는 라이츠빌 특유의 미국적 분위기로 가득 채워졌다.

"당신이 없었다면 어땠을지 상상이 안 가네요." 어느 날 아침, 로우 빌리지에서 돌아오는 길에 엘러리가 말했다. "컨트리 클럽과 교회, 청년들의 파티에 드나드는 아가씨들보다 더 활발히 활동하는 것 같군요. 어떻게 그럴 수가 있죠?"

"저도 그런 데 드나들어요." 퍼트리샤는 싱긋 웃었다. "사실 저는 사회학을 전공해요. 아니, 전공했다고 해야겠네요. 지난 6월에 졸업했거든요. 그래서 어려움을 겪고 있는 사람들을 보면 도와주고 싶어져요. 만일 이 전쟁이 계속된다면……."

"우유 기금 모으기 운동 같은 거?" 엘러리가 무심히 물었다.

"뭘 모르시는군요! 우유 기금 운동 따위는 아주머니들이나 하는 일이에요. 사회학이란 성장기 어린이의 골격에 필요한 칼슘보다 훨씬 중요한 일을 다루는 거라고요. 이 학문은 문명의 과학이에요. 예를 들면 짐브루스키 가족은……."

"오, 좀 봐줘요." 엘러리는 이미 짐브루스키 가족을 만난 바 있었다. "그건 그렇고, 당신의 애인 브래드퍼드 검사는 무슨 생각을 하고 있나요, 퍼트리샤?"

"저와 사회학에 대해서요?"

"나와 당신에 대해 말입니다."

"아아." 퍼트리샤는 기쁜 듯이 얼굴을 들었다. 바람에 머리카락이 나부꼈다. "카터는 질투하고 있어요."

"흠, 그렇다면 퍼트리샤……."

"심각하게 생각하지 않아도 돼요. 카터는 너무 당연하게 내가 자기 사람이라고 생각해요. 우린 거의 함께 자랐거든요. 조금은 질투를 느끼게 하는 편이 좋아요."

"글쎄요, 내가 사랑의 자극제가 되는 거로군요. 별로 달갑지 않은 역할인데……." 엘러리가 웃으며 말했다.

"어머나!" 퍼트리샤는 당황한 듯 소리쳤다. "저는 당신을 좋아해요. 함께 다니는 건 더 재미있고요." 그녀는 곁눈질로 엘러리를 흘낏 보고는 말했다. "사람들이 뭐라고 말하는지 아세요?"

"뭐라고 하던가요?"

"당신은 페티그루 씨에게 유명한 작가라고 하셨죠?"

"'유명한'이라는 형용사는 페티그루 씨가 제멋대로 붙인 말이죠."

"그리고 당신은 엘러리 스미스라는 이름 대신 필명이 있다고 했지만, 어떤 필명을 쓰는지는 아무에게도 말하지 않았고요?"

"맙소사! 그랬지요."

"그래서 사람들은 당신이 유명한 작가가 아닐지도 모른다고 의심하고 있어요. 대단한 마을이죠?" 패티가 중얼거리듯 말했다.

"누가 그래요?"

"그냥 사람들이요."

"당신도 내가 사기꾼 같아요?"

"제 생각은 상관없어요." 퍼트리샤는 말을 이었다. "그런 데다가, 카네기 도서관에 작가 사진을 모아놓은 스크랩북이 있는데, 당신 사진은 거기에 없다고 미스 에이킨이 그러더군요."

"흠, 내가 그 정도로 유명하지는 않은 거겠죠."

"저도 미스 에이킨한테 그렇게 말했어요. 그런데 엄마는 생각만 해도 분하다는 거예요. 그래서 제가 그랬죠. '엄마, 우리가 어떻게 알겠어요?' 그런데도 불쌍한 엄마는 간밤에 한숨도 못 잤대요."

두 사람은 함께 웃었다. 엘러리가 말했다. "그 말을 들으니 생각났는데, 아직 노라 씨를 못 만나봤군요. 노라 씨는 어디 몸이라도 불편합니까?"

언니의 이름이 나오자 퍼트리샤가 갑자기 웃음을 그치는 바람에 엘러리는 깜짝 놀랐다. 퍼트리샤는 무감정한 낮은 목소리로 "노라 언니요?" 하고 되물었다. 그 목소리를 통해서는 아무것도 짐작할 수 없었다. "아니에요, 언니는 건강해요. 저는 이만 돌아가야겠네요, 스미스 씨."

그날 밤, 헐마이니는 그녀의 새로운 보물을 공식적으로 소개하는 자리를 가졌다. 초대받은 사람들은 특별히 가깝게 지내는 사람들이었다. 마틴 판사와 그의 아내 클래리스 마틴, 의사인 윌러비 박사, 카터 브래드퍼드, 존의 하나뿐인 누이동생 타비타 라이트였다. 타비타는 라이트 가문의 사람답게 완고한 성격을 지니고 있어서, 블루필드 가문 출신의 헐마이니를 끝내 진정으로 받아들이지 않았다. 그리고 〈라이츠빌 레코드〉의 편집인 겸 발행인인 프랭크 로이드도 왔다. 로이드는 카터 브래드퍼드와 정치 이야기를 하고 있었지만, 두 사람 다 흥미 있는 척할 뿐 실제로는 별로 관심이 없었다. 카터는 이탈리아식 벽난로 앞의 2인용 의자에 앉아 있는 퍼트리샤와 엘러리에게 지독히 불쾌한 시선을 보냈다. 불곰 같은 인상의 로이드는 안절부절못하며 현관 쪽을 지켜보고 있었다.

"프랭크 씨는 사실 짐보다 먼저 노라 언니를 좋아했었어요……. 그리고 지금도 그래요." 퍼트리샤가 설명했다. "짐 하이트가 온 뒤 노라 언니가 그와 가깝게 지내자 프랭크 씨는 그 상황을 무척 분하게 받아들였어요." 엘러리는 방 건너편에 서 있는 거구의 신문사 편집장을 보면서 저런 사람과 연적(戀敵)이 된다면 꽤 위험하겠다고 속으로 생각했다. 프랭크의 움푹 들어간 초록색 눈 속에는 강철 같은 의지가 있었다. "그리고 짐이 노라 언니를 떠났을 때 프랭크 씨는 그런 말을 했어요……."

"어떤 말이요?"

"아니에요. 신경 쓰지 마세요." 퍼트리샤는 갑자기 일어섰다. "제가 말이 너무 많네요." 그녀는 브래드퍼드가 좀 더 안타까운 마음을 갖게 하고 싶은지, 바닥에 옷자락을 스치며 그가 있는 곳으로 걸어갔다. 파란 태피터 소재로 된 디너 가운이 그녀가 몸을 움직일 때마다 사락사락 소리를 냈다.

"마일로, 이분은 엘러리 스미스 씨예요." 성큼성큼 뒤따라온 몸집이 큰 윌러비 박사에게 헐마이니가 자랑스럽다는 듯 엘러리를 소개했다.

"스미스 씨, 당신이 이 마을에 좋은 영향을 미칠지 아닐지는 모르겠지만……." 의사는 싱글거리며 말했다. "나는 지금 자카드 씨 댁에서 아이를 받고 오는 길이랍니다. 그 캐나다 사람들, 정말 대단해요! 이번에는 세 쌍둥이였죠. 데포 박사*와 나 사이에 다른 점이 있다면, 라이츠빌에는 네 쌍둥이 이상을 낳아줄 만큼 배려심이 깊은 부인이 없다는 겁니다. 우리 마을이 마음에 듭니까?"

"몹시 마음에 듭니다, 윌러비 선생님."

"정말 좋은 마을이지요. 헤미, 마실 것 좀 주시겠소?"

"당신은 속도 참 좋군." 아내와 팔짱을 낀 채 근처를 서성거리던 마틴 판사가 비아냥거렸다. 마틴 판사는 마르고 키가 작았으며, 졸린 듯한 눈을 가진 무뚝뚝한 사람이었다. 그를 보니 아서 트레인의 소설 속 주인공 변호사 터트 씨가 떠올랐다.

"엘리 마틴!" 클래리스가 외쳤다. "스미스 씨, 남편 말은 무시하세요. 답답한 턱시도를 입어야 한다고 짜증을 내면서 이게 다 스미스 씨 때문이라는 거예요. 아, 헐마이니, 모든 게 완벽해요."

"뭘요, 아무것도 아니에요." 헐마이니는 기쁨을 감추지 못하고 입속으로 중얼거렸다. "그냥 가깝게 지내는 분들과 식사하

---

* 최초로 다섯 쌍둥이의 출산을 성공시킨 캐나다의 산부인과 의사.

는 자리인데요."

"이딴 게 마음에 들지 않는단 말이야." 판사는 나비넥타이를 만지작거렸다. "그런데 타비타, 당신은 뭐가 그렇게 불만입니까?"

"어릿광대처럼 굴지 좀 말아요!" 라이트의 누이동생은 늙은 판사를 흘겨보며 말했다. "스미스 씨가 우리를 보고 어떻게 생각하겠어요, 마틴 씨!"

마틴 판사는 만일 스미스가 하찮은 넥타이에 신경을 쓰는 자신을 하찮은 인간이라고 생각한다면, 자기도 스미스를 하찮은 인간으로 생각하면 그뿐이라고 대답했다. 바로 그때 헨리 클레이 잭슨이 나타나 저녁 식사 준비가 다 되었다고 알렸기 때문에 험악한 상황은 피할 수 있었다. 헨리 클레이는 라이츠빌에서 유일하게 제대로 교육을 받은 집사였다. 따라서 상류층의 부인들은 필요한 경우마다 좋든 싫든 낡아빠진 집사복을 입은 그를 특별히 부르지 않을 수 없었다. 부인들 사이에서는 중요한 경우가 아니고는 헨리 클레이를 함부로 부르지 않는 것이 불문율로 되어 있었다.

"저녁 식사가 준비되었습니다!" 헨리 클레이 잭슨이 알렸다.

민트 젤리 꽃으로 장식된 양고기 구이를 먹은 후 파인애플 무스 디저트가 나오기를 기다릴 때였다. 갑자기 노라 라이트가 나타났다. 순간 방 안은 물을 끼얹은 듯이 조용해졌다. 이윽고 헐마이니 라이트가 떨리는 목소리로 말했다. "아니, 노라야!" 존 라이트는 소금에 절인 호두를 입에 가득 넣은 채로 기쁘게 말했다. "노라야, 왔니?" 이어 클래리스 마틴이 놀라 소리쳤다.

"어머, 노라! 정말 반갑구나!" 그제야 주문이 풀렸다.

엘러리가 가장 먼저 일어났다. 맨 마지막으로 일어난 사람은 프랭크였다. 헝클어진 머리카락 아래로 보이는 그의 굵은 목이 붉게 물들어 있었다. 퍼트리샤가 어색한 분위기를 수습하기 위해 빠르게 말했다. "언니, 때맞춰 잘 왔어! 루디가 제일 잘하는 양고기 구이를 지금 막 끝낸 참이야. 스미스 씨, 노라 언니예요."

노라가 손을 내밀었다. 도자기처럼 가냘프고 차가운 손이었다. "어머니한테 말씀 많이 들었어요." 노라는 건조한 목소리로 말했다.

"직접 보고 실망하셨겠군요. 당연한 일이지만요." 엘러리는 미소를 지으며 의자를 뒤로 빼주었다.

"오, 아니에요! 안녕하세요, 판사님, 클래리스 부인. 타비타 고모…… 윌러비 선생님…… 카터……."

프랭크 로이드가 쉰 목소리로 말했다. "잘 있었소, 노라?" 그는 거칠지도 정중하지도 않은 태도로 엘러리의 손에서 의자를 빼앗아 노라가 앉을 수 있도록 당겨주었다. 그녀는 얼굴을 붉히며 앉았다. 바로 그때 헨리 클레이가 직육면체 모양의 커다란 파인애플 무스를 들고 들어왔다. 사람들은 다시 이야기를 시작했다.

노라 라이트는 손바닥이 위로 향하도록 두 손을 포갠 채 피곤한 듯 자리에 앉아 있었다. 그녀는 핏기 없는 입술을 찡그리며 미소를 지으려고 애썼다. 몹시 정성을 들여 몸단장을 한 것 같았다. 줄무늬가 있는 산뜻한 디너 가운을 단정하게 차려입었으며, 손톱도 깨끗이 손질되어 있었고, 포도주빛에 가까운 갈색 머리카락은 조금도 흐트러지지 않은 모습이었다. 엘러리는 문득 안경을 낀 이 가냘픈 여자가 2층 침실에서 정성껏 몸단장을 하는 모습을 떠올렸다. 손톱을 손질하고, 머리카락을 손질하고, 아름다운 가운을 손질하고……. 손질하고, 손질하고, 모든 것이 완벽하게 갖추어지도록…… 그토록 오래, 불필요할 정도로 지나치게 공을 들이다 보니 저녁 시간에 한 시간이나 늦고 말았을 것이다.

그리고 이렇게 완벽한 모습으로, 아래층에 내려오기 위해 엄청난 노력을 들였지만, 그 모든 노력이 완전히 무의미한 것이었다는 듯 그녀는 공허해 보였다. 그녀는 하얀 얼굴을 조금 숙이고 의식적인 미소를 띤 채 엘러리의 수다를 들으며, 커피와 파인애플 무스는 건드리지도 않고 가끔 짧은 대답들을 내뱉었다……. 지루해서라기보다는, 마치 스스로 느끼지도 못할 만큼 지쳐버려서인 것 같았다.

그리고 얼마 후, 그녀는 들어왔을 때처럼 갑자기 '실례할게요' 하고 말하며 일어섰다. 다시 사람들은 조용해졌다. 프랭크 로이드가 일어나서 그녀의 의자를 뒤로 빼주었다. 그가 간절한 눈빛으로 그녀의 얼굴을 똑바로 응시하자 노라는 그에게 웃어 보인 뒤 다른 사람들에게도 미소를 보내며 조용히 식당을 나갔다. 식당과 현관을 잇는 아치형 복도를 따라 걷는 그녀의 발걸음이 점차 빨라졌다. 그러다 그녀가 사라졌고, 사람들은 커피를 청하며 다시 이야기를 나누기 시작했다.

엘러리는 그날 밤에 있었던 일을 하나하나 떠올리며 따뜻한 어둠 속을 걸어 집으로 돌아왔다. 커다란 느릅나무 잎사귀들이 이야기를 나누고 있었고, 하늘에는 커다란 보석 같은 달이 떠

있었다. 헐마이니 라이트가 가꾼 꽃의 향기가 공기 중에 감돌
았다. 그러나 그의 집 앞에 불이 꺼진 소형 로드스터 자동차가
서 있는 것을 보자 엘러리의 상쾌한 기분은 달아나버렸다. 밤
은 그저 어둡기만 했고, 금방이라도 무슨 일이 일어날 것 같았
다. 잿빛 구름이 달을 가렸다. 엘러리는 잔디밭 가장자리를 따
라 발소리를 죽이며 집을 향해 걸어갔다. 현관에서 점 모양의
작은 불빛이 어른거렸다. 그것은 서 있는 사람의 허리 정도 되
는 높이에서 움직이고 있었다.

"스미스 씨, 맞죠?" 여자의 나지막한 목소리였다. 조금 쉰 듯
한, 사람을 조롱하는 듯한 음성이었다.

"안녕하세요!" 엘러리는 현관 계단을 올라갔다. "불을 좀 켜
도 될까요? 너무 어둡군요……."

"네, 그렇게 하세요. 당신이 날 궁금해하는 것만큼 나도 당신
을 보고 싶으니까요."

엘러리는 손을 뻗어 스위치를 켰다. 그녀는 현관 옆의 천장
에 매달린 그네 의자 구석에 몸을 웅크리고 앉아 담배 연기 너
머로 그를 쳐다보았다. 짙은 비둘기색 바지가 팽팽하게 다리를
감싸고 있었고, 캐시미어 스웨터는 대담하게 가슴의 선을 드
러내고 있었다. 엘러리는 성숙한 여자의 저속하고 분노에 가득
찬 기운을 강하게 느꼈다. 그녀는 신경질적으로 웃고 난 후, 현
관 난간 너머 어둠을 향해 담배를 던졌다.

"이제 불을 꺼도 좋아요, 스미스 씨. 나는 미움 받는 존재거
든요. 게다가 내가 이 집 바로 앞까지 왔다는 걸 알면 가족들은
당황할 거예요."

엘러리는 그녀의 말대로 불을 껐다. "그럼 당신이 롤라 라이

트군요?"남자하고 달아났다가 이혼하고 온 딸, 라이트 부부가
한 번도 언급하지 않은 그 딸이었다.

"몰랐다는 듯 말하는군요!" 롤라는 웃기 시작했고, 이내 그
것은 딸꾹질로 바뀌었다. "죄송해요. 일곱 잔의 위스키에 일곱
번째 딸꾹질이네요. 나는 상당히 유명하답니다. 라이트 가문의
주정뱅이 딸이라고 말이죠."

엘러리가 웃으며 말했다. "당신의 불행에 대한 소문은 이미
들었습니다."

"조금 전 당신의 태도를 보고 만만치 않은 사람일 거라고 생
각했지요. 하지만 그렇지도 않은 것 같군요. 자, 악수해요!" 의
자가 삐걱거렸고 헤픈 웃음소리와 함께 발소리가 난 후 뜨겁고
축축한 손이 그의 목덜미를 더듬었다. 그는 비틀거리는 그녀를
부축했다.

"괜찮아요? 여섯 잔만 마시고 그쳤더라면 좋았을걸 그랬네
요."

그녀는 빳빳하게 풀을 먹인 엘러리의 셔츠에 손을 대고 힘껏
밀었다. "왜 이래요! 이 롤라가 술에 취했다고?" 그녀가 그네
의자에 풀썩 주저앉자 삐걱거리는 소리가 났다. "흠, 유명 작가
라는 스미스 씨, 우리 모두를 어떻게 생각하세요? 착한 사람과
악한 사람, 소인과 거인, 뻐드렁니와 번드레한 잡지 광고, 이
모든 것들이 소설의 소재가 되기에 안성맞춤이죠?"

"정답이네요."

"정말 딱 맞는 장소에 오신 거예요." 롤라 라이트는 담배에
불을 붙였다. 성냥불이 떨렸다. "라이츠빌! 미국에서 가장 깊
은 수렁이죠. 사람들의 입은 거칠고, 심술궂고 까다로워요. 뒷

길로 돌아가보면 정말 더럽고 악취가 나요. 뉴욕이나 마르세유와는 비교도 안 될 정도로요."

"난 잘 모르겠군요. 시간이 날 때마다 돌아다녀본 바로는 꽤 인상이 좋던데요." 엘러리가 말했다.

"인상이 좋다고요!" 그녀는 깔깔대며 웃었다. "헛소리 말아요! 나는 이곳에서 태어났어요. 여긴 벌레 먹은 과일처럼 짓무르고 축축한 더러운 곳이에요."

"그럼 뭣 때문에 다시 돌아왔습니까?"

담배 끝의 빨간 불씨가 연이어 세 번 반짝였다. "당신과는 상관없는 일이죠. 우리 집 식구들을 좋아하나요?"

"엄청나게요. 당신은 동생 퍼트리샤와 닮았군요. 빛나는 외모의 소유자네요."

"다만 패티는 젊고, 내 불은 꺼져가지요." 롤라는 잠시 생각에 잠겼다. "당신은 롤라 라이트라는 이 매력 없는 여자에게 예의 바르게 행동하려고 노력하는군요. 이봐요, 스미스 씨. 당신이 어떤 이유로 라이츠빌에 왔는지는 모르지만, 우리 가족과 친하게 지내면 언젠가는 나에 관한 여러 이야기를 듣게 될 거예요. 그리고…… 음…… 라이츠빌 사람들이야 어떻게 생각하든 상관없지만, 다른 곳에서 온 사람에겐…… 그건 좀 달라요. 맙소사! 나한테 아직까지 자존심이 남아 있었네!"

"가족들한테서 당신에 대해 아무 말도 못 들었는데요."

"그래요?" 그녀는 또 웃었다. "오늘 밤에 모두 털어놓고 이야기하고 싶어지는군요. 당신은 내가 술을 잘 마신다는 이야기를 듣게 될 거예요. 사실이에요. 술을 배운 건 그 사람한테서……. 아무튼 술을 배웠어요. 그리고 내가 이 도시에서 좋지 않은 곳에 드나든다는 소문도 듣게 될 거예요. 그것도 나 혼자서 말이에요. 상상해보세요! 나는 쾌락주의자예요. 사실 나는 내가 하고 싶은 것을 하는 것뿐이에요. 그런데 저 '언덕'에 살고 있는 여우 같은 여자들은…… 나를 할퀴며 상처내고 있어요."

그녀는 말을 멈췄다. "한잔 더 하시겠습니까?" 엘러리가 물었다.

"지금은 싫어요. 나는 어머니를 원망할 생각은 없어요. 어머니도 다른 사람들처럼 시야가 좁은 분이에요. 그분한테는 사회적 지위가 인생의 전부죠. 내가 만약 어머니를 따른다면, 어머니는 그전처럼 나를 또 마음대로 길들이려 할 거예요. 그러면 나는 다시 어머니를 실망시키게 되겠죠. 그래서 어머니가 하라는 대로 할 수가 없어요. 나에게는 내 나름대로 사는 방법이 있으니까요. 아시겠어요? 이해할 수 있다고 말해주세요, 어서요." 그녀는 다시 한 번 웃었다.

"이해합니다." 엘러리가 대답했다.

그녀는 잠시 조용히 있다가 말했다. "당신을 지루하게 했네요. 그럼 잘 자요."

"다시 뵐 수 있을까요?"

"아뇨. 안녕히 계세요."

그녀의 구두가 어두운 현관 바닥을 걷는 소리가 들렸다. 엘러리는 다시 불을 켰다. 그녀는 팔을 올려 눈을 가렸다.

"그럼, 바래다드리죠. 라이트 양."

"괜찮아요, 나는……." 롤라가 말을 멈췄다.

어둠 속에서 퍼트리샤의 경쾌한 목소리가 들려왔다. "엘러리 씨? 저 여기서 같이 담배 한 대 피워도 돼요? 카터를 배웅하고 돌아오는 길에 불이 켜져 있어서……." 퍼트리샤가 입을 다물었다. 두 자매는 서로 얼굴을 마주보았다.

"어머나, 언니!" 퍼트리샤는 계단을 뛰어올라와 롤라를 힘껏 안고 키스했다. "왜 온다고 얘기 안 했어?"

엘러리는 다시 재빨리 불을 껐다. 그러나 그는 롤라가 자기보다 키가 큰 동생 퍼트리샤에게 매달리는 것을 놓치지 않고 보았다.

"이 울보야, 그만 울어. 예쁘게 빗은 내 머리가 엉망이 돼버리잖아." 롤라가 작은 목소리로 말했다.

"그 말이 맞아." 퍼트리샤는 밝은 목소리로 말했다. "엘러리 씨, 언니는 라이츠빌에서 첫째가는 미인이에요. 그런데 지금은 이렇게 더러운 바지를 입고 미모를 감추고 있어요!"

"귀여운 패티, 그렇게 애쓰지 마. 다 지난 일이라는 걸 너도 알잖아."

"언니…… 집으로 돌아오면 안 돼?" 패티는 절망스럽게 말했다.

"나는 저기 수국이 얼마나 예쁘게 피었는지 가서 좀 확인해봐야겠습니다." 엘러리는 그렇게 말하면서 자리를 비켜주려고 했다.

"그만두세요. 이제 나는 진짜 가야겠어요." 롤라가 말했다.

"언니!" 퍼트리샤가 울먹였다.

"보셨죠, 스미스 씨? 이 애는 정말 울보랍니다. 늘 어린애처럼 말하지요. 그만둬, 패티. 우리가 만나면 항상 이렇다니까."

"그래, 알았어." 퍼트리샤는 어둠 속에서 코를 훌쩍였다. "내가 차로 바래다줄게, 언니."

"아니야, 패티. 안녕히 계세요, 스미스 씨."

"안녕히 가십시오."

"그리고 마음을 바꿨어요. 언제라도 좋으니 내가 있는 곳으로 와요. 함께 술이나 마시게. 그럼 잘 자, 우리 울보야!" 그러고는 롤라는 가버렸다.

롤라의 1932년형 쿠페의 엔진 소리가 더 이상 들리지 않게 되자 퍼트리샤는 중얼거리듯 말했다. "롤라 언니는 로우 빌리지에 있는 기계 공장 부근에 방이 두 개뿐인 굴 같은 집을 얻어 살고 있어요. 언니는 헤어진 남편이 주는 위자료를 절대 받으려 하지 않았어요. 그 남자는 죽는 날까지도 비열하게 굴 사람이죠. 게다가 언니는 아빠가 주는 돈도 받지 않겠다고 했어요. 지금 입고 온 저 옷은 벌써 6년 전, 결혼할 때 마련했던 거예요. 언니는 로우 빌리지 아이들에게 한 번에 50센트씩 받고 피아노 레슨을 하면서 생활하고 있어요."

"당신의 언니는 왜 라이츠빌에서 살고 있나요? 이혼하고 난 뒤에 왜 이곳으로 돌아왔지요?"

"연어도 코끼리도 죽을 때는 태어난 곳으로 다시 돌아온다고 하잖아요……. 가끔 저는 언니가…… 세상으로부터 숨어 있는 게 아닐까 생각될 때가 있어요." 퍼트리샤의 디너 가운이 사락거렸다. "엘러리 씨는 저만 계속 말을 하게 하는 재주가 있군요. 안녕히 주무세요, 엘러리 씨."

"안녕, 패티."

엘러리는 밤의 어둠을 오래도록 응시했다. 그래, 차츰 윤곽이 잡히고 있어. 소설에 필요한 자료가 잔뜩 모였으니, 이번엔

운이 좋군. 그러나 문제는 범죄인데……. 범죄. 범죄는 어디에 있을까?

혹은 이미 일어나고 있는 것은 아닐까?

엘러리는 과거와 현재, 미래의 일들을 생각하며 재앙의 집 침대 속으로 파고들었다.


엘러리가 라이츠빌에 온 지 거의 3주가 지난 8월 25일 일요일 오후의 일이었다. 엘러리는 저녁을 먹은 뒤 현관 앞에 앉아 담배를 피우며 아름다운 석양을 바라보고 있었다. 그때 에드 호치키스의 택시가 힐 드라이브 언덕길을 올라오더니 라이트 저택 앞에 멈췄다. 그러더니 택시에서 모자를 쓰지 않은 청년이 내렸다. 엘러리는 심상치 않은 기분이 들어 좀 더 자세히 보려고 일어섰다.

청년은 에드 호치키스에게 무언가를 말하고는 층계를 뛰어 올라가 라이트 저택의 초인종을 눌렀다. 늙은 가정부 루디가 문을 열었다. 그녀가 통통한 팔을 들어올리며 몹시 놀라워했다. 루디가 빠른 걸음으로 안으로 들어가자 청년도 뒤따라 들어갔다. 문이 요란스럽게 닫히더니 5분쯤 지난 후 다시 열렸다. 그 청년이 뛰어나와서 기다리고 있던 택시에 머리를 들이밀고 무언가를 말하자 택시는 가버렸다.

엘러리는 천천히 자리에 앉았다. 그렇게 된 건가. 곧 알게 되겠지. 퍼트리샤가 잔디밭 위를 날듯이 뛰어올 테니까……. 저기 그녀가 온다……. "엘러리 씨, 무슨 일인지 짐작도 못할 거예요!"

"짐 하이트가 돌아왔군요." 엘러리가 말했다.

퍼트리샤의 눈이 휘둥그레졌다. "정말 대단하군요! 생각해 보세요! 3년이에요! 그렇게 노라 언니를 버리고 갔는데! 그때 일은 아직도 믿어지지가 않아요. 짐은 무척 늙은 것 같아요⋯⋯. 노라 언니를 만나게 해달라고 소리를 질러대더군요. '그녀는 어디에 있느냐, 왜 아래층으로 내려오지 않느냐?' 하고요. 아빠와 엄마가 자기를 어떻게 생각하는지 잘 알지만, 지금 그게 문제가 아니라는 거예요. 노라는 어디에 있느냐고 계속 소리를 지르면서 아빠 눈앞에서 주먹을 휘두르고 발을 구르는 게 꼭 미친 사람 같았어요."

"그러고는 어떻게 됐죠?"

"제가 2층으로 올라가 노라 언니한테 알렸어요. 언니는 새파랗게 질린 얼굴로 침대에 쓰러지면서 '짐이?' 하고 소리치고는 엎드려 울기 시작했어요. 그러고는 죽고 싶다면서 도대체 뭣 때문에 왔느냐며 엎드려 빌어도 받아주지 않겠다고 야단이었어요. 여자들이 하는 뻔한 소리죠. 아, 가엾은 언니!"

퍼트리샤는 울먹이면서 말했다.

"더 이상 말해봤자 소용없을 거라는 생각이 들었어요. 언니는 한번 마음을 먹으면 끝까지 고집을 부리는 성격이거든요. 그래서 제가 짐에게 가서 그렇게 말했더니, 그는 더욱 흥분해서 2층으로 달려 올라가려고 하더라고요. 그러자 이번에는 아빠가 화를 내시면서 그 소중한 5번 골프채를 휘두르고, 계단 밑을 가로막고 서서는 이 집에서 나가라고 명령하셨어요. 마치 다리를 지키고 선 호라티우스 같았다니까요. 짐도 아빠를 쓰러뜨리지 않는 한 올라갈 수 없다고 느꼈는지 폭탄을 던져서라도 노라를 만날 거라고 외치며 밖으로 뛰어나갔어요. 그때 엄마가 시기적절하게 정신을 잃어서 상황이 전환되었죠. 저는 지금까지 엄마를 돌보느라 애쓰고 있었어요. 이제 다시 돌아가봐야겠네요!" 퍼트리샤는 뛰어가다가 갑자기 걸음을 멈추고 뒤를 돌아보며 말했다. "아니, 제가 도대체 뭣 때문에 집안의 비밀 이야기를 일부러 달려와 당신에게 말하고 있을까요, 엘러리 스미스 씨?"

"아마, 내 얼굴이 친절하게 생겨서?" 엘러리가 웃으며 말했다.

"놀리지 마세요. 당신 생각엔 제가……." 퍼트리샤가 입술을 깨물었다. 햇볕에 그을린 얼굴이 살짝 붉어졌다. 그러더니 그녀는 뛰어가버렸다.

엘러리는 떨리는 손가락으로 담배에 불을 붙였다. 무더운 8월의 밤인데도 갑자기 한기가 느껴졌다. 그는 피우지 않은 담배를 잔디 위에 내던지고는 집 안으로 들어가 타자기 앞에 앉았다.

# 5
## 연인이 돌아오다


이가 하나밖에 없는 기차 역장 개비 워럼이 짐 하이트가 기차
에서 내리는 것을 보았고, 개비는 이 사실을 에멀린 뒤프레에
게 알렸다. 에드 호치키스가 짐 하이트를 어펌 하우스 앞에 내
려주고, 그 집 여주인이 구면인 짐 하이트에게 방 하나를 빌려
주었을 때는 파인 그로브로 소풍을 갔거나 슬로컴 호수에서 수
영을 하고 있던 사람들을 제외한 거의 모든 마을 사람들에게
에멀린 뒤프레가 전화를 돌린 뒤였다.

　월요일, 엘러리는 강철로 만든 덫처럼 잡았다 하면 절대 놓
치지 않는 자신의 두 귀를 쫑긋 세우고 거리를 돌아다녔다. 사
람들의 의견은 두 가지 정도로 나뉘어져 있었다. 페티그루와
도널드 맥켄지를 포함한 로터리클럽의 회원들은 반은 컨트리
클럽에 속해 있고 나머지 반은 자영업자들이었는데, 이들은 모
두 짐 하이트 같은 녀석은 이 마을에서 쫓아내버려야 한다고
주장했다. 부인들은 그 의견에 정면으로 반대했다. 짐은 좋은
사람이고, 3년 전 그와 노라 라이트 사이에 어떤 일이 있었든
간에 그건 분명히 짐의 잘못만은 아닐 것이다. 그 점에 대해서
는 작년에 유행한 모자를 걸고 맹세해도 좋다고 부인들은 말했
다!

프랭크 로이드는 사라져버렸다. 피니 베이커 노인의 말에 의하면 그는 마호가니 산으로 사냥을 하러 갔다고 했다. 그 말을 듣고 에밀린 뒤프레는 콧방귀를 뀌었다. "짐 하이트가 라이츠빌로 돌아온 바로 다음 날 아침에 사냥을 가다니, 정말 재밌네요. 물론 달아난 것이겠지요. 허풍쟁이 같으니라고!" 에밀린 뒤프레는 프랭크가 영화 〈버지니언〉에 등장하는 게리 쿠퍼처럼 사슴 사냥용 라이플로 짐을 노리며 라이츠빌 거리를 헤매지 않는 것이 못내 아쉬운 듯했다.

월요일 점심때쯤 엘러리는 로우 빌리지에서 전몰자 기념비 받침돌 위에 누워 있는 늙은 술주정뱅이 앤더슨을 만났다. 앤더슨 노인은 싸구려 마리화나를 만지작거리며 중얼거렸다. "무슨 일이 이렇게 어중간하게 되어버렸담!"

"앤더슨 씨, 오늘 아침엔 기분이 어떠신가요?" 염려스러운 마음에 엘러리가 물었다.

"아주 좋소. 내가 지금 하고 싶은 말은 〈잠언〉 제26장이오. 거기에 아마 이렇게 쓰여 있지. '함정을 파는 자는 그것에 빠질 것이요, 돌을 굴리는 자는 도리어 그것에 치이리라.' 물론 이 말은 짐 하이트가 이 저주받은 마을에 돌아온 걸 가리키지. 재앙의 씨를 뿌린 자는 더 심한 벌을 받게 될 거야!"

정작 이 모든 분란을 일으킨 자는 기이한 행동을 했다. 라이츠빌로 돌아온 후 짐 하이트는 어펌 하우스의 방에서 꼼짝하지 않았다. 어펌 부인의 말에 따르면 그는 식사마저 자기 방에서 먹는다고 했다. 그런데 감옥살이를 하는 듯하던 노라 라이트는 모습을 나타내기 시작했다! 물론 공적인 자리에 참석한 건 아니었다. 월요일 오후, 노라는 양지 바른 곳에 접이식 의자를 갖

다놓고 라이트 저택 뒤뜰 테니스장에서 퍼트리샤와 엘러리가
시합을 벌이는 것을 구경했다. 눈이 부신지 안경 위에 선글라
스를 덧쓰고는 살짝 미소를 띠고 있었다. 저녁에는 노라와 퍼
트리샤, 그리고 아직 스미스에게 적의를 품고 있는 카터 브래
드퍼드가 엘러리를 방문했다. "스미스 씨의 소설이 잘 되어가
고 있는지 궁금해서요." 엘러리는 앨버타에게 차와 오트밀 쿠
키를 내오게 하고, 노라를 늘 오는 사람처럼 다정하게 대했다.
그리고 화요일 밤에는…….

화요일 밤은 언제나 라이트 가족이 브리지 게임을 하는 시간
이었다. 카터 브래드퍼드는 라이트 가족과 저녁 식사를 함께했
고, 식사 뒤에는 카터와 퍼트리샤가 한편이 되고 헐마이니와
존 라이트가 한편이 되어 브리지 게임을 했다. 헐마이니가 8월
27일 화요일에는 스미스 씨도 다섯 번째 멤버로 함께하는 게
좋겠다고 초대했고, 엘러리는 기꺼이 승낙했다.

"나는 오늘은 구경만 할래. 카터와 아빠가 한편이 되고 엘러
리 씨와 엄마가 한편이 되어 게임을 해봐요. 나는 옆에서 훼방
이나 놓을게요." 퍼트리샤가 말했다.

"자, 그럼 시작합시다. 시간이 많이 없으니." 존 라이트가 말
했다. "판돈은 얼마로 할까요? 스미스 씨가 정하시죠."

"아무래도 좋습니다. 브래드퍼드 씨가 결정하세요."

"그럼 1점에 10센트로 해요. 카터, 어째서 검사에게 좀 더 많
은 봉급을 주지 않는지 모르겠구나." 헐마이니는 빠른 어조로
말하고는 갑자기 밝은 표정으로 덧붙였다. "하지만 지사가 되
면……."

"1점에 1센트로 하지요." 카터의 기다란 얼굴이 붉어졌다.

"카터, 나는 그런 뜻으로……."

"카터가 1센트로 하자고 하면 그렇게 해요. 틀림없이 카터가 이길 거예요." 퍼트리샤가 단언하듯 말했다.

"안녕하세요?" 노라의 목소리가 들려왔다. 그녀는 저녁 식사 때에 내려오지 않았었다. 헐마이니는 노라가 두통 때문에 내려오지 못한다고 말했는데, 지금 노라는 문가에 서서 그들에게 미소를 보내고 있었다. 그녀는 뜨개질 꾸러미가 담긴 바구니를 들고 와서 피아노 전등 밑의 푹신한 의자에 앉았다. "나도 혼자서 나름대로 영국을 위해 싸우고 있어요. 이게 벌써 열 번째 스웨터랍니다!" 그녀는 미소 지으며 말했다.

라이트 부부는 깜짝 놀라며 서로 눈짓을 주고받았고, 퍼트리샤는 무심히 엘러리의 머리카락을 흐트러뜨리며 만지작거렸다. "자, 시작합시다." 카터가 눌린 것 같은 목소리로 말했다.

게임이 시작되었다. 머리카락 속에서 그녀의 따뜻한 손을 느끼는 동시에 카터가 삐죽거리는 입술을 보며 엘러리는 상황이 꽤 재미있다고 생각했다. 두 판의 승부가 끝나자 카터는 카드를 탁자에 휙 집어던졌다.

"왜 그래, 카터?" 퍼트리샤가 깜짝 놀라며 물었다.

"카터 브래드퍼드, 갑자기 무슨……." 헐마이니가 말했다.

"자네, 왜 그러나?" 존 라이트가 그를 빤히 쳐다보며 물었다.

"패티, 네가 그러고 있으니 게임에 집중을 할 수가 없잖아!"

"내가 어때서! 나는 엘러리 씨 의자 팔걸이에 앉아 아까부터 한 마디도 하지 않았는데!" 퍼트리샤가 화를 냈다.

"그 사람 머리카락을 만지며 장난치고 싶거든 달 밝은 밖으로 데리고 나가지그래?"

퍼트리샤는 매섭게 카터를 쏘아보았다. 그러고는 엘러리에게 상냥하게 말했다. "카터의 무례함을 용서해주세요. 저 사람은 훌륭한 집에서 자랐지만 너무 거친 죄인들만 다루다보니……."

그때였다. 갑자기 노라가 소리를 질렀다. 아치형 복도에 짐 하이트가 서 있었다. 그는 초라한 여름 양복을 입고 있었고, 와이셔츠는 땀이 배어 더러웠다. 마치 이 더위에 아무런 목적이나 계획도 없이 전속력으로 뛰어다닌 사람처럼 보였다. 노라의 얼굴은 구름이 흩어진 하늘 같았다.

"노라." 노라는 뺨의 붉은빛이 점점 얼굴 전체로 퍼지더니 마침내 불꽃이 반사된 거울처럼 변해갔다. 아무도 움직이지 않았다. 아무도 입을 열지 않았다.

노라는 짐을 향해 달려갔다. 엘러리는 순간적으로 그녀가 너무 화가 나서 그를 덮치려는 게 아닌가 하고 생각했다. 그러나 노라는 화가 난 것이 아니라 극심한 공황 상태에 빠진 것이었다. 지금까지 오랫동안 삶의 모든 희망을 버리고 죽은 듯이 살아온 여자는 이제 두려움에 빠져 있었다. 그것은 부활의 환희에 대한 두려움이었다.

노라는 짐 옆을 지나 계단으로 달려 올라갔다. 짐 하이트는 기뻐 어쩔 줄 모르는 듯 보였다. 곧 그는 노라를 뒤쫓아 올라갔다. 그리고 남은 사람들 사이에서는 침묵이 흘렀다. 마치 살아 있는 조각 같다고 엘러리는 생각했다. 엘러리는 땀에 흠뻑 젖은 옷깃을 목에서 떼어냈다. 존 라이트와 헐마이니는 30년을 같이 산 부부답게 서로 눈짓으로 비밀스러운 이야기를 주고받았다. 퍼트리샤는 아무도 없는 현관 쪽을 응시했다. 퍼트리

샤의 가슴이 눈에 보일 정도로 오르내렸다. 카터는 자기와 퍼
트리샤 사이에 일어난 일과 짐과 노라에게 일어난 일이 뒤섞여
혼란스러운 듯 그저 퍼트리샤를 바라보고 있었다.

   잠시 후…… 2층에서 소리가 들려왔다. 침실 문이 열리는 소
리, 발소리, 계단을 내려오는 소리. 그러고는 노라와 짐이 현관
입구에 나타났다. "우리는 결혼할 거예요." 노라가 말했다. 꺼
진 전구 같던 그녀의 스위치를 짐이 다시 켠 듯했다. 그녀의 몸
에서 빛이 새어나오며 열을 발산하고 있었다.

   "지금 당장이요!" 굵고 반항적인 짐의 목소리였다. 그가 의
도한 것보다 더 거칠고 쉰 목소리가 나왔다. "당장 말입니다.
아시겠어요?" 모랫빛 머리카락의 뿌리부터 목울대까지 모두
빨개져 있었다. 그는 도전적인 눈빛으로 라이트와 헐마이니를
집요하게 쳐다보았다.

   "오, 언니!" 퍼트리샤가 소리쳤다. 그녀는 노라에게 급히 달
려가 언니의 입에 입을 맞추며 울다 웃기를 반복했다. 헐마이
니는 마치 죽은 사람이 짓는 듯한 얼어붙은 미소를 지었다. 라
이트는 "어쩔 수 없군" 하고 중얼거리며 의자에서 일어나 딸에
게 다가가 그녀의 손을 잡고, 의지할 데 없이 그 자리에 서 있
던 짐의 손도 잡았다. 카터는 "때가 되었군요, 둘 다 사랑으로
미쳐버렸어요!"라고 말하며 퍼트리샤의 허리에 팔을 감았다.
노라는 울지 않았다. 다만 그녀는 어머니를 가만히 바라보았
다. 지금까지 화석처럼 앉아 있던 헐마이니가 자세를 허물어뜨
리고 모든 사람들을 밀어젖히며 노라에게 다가갔다. 그녀는 노
라에게 키스하고 짐에게도 역시 키스하며 발작적으로 무슨 말
인가를 중얼거렸는데, 무슨 말인지는 알아들을 수 없었다. 아

니, 분명한 말로 표현했어도 마찬가지로 알아들을 수 없었을
것이다.

엘러리 퀸은 그 자리에서 살며시 빠져나오며 조금 외로움을
느꼈다.

# 6
## 라이트와 하이트의 결혼식

헐마이니는 전쟁터에서 적의 군대와 병력이 표시된 지도를 보며 작전을 세우는 야전사령관처럼 치밀하게 결혼식 계획을 세웠다. 노라와 퍼트리샤가 결혼식 혼수품을 사기 위해 뉴욕에 가 있는 동안, 헐마이니는 먼저 절차에 관한 문제들은 감리교회의 늙은 관리인인 토마스와 의논했다. 그리고 아르메니아 사람인 애꾸눈 앤디 비로바티안의 번화가 꽃가게에 가서 장식용 꽃에 관해 이야기했다. 그 후에는 두리틀 목사와 결혼식 리허설과 소년 합창단 구성 같은 예식 문제를 상의했다. 또한 음식을 담당할 존스 부인, 여행사 직원인 그레이시와도 의견을 나누었다. 모든 것을 알아보고 난 뒤에는 은행에 가서 남편 라이트와 결혼 비용에 대해 의논했다.

그러나 이러한 일련의 일들은 보급 장교의 교섭과도 같은 것이었다. 진짜 중요한 참모 장교의 대화는 라이츠빌의 상류층 부인들과 이루어졌다. "마치 영화의 한 장면 같았어요!" 헐마이니가 전화에 대고 말을 쏟아냈다. "처음엔 그냥 연인들끼리 싸운 것 이상은 아니었어요. ……그래요, 나도 세상 사람들이 뭐라고 하는지 알고 있어요!" 헐마이니는 쌀쌀맞게 말했다. "하지만 우리 노라를 억지로 데려가달라고 할 필요는 없었어요.

작년에도 하버의 훌륭한 청년과 노라의 혼담이 있었지만……
그렇지 않아요! 몰래 결혼시키다니요? 식은 교회에서 할 거예
요……. 물론 웨딩드레스를 입고요……. 네, 남미에 6주 예정
으로 갈 거예요……. 아, 그거야 짐이 은행에서 다시 일하도록
하면 되니까요……. 아뇨, 임원이죠! ……당연하죠! 노라 결
혼식에 부인을 초대 안 할 거라고 생각하시는 거예요?"

　짐이 라이츠빌로 돌아온 지 꼭 일주일 후인 8월 31일 토요일
에 짐과 노라는 마을의 감리교회에서 두리틀 목사의 주례로 결
혼식을 올렸다. 아버지가 신부의 손을 잡고 식장으로 들어갔
고, 카터 브래드퍼드가 짐의 들러리를 섰다. 결혼식이 끝난 후
에는 라이트 저택의 잔디밭에서 피로연을 열었다. 존 라이트가
1928년 버뮤다에서 배워온 비법으로 만든 럼 펀치가 나왔고,
짧은 윗옷을 입은 흑인 급사 스무 명 정도가 시중을 들었다. 오
건디 천으로 만든 드레스를 차려 입고 진짜 장미 꽃봉오리로
만든 화관을 머리에 쓴 에멀린 뒤프레는 여기저기 뛰어다니며
참견을 해댔다. "헐마이니가 이 민감한 상황을 얼마나 멋지게
처리했는지 몰라요. 짐의 눈 아래 보랏빛으로 부어오른 흔적이
우스꽝스럽지 않아요? 지난 3년간 짐은 술만 마셨을까요? 정
말 낭만적이죠!" 그러자 클래리스 마틴이 그녀에게 들으라는
듯이, 이 세상에는 태어날 때부터 입을 멋대로 놀려서 문제를
일으키는 사람이 어디든 꼭 한 사람은 있다고 말했다.

　잔디밭에서 피로연이 열리고 있는 동안 짐과 노라는 뒷문을
통해 살짝 빠져나갔다. 신랑 신부가 급행열차 시간에 늦지 않
게 에드 호치키스가 슬로컴까지 태워다주었다. 짐과 노라는 그
날 밤은 뉴욕에서 자고, 화요일에 리우데자네이루로 출발할 예

정이었다. 밖에서 서성거리던 엘러리는 신랑 신부가 에드의 자동차에 급히 올라타는 걸 보았다. 남편의 손을 꼭 잡은 노라의 눈은 보석처럼 빛났다. 남편 짐은 진지하고 자랑스러운 얼굴을 하고 있었다. 그는 소중한 유리 세공품을 다루듯 자기 아내를 조심히 차에 태웠다.

엘러리는 프랭크 로이드도 보았다. 결혼식 전날 사냥 여행에서 돌아온 로이드는 유감스럽지만 결혼식이나 피로연에 참석할 수 없을 것 같다는 편지를 헐마이니에게 보내왔다. 공교롭게도 그날 밤에 라이츠빌에서 멀리 떨어진 북부 지방에서 신문 발행인 회의가 열려서, 거기 참석해야 한다는 것이었다. 그는 〈라이츠빌 레코드〉의 사회부 기자 글래디스 헤밍워스가 결혼식 상황을 취재할 것이라고 전했다. 편지는 이렇게 끝을 맺었다. '노라의 행복을 기원합니다. F. 로이드.'

그런데 320킬로미터나 떨어진 곳에 있어야 할 로이드가 지금, 라이트 저택 뒤뜰 잔디밭 수양버들 그늘 밑에 숨어 있었다. 엘러리는 몹시 불안했다. 전에 퍼트리샤가 뭐라고 했더라? '프랭크 씨는 그 상황을 무척 분하게 받아들였어요'라고 했던가? 엘러리가 생각하기에 프랭크는 위험한 인물이었……. 단풍나무 뒤에 있던 엘러리는 짐과 노라가 택시를 타기 위해 부엌 문으로 빠져나갔을 때 실제로 돌을 집어들기까지 했다. 그러나 수양버들은 조용히 흐느낄 뿐이었고, 택시가 사라지자마자 프랭크 로이드는 숨었던 자리에서 나와 저택 뒤 숲으로 사라졌다.

결혼식이 끝난 다음 날인 화요일 밤에 퍼트리샤는 엘러리가 묵는 집 현관에 와서 일부러 쾌활하게 말했다. "노라 언니와 형부는 지금쯤 대서양 어디쯤 있겠죠."

"달빛 아래에서 손을 마주잡고 말이지요."

퍼트리샤는 한숨을 쉬었다. 엘러리는 그네 의자에 앉은 퍼트리샤의 옆에 앉았다. 둘은 어깨를 맞대고 함께 의자를 흔들었다. "오늘 밤의 브리지 게임은 어떻게 되었습니까?" 엘러리가 마침내 물었다.

"엄마가 취소하셨어요. 너무 지쳤는지 일요일부터 내내 침대에만 누워 계세요. 아버지는 우표첩을 손에 든 채 어쩔 줄 몰라 하시며 집 안을 서성거리고요. 딸을 빼앗긴 부모의 마음이 어떤 건지 저는 정말 모르겠어요."

"롤라는?"

"롤라 언니는 오지 않았어요. 엄마가 일부러 언니한테 찾아가서 와달라고 부탁했는데도 말이에요. 지금은 롤라 언니 이야기를…… 하고 싶지 않네요."

"그럼, 누구 이야기를 할까요?"

패티는 중얼거렸다. "당신 이야기."

"내 이야기?" 엘러리는 놀랐다. 그리고 웃으며 말했다. "그거 좋은 생각이군요."

"뭐라고요? 엘러리 씨, 저를 놀리시는군요!" 패티가 소리쳤다.

"놀리는 게 아니에요. 지금 당신 아버지는 곤란한 입장에 처해 있을 겁니다. 노라가 막 결혼했잖아요. 그런데 자기 딸을 위해 지은 집을 제가 사용하고 있으니, 라이트 씨는 지금 마음속으로만……."

"어쩜, 엘러리 씨, 당신은 정말 좋은 분이세요! 맞아요, 아빠는 어떻게 해야 할지 모르고 있어요. 소심하시거든요! 그래서 저한테 말해달라고 부탁하셨어요. 형부와 언니는 자기들 집에서 살고 싶을…… 음, 그러니까 제 말은, 누가 이렇게 될 거라고 생각을 했겠어요? 두 사람이 신혼여행을 끝내고 돌아오면 바로……. 하지만 이건 당신에게 너무 불공평해요……."

"공평한 일이죠! 나는 언제든지 비워줄 수 있어요."

"아니에요! 엘러리 씨는 6개월 계약으로 이 집을 빌렸잖아요. 소설을 쓰는 중이고요. 우리는 사실 아무 권리도 없어요. 다만 아빠는 몹시 난처해서……."

"괜한 소리!" 엘러리는 미소를 지으며 말했다. "당신의 머리카락에 좀 전부터 마음이 쓰여 견딜 수가 없네요. 사람의 머리카락 같지 않아요. 마치 비단실 속에 반딧불을 넣은 것처럼 빛나는군요."

퍼트리샤는 아무 말도 하지 않았다. 그러더니 엘러리에게서 좀 떨어져 앉으며 치마를 무릎 아래로 내렸다.

"그래서요?" 퍼트리샤는 이상한 목소리로 물었다.

엘러리는 더듬거리며 성냥을 찾았다. "그게 다예요. 그저 좀…… 특별해서요."

"알았어요. 제 머리카락이 사람의 것 같지 않다는 말이죠? 그저 좀…… 특별하다고요?" 퍼트리샤는 엘러리의 말을 따라했다. "그렇다면 저는 이제 가봐야겠어요. 카터가 기다리고 있으니까요."

엘러리는 불쑥 일어났다. "카터를 속상하게 하지 말아요! 다음 주 토요일까지면 괜찮을까요? 내 생각엔 당신 어머니가 이 집을 다시 꾸미고 싶어 하실 것 같은데. 지금 라이츠빌에서는 머물 곳을 구할 수 없으니 나는 라이츠빌을 떠날 수밖에………."

"어머, 내 정신 좀 봐. 가장 중요한 일을 잊을 뻔했군요." 그녀는 그네 의자에서 일어서서 나른하게 기지개를 켰다. "부모님은 엘러리 씨가 원하는 한 우리 집 손님으로 얼마든지 있어도 좋다고 하셨어요. 그럼 안녀어어엉히!"

그녀는 떠났다. 재앙의 집의 현관에 남은 엘러리 퀸은 대단히 흡족한 기분이 들었다.

# 7
## 핼러윈 : 가면

짐과 노라는 10월 중순에 신혼여행에서 돌아왔다. 볼드 산은 단풍으로 붉게 물들었고, 거리는 낙엽을 태우는 연기 냄새로 가득했다. 슬로컴에서 열린 박람회는 대성황을 이루었다. 제스 왓킨스의 얼룩무늬 젖소 파니 9호는 멋진 젖소 찾기 대회에서 1등을 수상해 라이츠빌을 빛냈다. 장갑을 끼지 않은 아이들은 고무장갑처럼 빨갛게 언 손으로 시끌벅적하게 거리를 뛰어다녔고, 밤공기는 하늘의 별까지 얼려버릴 듯 싸늘했다. 농장에서는 마치 화성에서 온 작은 오렌지 종족처럼 호박들이 신비롭게 줄지어 앉아 있는 것을 볼 수 있었다. 헐마이니의 먼 친척이자 시청에 근무하던 에이모스 블루필드가 10월 11일에 뇌내출혈로 갑자기 세상을 떠나, 관례대로 엄숙하게 장례식을 치렀다. 노라와 짐은 하와이 원주민처럼 새까만 얼굴로 기차에서 내렸다. 짐은 장인을 보고 싱긋이 웃었다. "무슨 일이 있나요? 우리를 환영하기 위해 모인 사람이 너무 적은데요?"

"요즘 이 도시는 다른 문제들로 바쁘다네. 내일이 징병 등록일이거든." 존 라이트가 말했다.

"이런! 노라, 난 아주 까맣게 잊고 있었어."

"어쩌면 좋아요! 또 새로운 걱정이 생겼네!" 그녀는 힐 지역에 도착할 때까지 짐의 팔짱을 낀 채 떨어질 줄 몰랐다. "마을이 온통 난리야. 그건 그렇고 노라야, 정말 좋아 보이는구나!" 헐마이니가 말했다.

노라는 확실히 건강해 보였다. "4.5킬로그램이나 늘었어요." 노라는 웃으며 말했다.

"결혼해보니 어때요?" 카터 브래드퍼드가 물었다.

"카터, 빨리 결혼해서 직접 느껴봐요. 어머나, 패티, 너 정말 예쁘구나!"

"저한테는 기회조차 없습니다. 말재주 좋은 작가가 라이트 저택 안에 있으니까요." 카터는 투덜거리듯 말했다.

"상대가 안 된다는 말인가?" 짐이 싱글거렸다.

"저택 안이라뇨?" 노라가 놀란 목소리로 물었다. "엄마, 저한테는 아무 말도 안 하셨잖아요."

"그 정도는 해드려야 한다고 생각했다, 노라야. 아무튼 계약을 물러주셨으니 얼마나 고마운 분이니?"

"좋은 친구지." 존 라이트가 말했다. "애야, 우표는 좀 사왔니?"

이때 퍼트리샤가 초조한 듯이 말했다. "언니, 남자들은 그냥 내버려두고 우리끼리 어디 가서 얘기 좀 해."

"우선 네 형부와 내가 가지고 온 선물을 풀어본 다음 그렇게 하자." 그들이 탄 리무진이 라이트 저택의 드라이브 길로 접어들자 노라는 눈이 휘둥그레졌다. "짐, 저것 좀 봐요!"

"정말 놀랐는데!" 큰 저택 옆의 작은 집은 10월의 태양 아래서 빛나고 있었다. 새로 페인트칠한 벽은 하얗고, 덧문과 창틀은 검붉었으며, 새로 가꾼 정원은 초록빛이었다. 그 모든 것이

어우러져 마치 아름답게 포장된 선물꾸러미 같았다.

"정말 보기 좋군요." 짐이 말하자 노라는 그를 보고 미소 지으며 손을 꼭 잡았다.

"얘들아, 집 안을 보면 더욱 놀랄 거다." 헐마이니는 자랑스럽게 말했다.

"아름답게 꾸며진 집이 정다운 두 사람을 기다리고 있어." 패티가 말했다. "어머, 언니, 우는 거야?"

"너무나 예뻐!" 노라는 흐느끼며 아버지와 어머니 품에 안겼다. 노라와 그녀의 남편은 엘러리가 살았던 짧은 기간을 제외하면 3년 동안이나 비어 있던 집 안으로 손을 잡고 들어갔다.

엘러리는 신혼부부가 돌아오기 전날, 작은 가방 하나를 들고 여행을 하고 오겠다며 정오 기차를 탔다. 눈치 빠르게 자리를 피해주다니 정말 좋은 사람이라는 증거라고 퍼트리샤는 말했다. 진짜 이유가 무엇이든, 엘러리는 징병 등록일 다음 날인 10월 17일에 돌아왔다. 얼마 전까지만 해도 재앙의 집이라고 소문이 나 있던 집에서 이제는 떠들썩하게 웃는 소리가 났다. 더 이상 재앙의 집이라는 말을 들을 이유가 전혀 없었다. "스미스 씨, 이 집을 비워주셔서 정말 감사드려요." 이렇게 말하는 노라의 콧잔등에는 벌써 주부답게 얼룩이 묻어 있었다.

"밝게 빛나는 얼굴이 저에게는 더할 수 없는 감사 인사로 보입니다."

"아첨이 심하시네요!" 노라는 풀을 빳빳하게 먹인 앞치마를 잡아당기고 웃으며 말했다. "저는 예전에……"

"아파 보였었죠. 행복한 신랑은 어디 갔습니까?"

"자기 짐을 찾으러 역에 갔어요. 뉴욕의 아파트에서 이곳으로 오기 전에 책과 옷가지들을 라이츠빌 역으로 부쳤대요. 그 짐들을 지금까지 역 창고에 그냥 맡겨둔 모양이에요. 어머, 저기 돌아왔어요! 여보, 다 찾아왔어요?"

가방, 책 상자, 트렁크 들을 가득 실은 에드 호치키스의 택시에서 짐이 손을 흔들었다. 에드와 짐이 그것을 날라 왔다. 엘러리는 짐에게 무척 건강해 보인다고 말했고, 짐은 정이 듬뿍 담긴 악수를 건네며 집을 비워줘서 고맙다고 말했다. 노라는 엘러리에게 점심을 함께하자고 청했지만, 엘러리는 두 분이 집안을 다 정돈하고 난 후에 그런 폐를 끼치겠다며 사양하고 돌아갔다. 엘러리가 떠나려 할 때 노라가 말했다. "여보, 책이 진짜 많네요!" 노라의 말에 짐이 대답했다. "책이란 건 실제로 짐을 싸보기 전까지는 도대체 얼마나 많은지 감을 잡을 수가 없어. 에드, 그 책 상자를 우선 지하실에 넣어줘요."

엘러리가 뒤돌아보니 짐과 노라는 서로 손을 맞잡고 있었다. 그는 혼자 싱긋 웃었다. 저 신혼집 벽 속에 혹시나 재앙이 숨어 있다면, 그것은 틀림없이 벽 속 아주 깊은 곳에 꼭꼭 숨어 있을 것이라고 엘러리는 생각했다.

엘러리는 소설 쓰는 일에 집중했다. 헐마이니는 엘러리에게 위층 전체를 마음대로 사용하도록 내주었는데, 그는 식사 시간을 제외하고는 위층 자기 구역에서 나오지 않았다. 헐마이니와 퍼트리샤와 루디는 밤늦게까지 그가 타자기 치는 소리를 들을 수 있었다. 엘러리는 짐과 노라를 거의 만나지 않았지만, 저녁 식사를 할 동안에는 새로 생긴 소문은 없나 귀를 쫑긋 기울였다.

그러나 짐과 노라는 행복한 듯했다. 은행에서 다시 일을 시작하게 될 짐에게는 개인 사무실과 '부행장 하이트'라고 새겨진 청동 명패가 기다리고 있었다. 예전에 알고 지내던 사람들은 가끔 들러 그에게 행복을 빌고 야비한 호기심을 드러내며 노라는 잘 지내는지 등을 물었다.

그들의 작은 집도 유명해졌다. 힐 지역의 부인들이 번갈아가며 찾아와 날카로운 눈으로 구석구석을 살피고 조그만 흠이나 티끌도 놓칠세라 샅샅이 둘러보았다. 노라는 차와 미소로 부인들을 일일이 상대했고, 나쁜 호기심이 빗나가 실망한 표정을 짓는 부인들을 보면서 마음속으로 웃었다. 헐마이니는 결혼한 자기 딸을 자랑스럽게 여겼다.

엘러리는 자기가 재앙의 집에 대해 어리석은 상상을 하고 있었음을 깨달았다. 재앙의 집은 사라졌다. 인생이 이토록 비협조적이니 엘러리는 소설 속 범죄를 창조해낼 계획을 세우기 시작했다. 그리고, 사실 그는 모든 등장인물들을 좋아했기 때문에, 이렇게 된 것이 기뻤다.

10월 29일, 워싱턴에서 징병 추첨 번호가 발표되었다. 짐과 카터 브래드퍼드는 추첨에 걸리지 않았다. 30일 아침 일찍, 엘러리가 홀리스 호텔에 들러 뉴욕 신문을 사는 것이 목격되었다. 그가 신문을 읽고 어깨를 으쓱하더니 그것을 던져버리는 모습을 마크 두들의 아들 그로버가 보았다.

31일은 광란의 하루였다. 힐 지역의 집들은 하루 종일 누가 누르는지 모르는 초인종 소리에 시달렸다. 포장된 도로에는 무슨 뜻인지도 모를 무서운 모양의 기호들이 색분필로 그려져 있었고, 저녁이 되자 이상하게 옷을 걸친 기괴한 도깨비들이 얼굴에 물감을 칠하고 팔을 휘두르며 온 거리를 뛰어다녔다. 마을의 여자들은 립스틱이며 콤팩트, 아이섀도 등이 없어진 것을 알고 화를 내며 작은 도깨비들의 엉덩이를 때렸다. 아이들은 쓰라린 엉덩이를 어루만지며 잠자리에 들었다. 모든 것들이 즐거웠고 향수를 느끼게 했다. 저녁 식사 전에 산책을 한 엘러리는 다시 어린아이로 돌아가 10월 31일 핼러윈의 장난을 치고 싶었다. 라이트 저택으로 돌아오는 길에 짐 하이트의 집에 불이 켜져 있는 것을 본 그는 문득 그곳을 방문하고 싶다는 생각이 들어 그 집 초인종을 눌렀다.

 문을 열어준 사람은 노라가 아니라 퍼트리샤였다. "저를 피해 도망가신 줄 알았는데요. 다시는 당신을 못 만날 줄 알았어요." 퍼트리샤가 말했다. 엘러리는 그녀의 얼굴을 잠시 뚫어지게 바라보았다. "왜 그러세요?" 퍼트리샤는 얼굴을 붉혔다. "당신은 정말 괴짜예요! 언니, 유명한 작가 선생님이 왔어."

 "어서 들어와요!" 노라가 거실에서 소리쳤다. 그녀는 책을 한 아름 안고 마룻바닥에 대충 쌓여 있는 책더미를 더 집으려 애쓰던 중이었다.

 "저런, 도와드리지요!" 엘러리가 말했다.

 "오, 아니에요. 그냥 보기만 하세요." 노라는 대답하고 계단 위로 올라갔다.

 "언니는 2층에 있는 침실 하나를 서재로 꾸미려고 해요." 퍼트리샤가 바닥에 흐트러진 책을 주워 정리하는 동안 엘러리는 책 제목들을 무심히 봤다. 그때 노라가 책을 더 가지러 아래층으로 내려왔다. "노라, 짐은 어디 있습니까?" 엘러리가 물었다.

"은행에 있어요." 노라는 허리를 구부리며 말했다. "중요한 중역 회의가 있다던데요." 그녀는 두 팔 가득히 책들을 새로 안아 올렸다. 그때 맨 위의 책이 한 권 떨어지더니 연이어 계속 떨어지기 시작했고, 노라는 쏟아지는 책에 놀라 주저앉았다. 애써 안아 올린 책이 절반쯤 바닥에 떨어졌다.

"어머, 언니! 편지야!" 퍼트리샤가 말했다.

"편지? 어디? 어머, 그렇구나!" 노라가 안고 있던 책 중 갈색 헝겊으로 장정된 큰 책 사이에 봉투가 몇 장 끼워져 있었다. 노라는 의아한 표정으로 그걸 주워들었다. 봉투들은 봉해져 있지 않았다.

"쓸데없는 낡은 봉투 따위는 내버려두고 빨리 책이나 정리해, 언니. 안 그러면 언제 끝날지 몰라."

노라는 얼굴을 찌푸렸다. "이 안에 뭔가가 있어, 패티. 이건 모두 네 형부 책인데. 내 생각엔……." 그녀는 봉투 하나를 열고 그 속에서 종이를 꺼내 천천히 읽었다.

"노라, 괜찮아요?" 엘러리가 물었다.

노라는 기운 없이 말했다. "모르겠어요." 그러고는 다 읽은 종이를 봉투 속에 다시 넣었다. 다음 봉투에서도 비슷한 종이를 꺼내 읽고, 다시 봉투에 넣고, 세 번째 것도 꺼내 읽었다……. 세 번째 종이를 봉투에 넣을 무렵에, 그녀의 얼굴은 젖은 모랫빛이 되어 있었다. 퍼트리샤와 엘러리는 까닭도 모른 채 서로를 쳐다보았다.

"와!"

이 소리에 노라가 갑자기 비명을 지르며 몸을 홱 돌렸다. 문 입구에서 한 남자가 종이 가면을 쓴 채 두 손을 앞으로 내밀고 위협하는 몸짓을 하고 있었다. 노라의 눈동자가 위로 뒤집히듯 올라가더니 흰자위만 남았다. 그녀는 세 장의 봉투를 손에 쥔 채 바닥에 쓰러졌다.

"노라!" 짐이 우스꽝스러운 핼러윈 가면을 벗어던지며 급히 달려왔다. "노라, 이러려고 한 게 아닌데……."

"형부, 이게 무슨 짓이에요!" 퍼트리샤는 숨을 헐떡이며 노라 옆에 무릎을 꿇었다. "언니, 정신 차려! 언니!"

"처제, 비켜줘." 짐은 쉰 목소리로 말하고는 축 늘어진 노라를 안고 2층으로 올라갔다.

"그냥 기절한 거예요." 엘러리는 부엌으로 달려가는 퍼트리샤에게 말했다. "곧 괜찮아질 테니 염려 말아요, 패티!" 퍼트리샤는 물이 가득 담긴 컵을 들고 허둥댔다. 걸을 때마다 물이 쏟아졌다. "나한테 줘요." 엘러리가 물컵을 받아들고 2층으로 달려 올라가자 퍼트리샤도 뒤따라왔다.

노라는 침대에 누운 채 반쯤 정신이 나간 듯했고, 짐은 그녀의 두 손을 두드리며 풀이 죽어 있었다. "잠깐 실례합니다." 엘러리가 말했다. 그는 어깨로 짐을 밀어젖히고 노라의 창백한 입술에 물컵을 갖다댔다. 그녀는 그의 손을 밀어내려 했으나, 엘러리가 그녀의 볼을 찰싹 때리자 정신을 차리고 흐느끼며 물을 조금씩 마셨다. 그러고는 베개에 머리를 묻고 두 손으로 얼굴을 가렸다. "모두 저리들 가요." 노라는 흐느끼며 말했다.

"언니, 이젠 괜찮아?" 패티가 불안한 듯 물었다.

"그래, 그러니 이제 날 좀 내버려둬. 부탁이야!"

"자, 그만 내려들 가세요. 우리 둘만 있게 해줘요."

노라가 얼굴을 가렸던 손을 내렸다. 그녀의 얼굴은 눈물로 통통 부어 있었다. "당신도 내려가요, 여보."

짐이 놀란 눈으로 그녀를 바라보았다. 퍼트리샤가 짐을 데리고 방에서 나갔다. 엘러리도 찌푸린 얼굴로 침실 문을 닫고 그들과 함께 아래층으로 내려갔다. 짐은 술병이 들어 있는 찬장을 열고 위스키를 가득 따라 자포자기한 듯 들이마셨다. "언니가 그렇게 걱정하는데 또 마셔요?" 퍼트리샤가 책망하듯 말했다. "형부가 이렇게 많이 마시지만 않았어도……."

짐은 화를 내며 소리쳤다. "난 안 취했어! 노라한테는 내가 술을 마셨다고 말하지 마! 알겠어?"

"알았어요, 형부." 퍼트리샤가 조용히 대답했다. 그들은 기다렸다. 퍼트리샤가 가끔 계단 밑으로 가서 2층을 올려다보았고, 짐은 왔다 갔다 하며 서성거렸다. 엘러리는 소리 없이 휘파람을 불었다. 갑자기 노라가 그들 앞에 나타났다.

"언니! 좀 괜찮아졌어?" 퍼트리샤가 소리쳤다.

"아무렇지도 않아." 노라는 미소를 지으며 계단을 내려왔다. "죄송해요, 스미스 씨. 갑자기 모든 게 무서워져서 그랬어요."

짐은 그녀를 두 팔로 껴안았다. "오오, 노라……."

"이젠 괜찮아요, 여보!" 노라는 웃었다.

그렇지만 그녀는 그 세 통의 편지에 대해서는 조금도 언급하지 않았다.

## *8*
## *핼러윈 : 붉은 글씨의 편지*

저녁 식사 후 짐과 노라가 라이트 저택 현관에 나타났을 때, 노라의 기분은 상당히 유쾌해 보였다.

"짐, 패티가 그 바보 같은 가면에 대해 얘기해줬네. 노라야. 이젠 정말 괜찮니?" 헐마이니가 물었다.

"그럼요, 엄마. 조금 놀랐을 뿐인데 왜 이렇게 야단들이세요!"

존 라이트는 어리둥절한 표정으로 사위를 조심스럽게 지켜보았다. 짐은 어색한지 그냥 웃고만 있었다.

"패티, 카터는 왜 안 오니? 카터랑 같이 오늘 밤에 공회당에 간다고 하지 않았니?" 헐마이니가 물었다.

"머리가 아파서 카터한테 좀 쉬어야겠다고 했어요. 그럼, 저는 안으로 들어갈래요." 퍼트리샤는 그렇게 말하고는 집 안으로 들어가버렸다.

"스미스 씨, 우리와 함께 가지 않겠소? 오늘 밤에 강연할 종군기자는 말솜씨가 좋답니다." 존 라이트가 말했다.

"고맙습니다만 소설을 써야 해서요. 좋은 시간 보내세요!"

사람들을 태운 짐의 새 자동차가 힐 드라이브를 내려가 보이지 않게 되자, 엘러리는 라이트 저택 현관을 내려가 쟁반같이 둥근 보름달 빛을 받으며 소리 없이 잔디밭을 가로질렀다. 그는 노라의 집 둘레를 돌며 창문들을 살폈다. 모든 방의 불이 꺼져 있었다. 목요일 밤마다 쉬는 앨버타가 집으로 돌아간 모양이었다. 엘러리는 만능열쇠로 부엌문을 열고 들어가 손전등을 비추며, 거실을 거쳐 2층으로 발소리를 죽여 조심스럽게 올라갔다. 계단을 다 올라간 그는 얼굴을 찡그리며 멈춰 섰다. 노라의 침실 문 밑으로 가느다란 불빛이 새어나오고 있었다. 그는 귀를 기울였다. 방 안에서 서랍 여닫는 소리가 났다. 도둑일까? 아니면 누가 아직까지 핼러윈의 장난을 치는 걸까? 엘러리는 손전등을 곤봉처럼 거머쥐고 문을 걷어찼다. 노라의 화장대 서랍 앞에 쭈그리고 앉아 있던 퍼트리샤가 비명을 지르며 벌떡 일어섰다. "안녕?" 엘러리가 다정한 목소리로 인사했다.

"나쁜 사람! 놀라서 죽을 뻔했다고요!" 퍼트리샤는 엘러리가 재미있다는 듯 자기를 쳐다보는 걸 깨닫고 얼굴을 붉혔다. "제게는 변명의 여지가 있어요. 동생이니까요. 하지만 당신은, 당신은 명백히 남의 집에 멋대로 들어온 거예요, '엘러리 퀸' 씨!"

엘러리는 깜짝 놀라서 입이 떡 벌어졌다. "이런 작은 악마 같으니라고. 나에 대해 전부 알고 있었군요?" 그는 감탄하며 물었다.

"그럼요. 저는 전에 당신의 강연을 들은 적이 있어요. '현대 문명에서 탐정 소설의 위치'라는 강연이요. 꽤 잘난 척이 심하시던데요."

"웰즐리 대학에서?"

"사라로렌스 대학이요. 그때 당신이 무척 멋진 분이라고 생각했는데. 세상의 영광은 이렇게 덧없이 지나가버리는군요.*
어쨌든 걱정할 필요는 없어요. 당신이 감추고 있는 신분에 대
해선 폭로하지 않을 테니까요." 엘러리 퀸은 그녀에게 키스했
다. "음, 나쁘지 않네요. 하지만 지금은 안 돼요⋯⋯. 그만해
요, 엘러리 씨, 다음에요. 엘러리 씨, 그 편지 말인데요, 당신밖
에 의논할 사람이 없어요. 부모님이 아시면 얼마나 걱정을 하
실지⋯⋯." 패티가 말했다.

"카터 브래드퍼드는?" 엘러리는 건조한 말투로 물었다.

"카터는⋯⋯." 퍼트리샤는 얼굴을 찡그리며 말했다. "글쎄
요, 카터에게는 좋지 않은 일은 왠지 알리고 싶지 않아요. 만일
이 일이⋯⋯ 아직 저는 뭐가 뭔지 모르겠어요."

엘러리가 말했다. "당신 말이 맞아요. 립스틱 맛 좋은데요."

"닦으세요. 빨리요." 퍼트리샤는 기운 없이 말했다. "언니
는 편지 내용에 대해 왜 말하지 않았을까요?" 퍼트리샤가 소리
쳤다. "어째서 그 편지를 방에 두고 거실로 돌아왔을까요? 왜
우리를 침실에서 내쫓았을까요? 엘러리 씨, 저는⋯⋯ 무서워
요."

엘러리는 그녀의 차가운 두 손을 꼭 잡아주었다. "우선 그 편
지를 찾도록 합시다."

그는 편지를 옷장 속 선반 위에 있는 모자 상자 안에서 찾았
다. 세 통의 편지는 보랏빛 베일이 달리고 꽃 장식이 있는 모자
밑에 놓여 있었다.

"허술하게도 감춰놓았군요." 엘러리 퀸이 안쓰럽다는 듯이
말했다.

* *Sic transit gloria mundi*, 라틴어 격언.

"불쌍한 언니……" 패티가 말했다. 그녀의 입술이 창백했다. "좀 보여주세요!" 엘러리는 세 통의 편지를 건네주었다. 봉투마다 우표가 붙어 있어야 할 자리에 빨간 색연필로 날짜가 적혀 있었다. 퍼트리샤는 미간을 찡그렸다. 엘러리는 퍼트리샤에게서 봉투를 받아 봉투에 쓰인 날짜 순서대로 정리했다. 날짜는 11월 28일, 12월 25일, 1월 1일로 되어 있었다. 퍼트리샤는 의아한 듯이 말했다. "로즈메리 하이트에게 보내는 편지들이네요. 형부의 하나뿐인 누이동생인데, 우리는 아직 만나본 적이 없어요. 그런데 이상해요. 주소가 적혀 있지 않아요……."

"그건 그렇게 이상한 게 아녜요. 이상한 점이 있다면 빨간 색연필로 썼다는 것이……." 엘러리는 이마에 주름을 지으며 말했다.

"아, 그건 형부의 습관이에요. 형부는 언제나 펜 대신 빨간 색연필을 써요."

"그럼, 이 봉투에 적힌 누이동생의 이름은 짐이 직접 쓴 겁니까?"

"네, 형부의 글씨예요. 보면 금방 알 수 있죠. 엘러리 씨, 이 편지들은 도대체 무슨 내용일까요?"

엘러리가 첫 봉투에서 편지를 끄집어냈다. 노라가 정신을 잃으면서 꽉 움켜진 탓에 구겨져 있었다. 편지의 내용 역시 빨간 색연필로 쓰여 있었다. 퍼트리샤가 그것이 짐의 필적임을 확인해주었다.

*11월 28일*
*동생에게*

너무 오랫동안 연락을 하지 못했구나. 하지만 너도 내가 바빴다는
걸 알고 있지? 오늘은 아내가 아파서 너에게 편지 쓸 시간도 많지
는 않구나. 아직 확실하진 않지만, 심한 병 같지는 않다. 어떤 병인
지 의사도 모르겠다고 하니 큰 병이 아니기를 바랄 뿐이다. 물론
계속 너에게 연락하마. 너도 곧 답장해주기 바란다.

사랑하는, 짐

"무슨 말인지 이해할 수가 없네요." 패티가 천천히 말했다.
"언니는 요즘처럼 좋은 때가 없었는데요. 엄마와 저는 얼마 전
에 언니의 건강에 대해 얘기했어요. 엘러리 씨……."

"노라가 최근에 윌러비 선생님께 진찰받은 적이 있습니까?"

"아뇨, 어쩌면…… 하지만 진찰을 받지는 않았어요."

"그렇군요." 엘러리는 그렇게 말했으나 그 말투에서는 아무
것도 짐작할 수 없었다.

"게다가 11월 28일이라니……. 아직 한 달이나 있어야 하잖
아요, 엘러리 씨! 형부는 어떻게 앞일을 미리 알 수 있을까요?"
퍼트리샤는 잠시 가만히 있다가 좀 목이 쉰 목소리로 다시 말
했다. "다음 것을 펴보세요!"

두 번째 편지는 첫 번째 것보다 짧았고, 같은 빨간 색연필에
같은 필체로 쓰여 있었다.

*12월 25일*
동생에게
너에게 걱정을 끼치고 싶진 않다. 그래도 알리지 않을 수가 없구
나. 아내는 전보다 더욱 안 좋다. 많이 위독하단다. 우리는 최선을

다하고 있다. 상황이 급박하니 이만 줄인다.

짐

"상황이 급박하니 이만 줄인다. 짐." 퍼트리샤는 반복했다. "상황이 급박하니 이만 줄인다라니. 날짜는 12월 25일이고요!" 엘러리의 눈빛이 어두워졌다. "언니는 병이 나지도 않았는데, 어째서 위독하다고 했을까요?" 퍼트리샤는 거의 울먹이는 목소리로 말했다. "앞으로 두 달 후의 일인데요!"

"세 번째 편지를 읽어보는 게 좋을 것 같군요." 엘러리는 말하며 마지막 봉투에서 편지를 꺼냈다.

"도대체 무슨……?"

그는 퍼트리샤에게 편지를 건네주고, 신경질적으로 담배를 피우며 노라의 침실 안을 걸어 다녔다.

퍼트리샤는 눈을 크게 뜨고 편지를 읽었다. 그 편지 역시 같은 필적으로, 빨간 색연필로 쓰여 있었다.

1월 1일
사랑하는 동생에게
그녀가 죽었다. 오늘 떠나고 말았단다.
내 아내가 가버렸어. 그녀가 세상에 살아 있었던 것 같지 않은 기분이다. 아내의 마지막은…… 아, 더 이상 쓸 수가 없구나. 가능하면 빨리 이곳으로 와다오.

짐

엘러리가 말했다. "자, 귀여운 아가씨, 지금은 울 때가 아니에요." 그러고는 그의 팔을 패티의 허리에 둘렀다.

"도대체 이게 무슨 의미일까요?" 그녀는 흐느끼며 물었다.

"그만 울라니까요." 퍼트리샤는 몸을 옆으로 돌려 얼굴을 감췄다.

엘러리는 편지를 각각 제 봉투에 넣고, 처음 발견했던 위치에 정확하게 놓았다. 그러고는 모자 상자를 옷장의 제자리에 되돌려놓고, 퍼트리샤가 어질러놓은 화장대 서랍을 닫고, 노라의 손거울을 제자리에 놓았다. 그리고 방을 세밀하게 살핀 다음 방 밖으로 퍼트리샤를 데리고 나와서 스위치를 눌러 방의 불을 껐다. "문은 열려 있었습니까?" 엘러리가 물었다.

"닫혀 있었어요." 퍼트리샤가 목 멘 소리로 대답했다.

그가 문을 닫았다. "잠깐만요. 갈색 헝겊으로 된 그 두꺼운 책은 어디로 갔죠? 그 편지들이 들어 있었던 책 말이에요."

"형부의 서재에요." 패티는 그 말을 입 밖에 내는 것조차 힘들어했다.

그들은 노라가 남편을 위해 침실을 개조해 서재로 만든 방에서 그 책을 찾았다. 엘러리가 책상 위의 스탠드를 켜자, 벽에 그림자가 길게 뻗쳤다. 퍼트리샤는 그의 팔을 붙잡고 몸을 돌려 뒤를 힐끗 보았다. "꽤 좋은 상태로 보존이 되었군요." 엘러리가 책장에서 그 책을 찾아 집어 들며 말했다. "헝겊 표지의 색도 아직 바래지 않았고, 책장의 모서리도 깨끗해요."

"무슨 책이에요?" 퍼트리샤가 작은 목소리로 물었다.

"에지컴의 《독물학》."

"독물학!" 퍼트리샤의 눈이 공포로 가득 찼다.

엘러리는 표지를 세밀하게 살폈다. 그런 다음 손으로 책을 펼치려 하는데, 한 귀퉁이가 접혀진 책 한쪽이 저절로 펼쳐졌다. 그렇게 접힌 페이지는 그곳뿐이었다. 책 등에 깊은 주름이 패인 위치가 접힌 페이지의 위치와 나란한 걸로 보아, 세 통의 편지는 여기에 끼워져 있었던 게 분명하다고 엘러리는 생각했다. 그는 그 페이지를 읽기 시작했다.

"무슨 내용이에요? 형부는 이 《독물학》 책으로 뭘 하려는 걸까요?" 퍼트리샤는 몹시 흥분해서 말했다.

엘러리는 그녀를 쳐다보았다. "이 두 페이지는 여러 종류의 비소 화합물에 관해 쓰여 있어요. 화학식, 유독 작용, 기관이나 조직 속에 있는 독을 검출하는 방법, 해독제, 치사량, 비소중독 때문에 생긴 병의 처방 등에 대해서요."

"중독!"

엘러리는 스탠드의 불빛이 가장 밝게 비추는 곳에 책을 놓았다. 그리고 굵은 글씨로 인쇄된 '삼산화비소'라는 글자를 손가락으로 가리켰다. 엘러리는 손가락으로 페이지를 훑어 내려갔다. 책에는 '백색, 무미, 독성이 강함' 같은 삼산화비소의 특성이 적혀 있었고, 치사량도 나와 있었다. 그 문단에는 빨간 색연필로 밑줄이 그어져 있었다.

퍼트리샤는 일그러진 입술 사이로, 낮지만 또렷한 목소리로 결국 이 말을 내뱉고 말았다. "형부가 언니를 살해할 계획을 세우고 있어요."

제2부

# 9
## 번제 제물

"형부가 언니를 살해할 계획을 세우고 있어요."

엘러리는 책을 책장에 다시 꽂았다. 패티에게 등을 돌린 채로 엘러리가 말했다. "말도 안 되는 소리 말아요."

"그 편지를 봤잖아요! 당신도 분명히 읽었잖아요!"

엘러리는 한숨을 내쉬었다. 그는 그녀의 허리에 팔을 감고 어두운 아래층으로 내려와 밖으로 나왔다. 밖에는 낮익은 달이 떠 있었고, 별들이 차갑게 반짝이고 있었다. 퍼트리샤가 몸을 떨자 허리를 감은 그의 손에 힘이 들어갔다. 두 사람은 달빛에 빛나는 잔디밭을 가로질러 정원에서 가장 큰 느릅나무 밑으로 갔다. "하늘을 올려다봐요. 그리고 아까 그 말을 다시 한 번 해 봐요."

"설교는 그만두세요! 이건 감상적인 일이 아니란 말예요. 우리는 광란의 1940년대 미국에 살고 있어요. 그리고 짐은 미쳤어요. 미친 게 분명해요!" 그녀는 울기 시작했다.

"사람의 마음이란⋯⋯." 엘러리는 말을 하려다 그만두었다. 사람의 마음이란 신기하고도 아주 미묘한 것이라고 말하려 했다. 그러나 그 말은 참으로 애매한 표현이란 생각이 들었다. 사실을 말하자면⋯⋯ 좋지 않았다. 아주 좋지 않았다.

"언니가 위험해요." 패티가 흐느꼈다. "엘러리 씨, 내가 뭘 어떻게 하면 좋을까요?"

"패티, 시간이 좀 지나면 진실을 알 수 있을 거예요."

"하지만 이건 그대로 둘 문제가 아니에요! 언니가 어떻게 행동하는지 봤잖아요. 엘러리 씨, 언니는 정말로 두려워했어요. 그런데도 저렇게 태연한 척하다니. 아, 언니는 이미 결심을 했나봐요. 모르시겠어요? 언니는 믿지 않기로 결심한 거예요. 눈앞에서 그 편지들을 팔락거려도 그 사실을 받아들이려 하지 않을 거예요. 이성을 가진 마음의 문을 잠깐 열었다가 곧 닫아버렸어요. 그리고 하느님한테조차 거짓말을 할 작정인가봐요."

"그래요." 엘러리는 그녀를 끌어안으며 위로했다.

"형부는 언니를 그토록 사랑했었는데! 그날 밤, 둘이 함께 내려와 결혼하겠다고 했을 때의 표정을 엘러리 씨도 봤죠. 형부는 행복해했어요. 신혼여행에서 돌아왔을 때처럼 행복해하는 모습을 본 적이 없었는데." 퍼트리샤는 목소리를 낮춰 말했다. "그는 어쩌면 미쳐버린 건지도 몰라요. 어쩌면 처음부터 그랬는지도 모르죠. 위험한 미치광이인 거예요!" 엘러리는 아무 대답도 하지 않았다. "아, 어떻게 엄마한테 이 사실을 알리지? 아빠한테 먼저 알려야 하나? 두 분 모두 이 사실을 알면 충격으로 돌아가실 텐데, 말해봤자 좋을 게 하나 없어요. 하지만…… 역시 말씀드리지 않을 수 없겠죠!"

힐 드라이브를 올라오는 자동차 소리가 들렸다.

"퍼트리샤, 당신은 지금 너무 흥분해서 올바른 판단을 하지 못하고 있어요. 이런 경우에는 세심한 관찰력과 깊은 주의력이 필요해요. 함부로 말을 내뱉어서는 안 됩니다."

"무슨 말인지 모르겠군요……."

"조금이라도 부정확한 사실을 잘못 말했다가는 언니와 짐의 인생뿐만 아니라 부모님의 인생마저 망쳐버릴지도 모른다는 말입니다."

"네……. 언니는 그렇게 오랜 시간을 기다렸는데……."

"나는 시간을 좀 갖자는 거예요. 시간이 있어요. 조금 더 살펴보고, 조금 더 알아보고, 그러는 동안에는 우리 둘만의 비밀로 하죠……. 아, 방금 내가 '우리'라고 말했나요?" 엘러리는 일부러 조금 후회하는 듯이 말했다. "결국 내가 이 일에 말려들게 됐네."

퍼트리샤는 놀란 듯이 말했다. "그럼, 지금 와서 발뺌하려고 한 거예요? 당연히 저는 그 무서웠던 처음 순간부터 당신을 의지해왔어요. 엘러리 씨, 언니를 도와주세요. 이런 일에는 익숙하잖아요. 제발 모른 척하지 마세요!" 퍼트리샤는 엘러리의 몸을 잡고 흔들었다.

"그래서 '우리'라고 말했잖아요." 엘러리는 조금 짜증스럽다는 듯 말했다. 뭔가 이상했다. 조금 전까지만 해도 들리던 자동차 소리가 들리지 않았다. 자동차? 벌써 지나쳐간 건가? 멀어지는 소리는 듣지 못했는데……. "지금 실컷 울고, 앞으로는 절대로 울지 말아요, 알겠어요?" 이번에는 엘러리가 그녀의 몸을 흔들었다.

"네, 저는 울보에다 바보예요. 미안해요." 패티가 눈물을 뚝뚝 흘리며 말했다.

"당신은 바보가 아니에요. 당신은 주연이 되어야 해요. 이 일에 대해 절대 말하면 안 돼요. 표정에 나타내서도 안 되고, 물론 행동으로 보여서도 안 되고요. 라이츠빌에 사는 그 누구도 이 편지에 대해 몰라야 해요. 짐은 당신의 형부이고, 당신은 형부를 좋아하고 있어요. 그리고 언니와 형부를 보며 행복해하는 거예요." 그녀는 엘러리의 어깨에 기댄 채 고개를 끄덕였다. "우리는 이 사실을 누구에게도 말해서는 안 됩니다. 부모님에게도, 프랭크 로이드에게도, 그리고……."

패티가 고개를 들었다. "그리고 누구요?"

"아뇨, 당신이 알아서 할 문제지 내가 말할 문제는 아니군요."

"카터 말이군요." 퍼트리샤가 분명한 어조로 말했다.

"라이츠빌의 검사이기도 하지요."

퍼트리샤는 아무 말도 하지 않았다. 엘러리도 잠자코 있었다. 옅은 구름이 낮아진 달을 가리기 시작했다. "카터에게는 말할 수 없어요. 말해야겠다는 생각도 들지 않아요. 왜 그런지 모르겠어요. 아마 카터가 경찰과 관계 있기 때문이겠죠. 어쩌면 우리의 가족이 아니기 때문인지도 모르고요."

"나도 당신의 가족은 아니죠."

"당신은 달라요."

엘러리는 자기도 모르게 왠지 가슴이 설렜다. 그러나 그의 목소리는 오히려 차분하게 가라앉았다. "아무튼 당신은 나의 눈과 귀가 되어줘야 해요, 패티. 최대한 노라가 의심하지 않도록 노라 옆에 붙어 있어요. 그리고 태연하게 짐을 관찰해야 돼요. 무슨 일이 생기면 바로 나한테 알려줘요. 그리고 가족들이 모이는 자리에는 가능하면 나도 같이 있도록 주선해줘요. 알아들었죠?"

퍼트리샤는 그를 바라보며 미소를 보냈다. "제가 어리석었어
요. 이렇게 나무 아래 달빛에 비치는 당신 얼굴을 보고 있으니
걱정이 절반쯤 사라지는군요……. 아시겠지만, 당신은 정말
잘생겼어요, 엘러리 씨."

"그렇다면 그 사람에게 키스라도 하지그래?" 어둠 속에서 남
자의 낮은 목소리가 들렸다.

"카터!" 퍼트리샤는 느릅나무의 검은 기둥을 붙잡았다. 가까
운 곳에서 브래드퍼드의 거칠고 빠른 숨소리가 들려왔다. '정
말이지 우습게 됐군.' 엘러리는 생각했다. 논리적인 사람이라
면 이런 우연한 위기 상황이 일어나지 않도록 예상하고 피했을
것이다. 그러나 적어도 덕분에 좀 전의 자동차 소리에 대한 의
혹은 사라졌다. 그 소리는 카터 브래드퍼드의 차 소리였던 것
이다.

"어쨌든, 잘생긴 건 사실이잖아." 나무 둥치에서 퍼트리샤의
목소리가 들렸다. 엘러리는 혼자 싱긋 웃었다.

"나한테 거짓말을 했어!" 카터가 나타났다. 모자를 쓰지 않
은 머리카락이 마치 분노에 떨고 있는 것 같았다. "패티, 수풀
속에 숨어 있을 필요는 없어!"

"난 숨어 있는 게 아니야. 그리고 여긴 수풀도 아니고." 퍼트
리샤가 쏘는 듯이 말하며 어두운 곳에서 나왔다. 두 사람은 서
로를 뚫어지게 노려보았다. 엘러리는 재미있어 하며 그저 바라
보고만 있었다.

"전화로 머리가 아프다고 하지 않았어?"

"그랬지."

"그리고 잠을 자야겠다고 했지?"

"그래."

"거짓말이잖아!"

"아무려면 어때? 하찮은 일로 시끄럽게 하지 마, 브래드퍼드."

차가운 별빛 아래에서 카터는 두 팔을 휘둘렀다. "넌 나를 따돌리려고 거짓말을 했어. 내가 있으면 곤란하니까 그랬겠지. 그러고는 이 작가 선생과 데이트를 즐기고 있었어. 그렇지 않다고는 말 못 할걸!"

"그렇지 않아, 카터. 거짓말한 것은 사실이지만, 엘러리 씨와 데이트한 건 아니야." 퍼트리샤는 조용히 말했다.

"그 말이 맞습니다." 엘러리는 마치 자기와는 상관없다는 듯이 말했다.

"쓸데없는 참견 말아요! 나는 지금 겨우 참고 있는 거라고요. 생각 같아서는 벌써 당신을 때려 눕혔어!"

엘러리는 그냥 빙그레 웃을 뿐 상대하지 않았다.

"그래 맞아, 나는 지금 질투하고 있어. 그렇지만 퍼트리샤, 이렇게 몰래 데이트할 필요는 없어. 내가 싫으면 싫다고 직접 말하면 되잖아?"

"이건 내가 너를 좋아하거나 싫어하는 것과는 관계가 없는 일이야." 퍼트리샤는 조용히 말했다.

"그럼, 말해봐. 내가 좋은지 싫은지."

퍼트리샤는 눈을 내리뜨며 말했다. "지금, 여기서 그런 질문을 할 권리가 너한테는 없다고 생각하는데." 그리고 그녀는 그를 쳐다보며 물었다. "어쨌든, 이런 곳에 이렇게 서 있는 내가 너는 싫겠지?"

"알았어! 마음대로 해!"

"카터……!"

"이제 끝났어!" 카터는 화를 버럭 내며 소리쳤다.

퍼트리샤는 하얀 저택을 향해 달려가버렸다.

그녀의 날씬한 몸이 재빠르게 잔디 위를 달려가는 것을 보며 엘러리는 생각했다. '그래, 차라리 이렇게 되는 게 나아. 잘된 일이야……. 그녀는 지금 자기가 어떤 상황에 처해 있는지 모르고 있어.' 엘러리는 다음에 카터 브래드퍼드를 만나게 되면 그가 완전히 적대적으로 자신을 대하리라고 짐작했다.

다음 날 아침, 엘러리는 아침 일찍 산책을 갔다 오는 길에 라이트 저택의 현관에서 노라가 어머니와 작은 목소리로 대화를 나누는 것을 보았다. "안녕하세요? 어젯밤 강연은 재미있었습니까?" 그는 명랑하게 물었다.

"재미있었어요." 노라는 슬픈 표정이었고, 헐마이니는 조심스러운 얼굴이었다. 그래서 엘러리는 그대로 집 안으로 들어가려고 했다.

"스미스 씨." 헐마이니가 그를 불렀다. "난처하군요. 어떻게 말씀드려야 할지! 노라야……."

"엘러리 씨, 어젯밤에 무슨 일이 있었나요?" 노라가 물었다.

"무슨 일이라니요?" 엘러리는 시치미를 뗐다.

"퍼트리샤와 카터 말이에요. 엘러리 씨는 어제 집에 있었으니……."

"퍼트리샤에게 무슨 일이 있습니까?" 엘러리가 급히 물었다.

"아침 식사에도 내려오지 않고, 뭘 물어봐도 대답하질 않아요. 패티는 일단 고집을 부렸다 하면……."

"카터 때문이야." 헐마이니가 큰 소리로 말했다. "어젯밤 그 애가 두통이 있다고 했을 때부터 좀 이상하다고 생각했어! 저, 스미스 씨, 당신은 뭔가 알고 계실지도 모르겠군요. 어젯밤 우리가 공회당에 간 동안 제가 알아두어야 할 무슨 일이 생긴 건 아닌가요?"

"혹시 패티와 카터가 싸웠나요?" 노라는 걱정스럽게 물었다. "아니, 대답하지 않으셔도 좋아요. 엘러리 씨 얼굴만 봐도 대강 짐작이 가요. 어머니, 패티를 좀 설득해보세요. 계속 이렇게 카터와 패티를 내버려둘 수는 없잖아요."

엘러리는 노라를 바래다주기 위해 작은 집까지 함께 걸었다. 헐마이니가 엿들을 수 없는 곳에 이르자, 노라가 말했다. "물론 어제의 말다툼에는 당신이 관련되어 있겠죠?"

"제가요?"

"음…… 패티와 카터가 서로 사랑하는 사이란 건 알고 계시겠죠? 그러니까 카터가 질투하지 않도록 해주세요."

"브래드퍼드는 퍼트리샤가 붙이는 우표의 뒷면에도 질투를 느낄 만한 사람이더군요."

"저도 알아요. 카터도 무척 성급하거든요. 큰일이에요." 노라가 한숨을 쉬었다. "무례한 말을 해서 죄송해요. 아침 식사를 함께하지 않겠어요?"

"그렇게 하지요, 감사합니다." 엘러리는 노라가 계단을 잘 올라갈 수 있게 붙들어주면서 자신이 얼마나 나쁜 사람인가에 대해 생각했다.

아침 식사를 하는 동안 짐은 정치 이야기에 열중했고 노라는…… 노라는 한 마디로 훌륭했다. 엘러리는 그녀에 대해 그 이상의 적당한 말을 생각해낼 수 없었다. 그녀가 말하는 모습에서 겉으로 꾸미는 듯한 기색은 조금도 찾아볼 수 없었다. 두 사람은 신혼의 즐거움에 젖어 있는 젊은 부부처럼 보였고, 그런 만큼 지난밤의 사건은 환상처럼 느껴졌다.

이때 갑자기 퍼트리샤가 앨버타와 함께 달걀을 들고 들어왔다. "언니! 내가 마침 잘 왔네." 아무 일도 없었다는 듯이 퍼트리샤는 태연히 말을 걸었다. "배가 고프니 달걀 하나나 두 개는 내가 좀 먹어도 될까? 안녕히 주무셨어요, 형부! 그리고 엘러리 씨! 루디가 아침 식사를 주지 않아서는 아니고 신혼 재미가 어떤가 보고 싶어서⋯⋯."

"앨버타, 패티의 음식도 좀 준비해줘요." 노라는 퍼트리샤를 보고 미소 지었다. "너, 오늘 아침에는 말이 많구나. 엘러리 씨, 앉으세요. 신혼여행도 갔다 왔으니 남편은 가족들에게 일일이 일어서서 맞이하는 예절은 생략하기로 했어요."

짐이 눈을 크게 뜨고 웃으며 말했다. "누구 얘길 하는 거야? 처제, 정말 많이 컸어! 멋진 글래머가 됐단 말이야. 스미스 씨, 당신이 부럽습니다. 내가 독신이라면⋯⋯."

엘러리는 노라의 얼굴에 설핏 그림자가 어리는 것을 놓치지 않았다. 노라는 남편에게 커피를 더 따라주었다. 퍼트리샤는 끊임없이 수다를 떨었지만 그녀의 연극은 서툴렀다. 그녀는 짐의 얼굴을 똑바로 쳐다보지 못했다. 그러나 꽤 노력하고는 있었다. 카터와의 문제로 마음이 아플 텐데도 엘러리의 지시를 잊지 않고 있었다. 노라는 대단했다. 퍼트리샤가 이야기한 것처럼 노라는 편지도, 그 끔찍한 내용에 대해서도 생각하지 않기로 결심한 것 같았다. 그녀는 퍼트리샤와 카터 사이에 일어난 작은 위기를 구실삼아 자신의 일을 잊으려고 노력하는 듯했다.

"내가 달걀을 삶아줄게." 노라가 퍼트리샤에게 말했다. "앨버타의 요리 솜씨도 좋지만, 네가 약한 불에 4분간 삶은 달걀을 좋아한다는 건 모르잖니. 부엌에 잠깐 다녀올게." 그렇게 말하고 노라는 부엌으로 향했다.

"과연 노라야." 짐이 싱글벙글 웃었다. "언제나 친절하고 따뜻해. 아니, 지금 몇 시나 됐지? 은행에 늦으면 안 되는데. 처제, 울었다면서…… 게다가 말다툼까지 하고 말이야……. 여보!" 그가 큰 소리로 물었다. "우편물은 아직 안 왔어?"

"안 왔어요!" 부엌에서 노라가 대답했다.

"누가요, 저요?" 패티가 힘없이 말했다. "놀리지 마세요, 형부."

"알았어, 알았어." 짐이 웃으며 말했다. "내가 참견할 일은 아니지. 아, 베일리 씨가 왔군. 잠시 실례!" 짐은 우체부가 누른 초인종 소리에 급히 현관으로 나갔다. 현관문을 여는 소리가 났고, 늙은 우체부 베일리의 쉰 목소리가 들렸다. "하이트 씨, 안녕하십니까?" 짐의 농담 섞인 대답이 들려오고 문 닫히는 소리가 났다. 우편물을 보면서 걷는 듯 느린 발소리가 들렸다. 짐의 모습이 보였다. 그는 그 자리에 서서 방금 받은 몇 통의 편지 가운데 하나를 유심히 보더니 얼굴이 창백해졌다. 그리고 그는 급히 2층으로 뛰어 올라갔다. 쾅 하고 문 닫히는 소리가 났다.

퍼트리샤는 짐이 서 있던 장소를 멍하니 쳐다보았다. "시리얼이나 들어요, 패티." 엘러리가 말했다.

퍼트리샤는 얼굴을 붉히며 접시로 손을 뻗었다. 엘러리가 소리 나지 않게 일어서서 계단 밑으로 갔다가 잠시 후 다시 식탁으로 돌아왔다. "서재에 있는 모양이에요. 문을 잠그는 소리가 났어요……. 아! 지금은 안 돼. 노라가 와요."

퍼트리샤는 시리얼이 목에 걸렸는지 켁켁거렸다. "형부는 어디 갔니?" 노라가 삶은 달걀을 동생 앞에 놓으며 물었다.

"2층으로 올라갔어요." 엘러리가 토스트에 손을 뻗으며 대답했다.

"여보!"

"왜 그래, 노라?" 짐이 계단 위에 모습을 나타냈다. 얼굴은 여전히 창백했으나 침착함은 되찾은 상태였다. 윗옷을 입었고, 아직 뜯지 않은 편지들을 손에 들고 있었다.

"여보! 무슨 일 있어요?"

"무슨 일이라니? 당신은 의심도 많군. 무슨 일이 있을 리가 없잖아." 짐은 웃었다.

"그렇지만 당신 얼굴빛이 안 좋아요."

짐은 그녀에게 키스를 했다. "당신, 간호사가 될 걸 그랬어! 이제 그만 출근해야겠어. 이건 대수롭지 않은 우편물들이야. 그럼, 처제, 스미스 씨. 다음에 봅시다." 짐은 서둘러 출근했다.

아침 식사가 끝난 후 엘러리는 저택 뒤 숲을 산책하겠다며 나갔고, 30분 뒤 퍼트리샤와 그는 다시 만났다. 그녀는 스카프를 머리에 두르고 누구에게 쫓기듯이 성급하게 숲을 가로질러 왔다. "언니한테서 빠져나올 수가 없어 혼났어요." 그녀는 숨을 몰아쉬며 나무 그루터기에 앉았다.

엘러리는 담배 연기를 천천히 내뿜으며 생각에 잠겼다. "패티, 아까 짐이 받은 그 편지를 꼭 봐야겠어요."

"엘러리 씨…… 이 일은 결국 어떻게 끝날까요?"

"그 편지를 보고 짐은 몹시 당황했어요. 우연이라고는 생각할 수 없죠. 어제의 일들과 분명히 연관이 있을 겁니다. 노라를 외출하게 할 수는 없을까요?"

"오전에 앨버타와 같이 물건을 사러 하이 빌리지로 갈 거예요. 아, 저 소리 들어보세요. 스테이션왜건 소리! 난 저 자동차 소리를 디트로이트 한복판에서도 가려낼 수 있어요."

엘러리는 조심스럽게 담뱃불을 뭉개 껐다. "좋아요, 그럼."

퍼트리샤는 작은 나뭇가지들을 발로 걷어찼다. 두 손이 떨리고 있었다. 그녀가 나무 그루터기에서 벌떡 일어서며 말했다. "왠지 나쁜 짓을 하는 기분이 들어요. 하지만 이럴 수밖에 없겠죠?"

퍼트리샤가 가지고 있던 열쇠로 노라의 집 문을 열었다. 엘러리가 집 안으로 들어서며 말했다. "어쩌면 못 찾을지도 몰라요. 짐이 2층으로 올라갔을 때 문에 자물쇠를 채웠으니까요. 무엇을 했는지는 모르겠지만…… 어쨌든 무엇인가 남에게 보이고 싶지 않은 것이 있는 게 확실해요."

"그 편지를 불태웠을까요?"

"그랬는지도 모르죠. 아무튼 들어가봅시다."

짐의 서재에 들어가자 퍼트리샤는 문에 기대섰다. 그녀는 아파 보였다. 엘러리는 방 안 냄새를 맡아보다가 벽난로가 있는 곳으로 다가갔다. 깨끗이 청소되어 있었지만 작은 재 덩어리가 아직 남아 있었다. "태워버렸어요!" 퍼트리샤가 말했다.

"하지만 완전히 타지는 않았어요."

"뭔가 찾아냈어요?"

"타다 남은 조각이 있어요."

퍼트리샤가 문 쪽에서 달려왔다. 엘러리는 타다 남은 조각을 유심히 살펴보았다. 퍼트리샤가 물었다. "편지봉투의 일부인가요?"

"맞아요. 발신인의 주소는 타버렸지만 이름은 아직 남아 있어요."

"로즈메리 하이트, 형부의 누이동생 이름이에요……." 그녀는 눈을 크게 떴다. "형부의 누이동생 로즈메리! 엘러리 씨, 형부가 부치려 했던 편지 세 통의 수신인이에요."

"아마……." 엘러리는 말을 하려다가 그만두었다.

"아마 우리가 보기 전에 형부가 이미 편지를 보낸 적이 있다고 생각하는 거죠? 이건 분명히 그 편지를 받은 누이동생에게서 온 회답일 거예요."

"그런 것 같군요." 엘러리는 타다 남은 조각을 지갑에 넣었다. "그렇지만 가만히 생각해보면 아무래도 이상해요. 이게 정말 누이동생에게서 온 회답이라면, 그가 이 편지를 보고 왜 그렇게 놀랐을까요? 이상하지 않아요? 이 일에 아무래도 다른 어떤 것이 개입되어 있는 게 아닐까요?"

"그게 뭔데요?"

"그걸 지금부터 밝혀내야죠." 엘러리는 말하며 주위를 한 번 둘러보고 난 후 그녀의 팔을 잡았다. "우선 여길 나갑시다."

그날 밤 그들은 라이트 저택의 현관에 앉아 바람이 낙엽을 잔디 위로 이리저리 굴리는 것을 보고 있었다. 라이트와 짐은 대

통령 선거 이야기에 열중했고, 헐마이니가 두 사람 사이에서
중재 역할을 하는 동안 노라와 퍼트리샤는 조용히 귀를 기울이
고 있었다. 그리고 엘러리는 한쪽 구석에 앉아 담배를 피우고
있었다.

"존, 내가 정치에 관한 토론을 별로 좋아하지 않는 걸 알잖아
요! 남자들이 그런 일에 왜 그렇게 열을 내는지 모르겠어요."
헐마이니가 말했다.

존 라이트가 툴툴거렸다. "짐, 이 나라에도 틀림없이 독재 정
치가 등장할걸세. 내가 확신하건대……."

짐은 웃으며 말했다. "지금은 확신하고 계시지만 곧 취소하
시겠죠……. 알겠습니다, 어머님!" 그리고 태연하게 그는 덧붙
였다. "참, 여보! 오늘 아침에 동생 로즈메리한테 편지가 왔어.
말한다는 걸 깜빡 잊고 있었네."

"어머, 그래요? 반갑군요. 뭐라고 썼어요?" 노라는 밝은 목
소리로 말했다.

퍼트리샤는 엘러리 쪽으로 걸어와 그의 발 언저리 어두운 쪽
에 자리를 잡았다. 엘러리는 그녀의 목덜미에 손을 올렸다. 그
녀의 목은 땀에 젖어 있었다. "한결같은 말이야. 당신과 다른
가족분들을 보고 싶다고 말이야."

"그렇겠지, 나도 사돈아가씨를 만나보고 싶은데! 여기 방문
한다고 썼나?" 헐마이니가 물었다.

"글쎄요……. 오라고 할까 싶기도 합니다만."

"무슨 말을 그렇게 해요, 여보. 내가 전부터 아가씨를 라이츠
빌에 초대하자고 여러 번 말했잖아요."

"그럼, 정말 그렇게 해도 좋단 말이지, 노라?" 짐이 재빨리

물었다.

"그럼요!" 노라는 웃었다. "뭐가 문제예요? 주소를 가르쳐주세요. 내가 오늘 밤이라도 편지를 쓸게요."

"아니, 괜찮아. 내가 쓸게."

그 후 30분 뒤엔 퍼트리샤와 엘러리 둘만 남게 되었다. 퍼트리샤가 말했다. "언니는 두려워하고 있어요."

"그래요. 허세를 부리고 있을 뿐이지요. 짐이 오늘 아침에 받고 당황해하던 그 편지가 바로 그가 말한 누이동생에게서 온 편지였을 겁니다." 엘러리는 두 팔로 무릎을 끌어안았다.

"엘러리 씨, 형부는 뭔가 숨기고 있어요."

"물론이에요."

"누이동생인 로즈메리가 정말로 한 번 방문하고 싶다는 평범한 내용의 편지를 보냈다면…… 뭣 때문에 그 편지를 태웠겠어요?"

엘러리는 잠자코 있다가 말했다. "자, 패티, 이제 들어가 자도록 해요. 나는 생각을 좀 해봐야겠어요."

11월 8일, 루스벨트가 미국의 3선 대통령으로 선출된 그날로부터 나흘 뒤, 짐 하이트의 누이동생 로즈메리 하이트가 라이츠빌에 찾아왔다.

# 10
### 집과 유흥가

〈라이츠빌 레코드〉의 사회부 기자인 글래디스 헤밍워스는 다음과 같은 기사를 썼다. "로즈메리 하이트 양은 프랑스제의 멋진 가죽 여행복을 입고, 거기에 어울리는 조끼와 화려한 은빛 여우 털가죽 재킷을 걸치고 있었다. 또한 여우 털로 장식된 모자를 쓰고 있었으며, 초록색 양피 구두와 핸드백을 들고 있었다……."

그날 아침 마침 엘러리는 라이츠빌 역으로 산책을 갔었다. 그래서 그는 로즈메리 하이트가 기차에서 내리는 것을 보았다. 그녀는 여행 가방을 들고 있는 짐꾼을 앞세우고, 환한 햇살을 받으며 영화배우처럼 포즈를 취했다. 그리고 짐에게 다가가 키스를 하고는, 활기찬 모습으로 노라에게 몸을 돌려 완벽하게 단장한 얼굴을 들이밀며 정열적으로 껴안았다. 여자들이 웃으며 이야기를 주고받는 동안 짐은 짐꾼에게 로즈메리의 짐을 차에 싣도록 시켰다. 그 모습을 지켜보는 엘러리의 눈빛이 어두워졌다.

그날 밤 엘러리는 노라의 집에서 자신이 로즈메리에 대해 처음 받았던 인상을 확인할 수 있는 기회를 가졌다. 그 결과 로즈메리라는 여자는 시골 여행을 즐기고 있는 소박한 아가씨가 절대 아니라는 결론을 내렸다. 그녀는 완벽한 도시인에 가까웠고, 무례했으며, 지루한 듯 보였지만 그것을 모두 숨기고 있었다. 또한 그녀는 치명적인 매력이 있었다. 헐마이니와 퍼트리샤, 노라는 거의 동시에 그녀에게 반감을 느낀 것 같았다. 엘러리는 그들이 로즈메리에게 지나치게 공손한 것을 보고 그 사실을 눈치챘다. 그러나 존 라이트는 그녀의 매력에 이끌린 듯 즐거워하며 쾌활하고 정중하게 로즈메리를 대했다. 헐마이니는 말없이 눈으로 남편을 나무랐다. 그날 밤 엘러리는 로즈메리 하이트를 이 사건의 퍼즐에 넣고 풀어보려 했으나, 생각만큼 잘 되지 않아 밤늦도록 잠을 이루지 못했다.

짐은 은행 업무가 너무 바빠 요즘 자기 누이동생을 대접하는 일을 노라에게 거의 맡기고 있었는데, 엘러리가 보기에는 짐이 오히려 이를 다행으로 여기는 것 같았다. 노라는 의무처럼 로즈메리를 차에 태우고 시골을 구경시켜주었다. 퍼트리샤가 엘러리에게 보고한 바에 의하면, 노라는 그녀에게 좋은 올케가 되려고 애쓰고 있었으나 보통 어려운 일이 아니라고 했다. 왜냐하면 로즈메리는 무엇을 보든 업신여기는 태도로 이렇게 말하기 때문이었다. "이런 따분한 마을에서 용케 행복해하며 살아가는군요, 새언니!"

거기에다 라이츠빌 부인들의 매서운 눈총이 있었다……. 실내에서도 매우 엄격하게 모자와 흰 장갑을 착용해야 하는 손님 접대를 위한 티타임, 엄청난 규모의 마작 모임, 달빛이 비치는 잔디밭 위의 야외 파티, 교회의 친목회……. 부인들의 태도는 냉랭했다. 부인들은 몹시 차가운 눈으로 그녀를 보았다. 에멀린 뒤프레는 로즈메리 하이트에게는 어딘지 모르게 화류계 여자 같은 분위기가 풍긴다고 말했다. 클래리스 마틴은 그녀의 옷차림이 너무 선정적이라고 했으며, 컨트리클럽의 맥켄지 부인은 그녀가 태생이 천한 여자임에 틀림없는데 그럼에도 어리석은 남자들은 그녀만 보면 침을 흘려댄다고 말했다! 라이트 집안 여자들은 어쩔 수 없이 로즈메리를 감싸주는 편에 서야 했다. 그렇지만 그녀들도 마음속으로는 마을 사람들의 비난에 동조하고 있었으므로, 쉬운 일은 아니었다.

"그 여자가 빨리 돌아갔으면 좋겠어요." 로즈메리가 온 지 며칠이 지났을 때 퍼트리샤는 엘러리에게 말했다. "좀 심한 말 같죠? 하지만 진짜 내 마음이 그래요. 그런데 이젠 아예 짐을 싸들고 온다고 하니 큰일이에요!"

"그 여자는 이곳을 싫어하는 줄 알았는데요."

"그게 저도 이해가 안 돼요. 언니는 그 여자가 잠시 동안 와 있을 거라고 했는데, 로즈메리는 여기서 겨울을 보낼 작정인가 봐요. 언니는 그녀에게 돌아가라는 말도 못하고 있어요."

"짐은 뭐래요?"

"언니한테는 아무 말도 하지 않았지만⋯⋯." 퍼트리샤는 주위를 둘러보고 속삭이듯 말했다. "로즈메리에게 뭐라고 한 것 같긴 해요. 오늘 아침 언니 집에 갔었거든요. 그런데 형부와 로즈메리가 식당에서 심하게 다투고 있더라고요. 언니는 부엌에 있었는데, 그들은 언니가 2층에 있다고 생각했나봐요. 그 여자 성질이 대단하더라고요!"

"무슨 일로 다퉜을까요?" 엘러리가 궁금해하며 물었다.

"저는 그 소란이 끝날 무렵에 도착했기 때문에 중요한 말은 거의 듣지 못했어요. 하지만 노라 언니가 말하길…… 대단했 대요. 무슨 말을 들었는지 자세히 말해주지는 않았지만, 아무 튼 언니는 굉장히 어쩔 줄을 몰라 했어요. 그 독물학 책에서 떨어진 세 통의 편지를 보았을 때와 똑같은 표정을 짓고 있었거 든요."

"내가 그 말다툼을 엿들었더라면 좋았을걸! 꼭 알아야 할 걸 모르게 되었으니 큰일이군요! 패티, 당신은 탐정 조수로는 낙 제예요." 엘러리가 불평했다.

"죄송해요." 퍼트리샤는 풀이 죽어서 말했다.

로즈메리 하이트의 트렁크는 14일에 도착했다. 배달업자 스 티브 플래리스가 직접 트렁크를 운반해 왔다. 굉장히 커다란 그 트렁크에는 수입한 이브닝 가운 같은 것이 가득 들어 있을 것 같았다. 엘러리는 그 광경을 지켜보았다. 스티브는 넓은 어 깨에 트렁크를 메고 노라의 집 안으로 들어가더니 몇 분 후에 로즈메리와 함께 나왔다. 그녀는 빨강과 파랑과 흰색의 줄무늬 가 있는 네글리제를 입고 있었는데, 군인 모집 포스터에 등장 할 법한 모양새였다. 로즈메리는 스티브가 내미는 영수증에 서 명을 한 뒤 집 안으로 들어갔다. 스티브는 뭐가 좋은지 싱글벙 글하며 언덕을 내려갔다. 퍼트리샤의 말에 의하면 스티브는 마 을 남자들 중에서도 여자를 가장 밝힌다고 했다.

"패티, 저 사람 잘 알아요?" 엘러리가 급하게 물었다.

"스티브 말인가요? 그야 잘 알죠."

스티브는 트럭 운전석에 영수증을 던져놓고 막 차에 올라타 려 하고 있었다. "그렇다면 그의 주의를 좀 끌어봐요. 키스든, 윙크든, 스트립쇼든 무슨 수를 써서라도 그를 꾀어내 트럭이 보이지 않는 곳으로 2분 정도만 데려가줘요!"

퍼트리샤는 즉시 그의 이름을 부르며 언덕을 따라 내려갔다. "스티이이이브!" 엘러리는 그 뒤를 따라 천천히 걸어갔다. 주위에는 아무도 없었다.

퍼트리샤는 스티브에게 다가가 그의 팔짱을 끼고 소녀처럼 웃으며 피아노에 대해 이야기했다. 지금 피아노가 놓여 있는 자리에서 다른 쪽으로 옮기고 싶지만, 힘이 센 사람이 없어서 미루고 있는 중이다. 그러던 참에 당신을 만나 더없이 기쁘다……. 스티브는 의기양양한 모습으로 퍼트리샤와 함께 라이트 저택으로 들어갔다. 엘러리는 얼른 트럭에 뛰어올랐다. 그러고는 운전석에 있는 영수증 철을 집어 들었다. 그는 자기 지갑에서 불타고 남은 작은 종이 조각을 꺼내 로즈메리가 준 영수증과 비교해보았다. 퍼트리샤가 스티브와 함께 다시 돌아왔을 때, 엘러리는 헐마이니가 가꿔 놓은 백일홍 화단 앞에 서서 슬픈 시인처럼 시든 꽃과 시들어가는 꽃들을 바라보고 있었다. 스티브는 멸시하듯 엘러리를 쳐다보며 지나쳐 갔다.

"다음에도 피아노를 옮길 일이 있으면 도와주세요. 미안해요! 좀 가벼운 것을 부탁하면 좋았을 텐데……. 안녕, 스티브!" 트럭은 요란한 소리를 내며 사라졌다.

"내가 틀렸어요." 엘러리가 중얼거렸다.

"뭐가요?"

"로즈메리에 관해서요."

"알아듣게 말을 좀 해주세요! 왜 스티브의 주의를 끌어 트럭에서 멀어지게 했어요? 로즈메리와 관계가 있나요?"

"어떤 생각이 들었어요. 로즈메리란 여자와 짐 하이트는 같은 혈통이 아니다, 두 사람은 전혀 남매로 보이지 않는다, 그런 생각 말이에요."

"설마!"

"음, 가능하긴 한 일이에요. 하지만 내 느낌이 틀린 것 같군요. 그녀는 짐의 여동생이 맞아요."

"그걸 스티브의 트럭에서 입증했다는 말이에요? 대단한 분이군요!"

"영수증 철을 보고 알았어요. 거기 그녀의 사인이 있었거든요. 내가 로즈메리 하이트의 사인이 적힌 종이쪽지를 가지고 있다는 걸 잊지는 않았겠죠, 친애하는 왓슨?"

"형부의 서재에서 찾아낸 그 타다 남은 편지 봉투 말이죠?"

"그래요, 그 편지 봉투에 적힌 로즈메리 하이트의 서명과 스티브의 영수증에 있는 서명은 같은 필적이었어요."

"그렇다면 우리는 조금도 진전이 없다는 말이네요." 퍼트리샤가 무심하게 말했다.

"그렇지는 않아요." 엘러리가 희미한 미소를 지었다. "지금까지 우리는 그 여자를 짐의 동생이라고 그저 믿을 수밖에 없었죠. 하지만 이제는 그것을 확실하게 알게 되었어요. 당신의 그 원시적인 머리로도 이 차이점은 알 수 있겠죠, 친애하는 왓슨?"

로즈메리 하이트가 노라의 집에 오래 머무를수록 그녀의 정체는 더욱 알 수 없게 되었다. 그리고 짐은 은행 일이 점점 바빠져서 저녁 식사 시간에도 돌아오지 않는 때가 많아졌다. 로즈메리는 오빠가 자기를 홀대해도 아무렇지도 않은 것 같았다. 그보다는 오히려 노라의 주의를 끄는 데 관심이 많았다. 로즈

메리의 혀는 마치 뱀처럼 두 갈래로 갈라져 있는 듯해서, 그 독
살스러움 때문에 노라는 가끔 눈물을 흘리기도 했다. 엘러리는
퍼트리샤의 방에서 그 모든 일을 보고받았다. 로즈메리는 퍼트
리샤와 헐마이니에게는 그렇게 버릇없이 행동하지 않았다. 그
녀는 언제나 자기가 '여행'을 다닌 이야기를 지치지도 않고 늘
어놓았다. 파나마와 리우데자네이루와 호놀룰루와 발리와 밴
프에서, 파도타기와 스키와 등산을 하며 재미있는 남자들을 만
났다는 이야기들이었다. 그중에서도 특히 재미있는 남자들에
관한 이야기가 대부분이어서 라이트 집안의 여자들은 점점 지
쳐갔고, 마침내 짜증이 솟구칠 지경이 되었다.

그래도 로즈메리는 계속 머물렀다.

왜일까? 어느 아침, 엘러리가 자기 방 창가에 앉아 그 이유
를 생각하고 있을 때였다. 로즈메리 하이트가 자기 오빠 집에
서 나왔다. 붉게 칠한 입술에 건방진 태도로 담배를 입에 물고,
승마 바지에 빨간 러시아 장화를 신은 채 라나 터너가 유행시
킨 스웨터를 입고 있었다. 그녀는 현관에 서서 라이츠빌이 마
음에 들지 않는다는 듯 신경질적으로 채찍으로 장화 근처를 몇
번 내리치더니, 라이트 저택 뒤에 있는 숲 속으로 들어갔다.

얼마 후 퍼트리샤가 와서 엘러리에게 드라이브를 하러 나가
자고 권했다. 엘러리는 로즈메리가 승마복 차림으로 숲 속으로
들어갔다고 말했다.

퍼트리샤는 넓게 포장된 16번 도로로 천천히 차를 몰았다.
"지루한 거죠. 지루해서 참을 수가 없는 거예요. 그 여자는 대
장장이 제이크 부슈밀에게 부탁해서 말을 빌렸어요. 어제부터
타기 시작했대요. 그 여자가 쌍둥이 언덕 쪽으로 가는 진흙길

을 발키리처럼 미친 듯이 달리는 걸 페티그루 씨가 봤대요. 페티그루 씨는 바보같이 로즈메리가 대단히 멋있다고 생각하더라고요."

"당신은 로즈메리를 어떻게 생각하죠?"

"그 여자는 따분한 표범처럼 연기하고 있어요. 그녀는 조용한 것을 절대 참을 수 없는 억센 성격의 여자예요. 품위도 없죠. 당신은 그렇게 생각하지 않나요?" 퍼트리샤는 엘러리를 흘끗 쳐다보았다.

"대단히 매력적인 여자라고 생각하는데요." 엘러리는 슬쩍 받아넘겼다.

"식인 식물도 겉으로 보기엔 예쁘죠." 퍼트리샤는 반박했다. 그리고 1킬로미터 정도를 아무 말 없이 운전했다. 잠시 후 퍼트리샤는 다시 입을 열었다. "엘러리 씨, 이 일을 전체적으로 어떻게 생각해요? 형부의 행동, 로즈메리, 세 통의 편지, 로즈메리의 방문, 그리고 이곳을 싫어하면서도 로즈메리가 돌아가지 않는 점 등 말이에요."

"별로 이상할 건 없어요, 아직까지는."

"엘러리 씨, 저것 좀 봐요!" 자동차는 전원 풍경 위로 천박하게 불쑥 솟아 있는 건물을 향해 나아가고 있었다. 그 건물은 하얀 칠을 한 단층 건물로, 바람벽에는 빨간 여자 도깨비가 춤추는 그림이 터무니없이 크게 그려져 있었고, 널빤지를 들쭉날쭉하게 잘라 불길 모양으로 만든 지붕이 하늘을 찌르고 있었다. '캘러티의 핫 스팟'이라는 네온사인이 불이 꺼진 채 있었다. 건물 옆 작은 주차장에는 작은 자동차 한 대가 서 있는 것 외에는 텅 비어 있었다.

"보라니, 뭘 말입니까?" 엘러리는 의아해하며 물었다. "손님이 한 명도 없다는 건 알겠군요……. 이렇게 해가 내리쬐고 있으니까요. 캘러티의 단골들은 해가 져야 찾아오겠지요."

"주차장에 자동차가 한 대 있는 걸 보면 손님이 한 명은 있는 것 같은데요." 퍼트리샤는 조금 창백해진 얼굴로 말했다.

"저건 짐의 자동차 같군요." 엘러리가 얼굴을 찌푸렸다.

"네." 가게 입구에 차를 세우고 두 사람이 내렸다.

"아마 업무 관계차 온 거겠죠." 엘러리는 말했지만, 확신은 없었다.

퍼트리샤는 쌀쌀맞게 엘러리를 쳐다보고는 가게의 문을 열었다. 크롬 강철과 빨간색의 가죽으로 장식된 홀에는 손님이 한 명도 없었다. 다만 바텐더와 손바닥만 한 댄스 플로어를 청소하고 있는 남자뿐이었다. 그들은 두 사람을 이상하다는 듯 쳐다보았다. "형부는…… 없네요." 퍼트리샤가 작은 목소리로 말했다.

"칸막이 안에 있지 않을까요……. 아, 없군요."

"안쪽 룸에 있을지 몰라요……."

"아무튼 앉읍시다."

두 사람이 가까운 탁자에 앉자 바텐더가 하품을 하며 다가왔다. "뭘 드릴까요?"

"쿠바 리브레." 퍼트리샤는 주위를 두리번거리며 말했다.

"나는 스카치로 줘요."

"네." 바텐더는 바 뒤쪽으로 갔다.

"여기서 기다려요." 엘러리가 일어서서 안쪽으로 걸어갔다.

"저쪽입니다." 청소를 하고 있던 남자가 '신사'라고 쓰여 있는 문을 가리켰다. 그러나 엘러리는 그 반대편에 반쯤 열려 있던, 육중한 청동 잠금 장치가 달린 빨간색과 금색으로 칠한 문을 밀었다. 소리 없이 문이 열렸다.

그곳은 도박장이었다. 아무도 없는 룰렛 탁자 앞 의자에 짐이 앉아 있었다. 한쪽 팔을 탁자에 괴고 머리를 얹은 흐트러진 자세였다. 불이 붙지 않은 여송연을 입에 문 건장한 남자가 건너편 벽에 붙은 전화기 앞에 서 있다가 엘러리를 힐긋 보았다. "그래, 하이트 부인을 바꾸란 말이다, 이 바보야!" 두 눈썹이 바싹 붙어 있는 살찐 남자였다. "빅터 캘러티라고 부인에게 말해."

'바보'란 앨버타에게 하는 말일 것이다. 엘러리는 문에 기댄 채 조용히 서 있었다. "하이트 부인이십니까? 핫 스팟의 빅터 캘러티입니다." 가게 주인은 상냥하게 작은 목소리로 말했다. "네, 그렇습니다……. 틀림없어요, 부인. 하이트 씨가…… 잠깐만요. 이 가게 구석방에서 잠들어버렸습니다……. 네, 술에 취하셨지요. 아니, 걱정하실 것까진 없습니다. 괜찮습니다. 그냥 너무 많이 마셔서 정신을 잃은 것뿐입니다. 어떻게 할까요?"

"이봐요, 잠깐만." 엘러리가 큰 소리로 말했다.

캘러티는 큰 머리를 돌려 엘러리를 빤히 쳐다보았다.

"잠시만 기다려주세요, 하이트 부인……. 왜 그러시죠, 무슨 일입니까?"

"내가 하이트 부인에게 말할 테니, 그 수화기를 좀 주세요." 엘러리는 다가가서 남자의 털북숭이 손에서 수화기를 빼앗아 들었다. "노라 씨? 엘러리 스미스입니다."

"엘러리 씨! 남편한테 무슨 일이 생겼나요? 어느 정도죠? 엘러리 씨가 어떻게……." 노라의 겁에 질린 목소리가 들려왔다.

"진정하세요. 패티와 캘러티 술집 앞으로 차를 몰고 가다가 짐의 자동차가 보여서 들어와봤습니다. 짐은 괜찮습니다. 다만 술을 너무 많이 마신 것 같네요."

"제가 지금 곧 가겠어요."

"그럴 필요는 없습니다. 패티와 제가 데리고 가겠습니다. 30분쯤 후에 도착할 것 같군요. 걱정 마십시오. 듣고 계세요?"

"그럼 부탁드려요." 노라는 작은 목소리로 대답하고 전화를 끊었다.

엘러리가 전화를 끊고 돌아섰을 때, 퍼트리샤는 짐을 흔들어 깨우고 있었다. "형부, 형부!"

"아무리 불러도 소용없어요, 아가씨. 몹시 취했거든요." 캘러티가 퉁명스럽게 말했다.

"부끄러운 줄 알아요. 사람을 이렇게 취하게 만들다니!"

"그런 소리 말아요. 제발로 들어와서 자기 맘대로 마신 건데. 나야 허가 내고 술을 파는 사람이니, 손님이 달라면 줘야지. 이제 데리고 나가요."

"이 사람이 누군지 어떻게 알았어요? 어떻게 알고 전화를 했느냐는 말이에요." 퍼트리샤는 분노로 목소리를 높이며 말했다.

"전에 온 적이 있었으니까. 게다가 주머니도 뒤져봤고. 나를 노려보면 어쩔 거야? 자, 썩 나가, 돼지 같은 것들!"

퍼트리샤는 벌어진 입을 다물지 못했다. "그럼, 실례!" 엘러리가 말했다. 그는 캘러티가 그 자리에 없는 것처럼 그 앞을 지나다가, 갑자기 몸을 돌려 캘러티의 발을 힘껏 밟았다. 캘러티는 아파서 소리를 꽥 지르며 잽싸게 뒷주머니로 손을 가져갔다. 엘러리가 오른손으로 캘러티의 턱을 위로 올려쳤다. 캘러티의 머리가 젖혀지며 비틀거리자 엘러리는 다른 손으로 그의 배에 일격을 가했다. 캘러티는 두 손으로 배를 움켜쥔 채 신음하며 바닥에 무릎을 꿇고는 놀란 듯이 엘러리를 올려다보았다. "돼지는 바로 너야!" 엘러리는 의자에서 짐 하이트를 일으킨 다음, 단단히 잡고 부축했다. 퍼트리샤는 짐의 찌그러진 모자를 주워들고 먼저 뛰어가서 문을 열었다.

돌아가는 길은 엘러리가 운전했다. 오픈카로 들이치는 바람과 더불어 퍼트리샤가 계속 흔들어댄 탓에 드디어 짐이 정신을 차렸다. 그는 흐릿한 눈으로 주위를 둘러보았다.

"형부, 도대체 왜 이렇게 술을 마셨어요?"

"으음……." 짐은 다시 눈을 감으며 신음했다.

"아직 저녁때도 안 됐잖아요. 그리고 지금 시간엔 은행에 있어야 하는 거 아닌가요!"

짐은 좌석에 깊이 파묻히며 뭐라고 중얼거렸다. "아직 술이 안 깼어요." 엘러리가 말했다. 그의 눈썹 사이에 깊은 주름이 잡혔다. 백미러로 보니 뒤에서 자동차 한 대가 굉장히 빠른 속도로 달려오고 있었다. 카터 브래드퍼드의 차였다. 퍼트리샤도 알아차리고 뒤를 돌아봤다가 금방 다시 고개를 앞으로 돌렸다. 엘러리는 브래드퍼드의 자동차가 먼저 가도록 속도를 줄였다. 그러나 브래드퍼드는 추월하지 않았다. 속도를 줄여 나란히 달리며 경적을 울렸다. 불그스레한 얼굴에 해파리 같은 눈매를 가진 마른 남자가 그 옆에 앉아 있었다. 엘러리는 순순히 길옆에 차를 세웠다. 브래드퍼드도 차를 세웠다.

퍼트리샤가 놀란 목소리로 말했다. "어머, 카터, 안녕? 서장 님도 안녕하세요? 엘러리 씨, 이분은 라이츠빌 경찰서 서장이 신 데이킨 씨세요. 이쪽은 엘러리 스미스 씨."

"처음 뵙겠습니다, 스미스 씨." 데이킨 서장은 정중하게 말 했다. 엘러리는 고개 숙여 인사했다.

"무슨 일 있습니까? 짐 씨의 모습이 보이길래……." 카터는 좀 어색하게 말했다.

"넌 역시 예리해." 퍼트리샤가 부드럽게 말했다. "그야말로 런던 경찰청식이야. 아니면 적어도 FBI 정도는 되거나. 안 그 래요, 엘러리 씨? 검사님과 서장님이……."

"아무것도 아닙니다, 브래드퍼드." 엘러리가 말했다.

"소다수를 마시고 하룻밤 푹 자면 못 고칠 병이 없죠. 캘러티 의 술집이었습니까?" 데이킨 서장이 날카롭게 물었다.

"뭐 그렇게 됐습니다." 엘러리가 말했다. "자, 그럼, 신사분 들, 하이트 씨를 얼른 침대에 눕혀야 해서요."

"패티, 내가 뭐 도와줄 일은 없을까……." 카터는 얼굴을 붉 히며 말했다. "전화하려고 했었는데……."

"전화는 하려고 했었단 말이지."

"내 말은……."

그때 퍼트리샤와 엘러리 사이에서 짐이 몸을 움직이며 무슨 말을 중얼거렸다. 퍼트리샤가 나무라는 듯한 투로 짐에게 물었 다. "형부, 이제 좀 정신이 들어요?" 짐이 눈을 떴다. 눈은 여전 히 멀겠지만, 그 눈빛 속에는 퍼트리샤가 깜짝 놀라 엘러리를 쳐다볼 정도의 어떤 것이 있었다. "속이 많이 불편한 모양이군요." 데이킨이 말했다.

"자, 몸을 편히 하고 쉬세요." 엘러리가 달래듯이 말했다.

짐은 퍼트리샤와 엘러리, 그리고 옆 차에 타고 있는 사람들을 둘러보았지만 누가 누군지 분간하지 못하는 것 같았다. 그의 중얼거림이 조금씩 뚜렷하게 들리기 시작했다. "마누라, 마누라. 젠장, 망할 놈의 마누라……."

"형부!" 퍼트리샤가 소리쳤다. "엘러리 씨, 빨리 집으로 가요."

엘러리는 재빨리 사이드 브레이크를 풀었다. 짐은 좀처럼 조용해지지 않았다. 몸을 일으킨 짐은 속이 불편한지 창백했던 얼굴이 빨갛게 되었다. "그 여자를 해치울 테야! 두고 보라고! 그 여자를 해치우고 말 테니까! 죽여버릴 거야!" 그는 크게 소리 질렀다.

데이킨 서장은 눈을 껌벅거렸고, 카터 브래드퍼드는 너무 놀라 무슨 말인가 하려는 듯 입을 벌렸다. 퍼트리샤는 짐을 억지로 눕혔고, 엘러리는 브래드퍼드의 차를 뒤에 남긴 채 차를 몰기 시작했다. 짐은 흐느껴 울기 시작하더니 다시 잠들어버렸다. 퍼트리샤는 몸을 움츠려 최대한 짐에게서 멀리 떨어져 앉았다. "엘러리 씨, 이 사람이 하는 말을 들었죠? 그렇죠?"

"짐은 지금 술에 취해 엉망인 상태예요." 엘러리는 가속 페달을 세게 밟았다.

"역시 사실이었어요." 퍼트리샤는 울먹이며 말했다. "그 세 통의 편지와 로즈메리……. 엘러리 씨, 형부와 로즈메리가 연극을 하고 있어요! 두 사람은 공모해서…… 공모해서 언니를……. 게다가 카터와 데이킨 서장님까지 그 말을 들었어요!"

엘러리의 시선은 도로에 고정되어 있었다. "이런 건 묻고 싶지 않았지만…… 패티, 노라에게 자기 명의의 재산 같은 것이 있습니까?"

퍼트리샤는 입술을 천천히 축였다. "아, 설마…… 그럴 리가…… 없어요."

"가지고 있다는 말이군요."

"네, 할아버지의 유언으로 언니는 결혼과 함께 자동적으로 많은 돈을 상속받게 되었어요. 그 돈은 신탁예금이 되어 있고요. 할아버지는 롤라 언니가 배우와 달아난 후 얼마 후 돌아가셨어요. 네, 그래서 할아버지는 롤라 언니에게 주려던 유산을 취소하고 노라 언니와 저에게만 나누어주기로 결정하셨죠. 저도 결혼을 하면 절반을 받게 돼 있어요."

"노라는 어느 정도 받았습니까?" 엘러리는 짐을 흘끗 보았지만, 짐은 코를 골며 자고 있었다.

"모르겠어요. 하지만 아빠 말로는 노라 언니와 제가 다 쓰지 못할 만큼 큰 돈이라더군요. 오, 어쩌면 좋아요…… 언니가!"

"또 울면 차 밖으로 던져버릴 거예요." 엘러리가 단호하게 말했다. "노라와 당신의 상속에 관한 것은 비밀로 되어 있습니까?"

"라이츠빌에 비밀이 있겠어요? 노라 언니의 재산을……." 퍼트리샤는 실성한 듯 웃기 시작했다. "마치 삼류 영화 같군요, 아, 이제 어떻게 하면 좋죠?" 그녀는 웃음을 그치지 않았다.

엘러리는 자동차의 방향을 틀어 힐 지역으로 들어섰다. "짐을 침대에 눕혀야지요." 그는 중얼거리듯 말했다.

# 11
## 추수감사절 : 첫 번째 징조

다음 날 아침 엘러리는 8시가 되기도 전에 노라의 집을 방문했다. 노라의 눈이 부어 있었다. "어제는 정말 고마웠어요. 제가 당황하고 있는 동안, 남편을 침대에 눕혀주셔서……."

"별말씀을요! 신랑이 처음 술에 취해 들어왔을 때 세상이 끝났다고 생각하지 않는 신부는 이브 이래 단 한 사람도 없을 겁니다. 그 고약한 신랑은 어디 있습니까?" 엘러리는 쾌활하게 말했다.

"2층에서 면도하고 있어요." 식탁 위에 놓인 토스터기를 만지는 노라의 손이 떨렸다.

"제가 올라가도 괜찮을까요? 이런 시간에 제가 침실을 어슬렁거리면 로즈메리 씨가 싫어할지도 모르겠습니다만."

"아, 로즈메리는 10시까지는 일어나지 않아요. 이렇게 상쾌한 11월의 아침인데! 빨리 2층으로 올라가서 남편을 좀 꾸짖어주세요."

엘러리는 웃으며 2층으로 올라갔다. 반쯤 열려 있는 침실 문을 노크하자 짐이 욕실에서 대답했다. "노라? 아, 여보, 고마워. 결국 당신이 날 용서해줄 거라 생각……." 엘러리를 본 그의 목소리가 기어들어갔다. 짐의 수염은 절반쯤 면도가 돼 있었다. 면도가 된 뺨 절반은 창백해 보였고 눈은 부어 있었다.

"안녕하세요, 스미스 씨. 어서 오세요."

"기분이 괜찮은지 보러 잠깐 들렀습니다." 엘러리는 욕실 문에 기대어 섰다.

짐은 깜짝 놀라며 엘러리의 얼굴을 쳐다보았다. "당신이 어떻게 안 겁니까?"

"어떻게 알았느냐고요! 전혀 기억하지 못하는군요. 퍼트리샤와 내가 당신을 이리로 데려왔어요."

"그랬군요!" 짐은 신음소리를 냈다. "어쩐지, 용케 돌아왔다고 생각했지요. 집사람은 아무 말도 해주지 않았거든요. 무리도 아니지만…… 신세를 많이 졌군요, 스미스 씨. 대체 내가 어디에 있었죠?"

"16번 도로에 있는 캘러티의 술집입니다. 핫 스팟이라고."

"그 술집에!" 짐은 고개를 저었다. "집사람이 화를 내는 것도 무리가 아니군요." 그는 어색한 듯이 웃었다. "밤새도록 아팠어요! 집사람이 간호는 해주었지만, 말은 한마디도 하지 않더군요. 침묵 작전이지요!"

"돌아오는 차 안에서 굉장히 지독한 말을 하더군요."

"지독한 말? 뭐라고 하던가요?"

"음…… 누군가를 해치우겠다고 그러던데요." 엘러리가 가볍게 말했다.

짐은 눈을 깜빡거리더니, 다시 거울을 향해 돌아섰다. "머리가 좀 이상해졌었나 봅니다. 아니면 히틀러 같은 놈 생각이라도 했겠지요." 엘러리는 머리를 끄덕이며 짐의 면도날을 바라보았다. 면도날이 가늘게 떨리고 있었다. "아무것도 기억이 안

나요. 정말 아무것도……."

"나라면 술을 끊겠습니다. 지나친 참견일지 모르겠습니다 만…… 그런 말을 하면 다른 사람에게 오해받을 염려도 있으니까요." 엘러리는 친밀한 태도로 말했다.

"그래요." 짐은 손가락으로 면도를 한 쪽의 뺨을 어루만졌다. "그럴 수도 있겠군요. 아아, 또 머리가 아프군! 다시는 마시지 않겠습니다."

"부인에게 말해드리죠." 엘러리가 웃으며 말했다. "그럼, 이만 가보겠습니다."

"고맙습니다. 안녕히 가세요."

엘러리는 미소를 띤 채 침실을 나왔다. 그러나 그 미소는 계단에 이르자마자 사라졌다. 어쩐지 로즈메리의 침실 문이 그가 조금 전 올라왔을 때보다 더 넓게 열려 있는 것 같았다.

엘러리의 소설 작업은 점점 더 어려워졌다. 원인 중 하나는 계절이었다. 산과 들이 온통 붉은색과 오렌지색, 갈색으로 변했다. 한낮에도 서리가 내릴 듯이 추운 건 아무래도 눈이 일찍 내릴 징조 같았다. 낮의 길이가 점점 짧아졌다. 그는 시골길의 낙엽들을 자박자박 밟으며 걷고 싶은 생각에 가만히 앉아 있을 수가 없었다. 특히 해가 저물고 밤의 장막이 드리워져 외떨어진 농가에 등불이 하나둘 켜지고, 어두운 외양간에서 음매 하고 우는 소 울음소리가 들려올 때면 더욱 그랬다. 윌시 갈리마르가 마을에 트럭 다섯 대 분량의 칠면조를 실어 왔는데 순식간에 다 팔려버렸다. "그래, 추수감사절이 가까워졌군. 460번지를 제외한 모든 곳에 말이야." 엘러리는 혼자 중얼거렸다.

퍼트리샤는 요즘 뒤를 돌아보는 습관이 생겼다. 퍼트리샤가 공공연하게 엘러리와 붙어다니자 헐마이니는 머리 속으로 비밀스러운 계획을 세우기 시작했다. 대출 서류상의 오류와 진기한 우표 외에 다른 일에는 별로 관심이 없는 라이트조차도 뭔가를 생각하는 것 같았다. 그런 이유들 때문에 또한 엘러리는 일하기가 어려워졌다.

그러나 무엇보다도 신경이 쓰이는 것은 짐과 노라를 살며시 관찰하는 일이었다. 하이트 집안의 사정은 더욱 나빠지고 있었다. 이미 짐과 노라는 정답게 지낸다고는 말할 수 없는 상태였다. 두 사람의 말다툼이 너무 심해져 그 격앙된 목소리가 11월의 공기를 타고 날아 길 건너 라이트 저택의 닫힌 창문까지 뚫고 들려왔다. 때로는 로즈메리 때문이었다. 때로는 짐의 음주 때문이었다. 때로는 금전 문제 때문이었다. 짐과 노라는 가족들 앞에서는 무척 행복한 듯이 행동했지만, 사실이 그렇지 않다는 것은 누구나 다 알고 있었다.

"형부가 새로운 일에 손을 대기 시작했어요. 도박 말이에요!" 어느 날 저녁 퍼트리샤가 엘러리에게 말했다.

"정말이에요?"

"오늘 아침에 언니가 형부를 나무라는 소리를 들었어요." 퍼트리샤는 가만히 앉아 있을 수 없을 정도로 마음이 아픈 듯했다. "그러자 형부는 인정하면서도 언니에게 소리를 질렀어요. 그리고 그 입으로 언니에게 돈을 달라고 조르더군요. 언니는 도대체 뭐가 문제인지 말해달라고 울다시피 애원했지만, 형부는 그러면 그럴수록 화를 냈어요. 엘러리 씨, 저는 아무래도 형부가 미쳐서 저러는 것 같아요. 진짜로요!"

"그렇지는 않아요." 엘러리는 단호하게 말했다. "정신병엔 일관된 행동 유형이 있는데, 짐의 행동은 전혀 그렇지 않아요. 그가 털어놓는다면 좋겠지만, 그는 아무 말도 안 하는군요. 어제도 에드 호치키스가 택시로 짐을 데리고 왔어요. 나는 현관에서 기다리고 있었죠. 노라는 자고 있었고요. 짐은 상당히 많이 취해 있었지만, 내가 이것저것 물어보자 나를 때리려고 덤벼들었어요……." 엘러리는 말하며 어깨를 으쓱해 보였다.

퍼트리샤는 깜짝 놀라 소리쳤다. "뭐라고요?"

"짐은 전당포에 보석을 잡혔어요."

"전당포에 보석을! 누구 것을요?"

"짐이 점심시간에 은행에서 나오는 걸 미행했어요. 광장에 있는 심슨 전당포로 들어가더니 루비가 박힌 브로치 같은 것을 잡히더군요."

"그건 언니 브로치예요! 언니의 고등학교 졸업식 때 타비타 고모가 선물로 준 거라고요."

엘러리는 그녀의 손을 잡았다. "짐에겐 자기 마음대로 쓸 수 있는 돈이 없죠?"

"자기 월급 외에는 한 푼도 없겠죠!" 퍼트리샤는 딱 부러지게 말했다. "아빠가 며칠 전에 형부에게 주의를 주셨어요. 일 문제로요. 형부는 그냥 무시하더군요. 아빠가 어떤 분인지 잘 알잖아요. 양처럼 온순한 분인데……. 웬만큼 눈에 거슬리지 않으면 별말씀을 하지 않으신단 말이에요. 형부가 아빠한테 대들자 아빠는 가엾게도 눈만 크게 뜨고 형부를 보다가 나가버리셨어요. 요즘 엄마가 어떻게 보이는지도 아시죠?"

"넋이 나간 채 지내시더군요."

"엄마는 모든 게 잘못되었다는 걸 인정하지 않아요. 심지어 나한테도 말하지 않는다고요. 그래도 가장 고통받고 있는 사람은 언니예요! 마을 사람들은 어떤지 아세요? 에멀린 뒤프레는 괴벨스*보다 더 신나게 설쳐대고 있어요. 다들 쑥덕거리면서 말이 많아요. 정말 싫어! 이 마을이 정말 지긋지긋하게 싫어요……. 형부도 싫어요……."

엘러리는 그녀를 안고 위로해줘야만 했다.

노라는 온갖 정성을 들여 추수감사절 준비를 했다. 큰 소리를 내며 삐걱거리기 시작한 자기 세계를 가라앉혀보려고 안간힘을 쓰는 듯했다. 윌시 갈리마르한테서 사들인 칠면조 두 마리를 요리하고, 굉장히 많은 밤을 찧고, 볼드 산에서 따온 크랜베리를 으깨고, 호박이며 그 밖의 여러 가지로 요리를 만들었다. 앨버타가 도와주기도 했고, 혼자 하기도 했다. 노라는 모든 일에 정성을 들였다. 온 집 안에 맛있는 냄새가 가득 차도록 준비를 했고, 앨버타 이외의 다른 누구의 도움도 받으려 하지 않았다. 퍼트리샤나 헐마이니는 물론이고 루디의 도움조차 받으려들지 않았다. 루디는 불평했다. "요즘 젊은 색시들은 뭐든지 혼자 할 줄 안다고 생각한단 말이야."

헐마이니는 손수건으로 눈가를 누르며 말했다. "여보, 내가 음식을 만들지 않고 추수감사절을 맞이하기는 결혼 이후 이번이 처음이에요. 노라, 정말 훌륭한 요리를 만들었구나!"

"나도 이번만큼은 소화불량에 걸리지 않아도 될 것 같군그래. 칠면조 요리가 기대되는구나!" 라이트는 웃으며 말했다.

* 독일 나치 정권의 공보장관.

하지만 노라는 아직 준비가 완전히 되지 않았다며 사람들을 모두 거실로 내보내고 식당에 혼자 남았다. 조금 핼쑥하긴 했지만 취하지 않은 짐이 식당에 남아 도와주겠다고 했다. 그러나 노라는 쓸쓸한 표정으로 웃으며 그도 다른 사람과 함께 밖에 나가 있으라고 내보냈다.

엘러리는 하이트 집의 현관 앞을 천천히 서성거렸다. 그리고 이쪽으로 걸어오는 롤라 라이트를 제일 먼저 발견했다.

"안녕하세요. 한가한 건달." 롤라가 인사를 했다.

"어서 오세요."

롤라는 지난번과 같은 바지와 스웨터를 입고 있었고, 지난번과 같은 리본으로 머리를 묶고 있었다. 그녀의 비뚤어진 입에서는 지난번과 같은 위스키 냄새가 났다. "그런 식으로 날 쳐다보지 말아요. 이방인 같으니! 나는 초대를 받고 왔다고요. 노라가 초대를 했어요. 온 가족이 모두 모여 즐겁게 지내자는 말이겠죠. 서로 키스를 나누고 화목한 척하고. 당신은 여전히 한가한 건달이네요. 우리 집에는 왜 오지 않아요?"

"소설 때문에 좀 바빠서요."

"와, 놀랍네요." 롤라는 비틀거리며 그의 팔을 잡았다. "작가란 하루에 두세 시간 정도 일하는 거 아닌가요? 나, 조금 취했어요. 당신, 패티 좋아하죠? 다 알아요. 뭐 나쁘진 않죠. 그 앤 몸매도 날씬하고 머리도 좋거든요."

"나쁘진 않지만, 그런 사이는 아닙니다. 롤라."

"아, 점잖기까지 하시네. 좋으실 대로 하세요. 그럼, 실례! 나는 지금부터 안으로 들어가 좀 짓궂게 굴어야겠어요." 롤라는 동생의 집으로 들어갔다. 엘러리는 조금 있다가 뒤따라 안으로 들어갔다. 집 안에서는 순수한 즐거움의 한 장면이 펼쳐지고 있었다. 그러나 헐마이니의 따뜻한 미소 속에 깃든 감정적 혼란과, 짐에게서 마티니를 건네받은 라이트의 손이 조금 떨렸던 것은 웬만큼 눈이 날카로운 사람이 아니고서야 눈치채지 못했다. 퍼트리샤가 엘러리에게 억지로 마티니를 건네주었다. 그래서 엘러리는 '훌륭한 이 집안을 위해!'라고 말하며 건배를 해야 했고, 모두 진지하게 술잔을 비웠다.

　얼마 후 노라가 활기찬 모습으로 거실로 나와 모두 식당에 모이라고 말했다. 사람들은 요리책에 나오는 것처럼 아름답게 꾸며진 식탁을 보고 예의 바른 감탄사를 내뱉었다……. 로즈메리 하이트는 존 라이트의 팔짱을 끼고 들어섰다.

　그 일은 짐이 두 번째로 칠면조 요리를 모두에게 나눠주고 있을 때 일어났다. 헐마이니에게 접시를 건네주던 노라가 괴로운 듯이 숨을 헐떡거렸다. 그 때문에 그릇에 담긴 음식이 쏟아져 내렸고, 노라가 소중히 여기던 영국제 사기 접시가 바닥에 떨어져 산산조각이 났다. 짐이 앉아 있던 의자 팔걸이를 움켜쥐었다. 노라는 그 자리에 서서, 식탁에 두 손을 짚고 몹시 고통스러운 듯 발작을 일으키며 구토하기 시작했다.

　"노라!"

　엘러리가 노라 옆으로 급히 달려갔다. 그녀는 식탁보처럼 하얗게 질린 입술을 훔치며 그를 힘없이 밀어냈다. 그리고 그녀를 붙잡으려는 엘러리를 놀랄 만한 힘으로 뿌리치고 소리를 지르며 2층으로 뛰어올라갔다. 그녀가 휘청거리며 계단을 오르는 발소리와, 문이 닫히는 소리가 들렸다.

　"아픈 것 같아요. 노라가 아픈 것 같아!"

"노라, 어디 있어?"

"누구든 윌러비 선생님을 좀 불러줘요!"

엘러리와 짐은 동시에 2층으로 달려 올라갔다. 짐은 미친 사람처럼 주변을 둘러보았다. 엘러리는 즉시 욕실로 달려가 문을 두드렸다. "노라!" 짐이 소리쳤다. "여보! 문 열어! 왜 그래?"

곧 퍼트리샤와 다른 사람들도 올라왔다. "윌러비 선생님이 곧 오실 거예요. 노라는 어디 있어요? 남자분들은 나가주세요!" 롤라가 말했다.

"새언니가 미쳐버린 거 아녜요?" 로즈메리가 숨을 몰아쉬며 말했다.

"문을 부숴요! 엘러리 씨, 부숴요! 형부, 아버지도 도와주세요!" 퍼트리샤가 명령했다.

"짐, 비켜요, 방해하지 말고!" 엘러리가 말했다.

그러나 남자들이 문을 부수려 하자 노라가 비명을 질렀다. "아무도 들어오지 마세요. 누구든 들어오기만 하면 나는…… 절대로 들어오지 마세요!"

헐마이니가 마치 고양이가 앓는 것 같은 소리를 내자 라이트가 달래기 시작했다. "여보, 괜찮아. 여보!"

남자들이 세게 부딪힌 지 세 번 만에 문이 부서졌다. 엘러리는 욕실 안으로 달려 들어가 노라를 붙잡았다. 노라는 새파랗게 질린 채 세면기에 기대어 떨리는 손으로 마그네슘 유제를 큰 숟가락으로 떠먹고 있었다. 그녀는 뒤돌아보며 묘한 승리의 표정을 짓더니 정신을 잃고 엘러리 쪽으로 쓰러졌다.

잠시 후, 노라는 침대 위에서 정신이 들었다. 한바탕 소동이 벌어졌다. "내가 무슨…… 동물원에 갇힌 동물 같잖아요. 엄마, 모두를 내보내주세요!" 헐마이니와 짐만 남겨놓고 모두 밖으로 나왔다. 엘러리는 2층 홀에서 노라의 목소리를 들었다. 노라의 목소리는 격앙되어 있었고, 두 사람의 말이 서로 겹쳐 잘 알아들을 수가 없었다. "싫어요! 필요 없다고요! 만나지 않을 거예요!"

"애야, 윌러비 선생님은 너를 이 세상에 나오게 해준 의사 선생님 아니니." 헐마이니가 노라를 달랬다.

"그 늙은, 늙은 염소가 내 옆에 오면 나는 무슨 짓을 할지 몰라요! 자살하겠어요! 창문으로 뛰어내리겠어요!" 노라가 소리쳤다.

"여보!" 짐이 신음했다.

"이 방에서 나가요, 엄마도 나가세요!" 퍼트리샤와 롤라는 침실 앞으로 가서 헐마이니를 불렀다. "엄마, 언니는 히스테리를 일으키는 거예요. 저절로 가라앉을 때까지 내버려두세요." 헐마이니가 방을 나왔고, 이어서 짐도 나왔다. 그는 눈이 새빨개져 어쩔 줄 모르겠다는 표정을 짓고 있었다. 방 안에서 노라의 토하는 소리가 들리더니 나중엔 우는 소리로 바뀌었다.

윌러비가 급히 달려왔으나, 존 라이트는 실수였다며 그를 돌려보냈다.


방으로 돌아온 엘러리는 조용히 문을 닫았다. 그러나 전깃불을 켜기도 전에 방 안에 누가 있다는 걸 눈치챘다. 스위치를 올리며 그가 말했다. "패티?"

퍼트리샤는 침대 위에서 웅크린 채 누워 있었다. 베개 위 얼굴이 닿은 부분에 젖은 자국이 있었다. "기다리고 있었어요."

불빛에 퍼트리샤가 눈을 깜박였다. "지금 몇 시예요?"

"12시가 지났어요." 엘러리는 다시 불을 끄고 그녀 옆에 앉았다. "노라는 좀 어떤가요?"

"자기 말로는 이제 괜찮아졌대요. 괜찮아질 거예요." 퍼트리샤는 잠시 동안 조용히 있다가 물었다. "지금까지 어디 있다 왔어요?"

"에드 호치키스를 불러서 택시로 콘헤븐에 다녀왔어요."

"콘헤븐이라니, 120킬로미터나 떨어져 있잖아요!" 퍼트리샤는 벌떡 일어나며 물었다. "뭣 때문에 가셨어요?"

"노라의 접시에 있던 음식을 가지고 어느 연구소의 실험실에 갔다 왔습니다. 괜찮은 실험실이더군요. 그리고……." 그는 잠시 쉬었다가 다시 말을 이었다. "라이츠빌에서 그곳까지는 당신 말대로 120킬로미터나 되더군요."

"그래서요? 혹시……?"

"아무것도 발견하지 못했어요."

"그러면……."

엘러리는 앉아 있던 침대에서 일어나 어두운 방 안을 왔다 갔다 했다. "접시 말고 어디든 있을 수 있었겠죠. 칵테일, 수프, 전채 요리……. 승산이 희박한 일이었어요. 어차피 찾지 못할 거라는 걸 예상했었어요. 하지만 어떤 경로로 섭취했든, 그건 노라가 먹고 마신 음식 안에 들어 있었어요. 비소 말입니다. 모든 증상이 일치하니까요. 노라가 마그네슘 유제를 먹어야 한다는 걸 알고 있었던 건 행운입니다. 마그네슘 유제는 비소중독에 대한 응급 해독제거든요."

"오늘은…… 추수감사절이에요." 퍼트리샤가 굳은 목소리로 말했다. "형부가 로즈메리에게 보내려고 써둔 편지의 날짜가 11월 28일이었죠. 바로 오늘이에요. 형부는 언니가 아프다고 썼죠. 그리고 진짜 아프게 됐어요!"

"오호, 퍼트리샤. 거기까지 생각하다니, 대단한데요……. 하지만 우연의 일치였는지도 몰라요."

"그렇게 생각하세요?"

"급성 소화불량일지도 모르고…… 어쨌든 노라가 무척 당황했던 것만은 틀림없어요. 그 편지도 읽었고, 게다가 《독물학》 책에 있는 비소 항목을 보았을 테니까, 어쩌면 심리적인 현상인지도 모르죠."

"그래요……."

"우리 상상력이 너무 지나친 걸지도 몰라요. 아무튼, 아직은 시간이 있어요. 여기에 어떤 패턴이 존재한다면, 이게 시작이니까."

"그래요……."

"퍼트리샤, 내가 약속할게요. 노라는 절대 죽지 않아요."

"아, 엘러리 씨." 그녀는 어둠 속을 더듬어 그에게로 다가와 그의 외투에 얼굴을 묻었다. "당신이 있어서 얼마나 다행인지 모르겠어요……."

"자, 이제 그만 내 방에서 나가요." 엘러리는 부드럽게 말했다. "당신 아버지가 엽총이라도 들고 들어오면 큰일이니까."

# *12*
## 크리스마스 : 두 번째 징조

첫눈이 내렸다. 밖에서 숨을 내쉬면 하얀 입김이 나왔다. 헐마이니는 가난한 농가에 보낼 크리스마스 선물을 마련하느라 바빴다. 사람들은 언덕에서 스키를 타기 시작했고, 아이들은 호수가 빨리 얼기를 기다렸다. 그러나 노라는…… 노라와 짐은 이상했다. 노라는 추수감사절의 고통스러운 구토 증세에서 회복되었고, 조금 더 창백해지고, 조금 더 야위고, 조금 더 신경질적이 되었다. 그리고 냉정해졌다. 가끔씩 두려운 표정을 지었으나 누구에게도 아무 말도 하지 않았다. 그녀는 아무에게도 속을 털어놓지 않았다. 헐마이니는 무척 애를 썼다. "노라, 무슨 일이니? 나한테는 말을 좀 해주렴."

"아무 일도 없어요. 도대체 다들 왜 그러는지 모르겠네요."

"그렇지만, 짐이 술을 많이 마신다면서? 온 마을에 소문이 났어. 창피해서 견딜 수가 없구나! 너는 짐하고 자주 다투고…… 이 모든 게 사실이잖니……."

노라는 작은 입술로 화를 냈다. "엄마, 저를 좀 내버려두세요."

"아버지가 걱정을 몹시 하셔……."

"죄송해요, 엄마. 하지만 제 생활에 간섭하지 마세요."

"이게 다 로즈메리 때문이니? 그 아가씨는 항상 짐을 불러 내서 속닥거리더라. 도대체 언제까지 집에 있게 할 작정이냐? 노라야, 나는 네 엄마야. 나에게 털어놓지 못할 일이 뭐가 있 니……." 그러나 노라는 대답하지 않고, 울며 달아나버렸다.

한편 퍼트리샤는 눈에 보이게 어른스러워졌다. "엘러리 씨, 그 세 통의 편지 말인데…… 아직도 노라 언니의 옷장 모자 상 자 속에 있어요. 어제 저녁에 보고 왔어요. 도저히 보지 않고는 참을 수가 없었어요."

"알아요." 엘러리가 한숨을 쉬며 말했다.

"당신도 꺼내 봤어요?"

"그래요. 노라도 가끔 다시 읽는 것 같던데요. 만진 흔적이 있어요."

"도대체 언니는 왜 사실을 인정하려고 하지 않을까요? 언니 는 11월 28일에 첫 번째 증상이 발생할 거라는 걸 알고 있었어 요. 첫 번째 편지에 그렇게 쓰여 있었으니까요! 그런데도 언니 는 의사의 진찰도 거부하고, 자신을 지키려 하지도 않아요. 다 른 사람들의 도움도 거부하고……. 도대체 무슨 생각을 하고 있는지 모르겠어요."

"아마 스캔들에 휘말리고 싶지 않은 거겠죠." 엘러리가 진지 하게 말하자, 퍼트리샤의 눈이 동그래졌다. "몇 년 전 결혼식 날에 짐이 사라진 후, 노라는 세상으로부터 도피했었다고 당 신이 그랬죠. 당신의 언니는 작은 시골 마을에 흔히 있는 자존 심이 강한 여자예요. 노라는 사람들의 소문거리가 되는 것을 무엇보다도 싫어할 거예요. 만일 이 일이 외부에 알려지게 되 면……."

"그렇군요." 퍼트리샤가 놀란 목소리로 말했다. "그래요. 그 점을 생각하지 못했다니 제가 너무 어리석었어요. 언니는 어린아이처럼 이 일을 무시해버리려고 애쓰는 거예요. 눈을 감으면 도깨비가 보이지 않는다고, 어린애처럼 생각하는 거예요. 엘러리 씨 말이 맞아요. 언니가 두려워하는 것은 바로 마을 사람들이에요!"

크리스마스 전날인 월요일 밤, 엘러리는 숲 어귀 가까운 곳의 나무 그루터기에 앉아 힐 지역 460번지를 지켜보고 있었다. 달은 없었고, 너무 조용한 밤이어서 먼 곳의 소리까지도 뚜렷이 들려왔다. 짐과 노라는 또 말다툼을 하고 있었다. 엘러리는 차가운 손을 마주 비볐다. 돈 문제였다. 노라의 목소리는 날카로웠다. 돈은 어디에 쓰는 건지? 그녀의 카메오 브로치는 어쨌는지? "여보, 확실하게 말해요. 계속 이러면 곤란해요. 이렇게는 안 된다고요!"

짐은 처음에는 작게 중얼거렸으나 곧 용암이 솟구치듯이 목소리가 커졌다. "그런 식으로 몰아세우지 마!"

엘러리는 새로운 단서를 찾으려고 열심히 귀를 기울였으나 지금까지 알고 있는 사실 이외의 말은 듣지 못했다. 추운 겨울밤에 젊은 부부가 다투는 소리를, 그는 바보처럼 나무 그루터기에 앉아 엿듣고 있는 것이다. 그는 일어나 숲 어귀를 돌아 라이트 저택의 따뜻한 불빛을 향해 걸어갔다. 그러다 그는 갑자기 걸음을 멈추었다. 요즘 같은 때에는 정말 '재앙의 집'이라는 말이 잘 어울리는, 노라의 집 현관문이 쾅 하고 닫혔기 때문이다. 엘러리는 라이트 저택의 그림자를 따라 눈 위를 달렸다. 짐 하이트가 눈길을 걸어 나와 자기 자동차에 올라탔다. 엘러리는 라이트 저택의 차고로 달려갔다. 차에 대해서는 이미 퍼트리샤와 얘기가 되어 있었다. 퍼트리샤는 엘러리가 언제든 자동차를 사용할 수 있도록 차에 열쇠를 꽂아두기로 했었다. 짐의 자동차는 위험할 정도로 빠른 속력으로 눈이 쌓인 언덕길을 내려갔다. 엘러리는 헤드라이트를 켜지 않은 채 그 뒤를 따랐다. 그는 짐의 자동차 불빛만으로도 충분히 볼 수 있었다. 16번 도로…… 캘러티의 술집이다…….

짐이 비틀거리며 핫 스팟에서 나와 차에 올라탄 것은 거의 밤 10시가 다 되었을 때였다. 차가 비틀거리며 지그재그로 달리는 것을 보니 짐은 몹시 취한 것 같았다. 집으로 돌아가는 것일까? 아니다. 짐은 시내 쪽을 향해 달리고 있었다. 시내! 어디로 가려는 걸까?

짐은 로우 빌리지 한가운데에 있는 허술한 목조 공동주택 앞에서 급정거했다. 그리고 어두운 현관으로 비틀거리며 들어갔다. 갓을 씌우지 않은 25촉 전구가 쓸쓸히 복도를 비추고 있었다. 엘러리는 그 희미한 불빛 아래 짐이 계단을 기다시피 올라가 페인트칠이 벗겨지고 흠집투성이인 문을 두드리는 걸 보았다. "짐!" 롤라 라이트가 놀란 목소리로 소리쳤다. 곧 문이 닫혔다.

엘러리는 계단이 삐걱거리는 소리가 나지 않도록 조심스레 올라갔다. 계단을 다 오르자 그는 망설이지 않고 롤라의 방 문 앞으로 재빨리 다가가 귀를 갖다댔다. 짐이 울고 있었다. "그렇게 매정하게 굴지 마요. 난 절망적이에요. 난 이제 끝났어요……."

"하지만 말했잖아요, 짐. 정말 나는 돈이 없어요." 롤라는 냉정한 목소리로 말했다. "여기 좀 앉아요. 많이 취했군요."

"나는 술주정뱅이니까." 짐은 껄껄 웃었다.

"뭐가 그렇게 절망적이에요?" 롤라는 감미로운 목소리로 말했다. "자, 이렇게 하면 편하죠? 봐요, 나한테 모든 걸 털어놔봐요." 짐은 흐느끼기 시작했다. 흐느끼는 소리가 작아지는 걸로 봐서 롤라의 가슴에 얼굴을 묻은 채 울고 있는 것 같았다. 어머니처럼 따뜻한 롤라의 목소리도 잘 들리지 않았다. 하지만 곧 그녀가 놀라서 외치는 소리가 들렸다. 엘러리는 문을 열고 들어갈까 생각했다. "짐! 지금 날 밀친 거예요?"

"당신도 다 똑같아! 이 요물 같으니! 롤라에게 다 말해보라고? 내 몸에서 손 떼! 난 아무것도 말하지 않을 거야!"

"짐, 돌아가는 것이 좋겠군요."

"돈을 줄 거야, 안 줄 거야?"

"짐, 말했잖아요……."

"아무도 돈을 주지 않아! 내가 이렇게 곤경에 처해 있는데도, 아무도 돈을 주지 않는다고! 집사람조차. 내가 무슨 짓을 해야 하는지 알아? 아느냐고? 나는 기필코……."

"무슨 얘기예요?"

"아무것도 아냐, 아무것도……." 그의 목소리가 기어들어갔다. 그 후로 오래 침묵이 흘렀다. 아마 짐은 쓰러진 것 같았다. 이상한데. 엘러리는 기다렸다. 조금 후에 롤라의 작은 목소리와 함께 잠에서 깨어난 듯한 짐의 목소리가 들렸다. "내 몸에서 손 떼라니까!"

"짐, 난 아무것도……. 당신 자고 있었잖아요……."

"내 주, 주머니를 뒤졌잖아! 뭘 찾으려고?"

"놔요…… 아파요." 롤라의 목소리는 놀랍도록 침착했다.

"더 아프게 해주겠어. 내가 보여주지……."

엘러리는 문을 열었다. 궁색하지만 깔끔한 방 한가운데에서 롤라와 짐이 씨름을 하고 있었다. 술에 취한 짐은 두 팔로 롤라를 붙들고 그녀의 몸을 젖히려 했고, 롤라는 손으로 그의 턱을 밀어 올리며 저항했다. 짐은 머리를 젖힌 채 눈을 부릅뜨고 있었다. "미국 해병이 구하러 왔습니다." 엘러리는 그렇게 말하고, 한숨을 쉬며 짐을 롤라에게서 떼어내 푹 꺼진 소파에 앉혔다. 짐은 두 손으로 얼굴을 가렸다. "롤라, 다치지 않았어요?"

"안 다쳤어요." 롤라가 숨을 헐떡였다. "당신 재밌는 사람이네요! 숨어서 이야기를 얼마나 들은 거예요?" 그녀는 살짝 몸을 돌리고 블라우스와 머리를 매만졌다. 그리고 술병을 들어 아무 일도 없었다는 듯 그것을 찬장에 놓았다.

"그냥 옥신각신하는 소리만 들었어요." 엘러리가 가볍게 말했다. "일전에 당신이 한번 들르라기에 한번 와봤죠. 그런데 짐한테 무슨 문제라도 있습니까?"

"취해서 그래요." 롤라는 엘러리를 정면으로 바라보았다. 롤라는 침착했다. "노라가 가엾어요. 이 사람이 여길 왜 왔는지 모르겠어요. 이 바보가 나한테 반하기라도 한 걸까요?"

"그 질문의 대답은 당신 자신이 해야겠지요." 엘러리는 빙긋 웃었다. "자, 짐 하이트 씨. 여기 이 매력적인 처형께 잘 자라는 인사를 하고 나와 함께 돌아갑시다."

짐은 앉은 자리에서 계속 몸을 끄덕이고 있었다. 그러다가 흔들거림이 멈추고, 머리가 툭 떨어졌다. 짐은 모랫빛 머리카락을 한 커다란 인형처럼 몸을 웅크리고 잠들었다. 엘러리 퀸이 잽싸게 물었다. "롤라, 이 일에 대해 얼마나 알고 있죠?"

"무슨 일이요?" 롤라는 엘러리의 눈을 들여다보았으나 그 눈빛으로는 아무것도 알 수 없었다.

잠시 후 엘러리가 미소를 지었다. "안타도, 득점도 없고 실책만 있군요. 언젠가는 이 무자비한 안개를 빠져나가겠지요. 그럼, 안녕히 주무세요."

그가 짐을 어깨에 걸머지자 롤라는 문을 열어주었다.

"차가 두 대군요?"

"짐의 차와 내 차, 아니, 패티의 차라고 해야겠군요."

"짐의 차는 내일 아침 내가 운전해서 가져다주겠어요. 밖에 그냥 놔두세요. 그리고 스미스 씨……." 롤라가 말했다.

"네?"

"다시 와주세요."

"아마 그렇게 될 겁니다."

"다음번엔 노크를 하고 들어오세요." 롤라는 웃었다.

존 라이트는 가족들에게 뜻밖의 제안을 했다. "여보, 이제 쓸데없는 데 시간을 쓰지 맙시다. 이번 크리스마스 준비는 다른 사람에게 시키도록 해요."

"그게 무슨 말이에요?"

"우리 모두 산으로 가서 크리스마스를 보냅시다. 그날 밤은 산장에서 하룻밤 지내잔 말이오. 난롯가에서 군밤이나 까먹으며 즐겁게 보내는 게 어때요?"

"존, 그럴 수는 없어요! 추수감사절은 노라한테 빼앗겼으니까, 크리스마스는 내가 준비를 해야죠. 못 들은 걸로 할게요."

그러나 헐마이니는 남편의 눈을 보고 그 말이 일시적인 기분에서 나온 말이 아니라는 걸 알았다. 그녀는 더 이상 반대하지 못했다.

그래서 에드 호치키스를 불러 크리스마스 선물들을 볼드 산의 빌 요크 산장까지 실어 보냈다. 존 라이트는 빌 요크에게 미리 편지를 써서 식사와 숙박, 그리고 다른 특별한 것까지 준비를 부탁했다. 라이트는 모든 것을 비밀로 하고는 아이처럼 깔깔거리며 웃기만 했다.

크리스마스이브 저녁 식사를 끝내자마자 두 대의 자동차로 모두 볼드 산으로 올라가기로 했다. 모든 준비가 되었다. 차 뒷바퀴에는 스노 체인을 달았고, 루디 부인은 크리스마스 준비를 위해 미리 떠나 있었다. 모두는 라이트 저택 앞에서 서성거리며 짐과 노라가 나오기만을 기다렸다. 그런데 노라의 집 문이 열리고 로즈메리 하이트만 나왔다. "짐과 노라는 왜 안 나오나요? 이러다간 못 가겠네!" 헐마이니가 외쳤다.

로즈메리는 어깨를 으쓱하며 말했다. "새언닌 못 가겠대요."

"뭐라고요!"

"몸이 좋지 않다는데요."

가족들이 노라의 집에 가보니 노라는 창백한 얼굴로 기운 없이 침대에 누워 있었고, 짐은 방 안을 서성거리고 있었다. "노라야!" 헐마이니가 금방이라도 울 것 같은 목소리로 소리쳤다.

"다시 아픈 거냐?" 라이트가 걱정스레 물었다.

"아무것도 아니에요. 위가 좀 쓰릴 뿐이에요. 모두 빨리 산장으로 출발하세요." 노라는 그 말도 가까스로 하는 듯 힘들어 보였다.

"그런 법이 어디 있어!" 퍼트리샤가 발끈했다. "형부, 윌러비 선생님한테 전화했어요?"

"노라가 못하게 해." 짐은 기운 없는 소리로 말했다.

"못하게 한다고요? 도대체…… 남자 맞아요? 언제부터 그렇게 언니가 하라는 대로 했어요? 내가 아래층에 가서……."

"패티, 그러지 마!" 노라가 떨리는 목소리로 말했다. 퍼트리샤는 멈칫했다.

"하지만 언니!"

노라가 눈을 떴다. 두 눈은 불타는 듯 빨갛게 충혈돼 있었다. "그러지 말라고." 잇새로 목소리가 흘러나왔다. "분명히 말하는데, 내 일에 참견 마. 알았어? 나는 아무렇지도 않으니까." 노라는 입술을 깨물고 목소리를 쥐어짜듯이 말했다. "제발 부탁이야. 그만 가줘. 내일 아침에 괜찮으면, 짐과 함께 산장으로 갈게."

"노라야, 예전의 아버지와 딸 사이로 돌아가 너와 얘기를 좀 나눠야 할 것 같구나……." 라이트가 헛기침을 하며 말했다.

"제발 날 좀 그냥 내버려두세요!" 노라가 소리를 질렀다.

모두들 그렇게 하기로 했다.


크리스마스 날 엘러리와 퍼트리샤는 차로 볼드 산의 빌 요크 산장에 가서 크리스마스 선물을 다시 싸 들고 라이츠빌로 돌아왔다. 가족들은 침울한 분위기 속에서 선물을 나누었다.

헐마이니는 온종일 자기 방에서 나오지 않았다. 퍼트리샤가 남은 양고기와 박하 젤리로 크리스마스 음식을 차렸지만, 헐마이니는 아래층으로 내려오지 않았고, 존 라이트는 음식을 조금 들더니 배가 고프지 않다며 일어났다. 그래서 퍼트리샤와 엘러리만 식사를 마쳤다. 식사를 한 후 두 사람은 노라를 보러 갔다. 노라는 잠들어 있었고 짐은 외출 중이었다. 로즈메리 혼자 잡지 《루크》와 초콜릿 상자를 옆에 놓고 거실 의자 깊숙이 파묻혀 있었다. 퍼트리샤가 짐은 어디 갔는지 묻자 그녀는 어깨를 으쓱하면서 또 노라와 싸우고 훌쩍 나가버렸다고만 말했다. "새언니는 괜찮아요…… 좀 약해지긴 했지만 잘 지내요. 이런 따분한 마을에서 도대체 무슨 재밋거리가 있는지 모르겠네! 라이츠빌이고, 크리스마스고! 이딴 게 다 뭐야!" 로즈메리는 그렇게 분통을 터뜨리더니 다시 잡지에 고개를 처박았다.

　퍼트리샤는 노라가 잘 있는지 확인하기 위해 2층으로 뛰어 올라갔다. 다시 돌아온 그녀가 다급한 듯이 엘러리에게 눈짓을 했다. 엘러리는 그녀를 데리고 밖으로 나갔다. "언니랑 대화를 하려고 시도해봤어요. 언니가 깨어 있었거든요. 그…… 편지에 대해 알고 있다고 언니한테 넌지시 말해줬어요! 그랬더니 언니가! 저한테 물건을 집어 던지더라고요!" 엘러리는 머리를 절레절레 흔들었다. "언니는 제대로 말을 안 해요. 히스테리만 부릴 뿐이에요. 언니는 아픈 거예요! 진짜예요." 그녀는 속삭이듯 작은 목소리로 말했다. "일은 계획대로 진행되고 있어요. 어제 언니가 또 비소를 먹었다고요!"

　"당신도 노라만큼이나 상태가 안 좋은 것 같군요. 올라가서 낮잠이라도 자요. 사람은 가끔 아플 때도 있는 거라고요."

　"다시 언니한테 가봐야겠어요. 혼자 내버려둘 수는 없어요!"

　퍼트리샤가 달려가고 난 후 엘러리는 어두운 마음으로 언덕을 오랫동안 산책했다. 어제 모든 사람이 2층의 노라 방으로 갔을 때, 그는 몰래 식당으로 갔었다. 식탁 위에는 아직 저녁 식사가 치워지지 않은 채 그대로 놓여 있었다. 엘러리는 노라가 먹다 남긴 콘비프 해시를 조금 먹어보았다. 아주 적은 양이었지만 효과는 금방 나타났다. 위가 몹시 아팠고 구토 증세를 느꼈다. 그는 미리 마련해두었던 물약을 얼른 마셨다. 비소중독의 해독제로, 수산화제2철과 마그네슘을 섞은 것이었다. 이젠 의심할 여지가 없었다. 누군가 노라의 음식 속에 비소화합물을 넣은 게 확실했다. 그리고 그것은 노라의 음식에만 들어 있었다. 그는 다른 두 사람의 접시도 확인했다. 모든 것이 누군가의 계획대로 되어가고 있었다. 처음은 추수감사절, 다음은 크리스마스였다. 그리고 마지막인 새해 첫날에는 죽음이 예정되어 있었다.

엘러리는 퍼트리샤와의 약속이 생각났다. 언니가 죽도록 내버려두지는 않겠다는 약속이었다.

그는 눈을 밟으며 걸어 다녔다. 그의 마음은 여러 가지 생각으로 소용돌이쳤다. 그 생각들은 구체적인 형체를 갖추는 것 같았지만, 결국 실체 없이 사라졌다.

## 13
### *새해 : 최후의 만찬*

노라는 크리스마스이브부터 나흘 동안 침대에 누워 있었다. 그
러나 12월 29일에는 생기 넘치고 활달한 모습으로…… 지나치
게 활달한 모습으로 나타났다. 그러고는 이제 늙은이처럼 시들
시들하게 아픈 건 다 끝났다고 선언했고, 가족들의 크리스마스
를 망쳤으니 그에 대한 보상으로 새해 전야 파티에 모두를 초
대하겠다고 했다! 이 말에 짐조차도 기뻐하며 어색하게 노라에
게 키스했다. 퍼트리샤는 둘의 포옹을 보다가 목이 메는지 고
개를 돌렸다. 그러나 노라도 짐에게 키스를 했고, 몇 주만에 처
음으로 둘은 사랑하는 사람들 사이에서만 오가는 정다운 눈빛
을 주고받았다.

노라가 갑자기 기운을 차리자 헐마이니와 라이트의 기쁨
은 말로 표현할 수 없을 정도였다. "그거 정말 좋은 생각이구
나, 노라야! 이번엔 하나부터 열까지 모두 네 마음대로 하렴.
나도 절대 간섭하지 않을 테니까. 하지만 네가 도와달라고 하
면……." 헐마이니가 말했다.

"아니에요, 엄마! 제가 초대하는 파티니까 안주인 역할도 전
부 제가 할래요." 노라는 웃으며 말하고, 옆에 있는 퍼트리샤를
끌어안았다.

"네가 그처럼 친절하게 대해주었는데 짜증 부려서 미안해. 물건까지 집어 던지고…… 용서해줘!"

"언니, 무슨 말을 하는 거야. 지금처럼 명랑하기만 하다면 무엇이든 다 용서해줄게!" 퍼트리샤는 진지한 표정으로 말했다.

"노라가 그런 기분이 되었다니 정말 다행이군요. 누구를 초대한다고 하던가요?" 퍼트리샤에게서 이야기를 전해 들은 엘러리가 물었다.

"가족들과 마틴 판사님, 월러비 선생님, 그리고 프랭크 로이드 씨까지 초대한다고 했어요."

"음, 카터 브래드퍼드도 초대하라고 권하면 어떨까요?"

"카터를요?" 퍼트리샤의 얼굴이 창백해졌다.

"패티, 지난 일은 다 잊어버려요. 새해부터는……."

"왜 하필 카터예요? 카터는 나에게 크리스마스카드도 보내지 않았는데!"

"나는 새해 전야 파티에 브래드퍼드가 꼭 와주었으면 해요. 그러니 당신 힘으로 어떻게 해서든 그가 올 수 있도록 해줘요."

퍼트리샤가 엘러리의 눈을 올려다보았다. "꼭 그래야 한다면……."

"꼭 그래야 해요."

"그럼 부를게요."

카터는 전화로 퍼트리샤에게 가도록 노력해보겠다고 말했다. "일부러 초대해줘서 고마워……. 정말 뜻밖인데…… 그렇지만 다른 곳에서도 초대를 받았기 때문에…… 페티그루 씨를 실망시키는 건 가엾은 일이잖아……. 하지만……. 그렇다면 잠깐 들르도록……. 알았어, 그렇게 할게. 꼭 들를게……."

"오, 카터." 퍼트리샤는 저도 모르게 말했다. "왜 사람들은 친구가 되지 못하는 걸까?" 그러나 카터는 이미 전화를 끊은 뒤였다…….

〈라이츠빌 레코드〉의 편집인 겸 발행인인 프랭크 로이드는 조금 일찍 도착했다. 그는 퉁명스럽고 무뚝뚝한 표정으로 사람들에게 별로 말도 걸지 않고 인사조차 하지 않은 채 부엌 옆 식기실에 임시로 차려놓은 바로 곧장 들어갔다.

엘러리는 그날 음식에 대해 부자연스러울 정도로 지대한 관심을 보였다. 그는 가끔 부엌에 나타나 앨버타와 노라를 지켜보고, 조리대며 아이스박스도 들여다보았다. 그리고 누가 들어오는지 나가는지, 그리고 음식 근처에서 누가 뭘 하는지를 유심히 관찰했다. 그 태도가 무척 조심스러우면서도 대단히 열성적이어서, 앨버타가 로우 빌리지의 친구 집에서 열리는 다른 새해 전야 파티에 초대받아 가버리고 나자 노라는 놀랍다는 듯이 말했다.

"엘러리 씨, 당신은 정말 가정적이군요. 그럼 이 올리브 손질이라도 좀 해주시겠어요?" 그래서 엘러리는 올리브를 손질했고, 그러는 동안 옆의 식기실에서는 짐이 음료수를 준비했다. 엘러리가 올리브를 손질하는 곳에서는 짐의 움직임이 잘 보였다.

노라는 아주 호화로운 뷔페식 저녁 식사를 차렸다. 제일 먼저 카나페와 소시지롤이 나왔고, 이어서 일렬로 줄을 세운 셀러리 줄기, 피클, 칵테일이 나왔다. 불만스러운 표정으로 주변을 둘러보는 타비타에게 엘리 마틴 판사가 말했다. "타비, 한잔 마시며 마음을 적셔보지 않겠어요? 하늘로 오를 듯한 멋진 기분이 들 겁니다. 자, 이건 맨해튼 칵테일이에요. 몸에 좋아요!" 그러나 라이트의 누이동생 타비타는 냉정하게 말했다. "벌 받을 소리 말아요." 그런 다음 그녀는 클래리스 마틴을 붙잡고 술에 관한 불만스런 설교를 한참 늘어놓았다. 취해서 비틀거리며 돌아다니던 클래리스 마틴은 몽롱한 눈으로 타비타의 말이 지당하다고 말하면서 손에 들고 있던 칵테일을 계속 홀짝거렸다.

노라는 롤라를 초대했으나 그녀는 오지 않았다. 롤라는 전화로 말했다. "미안하지만 나는 혼자서 자축하기로 했어. 새해 복 많이 받아!"

로즈메리 하이트는 방 한구석에 남자들로 성벽을 쌓아올린 듯했다. 그녀는 남자들에게 명령을 하며 술잔을 가져오게 하거나 또 빈 잔을 치우게 했다. 그러면서도 지루해하는 모습을 보자니, 그렇게 하는 것이 재미있어서라기보다는 남자들을 부리는 기술이 무디어지지 않도록 연습이 필요하다고 생각하는 것 같았다. 결국, 사람 좋은 늙은 월러비 박사가 로즈메리의 술잔에 술을 부어주기 위해 허둥대는 것을 보고 퍼트리샤가 격앙된 목소리로 말했다. "왜 남자들은 저런 여자의 본성을 꿰뚫어보지 못하는 거죠?"

"그건 아마도 저런 여자들의 겉껍질이 너무 딱딱해서일 겁니다." 엘러리는 냉정하게 말하고는 다시 부엌으로 들어갔다. 그가 짐의 뒤를 따라다니는 걸 퍼트리샤는 걱정스러운 듯 바라보았다. 이번이 벌써 열두 번째였다.

라이츠빌의 훌륭한 집안들은 점잖게 파티를 즐기는 걸로 유명했다. 그러나 다른 지방에서 온 로즈메리 하이트는 그날 밤의 파티 분위기를 몹시 나쁜 방향으로 이끌고 갔다. 로즈메리는 맨해튼 칵테일을 여러 잔 마시고는 점점 흥분하기 시작했다. 타비타는 얼굴을 찡그렸지만, 남자들은 로즈메리의 기분에 휩쓸려 말소리가 점점 커지고 웃음소리가 난잡해지기 시작했다. 짐은 두 번이나 부엌으로 가서 라이 위스키와 베르무트로 칵테일을 만들어야 했고, 퍼트리샤는 칵테일 장식용 마라스키노 버찌 병을 새로 따야 했다.

카터 브래드퍼드는 오지 않았다. 퍼트리샤는 계속 초인종 소리에 신경을 썼다. 누군가가 라디오를 켜자 노라는 짐에게 말했다. "여보, 우리는 신혼여행에서 돌아온 이후 한 번도 춤을 추지 않았어요. 자, 춤춰요!" 짐은 믿을 수 없다는 듯 그녀를 바라보았다. 그러나 곧 얼굴에 미소가 점점 번지더니, 노라를 안고 현란하게 춤을 추었다. 엘러리는 그제야 급히 부엌으로 들어가 자기가 마실 것을 만들었다. 그 술이 그날 밤 그에게는 첫 잔이었다.

12시가 되기 15분 전쯤이었다. 로즈메리는 연극하는 듯한 목소리로 팔을 흔들며 말했다. "오빠, 여기 한 잔 더!"

짐은 부드럽게 대답했다. "이젠 그만 마시지, 로즈메리!" 짐은 웬일인지 술을 거의 마시지 않고 있었다.

로즈메리가 짐을 쏘아보았다. "갖고 와. 분위기 깨지 말고!" 짐이 어깨를 으쓱해 보이며 부엌으로 가자 뒤에서 엘리 마틴 판사가 말했다. "아무렇게나 마구 섞어버려요."

이 말을 들은 클래리스 마틴은 우스워 죽겠다는 듯이 깔깔거렸다. 부엌에는 거실로 나오는 문 하나와 식기실로 통하는 통로가 있었다. 식당에서도 식기실과 통하는 문이 있었다. 엘러리는 거실로 통하는 문 앞에 서서 담뱃불을 붙였다. 문이 절반쯤 열려 있었기 때문에 그는 부엌 안과 식기실을 볼 수 있었다. 식기실에서는 짐이 휘파람을 불며 정성껏 라이 위스키와 베르무트를 섞고 있었다. 그가 몇 개의 술잔에 맨해튼을 붓고는 마라스키노 버찌 병을 집으려 할 때 누가 부엌 뒷문을 노크했다. 엘러리는 순간 긴장했지만, 짐의 손끝에서 시선을 돌리고 싶은 유혹을 꾹 참고 계속 지켜보았다.

짐은 만들던 칵테일을 내려놓고 문 쪽으로 다가갔다. "처형! 웬일이에요? 노라가 못 올 거라고 했는데……."

"짐, 할 말이 있어요." 롤라는 무언가에 쫓기는 듯했다.

"나한테요? 하지만……."

롤라가 목소리를 낮춰 말하는 바람에 엘러리에게는 들리지 않았다. 짐의 몸이 롤라를 가리고 있어서 그녀가 무엇을 했는지도 알 수 없었다. 무슨 일이든 그리 오래 걸리지 않았다. 롤라는 곧 떠났고, 짐은 뒷문을 닫고 부엌을 지나 조금 힘이 빠진 얼굴로 식기실로 돌아와서는 술잔에 버찌를 하나씩 넣었다.

짐이 술잔이 가득 담긴 쟁반을 조심스럽게 들고 부엌으로 나오자 엘러리가 말했다. "또 만들었군요." 짐은 싱긋 웃었다. 두 사람이 함께 거실로 들어가자 모두 환호성을 지르며 그들을 맞이했다.

"자정이 거의 다 되었습니다. 여러분 모두에게 신년 축하 건배를 할 술을 가지고 왔습니다." 짐은 쾌활하게 말했다. "노라, 한 잔 들어. 한 잔쯤은 마셔도 괜찮을 거야. 새해 전야 파티가 날마다 있는 것도 아니니까!"

"하지만 여보, 정말 그래도……."

"이걸 마셔." 그는 그녀에게 술잔 하나를 권했다.

"글쎄, 그래도 될지, 여보……." 노라는 근심스러운 듯이 망설였다. 그러나 곧 술잔을 받아들고 웃음을 터뜨렸다.

"노라, 너는 아직 다 나은 게 아니야. 조심해야지. 아, 나까지 어지럽구나!" 헐마이니가 걱정스럽다는 듯이 말했다.

"당신 취했군!" 라이트는 말하면서 정중하게 헐마이니의 손에 키스를 했다. 그녀는 장난스럽게 그의 뺨을 가볍게 두드렸다.

"엄마, 그래도 한 모금은 괜찮겠죠?"

"잠깐만!" 엘리 마틴 판사가 급하게 외쳤다. "여러분, 늘 한결같이 찾아오는 그 새해가 왔습니다. 브라보!" 그러나 판사의 외침은 라디오에서 들려오는 종소리에 밀려났다.

"새해를 위해!" 존 라이트가 선창하자 모두가, 타비타조차 건배하고 술을 마셨다. 노라는 약속한 대로 한 모금을 마시고 얼굴을 찡그렸다. 짐은 소리를 지르고 큰 소리로 웃으며 그녀에게 키스했다.

그것은 모두가 모두에게 키스해도 좋다는 신호였다. 이곳에서 일어나는 상황을 유심히 살펴보며 놓치지 않으려 애쓰고 있는 엘러리를 뒤에서 누군가가 껴안았다. "새해 복 많이 받아요." 퍼트리샤는 속삭이며 그의 몸을 돌리고는 입술 위에 키스했다. 순간 방 안은 촛불 빛에 잠겼다. 엘러리는 미소 지으며 다시 한 번 키스하려고 몸을 굽혔다. 그러나 이미 윌러비 박사가 그녀를 잡아채간 후였다. 그래서 엘러리는 바보처럼 허공에 키스하는 꼴이 되었다.

"한 잔 더 줘! 모두 한껏 취해봐요. 여러분!" 로즈메리가 쉿 소리로 말했다. 그녀는 마틴 판사에게 빈 술잔을 흔들어 보였

다. 판사는 로즈메리에게 기분 나쁜 시선을 던지고는 아내 클
래리스의 몸에 팔을 감았다. 프랭크 로이드는 칵테일을 연이어
마셨다. 짐은 준비해두었던 라이 위스키가 바닥이 났다며 지하
실에 가지러 가야겠다고 말했다.

"내 술은 어딨어?" 로즈메리는 끈질기게 말했다. "뭐 이런 거
지 같은 술집이 다 있어? 새해인데도 술이 없다니!" 그녀는 화를
냈다. "누구 술 있는 사람?" 바로 이때 노라가 라디오 쪽으로 가
려고 그녀 옆을 지나갔다. "이봐요, 노라! 술 가지고 있잖아요!"

"그렇지만 로즈메리, 이건 내가 입에 댔던 잔인걸……."

"상관없어요, 난 마시고 싶어요!"

노라가 얼굴을 찡그리며 가지고 있던 칵테일 잔을 로즈메리
에게 주었다. 로즈메리는 그것을 단숨에 들이키고는 비틀거리
며 소파로 가서 쓰러졌다. 그러고는 곧 깊이 잠들어버렸다.

"코를 고는군." 프랭크 로이드가 진지하게 말했다. "매력적
인 아가씨가 코를 골아." 그는 존 라이트와 함께 로즈메리의 몸
에 신문지를 덮어주었다. 그런 다음 존 라이트는 〈다리 위의 호
라티우스〉라는 시를 암송했지만, 유감스럽게도 아무도 듣지 않
았다. 드디어 얼굴이 약간 불그레해진 타비타가 조금 취했는지
자기 오빠에게 바보라고 핀잔을 주자 라이트는 갑자기 누이동
생을 붙잡고 어설픈 룸바 리듬으로 맹렬하게 춤추며 온 거실을
돌아다녔다. 누구나 조금씩 취해 있었고, 모두들 희망에 가득
찬 새해를 축하했다. 다만 엘러리 퀸만이 부엌문 가까이에서
서성거리며 짐 하이트가 칵테일 만드는 걸 지켜보았다.

12시 35분쯤 되었을 때 거실 쪽에서 비명 소리가 들리더니 다

시 이상할 정도로 조용해졌다. 마침 짐이 쟁반을 들고 부엌에서 나오는 중이었다. 엘러리가 말했다. "지금 막 밴시*의 울음소리가 들린 것 같은데요. 도대체 다들 뭘 하고 있는 걸까요?" 두 사람은 서둘러 거실로 향했다. 몸 절반쯤 신문지가 덮인 로즈메리 위로 월러비가 몸을 굽히고 있었다. 엘러리의 심장이 작고 뾰족한 바늘로 콕콕 쑤시는 듯 아파왔다.

월러비가 몸을 일으켰다. 얼굴이 잿빛이었다. "존!" 늙은 의사는 혀로 입술을 축였다.

존 라이트가 얼빠진 목소리로 말했다. "마일로. 오, 맙소사. 이 여자가 정신을 잃었군. 그래…… 아까부터 속이 안 좋아 보였어. 그렇게 마셔댔으니 말이야. 그렇게 심각한 표정을 지을 거 없다고……."

"존, 이 여잔 죽었어." 월러비가 말했다. 좀 전에 비명을 질렀던 퍼트리샤는 온몸의 힘이 빠져나간 듯 의자에 푹 쓰러져 있었다. '죽었어'라는 월러비의 말이 방 안에 있는 사람들의 마음속으로 뚫고 들어갔다. 모두가 술렁이기 시작했다. 사람들은 그 뜻을 잘 파악할 수가 없었다.

"죽었다고요? 심장마비…… 입니까, 선생님?" 엘러리의 목소리는 쉬어 있었다.

"아무래도 비소중독인 듯합니다." 의사는 건조하게 말했다.

노라가 비명을 지르고 쓰러지며 바닥에 머리를 세게 부딪혔다. 그때 카터 브래드퍼드가 뛰어 들어오며 소리쳤다. "좀 더 빨리 오려고 했는데…… 패티는 어디 있죠? 여러분, 새해 복 많이 받으세요……. 아니, 도대체 무슨 일이에요!"

---

* 아일랜드 민화에 등장하는, 가족의 죽음을 알리며 운다는 여자 유령.

"노라에게 먹이셨겠죠?" 노라의 침실 밖에서 엘러리가 물었다. 그의 얼굴은 마치 쪼그라든 것처럼 보였고, 코는 가시처럼 날카롭게 솟아 있었다.

"물론이오." 윌러비 박사가 말했다. "그래요, 스미스 씨. 노라에게 먹였소……. 노라도 중독 증세를 보이더군요." 그는 엘러리를 보며 눈을 껌뻑였다. "그런데 수산화제2철은 왜 가지고 있었던 거요? 그건 비소중독 해독제로 알려져 있는 건데요."

엘러리는 간단히 말했다. "저는 마술사랍니다. 모르셨어요?" 그러고는 아래층으로 내려갔다. 로즈메리의 얼굴에는 신문지가 덮여 있었다. 프랭크 로이드가 그 신문을 들여다보고 있었다. 카터 브래드퍼드와 마틴 판사는 뭔가를 속삭였다. 짐 하이트는 의자에 앉은 채 고개를 절레절레 흔들고 있었는데, 흐릿한 머리를 맑게 해보려고 그러는 것 같았다. 다른 사람들은 모두 2층의 노라에게 가 있었다. "집사람은 어떻습니까?" 짐이 물었다.

"아파요." 대답을 한 엘러리는 거실에 멈춰 섰다. 브래드퍼드와 마틴이 말을 하다가 멈췄다. 프랭크 로이드는 여전히 시체를 덮어놓은 신문을 들여다보고 있었다. "다행스럽게도 노라는 그 칵테일을 한두 모금 마셨을 뿐입니다. 지금은 상태가 좋지 않지만, 곧 괜찮아질 거라고 윌러비 선생님이 말씀하셨습니다." 엘러리는 그렇게 말하고, 현관 가까운 곳에 의자를 놓고 앉아 담배를 피웠다.

"그럼, 원인은 칵테일이었습니까?" 카터 브래드퍼드는 믿을 수 없다는 듯이 물었다. "그렇다면, 두 여자가 같은 잔의 칵테일을 마셨고, 두 사람 모두 같은 독에 중독되었다는 말이군요." 그의 목소리가 높아졌다. "원래 그 잔은 노라 씨의 것이었어요! 다시 말해, 누군가가 노라 씨를 노린 것이었다고요!"

프랭크 로이드가 고개를 돌리지도 않은 채 말했다. "카터, 연설은 그만둬. 짜증이 나는군."

"카터, 성급한 판단은 그만두게." 마틴 판사가 나이 든 사람답게 권위 있는 목소리로 말했다.

그러나 카터는 공격적으로 다시 말했다. "그 칵테일 잔은 노라 씨를 죽이려고 만들어진 겁니다. 누가 만들었죠? 누가 날랐고요?"

"콕 로빈이었지. 돌아가게, 셜록 홈스." 프랭크 로이드는 비꼬듯이 말했다.

"내가 만들었어." 짐이 말했다. "……내가 만들었어요." 그는 사람들을 둘러보았다. "정말 이상해요. 그렇지 않나요?"

"이상하다고!" 브래드퍼드의 얼굴이 창백해지더니 쏜살같이 짐에게 다가가 멱살을 잡아 일으켰다. "이 살인자! 아내를 죽이려다 예상치 못하게 동생을 죽이고 말았어!"

짐은 멍하니 입을 벌린 채 그를 쳐다보았다. "카터." 마틴 판사가 부드럽게 카터의 이름을 불렀다.

카터가 손을 놓자 짐은 힘없이 풀썩 의자에 주저앉았다. 라이츠빌의 젊은 검사는 쥐어짜는 듯한 목소리로 말했다. "이제 어쩌면 좋지?" 그는 현관 근처에 놓여 있는 전화기 쪽으로 걸어가다가 엘러리의 단단한 무릎에 걸려 넘어질 뻔했다. 그는 전화를 걸어 교환수에게 경찰서장 데이킨을 연결해달라고 했다.

제3부

# 14
## 숙취

데이킨 서장은 고물 자동차에서 내려 1941년의 첫 별빛을 받
으며 라이트 저택의 젖은 돌길을 뛰어 올라갔다. 힐 지역의 다
른 집에서는 아직 신년 파티가 열리는 중이었다. 캄캄한 에멀
린 뒤프레의 집과 검은 커튼이 드리워진 에이모스 블루필드 노
인의 집을 제외한 다른 집들…… 리빙스톤, 헨리 미니킨, 에밀
포펜버거, 그랜존, 그리고 남은 집들에는 환하게 불이 밝혀져
있었고, 즐거운 웃음소리가 작게 새어나왔다.

데이킨 서장은 고개를 끄덕였다. 좋다. 아직은 아무도 사고
가 일어났다는 사실을 눈치채지 못했을 것이다. 데이킨은 마르
고 키가 큰 시골 사람으로 미국인다운 큰 코와 엷은 빛깔의 두
눈을 가지고 있었다. 언뜻 보기에는 늙은 거북이 같은 느낌이
들지만 자세히 보면 감상적인 입매를 하고 있었다. 라이츠빌에
서 이런 점을 알아차리고 있는 사람은 퍼트리샤와 데이킨 부인
정도였다. 데이킨 부인은 서장의 얼굴이 링컨과 하느님의 좋은
부분만을 섞어놓은 얼굴이라고 생각했다. 데이킨은 그 힘찬 바
리톤 음성으로 일요일마다 하이 빌리지의 웨스트 리브지 거리
에 있는 제일 감리교회에서 합창단 리더 역할을 했다. 술을 마
시지 않고 결혼도 했으니, 이제 인생에 남은 건 노래밖에 없다

고 서장은 우스갯소리로 말하곤 했다. 사실 그는 브래드퍼드 검사의 전화를 받았을 때에도 집에서 새해 전야의 노래를 즐겁게 부르고 있었다.

"독약이라니. 새해를 축하하는 건 좋지만 좀 지나쳤군요. 무슨 독이었습니까, 선생님?" 데이킨은 로즈메리 하이트의 시체를 내려다보며 진지하게 물었다.

"비소, 아니면 비소를 섞은 화합물일 겁니다. 아직은 어떤 것인지 정확하게 밝혀낼 수는 없습니다." 윌러비 박사가 말했다.

"쥐약이었을까요? 이렇게 되면 카터 검사 입장이 난처해지겠군요. 안 그런가요, 카터?"

"정말이지 난처합니다! 이분들은 모두 제 친구니까요." 브래드퍼드는 몸을 떨었다. 데이킨 서장님, 이 사건을 담당해주시겠습니까?"

"좋습니다." 데이킨 서장은 로이드를 보며 엷은 빛깔의 눈을 깜빡거렸다. "아, 로이드 씨도 있었군요."

"서장님, 제가 이 사건을 신문에 실어도 괜찮을까요?" 로이드가 말했다.

"로이드 씨, 아까 말했듯이……." 카터가 언짢은 얼굴로 말했다.

"그렇게 하지 않는 편이 좋을 것 같군요." 데이킨은 미안한 듯한 미소를 지으며 신문 발행인에게 말했다. "그런데 짐 하이트의 누이동생은 왜 쥐약 같은 걸 마시게 되었을까요?"

카터 브래드퍼드와 윌러비 박사가 상황 설명을 했다. 엘러리는 연극을 구경하는 사람처럼 방 한구석에 앉아 그들을 바라보며 귀를 기울였다. 라이츠빌의 데이킨 서장이 뉴욕의 어느 경찰관과 무척 닮아 보인다고 생각했다. 저 타고난 것 같은 위엄이 특히……. 데이킨은 흥분한 사람들의 이야기를 가만히 듣고 있었지만, 눈만은 분주하게 움직였다. 그는 엷은 빛깔의 눈으로 엘러리를 세 번이나 응시했고, 엘러리는 꼼짝도 하지 않고 가만히 앉아 있었다. 엘러리는 데이킨 서장이 거실로 들어오면서 의자에 축 늘어져 있는 짐 하이트를 한 번 흘끗 보았을 뿐 완전히 무시하는 것을 알아차렸다.

"네, 그랬군요." 데이킨은 고개를 끄덕였다. "그래요." 데이킨이 말했다. "흐음." 그러고는 그는 부엌 쪽으로 천천히 걸어갔다.

"도저히 믿을 수 없어." 짐 하이트가 갑자기 신음했다. "이건 끔찍한 사고야. 그 속에 그런 게 들어 있을 줄 누가 알았겠어? 어쩌면 아이들 짓일 거야. 창문을 통해 장난을 친 거야. 살인사건일 리가 없어!"

아무도 짐의 말에 대꾸하지 않았다. 짐은 손가락 마디를 뚝뚝 꺾으며 소파 위에 펼쳐진 신문을 물끄러미 바라보았다.

현관문이 열리며 붉은 얼굴의 브래디 경관이 들어왔다. 그는 숨을 헐떡이면서도 당황한 기색을 보이지 않으려 애쓰고 있었다. "전화를 받고 왔습니다. 오, 하느님." 그는 누구에게랄 것도 없이 말했다. 그리고 제복을 매만지며 서장 뒤를 따라 부엌으로 들어갔다.

잠시 후 두 경찰관은 부엌에서 나왔다. 브래디는 병과 유리잔을 한 아름 안고 있었다. 그는 그것을 들고 밖으로 나갔다가 빈손으로 다시 들어왔다. 데이킨은 말없이 손가락으로 거실에 남아 있는 술잔들을 가리켰다. 브래디는 그 유리잔들을 하나씩 갓 낳은 달걀을 다루듯 조심스럽게 들어 자신의 모자 속에 담았다. 서장이 고개를 끄덕이자 브래디는 조용히 나갔다. "지문을 채취해야겠습니다. 조사해보지 않고는 알 수 없으니까요. 화학적 분석도 해야겠고요." 서장은 벽난로를 보면서 말했다.

"뭐라고요!" 엘러리가 엉겁결에 소리쳤다.

데이킨은 네 번째로 날카로운 시선을 엘러리에게 던졌다. "어떻게 생각하십니까, 스미스 씨. 좋지 않은 일이 일어날 때마다 당신을 만나게 되는군요. 이번이 두 번째지요." 데이킨 서장이 미소를 지었다.

"무슨 말씀이십니까?" '스미스 씨'는 태연하게 말했다.

"16번 도로에서 있었던 일 말입니다. 카터와 함께 드라이브를 하다가 당신을 만났었지요. 그날 짐 하이트는 몹시 취해 있었는데……." 짐은 벌떡 일어섰다가 다시 앉았다. 데이킨은 그를 무시했다. "작가라고요, 스미스 씨?"

"그렇습니다."

"온 마을 사람들이 다 알고 있더군요. 당신은 방금 '뭐라고요!'라고 했지요?"

엘러리는 웃으며 대답했다. "실례했습니다. 라이츠빌에서 지문까지 채취할 줄이야……. 아무튼 제가 좀 어리석었습니다."

"화학 실험실에서 할 겁니다. 네, 물론 여긴 뉴욕도 아니고 시카고도 아니지요. 하지만 최근에 법원 청사도 새로 지었고, 그곳에는 당신이 놀랄 만한 시설이 갖추어져 있습니다."

"그 놀랄 만한 시설이라는 걸 보고 싶군요, 서장님."

"살아 있는 진짜 작가를 알게 돼 대단한 영광입니다. 물론 여기 프랭크 로이드 씨가 있기는 하지만, 이 사람은 말하자면 시

골의 호러스 그릴리\*니까요." 로이드는 그 말을 듣고 껄껄거리
며 술을 찾는 듯 주변을 둘러보았지만, 금세 웃음을 멈추고 다
시 굳은 얼굴이 되었다. 데이킨은 로이드의 넓은 어깨를 흘끗
보며 물었다. "스미스 씨, 이 사건에 관해 뭔가 아는 것이 있습
니까?"

"로즈메리 하이트라는 여성이 오늘 밤 여기서 죽었다는 정도
죠." 엘러리는 어깨를 으쓱했다. "그 하나의 사실 외에는 아는
게 없군요. 시체가 눈앞에 있으니 그 사실은 별로 도움이 되지
못할 것 같습니다만."

"윌러비 선생님은 독살이라고 말씀하셨습니다. 이것도 또 하
나의 사실이지요." 데이킨이 정중하게 말했다.

"아, 그렇군요." 엘러리는 겸손하게 말했다. 윌러비 박사의
짙은 눈썹이 그를 향해 뭔가 캐묻듯이 움직이자 그는 몸을 움츠
렸다. 조심하자. 노라에게 비소 해독제가 시급히 필요한 시점에
서 그가 재빠르게 비소 해독제가 든 병을 주머니에서 꺼냈다는
사실을 윌러비는 기억하고 있다……. 한 여자가 독을 먹고 죽
었고 또 한 여자가 같은 독으로 중독되었는데 이 집에 묵고 있
는 낯선 남자가 희한하게도 그 독의 해독제인 수산화제2철 같
은 것을 들고 다니고 있었다는 사실을, 이 선량한 의사는 경찰
에게 말할 것이다. 윌러비 박사는 고개를 돌렸다. 저 의사는 그
가 라이트 집안의 일에 대해 뭔가 알고 있다고 의심하고 있다.
의사는 라이트 집안과 오래전부터 가까운 사이였다. 라이트 집
안의 세 딸은 그의 손을 통해 이 세상에 나왔다. 의사는 불안해
하고 있었다. 해독제를 구입한 것이 퍼트리샤에게 언니를 절대

---

\* 미국의 저널리스트, 정치가, 공화당의 창시자.

로 죽게 놔두지 않겠다고 약속했기 때문이었다고 엘러리가 털어놓는다면, 의사는 더욱 불안해할까? 엘러리는 한숨을 쉬었다. 점점 일이 복잡해지는 듯했다.

"라이트 집안 사람들은 어디에 있습니까?" 데이킨이 물었다.

"2층에 있습니다. 라이트 부인은 노라 씨를, 아니 하이트 부인을 꼭 자기 집으로 옮겨야겠다고 말씀하셨습니다." 브래드퍼드가 말했다.

"노라를 여기에 두면 안 됩니다, 데이킨 씨. 노라는 아주 심각한 상태라서 정성껏 치료를 해야 합니다." 윌러비 박사가 말했다.

"네, 상관없습니다. 카터 검사만 괜찮다고 하면……." 데이킨이 말했다.

브래드퍼드는 고개를 끄덕이면서 입술을 깨물었다. "서장님, 가족들을 조사해보실 건가요?"

"글쎄, 지금 당장은 곤란하군요." 서장은 천천히 말했다. "라이트 씨 가족은 큰 충격을 받았을 겁니다. 더 이상 괴롭히지 않는 것이 좋을 것 같네요. 카터 검사, 당신만 좋다면 오늘 밤은 이만하는 게 어떻겠습니까?"

카터가 딱딱하게 말했다. "좋습니다."

"그럼, 내일 아침에 모두 이 방에 모일 수 있도록 해주십시오. 카터 검사, 당신이 라이트 씨 가족들에게 전해주세요. 비공식적으로 말입니다." 데이킨이 말했다.

"서장님은 여기 계실 겁니까?"

"좀 더 있어야겠습니다. 이 시체를 옮겨야 할 테니까, 덩컨 장의사라도 불러야죠." 데이킨이 말했다.

"시체 안치소는 없나요?" 엘러리 퀸은 자신도 모르게 불쑥 물었다.

데이킨의 눈이 또다시 날카롭게 엘러리를 훑었다. "없습니다, 스미스 씨……. 로이드 씨도 가셔도 좋아요. 이 사건을 신문에 너무 크게 내지 말아주십시오. 사람들이 몹시 떠들어댈 테니까……. 없습니다, 스미스 씨. 보통은 장의사를 부를 수밖에 없어요." 서장은 한숨을 쉬었다. "20년 동안 이곳에서 서장으로 있었지만, 지금까지 라이츠빌에서는 살인 사건이 한 번도 없었습니다. 윌러비 선생님, 검시관 샐럼슨이 새해 휴가로 파이니 우드에 가서 지금 자리에 없는데, 수고 좀 해주시겠습니까?"

"그렇다면 내가 검시하도록 하지요." 윌러비 박사는 무뚝뚝하게 말하고는 인사도 없이 나가버렸다.

엘러리는 일어섰다. 카터 브래드퍼드가 방을 가로질러 가다가 멈춰 서서 뒤돌아보았다. 짐 하이트는 아직 의자에 앉아 있었다. 브래드퍼드가 화를 내며 말했다. "하이트 씨, 뭘 하고 있는 겁니까?"

짐은 천천히 고개를 들었다. "뭐라고요?"

"밤새도록 거기 앉아 있을 작정인가요? 부인에게 가봐야 할 게 아닙니까?"

"가지 못하니까 그렇지." 짐은 웃더니, 손수건을 꺼내 눈을 닦았다. "못 만나게 하니까." 그러고는 그는 급히 의자에서 일어나 계단을 뛰어 올라갔다. 쾅 하고 서재의 문이 닫히는 소리가 났다.

"그럼, 여러분, 내일 아침에 다시 만납시다." 데이킨은 말하며 엘러리를 향해 눈을 찡긋했다.

사람들은 로즈메리 하이트의 시체 옆에 데이킨만을 남겨놓은 채 어수선하게 어질러진 방에서 나갔다. 엘러리 퀸은 그대로 남아 있고 싶었으나 데이킨 서장의 눈은 함께 있을 사람은 필요 없다고 말하고 있었다.

새해 첫날 오전 10시에 여전히 어수선한 그 방에 다시 사람들이 모일 때까지 엘러리는 퍼트리샤를 만나지 못했다. 친정집 침대에 누워 있는 노라를 제외하고는 모두 모였다. 노라는 덧문을 꼭 닫은 채 가정부 루디의 간호를 받고 있었다. 그날 아침 일찍 윌러비 박사가 와서 노라를 진찰하고는 방 밖으로 절대 나가서는 안 되며 일어나서 심지어 침대에서 일어나도 안 된다고 말했다. "노라는 지금 몹시 상태가 안 좋아요. 루디, 명심해야 합니다."

"말을 듣지 않으면 힘으로라도 말리겠어요." 루디가 말했다.

"어머닌 어디 계신가요? 짐은요?" 노라는 돌아누우며 우는 소리로 말했다.

"우리는…… 잠깐 나갔다 와야 해, 언니. 형부는 걱정하지 마." 퍼트리샤가 말했다.

"짐한테 무슨 일이 있는 거구나!"

"괜한 걱정 말라니까." 퍼트리샤는 심술궂게 말하고는 도망쳐 나왔다.

엘러리는 노라의 집 현관에서 퍼트리샤를 기다렸다. 그는 빠른 어조로 말했다. "안으로 들어가기 전에 먼저 설명부터 하고 싶었어요."

"당신 잘못이 아니에요, 엘러리 씨." 퍼트리샤도 노라만큼이나 얼굴빛이 안 좋았다. "더 심각해질 수도 있었어요. 하마터면…… 언니는 정말 위험했어요." 그녀는 몸을 떨었다.

"로즈메리가 가엾게 되었군요." 엘러리가 말했다.

퍼트리샤는 멍한 얼굴로 그를 쳐다보더니 급히 안으로 들어갔다. 엘러리는 현관에서 서성거렸다. 잿빛 하늘이었다. 로즈메리 하이트의 낯빛처럼……. 쌀쌀한 잿빛 날씨, 시체와 어울리는 날씨였다……. 프랭크 로이드는 아직 모습을 보이지 않았다. 에멀린 뒤프레가 무언가를 중얼거리며 길을 가다가 데이킨 서장의 자동차를 보고 갑자기 걸음을 멈췄다. 그녀는 얼굴을 찡그리고 자동차를 찬찬히 바라보더니 두 채의 집을 살폈다. 자동차 한 대가 달려와서 멈췄다. 프랭크 로이드가 뛰어내렸고 이어서 롤라 라이트가 내렸다. 두 사람은 나란히 뛰어왔다. "노라는 무사한가요?" 롤라가 가쁘게 숨을 내쉬며 물었다. 엘러리가 고개를 끄덕이자 롤라는 집 안으로 뛰어 들어갔다.

"도중에 롤라 씨를 만나 태워주었어요. 고갯길을 걸어 올라오고 있더군요." 로이드도 말하며 숨을 헐떡거렸다.

"모두 당신을 기다리고 계십니다, 로이드 씨."

"당신이 이 일을 재미있어 할 거라고 생각했습니다." 신문사 사장이 말했다. 그의 코트 주머니에는 갓 나온 〈라이츠빌 레코드〉가 꽂혀 있었다.

"이런 날 아침에는 재미있는 일 같은 건 없습니다. 롤라 씨가 이 사건에 대해 알고 있던가요?" 두 사람은 집 안으로 걸어 들어갔다.

"아뇨. 그냥 산책을 하고 있었다고 하더군요. 아직 아무도 모를 겁니다."

"이제 곧 알게 되겠지요. 당신네 신문이 거리에 퍼지면 말입
니다."

"당신은 남의 일에 간섭을 잘 하는군요. 하지만 나는 당신이
좋아요. 그러니 충고 하나 할까요? 빨리 기차를 타고 여길 떠
나요."

"나는 여기 있고 싶은데, 왜 그런 말을 하시죠?"

"여기는 위험한 곳이니까요."

"뭐가요?"

"이 신문이 거리에 퍼지는 날엔 알게 될 겁니다. 어제 여기
있었던 사람은 모두 혐의가 있어요."

"양심이 깨끗하다면 그런 혐의쯤 벗어날 수 있는 수단이 반
드시 있을 겁니다." 엘러리는 말했다.

"태평스러운 소리나 하고 있는 당신의 속셈을 모르겠군요."
로이드는 우람한 어깨를 흔들었다.

"무슨 말씀을…… 그런 점에서는 로이드 씨도 간단히 속을
보여줄 사람은 아닌 것 같은데요."

"나에 대한 얘기를 많이 듣게 될 겁니다."

"이미 다 들었습니다."

"어떻든 간에……." 신문사 사장은 으르렁거리듯 말했다.
"현관에 서서 이런 쓸데없는 소리를 지껄인들 별수 없지!" 그
는 성큼성큼 걸어 거실로 들어갔다.

"독은 삼산화비소였습니다. 흔히 백색 비소라고 하는 것입니
다." 월러비 박사가 말했다.

사람들은 강신술 모임에 와서 반신반의하며 듣고 있는 사람

들처럼 둥글게 모여 앉아 있었다. 데이킨 서장은 벽난로 앞에 서서 둥글게 말은 종이로 틀니를 두드려댔다. "계속하십시오, 선생님. 또 다른 건 무엇이 있습니까? 방금 하신 말씀은 우리도 실험으로 확인했습니다."

"이건 일반적으로 강장제나 다른 약품의 대체용으로 조금씩 약에 넣어서 사용합니다." 의사는 무표정한 얼굴로 말을 이었다. "그러나 치료용 약제 속에는 10분의 1그레인* 이상을 처방하는 일은 절대로 없습니다. 그 술잔에 남아 있는 칵테일에는 정확하게 판단할 수는 없지만, 독이 효력을 나타낸 속도로 보아서 3그레인 내지 4그레인이 들어 있었던 것 같습니다."

"선생님은 최근에 그런 종류의 약을…… 누구에게 처방한 적이 있었습니까?" 브래드퍼드가 물었다.

"아니요."

"우리는 실험실에서 그보다 더 자세한 걸 알아냈습니다." 데이킨 서장이 주위를 둘러보며 침착하게 말했다. "사용된 것은 흔히 구할 수 있는 쥐약인 듯합니다. 그리고 하이트 부인과 로즈메리 하이트가 마신 그 칵테일 잔 이외에 다른 잔에서는 독약이 나오지 않았습니다. 술을 섞은 유리병에도 라이 위스키에도 베르무트에도 버찌 병에도 다른 곳에서는 어디에서도 독약이 검출되지 않았습니다."

엘러리는 데이킨 서장의 말을 가로막고 물었다. "데이킨 서장님, 그 독이 들어 있던 칵테일 잔에는 누구의 지문이 있었습니까?"

"하이트 부인과 로즈메리 하이트, 그리고 짐 하이트의 지문

* 1그레인은 0.064그램이다.

이 찍혀 있었습니다. 다른 사람 지문은 없었고요."

엘러리는 그 말이 무엇을 의미하는지 분명히 알 수 있었다. 노라, 로즈메리, 그리고 짐의 지문만 있을 뿐 다른 사람의 지문은 하나도 없다. 엘러리는 마음속으로 감탄했다. 데이킨 서장은 지난밤에 모두가 돌아가고 난 후 결코 일을 게을리 하지 않았다. 그는 시체의 지문을 채취했다. 그리고 노라 하이츠의 침실에서 그녀의 물건을 찾아 거기에서 노라의 지문도 채취했다. 짐 하이트는 이 집에 있었지만, 그에게는 손 하나 대지 않았을 것이다. 그의 지문은 이 집 안에 얼마든지 있을 테니까. 멋진 솜씨다. 그리고 몹시 신중하다. 데이킨 서장의 빈틈없는 신중함을 생각하니 엘러리는 좀 두려워졌다. 엘러리는 퍼트리샤를 흘끗 쳐다보았다. 그녀는 최면술에 걸린 사람처럼 데이킨 서장을 빤히 보고 있었다. "그런데 선생님, 검시 결과는 어떻습니까?" 데이킨이 정중하게 물었다.

"로즈메리 하이트는 삼산화비소에 의해 사망했습니다."

"좋습니다. 그럼, 이제 정리를 해봅시다. 여러분들께서 의견이 없으시다면 말입니다."

"어서 말해보세요, 데이킨 서장." 존 라이트가 초조하다는 듯이 말했다.

"네, 라이트 씨. 지금까지의 상황으로는 한 잔의 칵테일을 마신 두 사람만 비소에 중독된 것으로 판단됩니다. 그렇다면 그 칵테일을 만든 사람은 누구였을까요?" 아무도 대답하지 않았다. "내가 듣기로는 그건 짐 하이트, 당신이었습니다. 당신이 그 칵테일을 만들었습니다."

짐 하이트는 수염도 깎지 않은 채였다. 눈 밑으로 까만 그림자가 보였다. "제가요?" 그는 목에 가시가 걸린 사람처럼 계속 기침을 했다. "그렇게 말씀하신다면…… 저는 꽤 많이 만들었는데요."

"부엌에서 술을 쟁반에 날라 와 여러분들에게 나눠준 사람은 누구였습니까?" 데이킨이 물었다.

"물론 독이 들어 있는 술잔도 포함해서 말입니다. 당신이었습니다, 하이트 씨. 내 말이 틀렸습니까? 나는 그렇게 들었습니다만." 그는 변명하듯이 말했다.

"그렇다면 서장님 말씀은……." 헐마이니가 격렬한 어조로 입을 열었다.

"네, 부인." 서장은 말을 가로막았다. "어쩌면 제가 잘못 생각하고 있는지도 모르지요. 하지만 하이트 씨, 당신이 칵테일을 만들었고 모두에게 나눠주었습니다. 그렇다면 그 칵테일에 쥐약을 넣을 수 있었던 사람은 당신뿐이지 않겠습니까. 물론 이것은 그저 추측일 뿐입니다. 그럴 수 있는 사람이 당신뿐이었을까요? 어젯밤 당신이 그 쟁반을 이 방으로 날라 오기 전 몇 초 동안이라도 자리를 비운 적은 없습니까?"

"서장님." 짐이 말했다. "저는 지금 정신이 하나도 없어요. 어젯밤 사건으로 정신이 어떻게 됐는지도 모르겠습니다. 하지만 도대체 무슨 말씀입니까? 제가 아내를 독살하려 했다고 의심하는 겁니까?"

이 말로 방 안의 공기가 환기라도 된 듯 모두 '휴우' 하고 한숨을 내쉬었다. 존 라이트는 눈을 가리고 있던 손을 내렸고, 헐마이니는 다시 혈색이 돌아왔다. 퍼트리샤마저 짐의 얼굴을 쳐다보았다.

"데이킨 서장님, 말도 안 되는 소리예요." 헐마이니가 냉정하게 말했다.

"짐 하이트 씨, 당신이 독약을 넣었습니까?" 데이킨이 물었다.

"그 쟁반을 이 방으로 날라 온 사람은 물론 저였습니다!" 짐은 일어서서 연설이라도 할 것처럼 데이킨 앞을 왔다 갔다 했다. "저는 맨해튼을 만들었고…… 마지막 분량이었죠……. 그리고 마라스키노 버찌를 넣으려고 할 때 몇 분 동안 식기실을 비웠습니다. 그게 답니다!"

"그렇다면 그때 문제가 있었군요. 당신이 모르는 사이에 누군가가 거실에서 몰래 들어와 그 칵테일 술잔 중 하나에 독약을 넣었을까요? 당신이 잠깐 자리를 비운 사이에 말입니다."

신선한 바람은 그치고 사람들은 다시 숨 막힐 듯한 독기 속에서 허덕였다. 누군가가 거실에서 몰래 들어와…….

"저는 그 칵테일 잔에 독약을 넣지 않았으니까…… 누군가 다른 사람이 숨어들어왔겠죠."

데이킨은 몸을 돌렸다. "하이트 씨가 부엌에서 그 마지막 칵테일을 만들고 있는 동안 누가 거실에서 나갔습니까? 대단히 중요한 문제이니 잘 생각해주시기 바랍니다!" 엘러리는 담배에 불을 붙였다. 짐과 동시에 자기가 거실에서 나갔다는 사실을 알고 있는 사람이 있을 것이다. 그러므로 반드시 누군가가 그렇게 말할 것이다. 그때 갑자기 사람들이 떠들기 시작했다. 엘러리는 담배 연기를 길게 내뿜었다. 데이킨 서장이 말을 이었다. "하지만 이런 식으로는 결코 아무것도 알아낼 수 없겠지요. 모두 술에 취해 있었고, 춤추느라 정신이 없었고, 그리고 방 안엔 촛불 빛 밖에 없었으니까요……. 어쨌든 그게 그렇게 대단한 문제는 아닙니다."

"그게 무슨 뜻이에요?" 퍼트리샤가 재빠르게 물었다.

"그러니까 그것은 그렇게 중요한 문제가 아니라는 뜻입니다, 퍼트리샤." 그리고 이제 데이킨의 목소리는 대단히, 대단히 냉랭했다. 목소리의 냉기는 방 안을 더욱 냉랭하게 만들었다. "중요한 건 그 술을 누가 돌렸느냐는 겁니다. 이 질문에 대답해주십시오! 왜냐하면 칵테일을 나누어 준 사람이 칵테일에 독약을 넣은 사람일 것이기 때문입니다."

브라보! 엘러리는 생각했다. 시골 사람이라고 함부로 볼 게 아니로군. 저 사람은 시골에서 썩기 아까울 정도로 머리가 좋아……. 지금 저 사람은 내가 알고 있는 걸 몰라. 그러면서도 핵심을 짚었어. 저 사람은 저 재능을 크게 살려야 할 거야…….

"짐 하이트. 당신이 칵테일을 사람들에게 나눠주었죠? 여러 잔의 술잔 중 하나에 독약을 넣고 그 잔을 누가 집을지 신의 뜻에 맡길 그런 범인은 없습니다. 그런 일은 절대로 있을 수 없습니다. 당신 부인이 독약이 든 칵테일을 마셨습니다. 그리고 그 잔은 당신이 갖다준 것입니다. 그렇지 않습니까?"

모두들 깊은 바다 속을 헤엄치는 사람들처럼 숨을 거칠게 몰아쉬었다.

짐의 눈은 빨간 물이 고인 웅덩이처럼 충혈되었다. "그래요. 제가 집사람에게 줬어요! 이렇게 말해야 의심 많은 서장님 속이 후련하시겠어요?"

"네, 후련합니다." 데이킨 서장은 침착하게 말했다. "하지만 짐 하이트, 당신이 예측하지 못한 일이 생겼겠죠. 당신은 칵테일을 더 만들러, 아니면 새 병을 가지러 가거나 그런 일로 거실을 떠났습니다. 당신은 누이동생이 한 잔 더 마시겠다고 말할 줄은 몰랐습니다. 당신 부인이 그 술을 모두 마실 줄 알았는데, 실제로는 한두 모금 마시고는 누이동생에게 빼앗겨버렸습니다. 그래서 당신은 부인을 죽이는 대신 누이동생을 죽이고 말았습니다!"

"데이킨 서장님, 설마 진짜로 제가 그런 일을 꾸미고 실행에 옮겼다고 생각하지는 않으시겠지요?" 짐의 목이 쉬어 있었다.

데이킨은 어깨를 으쓱 올려보였다. "짐 하이트, 나는 지금 내가 생각하는 걸 그대로 말할 뿐입니다. 당신만 그런 기회가 있었다는 것을 사실이 입증하고 있습니다. 당신에게 동기가 있는지의 여부는 잘 모르겠군요. 어떻게 생각합니까?"

이 말은 상대방을 무장해제시키는 남자 대 남자로서의 질문이었다. 엘러리는 진심으로 감탄했다. 정말 멋진 솜씨다.

짐은 중얼거리듯 말했다. "서장님은 저에게, 결혼한 지 4개월밖에 안 된 아내를 왜 죽이려 했는지 묻고 있군요. 지옥에나 가버려요!"

"그것은 대답이 아닙니다, 하이트 씨. 협력해주지 않겠습니까? 당신에게는 어떤 필연적인 동기가 있었던 게 아닙니까?"

존 라이트는 의자의 팔걸이를 꽉 붙잡은 채 헐마이니를 쳐다보았다. 그러나 헐마이니의 얼굴에는 공포의 빛이 역력해서 그의 마음을 가라앉혀주지 못했다.

존 라이트가 중얼거렸다. "내 딸 노라는 짐과 결혼함으로써 10만 달러를 상속받았습니다. 애들 할아버지의 유산이었지요.

만일 노라가 죽으면…… 그 돈은 사위 것이 됩니다."

짐은 주위를 둘러보며 천천히 의자에 앉았다. 데이킨 서장이 브래드퍼드 검사에게 손짓을 하고 함께 밖으로 나가더니, 5분 후에 돌아왔다. 그러나 카터는 사람들의 시선을 피하며 창백한 얼굴로 앞만 바라보았다. "짐 하이트, 당신은 라이츠빌을 떠나면 안 됩니다." 데이킨 서장이 엄숙하게 선언했다.

브래드퍼드가 취한 조치라고 엘러리는 생각했다. 그러나 그 것은 동정에서 나온 것이 아니라 의무적인 조치였다. 아직은 기소할 수 없다. 빌어먹을 정황만 있을 뿐 정식 사건은 아니다. 그러나 곧 기소하게 될 것이다. 시골사람처럼 어슬렁거리는 깡마른 경찰서장을 바라보며, 엘러리 퀸은 이 사건이 법의 심판대에 오르게 될 것이며, 기적이 일어나지 않는 한 짐 하이트는 라이츠빌 거리를 자유로이 걸어 다닐 수 없으리라고 생각했다.

# 15
## 노라가 입을 열다

라이츠빌 사람들은 처음에는 사실만을 얘기했다. 대단히 흥미로운 사실. 시체. 독살당한 시체. 라이트 집안에서. 그 라이트 집안! 오만하고, 거만하고, 누구보다 월등하다고 자부하는 바로 그 집안에서! 게다가 독살이라니! 사람들은 떠들어댔다. '생각해보세요, 누가 그런 일이 일어나리라고 상상이나 했겠어요. 그것도 그 굉장한 결혼식을 올린 지 얼마 되지도 않았잖아요!'

'여자래요. 짐 하이트의 누이동생이라는군요. 로잘리, 아니 로즈마리라든가? 아니에요, 로즈메리래요. 이름이야 아무려면 어때요. 그 여자가 죽었대요. 나도 그 여자를 한 번 본 적이 있어요. 옷을 몹시 야단스럽게 입었더군요. 언뜻 봐도 그렇게 인상이 좋지는 않았어요. 천박해 보였어요⋯⋯.'

'맙소사, 남편한테도 얼마 전에 얘기했었는데⋯⋯ 살인 사건 이래. 로즈메리 하이트가, 그래 그 여자, 어디 출신인지도 모르는 그 여자가, 독이 든 칵테일을 마시고 죽었대. 그런데 그 칵테일은 사실 노라 하이트에게 먹이려 했던 거래. 프랭크 로이드가 쓴 신문 기사의 내용이라네⋯⋯. 물론 프랭크도 사건 현장에 있었지. 새해 전야 파티라고 마음껏 마시고 흥청거렸던

냈다. 그곳으로 몸집이 큰 사복형사들이 연이어 드나들었고, 매일 일정한 시간이 되면 데이킨 서장이 와서 카터와 비밀스럽게 말을 주고받았다.

이런 상황 속에서 엘러리는 아무에게도 방해가 되지 않도록 주의하며 조용히 움직이고 있었다. 프랭크 로이드의 말이 옳았다. 사람들은 '저 스미스라는 남자는 도대체 누구야?'라고 수군대기 시작했다. 더욱 위험한 말들도 있었다. 엘러리는 노트에 그 모든 것을 기록하고, 이렇게 이름 붙였다. '다른 지방에서 온 수상한 용의자.' 그는 절대로 노라의 방 주변에서 멀리 떠나지 않았다. 그 사건이 일어난 지 사흘째 되던 날, 그는 방에서 나오는 퍼트리샤를 위층 자신의 방으로 데리고 들어와 방문을 잠갔다. "패티, 생각해봤는데요."

"그 생각이 당신 마음을 편하게 했다면 좋겠네요." 퍼트리샤가 힘없이 말했다.

"오늘 아침에 윌러비 선생님이 데이킨 서장님과 통화하는 걸 들었어요. 샐럼슨 검시관이 휴가를 포기하고 급히 돌아온다고 합니다. 내일 검시 심문을 개최하기 위해서요."

"검시 심문?"

"법률적으로 그렇게 하도록 되어 있어요."

"그렇다면 우리가…… 거기 출석해야 하는 건가요?"

"그래요. 나가서 증언해야 합니다."

"언니는 나갈 수 없어요!"

"윌러비 선생님이 노라는 아파서 나갈 수 없다고 이미 거절했어요. 노라는 나가지 않아도 됩니다."

"엘러리 씨…… 검시 심문에서는 무엇을 하나요?"

"있는 그대로 사실을 기록하지요. 사건의 진상을 알아내기 위해서 말입니다."

"진상이라고요?" 퍼트리샤는 겁에 질린 얼굴이 되었다.

"패티, 당신과 나는 마치 미로 속 십자로에 서 있는 것과도 같아요." 엘러리는 진지한 표정으로 말했다.

"무슨 뜻이죠?" 그녀는 그렇게 물었지만, 이미 그 의미를 알고 있었다.

"이제는 앞으로 일어날 범죄가 아니라 이미 일어난 범죄에 관해 생각해야 해요. 한 여자가 죽었어요. 그녀의 죽음이 우연이라 해도 상관없어요. 어쨌든 계획된 살인이라는 건 분명하고, 그 계획을 실행에 옮긴 것이니까요. 그러므로 이 사건에는 당연히 법의 손길이 미치게 됩니다. 대단히 엄격한 법률의 손이…… 앞으로 그 손길은 진상이 밝혀질 때까지 탐색하며 엿보고 냄새 맡을 겁니다." 엘러리는 침울한 어조로 말했다.

"지금 그 얘기는, 우리만 알고 있는 사실을 결국 경찰에 알리자는 것인가요?"

"짐 하이트를 전기의자에 앉히는 건 우리 손에 달려 있어요."

퍼트리샤는 벌떡 일어났다. 엘러리가 그녀의 손을 잡아 앉혔다. "그건 아직 확실한 사실이 아니에요! 당신도 확신하지 못하잖아요! 저도 그래요. 언니 동생인 저조차도……."

"지금 우리는 사실과 사실에 입각한 결론에 대해 이야기하고 있어요." 엘러리는 답답하다는 듯이 말했다. "그러므로 감정을 개입시켜서는 안 됩니다. 브래드퍼드는 어떨지 몰라도, 데이킨 서장님은 절대로 감정을 개입시키지 않을 겁니다. 우리는 경찰이 모르는 사실을 네 가지 정도 더 알고 있어요. 그리고 그 사실들은 짐이 노라를 살해하려는 계획을 세웠다는 것을 충분히 보여주고 있어요."

"네 가지? 그렇게 많아요?" 퍼트리샤의 목소리가 흔들렸다.

엘러리는 그녀를 다시 의자에 앉혔다. 그녀는 미간을 찡그리며 엘러리를 쳐다보았다. "첫 번째, 짐 하이트가 쓴 세 통의 편지가 지금 노라의 모자 상자 속에 있습니다. 그 세 통의 편지는 그녀가 아프지 않았을 때인데도 그녀가 병에 걸려 죽을 것이라고 말하고 있죠. 틀림없이 계획적 살인이라고 볼 겁니다." 퍼트리샤는 입술을 적셨다. "두 번째, 짐이 돈이 몹시 궁했다는 사실입니다. 그는 아내의 보석을 전당포에 잡혔으며, 그녀에게 돈을 달라고 졸랐습니다. 게다가 데이킨 서장님도 이미 알고 있는 사실이 있습니다. 아내가 죽으면 막대한 재산을 상속받게 되어 있습니다. 이러한 사실들을 합하면 유력한 살인 동기가 됩니다."

"네. 그렇죠……."

"세 번째, 짐이 갖고 있는 《독물학》 책 내용 중에, 그가 즐겨 쓰는 빨간 색연필로 밑줄이 그어진 부분이 있었죠……. 그 부분의 내용은 삼산화비소에 관한 것이었어요. 그건 바로 노라의 칵테일 속에 든 독이었고, 그 때문에 노라는 죽을 뻔했죠. 그리고 네 번째는 나만이 입증할 수 있는 거예요." 엘러리는 고개를 저었다. "왜냐하면 새해 전야 파티에서 나는 짐의 일거수일투족을 세심하게 지켜보고 있었으니까요. 다시 말해서 그 칵테일에 독약을 넣을 수 있었던 사람은 짐 외에는 아무도 없었다는 말입니다. 짐 하이트는 칵테일에 독약을 넣을 가장 좋은 기회를 가지고 있었을 뿐만 아니라, 다른 사람에게는 그럴 기회조차 없었다는 사실을 나는 입증할 수 있어요."

"그리고 우리가 술에 취한 형부를 핫 스팟에서 데리고 돌아올 때, 형부는 언니를 해치우겠다고 소리를 질렀어요. 데이킨 서장님과 카터가 그 소리를 들었고요⋯⋯."

"또한 당신 언니가 비소중독으로 발작을 일으켰던 추수감사절과 크리스마스, 두 번 다 공교롭게도 짐의 편지에 쓰여 있던 날짜와 일치하고 있어요. 이 모든 점을 종합해보면 확실한 결론을 내릴 수 있어요. 이 정도의 증거만 입수되면, 짐이 노라를 죽이려고 계획했다는 사실을 믿지 않을 사람은 아무도 없어요, 패티."

"그렇지만 당신은 믿지 않죠?"

"그 질문에 대답은 하지 않겠습니다."엘러리는 천천히 말했다. "나는 그저⋯⋯ 문제는 우리가 결정을 해야 한다는 거예요. 내일 열릴 검시 심문에서 말을 해야 할지, 하지 말지를."엘러리는 어깨를 으쓱해 보였다.

퍼트리샤는 손톱을 깨물었다. "하지만 만약 형부에게 죄가 없다면 어떻게 하죠? 제가 어떻게⋯⋯ 당신도 마찬가지겠지만, 제가 어떻게 배심원이나 판사인 척하면서 누구에게 사형 선고를 내릴 수 있겠어요? 게다가 아는 사람한테 말이에요. 엘러리 씨, 저는 도저히 그럴 수 없어요."퍼트리샤는 고민에 빠진 듯 얼굴을 찡그렸다. "그리고, 아마 형부는 다시는 그러지 않을 거예요! 이제는 아네요. 실수로 누이동생을 죽였는데⋯⋯. 모든 게 밝혀지고 경찰까지⋯⋯ 제 말은, 형부가 만약 그 일을 저질렀다면 말이에요⋯⋯."

엘러리는 손바닥이 가려운 사람처럼 손을 비비고 미간을 찌푸리며 그녀의 앞을 서성거렸다. "그럼, 앞으로 어떻게 하는 게 좋을지 말해주겠어요." 마침내 그가 말했다. "이 문제는 당신 언니에게 맡기도록 합시다." 퍼트리샤는 눈이 동그래졌다. "언니는 피해자인 동시에 짐의 아내니까요. 노라 자신이 결정하도록 합시다. 어떻게 생각해요?"

퍼트리샤는 잠시 동안 꼼짝하지 않고 앉아 있다가 마침내 일어나 문 쪽으로 걸어갔다. "엄마는 주무시고, 아빠는 은행에 가셨고, 루디 아줌마는 아래층 부엌에 있어요. 그리고 롤라 언니는 지금 노라 언니 집에……."

"그렇다면 노라는 지금 혼자 있군요."

"엘러리 씨." 엘러리는 문의 잠금장치를 풀었다. "지금까지 비밀을 지켜줘서 고마워요." 엘러리는 문을 열었다. "이런 일에 말려들고, 개인적인 위험까지 감수하면서……." 그는 계단 쪽으로 퍼트리샤의 등을 조금 밀었다.

노라는 파란 이불 속에서 몸을 웅크린 채 천장을 바라보고 있었다. 너무 겁이 난 나머지 계속 안으로만 파고드는 게 아닐까 하고 엘러리는 생각했다.

"언니, 이제 이야기할 수 있어?" 퍼트리샤는 재빨리 침대 옆으로 가서 햇볕에 그을린 두 손으로 노라의 야윈 손을 잡았다.

노라의 눈길이 동생에게서 엘러리 쪽으로 옮겨지더니 공포에 떠는 작은 새처럼 자신의 둥우리 속으로 몸을 움츠렸다. "무슨 일 있니? 짐이…… 경찰이 짐을……?" 노라의 목소리는 고통으로 조여들었다.

"아무 일도 없습니다, 노라." 엘러리가 말했다.

"그냥 엘러리 씨가, 물론 나도 그렇게 생각하지만, 우리 셋은 이제 모든 걸 털어놓고 상의를 해야 해." 그러더니 퍼트리샤가 목소리를 높였다. "언니, 제발 부탁이야! 그렇게 혼자 마음에 두고 있으면 안 돼! 우리가 하는 말을 들어!" 노라는 매무새를 가다듬고 몸을 일으켜 침대 위에 앉았다. 퍼트리샤는 헐마이니가 하듯이 노라의 잠옷 자락을 잡아당겨 옷매무새를 고쳐주었다. 노라는 두 사람을 빤히 쳐다보았다.

"놀라지 마십시오." 엘러리가 말했다. 퍼트리샤는 노라의 등 뒤로 베개를 넣어주고는 침대 위에 앉아 노라의 손을 꼭 잡았다. 엘러리는 침착하고 조용하게 퍼트리샤와 자기가 알고 있는 사실을 전부 이야기했다. 노라의 눈이 점점 커졌다.

"내가 언니에게 말하려고 했었지만, 언니는 들으려 하지 않았어. 왜 그랬어?" 퍼트리샤가 말했다.

노라는 작은 목소리로 말했다. "왜냐하면 그건 사실이 아니기 때문이야. 처음엔 나도 그렇게 생각했어……. 하지만 그렇지 않아. 짐이 아니야. 너와 엘러리 씨는 짐을 잘 몰라. 네 형부는 사람들이 두려운 거야. 그래서 그렇게 이상한 행동을 하는 거야. 그렇지만 그 사람의 마음은 어린아이와도 같아. 그이와 단둘이 있을 때면 느낄 수 있어. 그이는 마음이 무척 여려. 정말이지 여려서 그런 짓은 결코 할 수 없어. 제발 그이를 의심하는 일은 그만둬!" 노라는 두 손으로 얼굴을 가리고 울기 시작했다. 그리고 울면서 말했다. "나는 그 사람을 사랑해. 언제나 그이를 사랑했어. 그 사람이 나를 죽이려 했다니, 절대로 그렇지 않아. 절대!"

"그렇지만 사실들이 증명하고 있어요, 노라……." 엘러리는 침울하게 말했다.

"사실!" 그녀가 얼굴에서 손을 떼자, 눈물에 젖어 눈이 빛나고 있었다. "사실 따위야 아무려면 어때요? 여자라면 알 거예요. 뭔가 엄청나게 잘못됐고, 당신은 그걸 알 수 없어요. 누가 나에게 세 번이나 독약을 먹이려고 했는지는 모르겠지만, 짐이 아닌 것만은 분명히 알 수 있어요!"

"그럼, 세 통의 편지는 뭐죠? 남편의 필적으로 쓰인 그 편지에는 당신이 병에 걸려…… 죽을 거라고 쓰여 있지 않았습니까?"

"그 편지는 그이가 쓴 게 아니에요!"

"하지만 언니, 형부의 글씨체가……."

"가짜야. 누군가가 짐의 글씨를 흉내 내어 쓴 거야!" 노라는 숨을 헐떡이며 말했다.

"내가 좀 전에 말한, 그가 술에 취해 당신을 해치우겠다고 했던 말은 어떻게 설명할 수 있죠?" 엘러리가 물었다.

"짐은 결코 진심으로 그런 말을 하지는 않았을 거예요!"

그녀는 이제 눈물을 흘리지 않았다. 그녀는 싸우고 있었다. 엘러리가 이 어처구니없는 상황에 대해 처음부터 설명해주었는데도 오히려 그녀는 반발하려고만 했다. 이를 뒤집을 사실을 제시하는 게 아니라, 오직 신념으로 맞서고 있었다. 돌처럼 단단한, 무서울 정도의 신념이었다. 엘러리는 끝내 여자 둘을 상대로 입씨름하는 꼴이 되어버렸다. 그는 혼자였다. "노라, 당신은 이치에 맞지 않는 말을 하는군요." 그는 두 손을 들며 외치고는 웃어버렸다. "그렇다면 나에게 뭘 원하죠? 나는 머리가 나쁘지만, 아무튼 당신이 원하는 대로 하죠."

"경찰에게 아무 말도 하지 마세요."

"좋아요. 그렇게 하죠."

노라는 자리에 다시 누워 눈을 감았다. 퍼트리샤는 언니에게 키스하고는 엘러리에게 눈짓을 했다. 엘러리는 고개를 저었다. "노라, 당신이 무척 지쳐 있다는 건 알아요." 그는 다정하게 말했다. "그러나 내가 당신 편인만큼, 무슨 일이든 모두 내게 말하지 않으면 곤란합니다."

"모두 말씀드릴게요." 노라가 피곤한 목소리로 말했다.

"짐은 왜 3년 전에 갑자기 여길 떠났죠? 당신과 결혼하기 직전에 남편은 왜 라이츠빌에서 모습을 감춘 겁니까?"

퍼트리샤는 근심스러운 듯이 언니를 보았다. "그건." 노라는 뜻밖이라는 듯이 말했다. "아무 일도 아니었어요. 별로 중요한 일이 아니었어요……."

"그래도 알아야겠습니다."

"당신이 남편의 젊은 혈기를 모르면 이해하지 못하는 일이에요. 우리가 처음 알게 되어 서로 사랑하게 되었을 무렵, 짐이 얼마나 독립심이 강한지 난 미처 몰랐어요. 나는, 짐이 스스로 일어설 때까지 아버지의 도움을 받는 게 뭐가 그렇게 잘못인지 이해할 수가 없었어요. 그래서 그 문제로 오랫동안 다투었죠. 짐은 나에게 자기 월급만으로 생활해야 한다고 끝까지 고집을 부렸어요."

"그 문제로 다투는 걸 나도 봤어. 그렇지만 그런 문제 때문에……." 퍼트리샤가 중얼거렸다.

"나도 그런 문제가 그렇게 중요하리라고는 상상도 못 했어. 아버지가 저택 옆에 작은 집과 가구들을 모두 갖춰 결혼 선물로 주실 거라는 말을 어머니한테 듣고, 나는 남편을 깜짝 놀라게 해주기 위해 비밀로 했어요. 그리고 결혼식 전날까지 짐에게 말하지 않았죠. 짐은 정말 크게 화를 냈어요."

"그랬군요."

"짐은 거리 한모퉁이에 월세 50달러 정도의 작은 집을 빌려 놓았다고 했어요. 자기 수입으로는 그 정도의 집세밖에는 감당할 수 없고, 그렇게 살아가는 방법을 우리가 익혀야 한다고 그는 말했어요." 노라는 한숨을 내쉬었다. "나도 화를 냈죠. 우리는…… 싸웠어요. 정말 심하게 싸웠죠. 그리고 짐은 떠나고 말았어요. 그뿐이에요." 노라는 엘러리를 올려다보았다. "그 일 외에는 아무것도 없어요. 하지만 나는 지금까지 아버지나 어머니, 그 누구에게도 이 말을 하지 않았어요. 짐이 그런 이유로 나를 버리고 떠났다고는 말할 수가……."

"짐은 그 후 한 번도 편지를 보내지 않았나요?"

"네, 한 번도 안 했어요. 나는…… 죽어야겠다는 생각까지 했어요. 마을 사람들 모두가 수군거렸으니까요……. 그러던 중에 짐이 갑자기 돌아온 거예요. 우리는 둘 다 서로가 얼마나 어리석었는지 인정했고, 결국 결혼하게 된 거예요."

그럼 처음부터 문제는 이 집에 있었던 거였구나. 엘러리는 생각했다. 정말 이상한 일이다! 이 사건은 어디서든지 집과 연결되어 있다. 재앙의 집……. 엘러리는 맨 처음 이 말을 만들어낸 신문기자가 혹시 미래를 보는 능력을 갖고 있는 게 아닌가 생각했다. "두 사람은 결혼한 후에도 자주 다퉜죠. 뭣 때문이었나요?"

노라는 몸을 움찔했다. "돈 때문이었어요. 짐은 돈을 달라

고 조르기 시작했어요. 그리고 보석 같은 것을 가지고 나가
서…… 하지만 그건 잠깐 동안이었어요." 그녀는 급히 덧붙였
다. "짐은 16번 도로에 있는 그 술집에서 도박을 하기 시작했
어요……. 남자들이라면 한 번은 그런 시기가 있잖아요……."

"노라, 로즈메리 하이트에 관해서는 뭘 알고 있습니까?"

"아무것도 몰라요. 그 여자가 죽었다는 것만 알아요. 이런 말
은 나쁘지만…… 나는 그 여자가 싫었어요. 무척 싫었어요."

"동감이야." 퍼트리샤가 정색하며 말했다.

"나도 뭐 그 여자한테 반했다고는 말할 수 없겠네요." 엘러
리가 중얼거렸다. "내가 묻고 싶은 건, 로즈메리와 짐의 관계에
대해 당신이 아는 바가 없느냐는 겁니다. 그러니까…… 그 편
지며 짐의 행동이 모두 그녀와 연결되어 있으니까요."

노라는 단호하게 말했다. "남편은 그 여자에 대한 이야기를
내게 해주지 않았어요. 하지만 나는 느낄 수 있었죠. 그 여자는
질이 나쁜 여자예요. 그런 여자가 어떻게 남편의 동생인지 모
르겠어요."

"그렇다면, 어쨌든 그녀가 짐의 누이동생인 것만은 틀림없군
요?" 엘러리가 힘차게 말했다. "노라, 피곤하겠군요. 아무튼 고
마웠어요. 나한테 이런 얘길 전부 해주는 게 불편했을 텐데요."
노라는 엘러리의 손을 꽉 쥐었다. 언니의 머리를 식혀주기 위
해 퍼트리샤가 수건에 물을 적시러 잠시 자리를 비운 사이 엘
러리는 방을 나왔다. 알아낸 것은 아무것도 없었다. 그리고 내
일은 검시 심문이다!

# 16
## 아람인

검시관 샐럼슨은 모든 것에 신경이 과민한 사람이었다. 청중이
세 사람보다 많으면 그의 성대는 마비되어버렸다. 샐럼슨이 라
이츠빌 공회당에서 열린 회의에서 입을 열었던 적은 숨 쉴 때
를 제외하고 공식 기록상 딱 한 번뿐이었다. 언젠가는 J. C. 페
티그루가 분연히 일어나 왜 검시관 사무실 폐쇄를 놓고 투표하
지 않는지에 대해 알려달라고 요구한 적이 있었다. 시크 샐럼
슨이 9년 동안 일하면서 월급에 합당하게 시체를 다뤄본 적이
한 번도 없다는 것이 그 이유였다. 이때 그가 더듬거리며 할 수
있었던 말은 다음이 전부였다. "하지만 혹시라도!" 그리고 지
금, 마침내 시체가 하나 나타났다.

　그러나 시체가 나타나면 검시 심문을 해야 하고, 그 말은 검
시관이 마틴 판사의 법정에서 심문을 주도해야 한다는 뜻이다.
또 그 말은, 라이츠빌 시민의 몇백 개나 되는 빛나는 눈 앞에서
말을, 그것도 아주 많이 해야 한다는 뜻이다. 그 빛나는 눈 중
에는 데이킨 서장, 브래드퍼드 검사, 군 보안관인 길팬트 및 그
밖의 많은 사람들의 눈도 있을 것이다. 게다가 더욱 난처한 것
은 존 라이트도 포함된다는 사실이다. 그 존엄한 이름이 꺼림
칙한 살인 사건과 관련되어 있다는 사실을 생각하니, 샐럼슨은

생각만으로도 무릎이 떨려왔다. 라이트는 샐럼슨의 집안에는 수호신과도 같은 존재였다.

그리하여 초조하고, 비참하고, 될 대로 되라는 심정이 되어 버린 검시관 샐럼슨은 사람들이 가득 차 있는 법정에서 힘없이 방망이를 두드리며 정숙을 명령했다. 그리고 검시 배심원을 선출해야 할 단계에 이르자 그는 더욱더 초조하고 비참하고 자포자기의 심정이 되어버렸다. 그러다 마침내 자포자기의 심정이 초조함과 비참함을 삼켜버렸고, 그는 이 시련을 빨리 끝내고 라이트 집안의 명예를 지키기 위해 그가 해야 하는 일이 무엇인지를 알게 되었다.

나이 든 이 검시관이 고의적으로 증언을 게을리했다고 말한다면 그것은 라이트 카운티 최고의 편자 던지기 선수인 검시관에게 실례가 될 것이다. 그는 결코 게으르지 않았다. 차라리 처음부터 라이트라는 이름이 붙은 사람, 혹은 그 집안과 관계가 있는 사람은 조금도 양심에 가책되는 일을 할 리 없다고 확신하고 있었다고 해야 옳을 것이다. 그래서 이번 일은 틀림없이 엄청난 과실이거나, 또는 이 가엾은 여자가 자살 같은 것을 한 것으로…… 잠깐, 이 얘긴 지우고…… 이건 단순히 가정으로써……. 그리고 그 결과, 혼란에 빠진 검시 심문의 배심원들은 여러 날에 걸친 토론과 격한 다툼과 부러진 의사봉을 결과물로 남긴 채, 다음과 같은 무난한 판결을 내려 데이킨 서장의 분노와, 라이츠 가족의 안도와, 엘러리 퀸의 서글픈 즐거움과, 그리고 무엇보다도 라이츠빌 사람들의 실망을 불러일으켰다. '누군지 알 수 없는, 한 사람 혹은 두 사람 이상의 손에 의한 죽음.'

데이킨 서장과 브래드퍼드 검사는 서둘러 브래드퍼드의 사무실로 가서 의논을 시작했고, 라이트 집안 식구들은 기쁜 듯이 집으로 돌아갔다. 그리고 검시관 샐럼슨은 방이 열두 개나 있는, 조상으로부터 물려받은 역 부근의 저택으로 돌아가 떨리는 손으로 문을 닫고 자물쇠를 잠갔다. 그리고 그의 조카딸 에피가 심슨 노인의 아들 재커리와 1934년에 결혼식을 올릴 때 쓰고 남은 딸기술을 마시고 취해버렸다.

'자, 조심, 조심. 2미터 깊이의 구덩이 안으로 잘 내리고. 이 여자 이름이 뭐지? 로절리? 로즈마리? 아주 화끈한 여자였다면서? 지금 파묻는 이 여자, 짐 하이트가 실수로 독을 먹었는데, 자기 동생이었대……. 짐 하이트라고 누가 그래? 어제 〈라이츠빌 레코드〉에 났었잖아! 못 봤어? 프랭크 로이드가 직접적으로 말하지는 않았지만, 찬찬히 읽어보면 그 뜻을 짐작할 수 있어……. 그야 그렇지. 프랭크 기분이 좋지 않겠지. 노라 라이트에게 그렇게 열을 올리고 있었는데 짐 하이트에게 빼앗겼으니 말이야. 그러니 하이트가 미울 거야, 정말 악착스러운 사람이니까……. 일부러 그렇게 썼을지도 몰라……. 그래서 짐 하이트가 그랬단 말이지? 응? 그런데 왜 짐을 체포 안 하지? 나도 그게 궁금해!

흙에서 나온 것은 흙으로 돌아가나니……. 뒤에서 어떤 잔재주를 부린 건 아닐까? 어쩌면 당연한 일이야! 카터 브래드퍼드와 퍼트리샤 하이트는 벌써 몇 년 전부터 혼사가 오갔잖아. 그런데 퍼트리샤는 하이트의 처제란 말이지. 그렇군, 부자는 살인을 해도 잘도 빠져나간다, 이 말이지. 라이츠빌에서 살인이 일어난 이상 그대로 내버려둬서는 안 돼! 우리가 직접 처단하

는 한이 있더라도······. 자, 조심, 조심······.'

로즈메리 하이트는 쌍둥이 언덕의 서쪽이 아닌 동쪽에 묻혔다. 사람들은 이 의미를 잽싸게 파악했다. 언덕의 서쪽은 라이트 집안사람들이 200년 전부터 가족 묘지로 이용하는 곳이었다.

이 묘지는 사위인 짐 하이트 대신에 존 라이트가 쌍둥이 언덕 묘지 회사의 세일즈 매니저인 피터 캘린더와 의논해 60달러에 사들였다. 라이트는 장례식이 끝나고 돌아오는 차 안에서 그 묘지 권리증을 말없이 짐에게 건네주었다.

다음 날 아침 일찍 일어난 엘러리는 재앙의 집 앞길에 빨간 분필로 '아내를 죽이려 한 놈'이라고 쓰여 있는 것을 발견했다. 그는 그것을 지웠다.


"안녕하세요?" 하이 빌리지 약국 주인 마일론 가백이 인사했다.

"안녕하세요?" 엘러리는 얼굴을 찡그리며 말했다. "문제가 좀 있어서요. 집을 한 채 빌렸는데, 거기 정원에 작은 온실이 있거든요. 온실 속에서 채소들이 자라고 있더군요. 와, 세상에! 1월인데 말입니다!"

"그런데요?" 마일론이 무심히 물었다.

"나는 집에서 키운 토마토를 무척 좋아합니다. 다행히도 온실 안에 꽤 좋은 토마토나무가 하나인가 두 그루 있는데, 그 토마토 줄기에 작고 둥근 벌레가 잔뜩 꼈더군요······."

"흠, 노르스름한 벌레 말입니까?"

"맞아요. 날개에 검은 줄무늬가 있더군요. 아무튼 내가 보기엔 검은색이었어요." 엘러리는 난처한 얼굴을 했다.

"벌레들이 잎을 갉아먹고 있죠?"

"네, 잘 아시는군요, 가백 씨."

마일론은 여유 있게 웃었다. "그건 도리포라 디셈리네타라고 합니다. 아, 죄송합니다. 어설프게 라틴어까지 사용해버렸네요. 감자투구벌레라는 겁니다. 흔히 감자벌레라고 하죠."

"역시 그랬었군요." 엘러리는 풀이 죽은 듯 말했다. "감자벌레라고요! 도리…… 뭐라고 하셨습니까?"

마일론은 손을 저었다. "이름은 중요하지 않아요. 아무튼 그 것들을 모두 없애버릴 약이 필요한 거죠?"

"한 마리도 남김없이 없애고 싶습니다." 엘러리는 표독스러운 표정으로 말했다.

마일론은 안으로 사라졌다가 작은 깡통을 가지고 들어와 그 것을 하이 빌리지 약국의 분홍 줄무늬 포장지로 싸기 시작했다. "분명히 잘 들을 겁니다."

"그 벌레들을 꼼짝 못하게 하는 그 약이 무슨 약입니까?"

"비소입니다. 삼산화비소 말이지요. 50퍼센트가량 들어 있습니다. 전문 용어로 말하자면……." 마일론은 말을 잠깐 끊었다가 다시 이었다. "그러니까 이 약의 이름은 아세토아비산 구리라고 하는데, 벌레를 죽이는 작용은 이 안에 든 비소가 하지요." 그가 끈으로 약 꾸러미를 묶자 엘러리는 5달러짜리 지폐를 내놓았다. 마일론은 계산대 앞에 섰다. "조심해서 다뤄야 합니다. 독약이니까요."

"네, 알았습니다."

"자, 거스름돈 5센트입니다. 고맙습니다. 또 오세요."

"비소, 비소라……." 엘러리는 수다스레 떠들어댔다. "그런데 이거 〈라이츠빌 레코드〉에 실렸던 그 독약 아닌가요? 그 살인 사건 말입니다. 어떤 여자가 새해 전날 파티에서 이 약을 먹고 죽었다죠?"

"네." 약국 주인이 말했다. 그는 엘러리를 날카로운 눈으로 쳐다보더니 홱 돌아섰다. 흰 머리카락이 섞인 약사의 목덜미와 살찐 등이 보였다.

"그런 독약을 어떻게 구했을까요?" 엘러리는 팔꿈치를 카운터에 기대며 큰 소리로 말했다. "그것을 사려면 의사의 처방전이 있어야 할 텐데요."

"꼭 필요한 건 아닙니다." 약사 가백의 목소리가 어쩐지 퉁명스러워졌다. "선생도 지금 그런 것 없이 샀잖소! 여기에는 비소가 들어 있는 약이 얼마든지 있습니다." 그는 선반 위의 면도 크림을 만지며 말했다.

"하지만 약국에서 처방전이 없는 손님에게 비소를 팔았다간……."

화가 난 마일론 가백이 돌아섰다. "경찰도 내 기록에서 문제가 될 만한 걸 찾지 못할 거요! 데이킨 서장에게도 그렇게 말했고요. 하이트 씨가 그걸 가지고 있었다면, 아마 그가 산……."

"그가 산?" 엘러리가 숨도 쉬지 않고 되물었다.

마일론은 입술을 깨물었다. "죄송합니다. 이 얘긴 안 했어야 했는데." 그러다 그는 깜짝 놀랐다. "잠깐! 혹시 당신……?"

"아니, 이만 됐습니다. 그럼 안녕히 계십시오." 엘러리는 서둘러 인사를 하고 나왔다. 역시 가백의 약국이었군. 무언가 분명히 있다. 단서가 있는 것이다. 데이킨은 그것을 알아낸 것 같다. 은밀하게. 경찰은 짐 하이트를 비밀리에 조사하고 있는 게 분명했다.

엘러리는 광장의 미끈거리는 포석을 밟으며 홀리스 호텔 쪽의 버스 정류장을 향해 걸어갔다. 차갑고 매서운 바람이 세차게 불어 코트 깃을 세우고 얼굴을 반쯤 옆으로 돌리고 걸었다. 얼굴을 돌리는 순간 광장 저쪽 편의 주차장에 자동차 한 대가 멈추더니 키가 큰 짐 하이트가 차에서 내려 라이츠빌 은행 쪽으로 향하는 모습이 보였다. 책가방을 머리 위로 휘두르던 아이들 다섯 명이 짐을 보고 뒤따르기 시작했다. 엘러리는 이 광경을 보고 걸음을 멈췄다. 아이들은 짐을 놀리고 있는 것 같았다. 왜냐하면 짐이 멈춰 서서 아이들에게 화를 내며 소리를 치는 것 같아 보였기 때문이다. 아이들이 뒷걸음을 치자 짐은 다시 돌아서서 가려고 했다.

엘러리가 소리를 질렀다. 아이 하나가 돌을 주워 들고 있었다. 그리고 돌을 세게 던졌다. 짐이 앞으로 넘어졌다.

엘러리는 광장을 가로질러 달려갔다. 다른 사람들도 그 공격을 목격했다. 그리고 엘러리가 광장 건너편에 도착했을 무렵엔 짐 주위에는 이미 많은 사람들이 모여 있었다. 아이들은 달아나고 없었다. "제가 좀 들어가게 해주세요." 짐은 어리둥절한 모습이었다. 모자는 땅바닥에 떨어져 있었다. 연한 갈색 머리카락을 적시며 붉은 피가 배어나왔다.

"살인자!" 뚱뚱한 여자가 말했다. "저 남자야. 저놈이 독살했어!" "자기 아내를 죽이려고 했어!" "경찰은 어째서 저런 놈을 체포하지 않지?" "이 마을에는 법도 없나?" "저놈의 목을 매달아야 해!" 키 작은 흑인 남자가 짐의 모자를 걷어찼다. 볼이 늘어진 어떤 여자가 금속성의 소리를 지르며 짐에게 달려들려고 했다.

"모두 그만둬요!" 엘러리가 외쳤다. 그는 키 작은 남자를 잡아 옆으로 밀친 다음 여자와 짐 사이를 비집고 들어갔다. "짐, 빨리 일어나요. 어서요!"

"뭐에 맞은 거죠? 머리가 아프군요……." 짐이 말했다. 눈동자가 흐릿해져 있었다.

"저놈을 때려눕히자!"

"또 한 녀석은 누구야?"

"그놈도 쳐라!"

엘러리는 멀쩡하게 차려입은 피에 굶주린 야만인들을 상대로 죽을힘을 다해 싸우고 있는 스스로가 우스꽝스러웠다. 사람들에게 반격을 가하며 그는 생각했다. 쓸데없이 남의 일에 간섭했기 때문에 이런 일을 당하는 거야. 어서 빨리 이 마을을 떠나자. 이건 좋지 않아. 팔꿈치, 발, 손, 그리고 이따금 주먹도 휘두르면서, 그는 새된 소리를 질러대는 군중들과 함께 점점 은행 쪽으로 가까이 가고 있었다. "짐, 반격해요! 자신을 지켜야 해요!" 엘러리는 소리쳤다.

그러나 짐의 두 팔은 밑으로 축 처져 있었다. 코트의 한쪽 소매는 떨어져 나간 상태였다. 붉은 핏줄기가 뺨을 타고 흘러내렸다. 이때 여성 한 명으로 구성된 기갑사단이 길 저쪽에서부터 군중을 향해 돌진해왔다. 엘러리는 부어오른 입술로 웃었다. 모자도 쓰지 않고 흰 벙어리장갑을 낀 그 여자는 광란의 군중과 맞서 싸웠다. "그만두지 못해! 짐승 같은 것들! 이 사람들을 놔둬!" 퍼트리샤가 외쳤다.

"아얏!"

"꼴 좋다, 호지 맬로이! 그리고 당신 ? 랜즈먼 부인, 부끄럽지도 않아요? 거기, 술 취한 마녀……. 그래요, 당신 말이에요. 줄리 아스투리오! 그만두라고요! 그만 좀 해요!"

"잘한다, 패티!" 군중 끄트머리에서 남자가 외쳤다. "이제 그만들 좀 해요! 이러면 안 돼요!"

퍼트리샤는 사람들을 밀어젖히며 허우적거리고 있는 두 남자 옆으로 가까이 왔다. 바로 그때 은행의 명물인 버즈 콩그레스가 달려 나와 군중에게 뛰어들었다. 체중이 112킬로그램이나 나가는 버즈가 주는 타격은 무시무시한 것이었다. 사람들은 비명을 지르며 흩어졌다. 그 사이에 엘러리와 퍼트리샤는 짐을 은행 안으로 데리고 들어갔다. 라이트가 그들과 스치듯 밖으로 달려 나가 흰 머리카락을 나부끼며 군중 앞에 우뚝 섰다. "돌아가, 이 미친 녀석들! 안 그러면 내가 상대해주겠다!" 라이트는 절규하듯 외쳤다.

몇몇은 비웃었고, 몇몇은 신음했지만 결국 군중들은 썰물처럼 흩어졌다. 퍼트리샤와 함께 짐을 돌보면서, 엘러리는 길가에 혼자 서 있는 프랭크 로이드의 모습을 유리문 너머로 바라보았다. 신문사 사장의 입이 분하다는 듯 일그러져 있었다. 엘러리가 보고 있다는 것을 깨달은 그는 무표정하게 웃었다. 그 웃음은 '이 마을이 어떤 곳인지 내가 충고했던 것을 기억하지?' 라고 말하는 듯했다. 프랭크는 무거운 발걸음으로 광장을 가로지르며 자리를 떴다.

퍼트리샤와 엘러리는 짐을 차에 태우고 집으로 돌아왔다. 라이트가 은행에서 전화를 걸어둔 덕분에 윌러비 박사가 집에서 기다리고 있었다. "몇 군데 긁혔고 여러 군데 타박상이 있네요.

그리고 머리 상처가 조금 깊습니다만 별로 염려는 안 하셔도 됩니다."

"선생님, 스미스 씨는 어떤가요? 고기 저미는 기계에서 막 빠져나온 사람 같은데!" 퍼트리샤가 걱정스럽다는 듯이 물었다.

"별소릴 다 하는군요. 나는 아무렇지도 않아요." 엘러리는 고집을 부렸다.

그러나 윌러비 박사는 엘러리도 치료해주었다.

윌러비가 돌아가고 난 후 엘러리는 짐의 옷을 벗기고 퍼트리샤의 도움을 받아 그를 침대에 눕혔다. 그는 옆으로 돌아누워 다친 손으로 힘없이 붕대 감은 머리를 받치고 눈을 감았다. 두 사람은 잠시 그를 지켜보다가 조용히 방을 나왔다. "한 마디도 하지 않네요. 단 한 마디도요. 그 봉변을 당했으면서도……. 마치 성경에 나오는 사람 같아요!" 퍼트리샤는 슬픈 듯이 말했다.

"욥 말인가요." 엘러리가 침울하게 말했다. "말없이 고통받는 사람인. 당신 집의 사람인도 앞으로 얼마 동안은 외출을 하지 않는 게 좋겠어요!" 그날 이후 짐은 은행에 가지 않았다.

# 17
## 미국, 라이츠빌을 발견하다

1월과 2월에 걸쳐 엘러리는 열심히 움직였지만 성과는 별로 없었다. 목표를 정하고 일직선으로 나가더라도 늘 다시 원점으로 돌아오곤 했기 때문이다……. 게다가 언제나 데이킨 서장과 브래드퍼드 검사가 앞지르고 있다는 것을 깨닫곤 했다. 그들은 조용히, 아무도 모르게 수사를 계속했다. 엘러리는 비밀리에 수사가 진행되고 있다는 사실을 퍼트리샤에게 말하지 않았다. 이미 우울한 기분에 잠겨 있는 그녀를 더 이상 실망시킬 수는 없었기 때문이다.

게다가 언론이 있었다. 프랭크 로이드가 쓴 신랄한 논설이 시카고까지 알려졌는지, 1월 초 로즈메리 하이트의 장례식이 끝나고 며칠 후 한 여자가 시카고에서 찾아왔다. 말쑥한 차림의 그 여자는 허리둘레가 38인치쯤 되어 보였고, 은발이 섞인 머리카락과 나른한 눈매를 가지고 있었다. 그녀는 오후 급행열차에서 내려 에드 호치키스의 택시로 라이트 저택을 찾아왔다. 그리고 그다음 날 미국의 259개 신문의 독자들은, 오래전부터 명성을 지니고 있는 로버타가 다시 한 번 사랑을 위한 전쟁을 선포했음을 알게 되었다.

로버타 로버츠가 기고하는 '로버타 칼럼'의 첫머리는 이러했다.

지금 라이츠빌이라는 미국의 한 작은 도시에서는 한 남성과 한 여
성이 가련한 주인공이 되고, 온 마을 사람들이 악역을 맡은 환상적
이고도 로맨틱한 비극이 일어나고 있다.

이것만으로도 다른 언론 관계자들에게 충분한 자극이 되었
다. 로버타가 뭔가 찾아낸 모양이다! 여러 신문의 편집자들은
앞다투어 〈라이츠빌 레코드〉의 묵은 기사를 뒤적이기 시작했
다. 그리고 1월이 끝날 무렵에는 십여 명의 일류 기자들이 이
마을로 몰려와 로버타 로버츠가 찾아낸 특종을 취재하기 시작
했다. 프랭크 로이드도 그들에게 매우 협조적이었기 때문에,
전신으로 보내진 이 사건은 미국의 모든 신문 제1면에 실렸고
짐 하이트의 이름도 커다랗게 인쇄되어 나왔다.

상황이 이렇게 되자 다른 지역에서 온 보도 관계자들이 라이
츠빌 거리에 우글거리기 시작했다. 그들은 인터뷰를 한다, 원
고를 쓴다 하며 야단을 떨었으며, 캘러티의 핫 스팟이며 거스
올젠의 로드사이드 선술집에서 버번위스키를 마구 마시는 바
람에 던크 맥글린은 주류 도매상에 다급히 전화를 걸어야만 했
다. 보도 관계자들은 온종일 법정 안에서 서성거리며 수위 해
너베리가 깨끗이 닦아놓은 로비의 타일 바닥에 침을 뱉었고,
데이킨 서장과 브래드퍼드 검사의 뒤를 쫓아다니며 기사거리
와 사진을 얻으려 애썼다. 그들은 마을 사람들의 의견 따위는
별로 중요하게 생각하지도 않았다. 그러면서도 사람들의 말을
본사 편집장에게 그대로 보냈다. 그들 대부분은 홀리스 호텔에
묵었는데, 마땅히 잘 곳이 없으면 보조침대를 구해 끼어 잤다.
호텔 지배인 브룩스는 그들 때문에 호텔 로비가 싸구려 식당처

럼 바뀌어버렸다고 한탄했다.

그 후 재판이 벌어지는 기간 동안 그들은 16번 도로의 술집이나 로어 메인 스트리트의 비주 극장에서 시간을 보냈다. 여럿이 몰려가 극장의 젊은 지배인 루이 카한을 괴롭히기도 하고, 극장 안 아무데나 땅콩 껍질을 어질러놓기도 했다. 영화 속 남자 주인공과 여자 주인공의 러브신이 나올 때면 천박한 소리를 지르며 와자지껄하게 웃어댔다. 극장에서 경품 뽑기가 열린 날 밤에는 한 기자가 A. A. 길본이 기증한 그릇 한 세트에 당첨됐는데, 모두들 말하는 '고의적 사고'로 인해 60개들이 한 세트를 무대 위에 떨어뜨려 산산조각 냈다. 다른 기자들은 휘파람을 불며 고함을 지르고 발을 굴렀다. 루이는 매우 화가 났지만, 달리 어쩌겠는가?

컨트리클럽의 특별 이사회가 열린 자리에서 라이츠빌의 개인 금융회사 사장인 도널드 맥켄지와 번화가 어펌 블록 132번지의 치과의사인 에밀 포펜버거 박사가 '망나니 신문기자들'과 '독선적인 특권 계급'에 대해 몹시 신랄한 어조로 비판했다. 그러나 심술궂은 그 기자들의 들뜬 기분은 뭔가 전염성이 있는 듯했고, 엘러리 퀸은 점점 축제 분위기가 되어가는 라이츠빌을 바라보는 것이 서글퍼졌다. 가게의 쇼윈도에는 화려한 물건들이 새로 진열되었고, 식료품 가격과 집세가 올랐다. 주중에는 거리에 나오지 않는 농부들까지 촌스럽게 주위를 두리번거리는 가족들을 데리고 광장이며 번화가를 어슬렁거리며 돌아다녔다. 덕분에 광장을 중심으로 인근 여섯 블록 내에서는 주차할 자리를 찾는 것이 거의 불가능해졌다. 데이킨 서장이 교통정리를 위해 다섯 명의 경관을 새로 채용하지 않으면 안 될 정도였다. 뜻하지 않은 이런 번영을 이 거리로 끌어들인 장본인은 힐 지역 460번지에서 꼼짝도 하지 않았다. 라이트 가족과 엘러리, 그를 취재하러 맨 처음 왔던 로버타 로버츠 이외에는 아무도 만나려 하지 않았다. 다른 보도 관계자들에게 짐은 돌처럼 완고했다. "나도 납세자 중 한 사람입니다! 나도 프라이버시를 가질 권리가 있습니다! 우리 집 앞에 경찰관을 세워주세요!" 짐은 전화로 데이킨에게 소리를 질렀다.

"알았습니다, 하이트 씨." 데이킨은 정중하게 말했다. 데이킨 서장은 사복을 입고 몰래 집을 감시하던 딕 고빈에게 그날 오후부터는 제복을 입고 집 앞에 서 있으라고 명령했다. 짐은 술만 마셔댔다.

"더욱 나빠지고 있어요." 퍼트리샤가 엘러리에게 말했다. "형부는 계속 술만 마셔요. 롤라 언니가 말려도 소용없어요. 엘러리 씨, 형부는 두려워서 그러는 걸까요?"

"두려워서 그러는 게 아니에요. 그것보다 훨씬 심각한 문제예요. 패티, 짐은 아직 노라를 안 만났나요?"

"부끄럽다면서 언니를 못 보겠대요. 언니는 일어나서 자기가 만나러 가겠다고 했지만, 윌러비 선생님이 그러면 병원에 입원시키겠다고 하셨어요. 저도 어젯밤에 언니 방에서 함께 잤는데, 언니는 밤새도록 울었어요."

엘러리는 그의 잔에 담긴 스카치 위스키를 시무룩한 얼굴로 바라보았다. 라이트가 거의 사용하지 않는 진열장에서 슬쩍해 온 것이었다. "언니는 아직도 그를 죄 없는 어린아이로만 생각하고 있나요?"

"그럼요. 언니는 형부가 좀 더 강하게 반발해야 한다고 생각하고 있어요. 형부를 만난다면 용기를 북돋아주고 사람들과 싸우도록 권하겠대요. 그 밉살스러운 신문기자들이 형부에 대해 어떻게 쓰고 있는지 아세요?"

"알고 있습니다." 엘러리는 한숨을 쉬며 술잔을 비웠다.

"이게 모두 프랭크 로이드 때문이에요. 불평쟁이 같으니! 친구를 배신하다니! 아빠는 다시는 프랭크와 만나지 않겠다고 말씀하시면서 무척 화를 내고 있어요."

"로이드는 괜히 건드리지 않는 게 좋아요." 엘러리가 얼굴을 찡그리며 말했다. "그는 커다란 짐승이나 다름없으니까. 그는 신경이 몹시 날카로워져 있어요. 마치 타자기에다 히스테리를 부리는 성난 들짐승 같죠. 아버님께 내가 잘 말씀드려야겠군요."

"아니에요. 신경 쓰지 마세요. 아빠는…… 아무하고도 얘기하고 싶지 않은 것 같아요." 퍼트리샤는 작은 목소리로 말했다. 그러더니 갑자기 큰 소리로 고함을 쳤다. "사람들이 어떻게 이렇게 잔인해질 수 있을까요? 엄마 친구들은 누구 하나 전화 한 통 걸어주지 않고 뒤에서 험담만 해요. 엄마가 나가던 모임 두 곳에서도 쫓겨나다시피 했고요. 마틴 아주머니까지도 전화를 안 해요."

"판사님의 부인 말이군요." 엘러리는 중얼거렸다. "조금 재미있는 생각이 머리에 떠올랐는데…… 아니, 아닙니다. 그건 그렇고, 최근에 카터 브래드퍼드 본 적 있어요?"

"아뇨." 퍼트리샤는 짧게 대답했다.

"패티, 그 로버타 로버츠라는 여자에 대해 무엇을 알고 있어요?"

"이 마을에 와 있는 기자들 중 딱 하나 온전한 사람이지요!"

"동일한 상황에서 그 여자만 전혀 다른 결론을 내리고 있다는 것이 정말 이상해요. 이 기사 읽어봤어요?" 엘러리는 퍼트리샤에게 시카고 신문을 펼쳐 〈로버타 칼럼〉을 보여주었다. 표시를 해놓은 구절을 퍼트리샤가 급히 읽었다.

이 사건을 취재하는 동안 나는 짐 하이트가 오해를 받아 궁지에 몰린, 단순히 정황적인 한 사건의 순교자이자 라이츠빌 군중 심리의 희생자라는 생각을 점점 굳히게 되었다. 그를 확고하게 지지하고 있는 유일한 여성은 남편에게 독살당할 뻔했다고 라이츠빌에 소문이 자자한 그의 부인이다. 그녀에게는 의심도 망설임도 없다. 노라 하이트 부인! 부디 힘내세요! 만일 믿음과 사랑이 이 비참한 세상 속에서도 여전히 어떤 의미가 있는 것이라면, 당신 남편의 이름은 깨끗해질 것이며, 당신은 이 어리석은 군중을 이겨낼 것입니다.

"이건 정말 멋진 찬사네요!" 퍼트리샤가 소리쳤다.

"사랑의 시선으로 기사를 작성하는 사람으로 유명한 줄은 알고 있었지만, 이 기사는 좀 감상적인 것 같아요. 나는 이 여자 큐피드에 대해 좀 더 알아봐야겠어요." 엘러리는 매몰차게 말했다.

알아본 결과 그의 느낌이 옳았음이 입증되었다. 로버타 로버츠는 짐이 주장하는 말을 들어주기 위해 온갖 정성을 기울였다. 또한 노라와는 딱 한 번 만났지만, 같은 일을 위해 싸우는 투사가 되었다. "당신이 남편한테 말해서 한 번만이라도 좋으니 나를 만나도록 해주지 않겠어요? 꼭 좀 그래주세요, 로버츠 씨."노라는 졸라댔다.

"로버츠 씨 말이라면 형부도 들을 거예요."퍼트리샤도 끼어들었다. "오늘 아침에도 형부가 그러던 걸요. 이 세상에서 당신만이 자기편이라고요."퍼트리샤는 짐이 그 말을 할 때 그의 상태에 대해서는 말하지 않았다.

"짐이란 사람은 이상할 만큼 귀여운 데가 있어요."로버타는 생각에 잠겨 말했다. "짐과는 두 번밖에 만나지 않았지만, 나를 신뢰하고 있어요. 한번 노력해볼게요."

그러나 짐은 집에서 나오려 하지 않았다.

"왜 그래요, 짐."여기자는 참을성 있게 말했다. 그 자리에는 엘러리와 롤라 라이트가 함께 있었다. 롤라는 요즘 말을 거의 하지 않았다.

"날 그냥 내버려둬요."짐은 수염도 깎지 않았고 안색은 잿빛으로 변해 있었다. 그는 계속 위스키만 마셔댔다.

"이렇게 겁에 질린 개처럼 하루 종일 집 안에서 술만 퍼마시면서 세상 사람들에게 억울한 소리를 들어야겠어요? 부인을 만나세요. 부인을 만나면 새로운 힘이 솟아날 거예요. 짐, 부인은 아파요. 그걸 몰라요? 걱정도 안 돼요?"

짐은 괴로운 듯 얼굴을 벽 쪽으로 돌렸다. "노라에겐 좋은 사람들이 많아요. 그녀의 가족들이 그녀를 돌봐줄 거예요. 나는 이미 노라를 충분히 괴롭혀왔어요. 나를 제발 내버려둬요!"

"그렇지만 노라는 당신을 믿고 있어요."

"이 사건이 해결될 때까지 나는 집사람을 만나지 않을 겁니다. 내가 이 마을에서 더러운 하이에나가 아닌 짐 하이트로 돌아가기 전까지는."

그는 몸을 일으켜 위스키 잔을 움켜쥐고 단숨에 마신 후 다시 주저앉았다. 그리고 로버타가 아무리 권하고 흔들어도 다시는 일어나지 않았다.

로버타가 떠나고 짐이 잠들어버리자 엘러리는 롤라 라이트에게 말했다. "당신은 이 상황에 대해 어떻게 생각하죠?"

"별 생각 없어요. 누군가가 짐을 돌봐줘야겠기에 여기 있을 뿐이에요. 나는 그에게 먹을 음식을 주고 자리에 눕히고 가끔 진통제가 될 술을 사다 줄 뿐이죠." 롤라는 웃으며 말했다.

"이 집에 당신들 둘만 있다니, 별난 상황이네요." 엘러리도 마주보며 웃어주었다.

"나는 언제나 별나니까요."

"아직 이 사건에 대해 의견을 말하지 않았어요, 롤라."

"지금까지 발표된 의견이 너무 많아서요." 그녀는 가볍게 받아넘겼다. "하지만 그렇게 내 의견을 알고 싶다면 말하죠. 난 항상 약자의 편이에요. 중국인, 체코인, 폴란드인, 유대인, 흑인 등을 생각하면 마음이 아파요. 약자가 발길에 걷어차이는 걸 볼 때는 심장에서 피가 줄줄 흐르죠. 나는 이 가엾고 바보 같은 사람이 괴로워하는 걸 보기만 해도 마음이 아파요."

"보아하니 로버타 로버츠도 그런 것 같고요." 엘러리는 중얼거렸다.

"그 사랑 만능주의자 말인가요?" 롤라는 말하며 어깨를 으쓱 올려 보였다. "내가 보기에는 그 여자가 짐을 편드는 이유는 다른 기자들이 쓸 수 없는 것을 쓰기 위해서인 것 같은데요!"

# 18
## 밸런타인데이 : 사랑은 아무것도 이기지 못한다

노라가 비소중독으로 자리에 누워 있는 것, 존 라이트의 오랜 친구들이 그를 멀리하며 핼럼 럭의 퍼블릭 트러스트 은행으로 거래를 옮긴 것, 헐마이니가 부인들의 눈총을 받는 것, 퍼트리샤가 노라 옆에 계속 붙어 있는 것, 심지어 롤라까지 외따로 떨어져 지내는 생활에서 벗어난 것 등을 종합해볼 때, 라이트 집안 식구들이 아무 일도 일어나지 않은 듯한 태도로 용감하게 버티고 있는 것은 정말 놀라운 일이었다. 누군가 물어보면 노라는 그냥 병에 걸렸다고 대답했다. 후두염이나, 혹은 원인을 알 수 없는 여자들의 병에 걸렸다고 했다. 존 라이트는 예전처럼 무심하게 책상 앞에 앉아 업무를 처리했다. 가뭄에 콩 나듯 회의에 참석하게 되더라도, 당연한 일이지만 그건 단지 정례적으로 참석해야만 하기 때문이었다. 매주 어펌 하우스에서 열리는 상공회의소 주최의 오찬회에도 소화불량을 핑계로 나가지 않았다. 짐에 관해서는…… 누구도 전혀 언급하지 않았다.

그러나 헐마이니는 이 감정의 첫 태풍이 지나간 후 여기저기 찢어진 돛을 꿰매고 있었다. 누구도 그녀를 이 마을에서 내쫓으려고 하지는 않았다. 그녀는 단호하게 다시 전화를 걸기 시작했다. 부인 클럽에서 비난이 일기 시작할 무렵, 이 클럽의 회장인 그녀는 가지고 있는 옷 중 가장 고급스러운 겨울 투피스를 입고 클럽에 나타나 아무 일도 없었다는 듯이 행동함으로써 사람들을 놀라게 했다. 그럼에도 불구하고 그녀를 비난하는 사람들이 역시 있었다. 그러나 헐마이니가 멸시하는 듯한 눈초리로 그들을 흘겨보자 몇몇은 귓불까지 붉히며 당황해했다. 집에서는 예전대로 집안일을 꾸려 나갔다. 항상 퉁명스러웠던 가정부 루디는 마음을 가라앉히고 조용히 순종했다. 그렇게 2월 초가 되어 모든 게 정상적인 모습을 갖추어가자, 롤라는 로우 빌리지에 있는 자기 집으로 돌아갔다. 노라는 많이 회복되었고, 퍼트리샤가 짐의 식사를 돌보고 노라의 집을 청소해주었다.

목요일인 2월 13일에 윌러비 박사는 이젠 노라가 자리에서 일어나도 좋다고 허락했다. 식구들은 모두 기뻐했다. 루디는 노라가 좋아하는 레몬파이를 터무니없이 크게 구웠다. 존 라이트는 장미꽃을 두 다발이나 안고 다른 때보다 일찍 은행에서 돌아왔다. 2월에 라이츠빌 어디에서 그런 꽃을 구할 수 있었는지는 끝내 말하지 않았다! 퍼트리샤는 간만에 기지개를 쭉 펴고 머리를 감고 손톱 손질을 하면서 내내 중얼거렸다. "세상에! 내 꼴 좀 보라지!" 헐마이니는 몇 주 만에 처음으로 라디오를 켜고 전쟁 뉴스를 들었다. 마치 선잠에 시달리다가 겨우 깨어나서 자신이 안전하다는 걸 확인하는 것 같았다. 노라는 당장에 짐을 만나러 가겠다고 했지만, 헐마이니가 그녀를 집 밖으로 나가지 못하게 했다. "오늘이 자리에서 일어난 첫날인데 밖으로 나가겠다니, 안 된다, 애야!" 그래서 노라는 바로 옆에 위치한 자기 집에 전화를 걸었다. 아무도 전화를 받지 않았다. 잠시 후 그녀는 힘없이 전화기를 내려놓았다. "산책 나갔을 거야, 언니." 퍼트리샤가 말했다.

"틀림없이 그럴 거다, 노라야." 헬마이니는 노라의 머리를 어루만지며 말했다. 방금 전 헬마이니는 침실 창문에 짐의 회색빛 얼굴이 비치는 것을 보았지만, 그 사실을 노라에게 말하지 않았다.

"나도 알아요!" 노라는 기운을 내서 말하고는 벤 댄지그의 가게에 전화를 걸었다. "댄지그 씨, 가장 크고 좋은 밸런타인 카드를 지금 당장 갖다주세요!"

"알았습니다." 그 전화가 있고 반 시간도 안 되어 노라 하이트의 병이 다 나았다는 소문이 온 거리에 퍼졌다. '밸런타인 카드를 주문했다는군! 다른 남자가 생긴 게 아닐까?'

근사한 카드였다. 진짜 레이스로 가장자리를 두르고 분홍색 새틴으로 장식을 한 카드에는 통통한 큐피드가 여럿 그려져 있었고, 성 밸런타인데이를 기뻐하는 달콤한 구절들이 가득 쓰여 있었다. 벤 댄지그 가게에서 가장 화려한 카드였다. 노라는 봉투에 직접 주소와 이름을 쓰고 우표를 붙인 다음 엘러리에게 우편함에 넣어달라고 부탁했다. 그녀는 들떠 있었다. 에로스를 위해 헤르메스의 역할을 떠맡은 엘러리는 밸런타인 카드를 힐 지역 아래쪽에 있는 우편함에 넣었다. 그러나 그는 실컷 두들겨 맞은 권투선수가 결국 녹다운되는 것을 지켜보는 사람처럼 불편한 심정이었다.

금요일 아침 우편배달부가 마을을 돌았지만, 노라에게는 밸런타인 카드가 배달되지 않았다. 그녀는 단호한 목소리로 말했다. "아무래도 내가 가봐야겠어요. 이건 바보 같은 짓이야. 남편은 골이 나 있어요. 그래서 온 세상을 자기의 적으로 생각하는 거예요. 내가 가서…….”

그때 루디가 겁먹은 얼굴로 들어왔다. “데이킨 서장님과 브래드퍼드 씨가 오셨어요.”

“데이킨 서장이?” 헐마이니의 소녀 같은 뺨에 핏기가 사라졌다. “나를…… 찾아, 루디?”

“노라 양을 만나시겠대요.”

“나를?” 노라의 목소리가 떨렸다.

존 라이트가 식탁에서 일어섰다. “내가 처리하지!” 그들은 모두 거실로 나갔다.

엘러리는 먹다 만 달걀을 그대로 둔 채 2층으로 뛰어올라가 퍼트리샤의 방문을 노크했다. “누구세요?” 하품 소리와 함께 그녀의 목소리가 들렸다.

“아래층으로 빨리 내려와요.”

“왜 그래요?” 다시 하품 소리가 났다. “들어오세요. 괜찮아요, 들어와요.”

엘러리는 방문만 연 채 들어가지는 않았다. 흐트러진 침대속에 파묻힌 퍼트리샤는 몹시 건강하고 싱싱해 보였다.

“데이킨 서장과 브래드퍼드예요. 노라를 보러 왔어요. 올 것이 왔어요.”

“오!” 퍼트리샤는 당황했으나 잠깐이었다. “그 가운 좀 이리 던져 주세요. 몹시 춥네요.” 엘러리는 가운을 그녀에게 던져 주고 내려가려 했다. “엘러리 씨, 밖에서 좀 기다려주세요. 함께 내려가고 싶어요.”

퍼트리샤는 3분 후, 엘러리의 팔짱을 낀 채 계단을 내려갔다. 거실로 들어서자 마침 데이킨이 말하고 있었다. “하이트 부인,

물론 양해해주시리라 믿습니다만, 나는 경찰서장으로서 모든 사실을 남김없이 조사해야 합니다. 그래서 윌러비 선생님에게 당신이 회복되면 알려달라고 했습니다."

"친절하시네요." 노라가 말했다. 그녀는 두려움에 떨고 있었다. 옆에서 봐도 금방 알 수 있을 정도였다. 몸은 나무토막처럼 뻣뻣했고, 마치 줄에 매달린 인형처럼 목만 움직이며 데이킨과 브래드퍼드를 번갈아 쳐다보았다.

"안녕하세요, 데이킨 서장님. 남의 집을 방문하기엔 너무 이른 시간 아닌가요?" 퍼트리샤가 퉁명스럽게 말했다.

데이킨은 어깨를 움츠렸다. 브래드퍼드는 한심하다는 듯 노여움이 섞인 눈으로 퍼트리샤를 보았다. 그는 전보다 마른 모습이었다. 아니, 여위어 있었다. "패티, 조용히 있어." 헐마이니가 작은 목소리로 말했다.

"노라가 당신들에게 무슨 말을 해줄 수 있을지 모르겠군요. 퍼트리샤, 앉거라!" 라이트가 냉정하게 말했다.

"퍼트리샤?" 퍼트리샤가 되풀이했다. 그녀는 자리에 앉았다. 퍼트리샤라고 불리는 건 나쁜 징조다. 아버지가 이렇게 격식을 갖춘 말로 그녀를 부른 것은 그녀의 엉덩이를 가죽 끈으로 때린 벌을 주었을 때가 마지막이었고, 그것은 아주 오래전 일이었다. 퍼트리샤는 겨우겨우 노라의 손을 잡았다. 퍼트리샤는 브래드퍼드의 얼굴을 보지 않았다. 그리고 브래드퍼드도 맨 처음 언짢은 눈길을 한 번 준 이후로는 그녀를 보지 않았다.

데이킨은 쾌활하게 엘러리에게 고개를 끄덕였다. "스미스 씨, 안녕하십니까? 자, 그럼 여러분 모두가 모이셨군요. 카터 검사가 무언가 할 말이 있을 겁니다."

"네, 있습니다." 카터는 큰 소리로 말했다. "저는 지금 매우 곤란한 입장에 놓여 있습니다. 제가 지금 말하려는 것은……."

그는 입을 열었으나 도저히 말하기가 곤란하다는 듯 곧 창밖으로 시선을 돌려 눈 덮인 잔디를 내다보았다.

"하이트 부인." 데이킨은 노라를 보며 눈을 깜박거렸다. "불편하지 않으시다면, 섣달 그믐밤에 있었던 일을 부인이 본 대로 말씀해주시겠습니까? 다른 사람들의 얘기는 다 들었지만……."

"불편하냐고요? 불편할 까닭이 있나요?" 목이 잠겼는지 노라는 헛기침을 했다. 그리고 불안한 듯 손을 움직이며 날카롭고 빠른 어조로 말했다.

"하지만 나는 아무것도 할 이야기가 없어요. 왜냐하면 내가 본 것은 여러분도……."

"남편께서 칵테일 잔을 들고 와 당신에게 어떤 특정한 잔을 권하진 않았습니까? 다시 말해 당신이 다른 잔을 잡으려 할 때, 그가 어떤 잔을 일부러 주려 하지 않았습니까?"

"그런 걸 어떻게 기억하겠어요?" 노라는 화가 난 어조로 말했다. "그 말씀 속에는 어떤 저의가 있는 것 같군요!"

"하이트 부인." 서장의 목소리가 갑자기 냉랭해졌다. "남편께서 그날 밤 말고 이전에도 당신에게 독을 먹이려고 한 적이 있습니까?"

노라는 퍼트리샤의 손을 뿌리치며 벌떡 일어섰다. "없어요!"

"언니, 흥분하면 안 돼." 퍼트리샤가 말했다.

"확실합니까, 하이트 부인?" 데이킨은 집요하게 물었다.

"물론 확실하죠!"

"당신과 짐 하이트는 자주 다퉜다고 하던데, 그 부분에 대해서는 할 말이 없습니까?"

"다투다니요!" 노라는 벌컥 화를 냈다. "그건 뒤프레라는 여자가 그런 말을 만들어서, 아니면……."

그 '아니면'이라는 말투가 너무 이상하게 들려서 창밖을 보던 카터 브래드퍼드마저 이쪽을 바라보았다. 노라는 역겹다는 듯 탄식을 내뱉으며 엘러리를 정면으로 노려보았다. 데이킨과 브래드퍼드가 엘러리 쪽을 흘끗 쳐다보았기 때문에 퍼트리샤는 몸이 오싹했다. 라이트 부부는 어떻게 해야 할지 모르겠다는 표정이었다.

"아니면 뭡니까, 하이트 부인?" 데이킨이 물었다.

"아무것도 아니에요. 아무것도 아니라고요! 남편을 좀 가만히 내버려둘 수 없어요? 당신들 모두……." 노라는 신경질적으로 소리를 지르며 눈물을 흘렸다.

월러비 박사가 큰 몸을 매우 가볍게 움직이며 다가왔다. 그의 등 뒤에서 근심에 찬 루디의 창백한 얼굴이 잠깐 보이더니 사라졌다. "노라, 또 우는 거냐? 데이킨 씨, 내가 그토록 주의를 주었건만……."

"어쩔 수가 없습니다, 선생님." 서장이 근엄하게 말했다. "직무를 수행해야 하니까요. 하이트 부인, 당신이 만일 남편에게 도움이 될 만한 말을 할 수 없다면……."

"그는 아무 짓도 하지 않았어요, 정말이에요!"

"노라!" 월러비 박사가 걱정스러운 듯 소리쳤다.

"그래도 우리는 이렇게 할 수밖에 없습니다, 하이트 부인."

"도대체 무슨 말이에요?"

"당신의 남편을 체포하겠습니다."

"체포…… 짐을?"노라는 머리카락을 쥐어뜯으며 웃기 시작했다. 윌러비 박사가 그녀의 손을 잡으려 했지만 그녀가 밀어젖혔다. 안경 너머로 보이는 그녀의 동공이 열려 있었다. "남편을 체포할 순 없어! 그는 아무 짓도 하지 않았어요! 무슨 증거로!"

"증거는 많습니다."

"안됐지만, 사실입니다." 카터 브래드퍼드가 중얼거리듯이 말했다.

"증거가 많다고요?"노라는 작은 소리로 말하다가 갑자기 퍼트리샤에게 소리쳤다. "그 사실을 알고 있는 사람이 너무 많아! 남을 이 집 안에 들여놓았기 때문이야!"

"언니! 언니……."퍼트리샤는 간신히 말을 내뱉었다.

"잠깐 기다려요, 노라."엘러리가 입을 열었다.

"나한테 말 걸지 마! 당신은 그 세 통의 편지만으로 짐을 나쁜 사람으로 보고 있어! 당신이 그 편지에 대해 말했기 때문에 경찰이 남편을 체포하려는 거잖아!"그 순간 노라는 자신을 쳐다보는 엘러리의 눈 속에서 무엇인가를 보았고, 곧 숨을 들이키며 윌러비 박사 쪽으로 쓰러졌다. 그녀의 눈에는 새로운 두려움이 가득 찼다. 그녀는 재빠르게 데이킨을 쳐다보고, 다시 브래드퍼드를 보았다. 그들의 표정에서는 놀라움과 함께 일종의 기쁨이 일렁이고 있었다. 노라는 박사의 넓은 가슴에 기댄 채 엄청난 실수를 해버린 두려움 때문에 손으로 입을 막고 꼼짝하지 못했다.

"편지라니요?"데이킨이 물었다.

"노라, 무슨 편지입니까?" 브래드퍼드가 외쳤다.

"아니에요! 내 말은……."

카터가 달려가서 그녀의 손을 붙잡았다. "노라, 무슨 편지 말입니까?" 그는 험악한 어조로 물었다.

"아니에요!" 노라는 신음했다.

"말해요! 만일 이 사건과 관계된 어떤 편지가 있었다면, 당신은 그 증거를 감춘 셈이 됩니다."

"스미스 씨, 이 일에 대해 뭘 알고 있습니까?" 데이킨 서장이 물었다.

"편지라고요?" 엘러리는 깜짝 놀라는 듯한 표정으로 머리를 저었다.

퍼트리샤가 일어서서 브래드퍼드를 밀었다. 그는 비틀거리며 뒤로 물러났다. "언니를 내버려둬. 너는 유다 같은 배신자야!"

그녀의 분노 섞인 말이 다시 분노 섞인 대답을 불러왔다. "내 우정을 믿고 덤비지 마! 데이킨 서장님, 이 집을 수색해야겠어요. 옆집도 마찬가지고요!"

"벌써 했어야 했네, 카터." 데이킨은 조용히 말했다. "자네가 그렇게 강력하게 반대하지만 않았더라면……." 데이킨은 사라졌다.

"카터, 이제 다시는 여기 올 생각 말게. 알아들었나?" 존 라이트가 낮은 소리로 말했다.

브래드퍼드는 금방이라도 울 것 같은 표정이었다. 노라는 병에 걸린 고양이처럼 신음하며 윌러비 박사의 품속으로 쓰러졌다.

브래드퍼드의 냉담한 허가를 받고 월러비 박사는 노라를 부축해 2층 침실로 올라갔다. 퍼트리샤와 헐마이니는 어쩔 줄 몰라 하며 그 뒤를 따랐다.

"스미스 씨!" 브래드퍼드가 뒤도 돌아보지 않고 말했다.

"말하지 않아도 압니다." 엘러리는 정중하게 말했다.

"헛수고일지 모르겠지만 당신에게 한 마디 경고하겠어요. 만일 당신이 증거를 감추는 데 협조했다면……."

"증거요?" 엘러리는 마치 그 말을 전에는 미처 들어본 적이 없다는 듯 되뇌었다.

"편지 말입니다!"

"당신들이 계속 입에 올리는 편지란 도대체 무엇입니까?"

카터는 입을 일그러뜨리며 몸을 홱 돌렸다. "당신은 이곳에서 나에게 방해만 되고 있어. 당신은 이 집에 들어와서 패티를 내게서 빼앗아가려 했어……." 그는 쉰 목소리로 말했다.

"진정해요. 신중하게 말하시고요." 엘러리는 부드럽게 말했다.

카터는 두 주먹을 쥔 채 입을 다물었다. 엘러리는 창가로 갔다. 데이킨 서장은 하이트 집 현관에서 키가 작은 딕 고빈 경관과 열심히 이야기를 나누고 있었다. 경찰관 두 명이 집 안으로 들어갔다. 엘러리와 브래드퍼드는 15분가량 계속 같은 자세로 서 있었다. 그때 요란한 발소리를 내며 퍼트리샤가 뛰어 들어왔다. 두 사람은 퍼트리샤의 얼굴을 보고 깜짝 놀랐다. 그녀는 곧장 엘러리 옆으로 달려갔다. "큰일났어요!" 그녀는 울음을 터뜨렸다.

"패티, 왜 그래요?"

"언니가…… 언니가……." 퍼트리샤의 목소리가 충격으로 떨리고 있었다.

월러비 박사가 문에서 검사를 불렀다. "브래드퍼드?"

"무슨 일 있습니까?" 브래드퍼드가 긴장하며 물었다.

이때 데이킨 서장이 방 안의 상황을 알지 못한 채 들어왔다. 그의 얼굴은 마치 가면을 쓴 것처럼 무표정했다. 그는 노라의 모자 상자와 에지컴의 《독물학》이라는 두꺼운 책을 들고 있었다. 데이킨이 멈춰 서서 물었다. "무슨 일이지요? 이번엔 또 뭡니까?"

월러비가 말했다. "노라 하이트는 다섯 달 후에 엄마가 됩니다." 방 안은 순간 정적에 잠겼고, 엘러리의 가슴에 얼굴을 묻고 우는 퍼트리샤의 울음소리 외에는 아무 소리도 들리지 않았다.

"맙소사…… 너무…… 하군요!" 잠시 후 브래드퍼드가 괴로움에 짓눌린 듯한 목소리로 말했다. 그는 데이킨 서장에게 실례하겠다는 말을 남기고 비틀거리며 나가버렸다. 잠시 후에 현관문이 닫히는 소리가 들렸다.

"나는 하이트 부인의 생명을 책임질 수 없어요. 조금 전 같은 상황이 또 벌어진다면 말입니다. 지금 내가 한 말을 확인하고 싶으면, 라이트 카운티의 어떤 의사에게서든 확인을 해봐요. 본래 몸도 약하지만 임신을 했기 때문에 몹시 신경이 날카로워져 있어요."

"그렇지만 선생님, 이건 제 잘못이 아니고……."

"집어치워." 화가 난 월러비는 2층으로 올라갔다.

데이킨은 한 손에는 노라의 모자 상자를, 또 다른 손에는 《독물학》 책을 들고 방 한가운데 서서 꼼짝도 하지 않았다. 그는 한숨을 쉬며 말했다.

"내 잘못이 아닙니다. 그리고 지금 하이트 부인의 모자 상자 속에서 세 통의 편지와 비소 부분에 밑줄이 그어진 책을 찾아낸 이상……."

"알았습니다, 데이킨 씨." 엘러리는 이렇게 말하며 퍼트리샤를 안은 팔에 힘을 주었다.

"이 세 통의 편지로 인해 이 사건은 사실상 형사 사건이 되었습니다." 데이킨은 집요하게 말을 계속했다. "게다가 이 편지는 하이트 부인의 옷장에서 나왔습니다……. 나로서는 납득이 가지 않는군요. 어떻게 이런 일이……."

퍼트리샤가 큰 소리로 말했다. "서장님은 아직도 모르시겠어요? 만일 언니가 정말 형부한테 독살당할 거라고 생각했다면, 그런 편지를 그곳에 두었겠어요? 어떻게 모두들 그렇게 어리석죠?"

"그렇다면 당신도 역시 이 편지에 대해 알고 있었군요." 데이킨은 눈을 껌벅거리며 말했다. "그렇군요. 스미스 씨도 이 사실을 알고 있었고요. 당신을 탓할 마음은 전혀 없습니다. 나에게도 가족이 있고, 또 친구의 일을 염려하는 것은 당연한 일이지요. 나는 짐 하이트나 당신, 또 라이트 집안에 나쁜 감정은 없습니다……. 하지만 나는 있는 그대로 사실을 파악해야 합니다. 짐 하이트에게 죄가 없다면 금방 석방될 테니 걱정하지 마십시오."

"이젠 그만 돌아가시는 게 좋을 것 같군요." 엘러리가 말했다.

데이킨은 어깨를 으쓱하더니 씁쓸한 표정으로 증거물을 들고 집을 나갔다. 그는 화가 난 듯 보였다.

그날 오전 11시에 라이츠빌 사람들이 유머러스한 밸런타인 카드를 보며 웃음 짓고, 하트 모양의 상자에 들어 있는 사탕을 입에 넣으며 즐기고 있을 때, 데이킨 서장은 찰스 브래디 경관을 데리고 힐 지역 460번지에 다시 나타났다. 그는 딕 고빈 경관에게 고갯짓을 해 보였고, 딕 고빈 경관은 하이트 집 현관을 노크했다. 아무런 대답이 없자 그들은 안으로 들어갔다. 거실 소파에서 짐 하이트가 코를 골며 자고 있었다. 주위에는 담배 꽁초와 술잔, 그리고 술이 반쯤 남아 있는 위스키 병이 흐트러져 있었다. 데이킨이 짐을 조용히 흔들어 깨웠다. 짐은 빨갛게 충혈된 눈을 가까스로 떴다. "으응?"

"제임스 라이트. 노라 하이트의 살인 미수 및 로즈메리 하이트의 살인 용의자로 당신을 체포하겠소." 데이킨은 뒷면이 파란 종이를 내밀며 말했다.

짐은 잘 보이지 않는지 눈을 크게 떴다. 그리고 곧 얼굴이 빨개지더니 소리질렀다. "안 돼!"

"괜히 성가시게 굴지 말고 조용히 따라와요." 데이킨은 그렇게 말하고 안정된 걸음으로 빠르게 밖으로 나갔다.

나중에 찰스 브래디는 법원에서 신문기자들에게 이렇게 말했다. "짐 하이트의 몸이 마치 오그라든 것 같았어요. 그런 모습은 지금까지 본 적이 없어요. 마치 기계가 접히듯 작게 접히는 것 같았지요. 그래서 나는 딕 고빈에게 말했어요. '딕, 그쪽에서 부축하게. 안 그러면 이자가 무너질 것 같으니까'라고요. 그런데 그 말을 듣더니 짐 하이트가 딕을 밀어젖히면서 갑자기

웃는 겁니다. 그렇게 오그라들어 있더니만! 그러면서 그가 뭐라고 했는지 압니까? 웃으며 말했기 때문에 잘 알아들을 수는 없었지만, 게다가 지독한 술 냄새가 나는데, 옆에서 그 냄새를 맡기만 해도 취해버릴 정도였어요. 아무튼 그는 이렇게 말했어요. '아내한테는 말하지 마시오.' 그러고는 얌전하게 따라나서 더군요. 살인죄로 체포당하면서 그런 말을 하다니 우습지 않아요? '아내한테는 말하지 마시오'라니! 살인죄로 끌려가는 마당에 마누라 기분까지 신경을 쓰고 있다니! 아내에게 알려질 건 뻔하지 않습니까? 아내에게 말하지 말라고! 확실히 정신이 좀 이상한 놈이에요."

고빈 경관이 한 말은 아주 간단했다. "지, 오, 비, 비, 아이, 엔, 고빈입니다. 네, 정확히 적어주세요. 우리 집 아이들이 정말 좋아하겠군!"

제4부

# 19
## 두 세계의 전쟁

일리노이 주, 시카고 신문협회 빌딩
뉴스 및 특별 기사 공급 연맹
보리스 코넬 귀하

친애하는 보리스

보내주신 최신 소식은 대단히 감사합니다. 그러나 당신의 그 날카
롭고 예민한 코가 나의 동료 저널리스트들이 라이츠빌에서 보내
는 수많은 쓰레기 정보로 무뎌진 것은 아닌지 모르겠군요.

　나는 짐 하이트가 결백하다고 믿습니다. 그리고 나는 내 칼럼
이 존속하는 한, 이 주장을 끝까지 밀고 나갈 겁니다. 사람은 누구
나 유죄로 결정되기 전까지는 무죄라는 것을, 순진한 나는 아직 믿
고 있습니다. 미국의 비열한 구경꾼들에게 로만 홀리데이*를 공급
하기 위해 편집장의 명령을 받고 파견된 머리 좋은 젊은 남녀들이
짐 하이트에게 사형을 선고했습니다. 하지만 누구에게나 자신만의
원칙이라는 것이 있습니다. 그래서 내가 선택된 거죠. 다수에 의해,
하나의 뜻으로. 그리고 라이츠빌은 지금 좋지 않은 분위기 속에 있
습니다. 이곳 사람들은 다른 이야기는 하나도 하지 않습니다. 그들

---

* 타인의 괴로움을 보며 즐기는 오락.

이 하는 말은 모두 파시즘적입니다. 그들이 편견 없이 배심원을 선출한 것인지조차 무척 의심스럽습니다.

지금 이곳 사정을 충분히 이해하려면, 불과 두 달 전에는 존 라이트와 헐마이니 라이트가 이 거리 시민들의 수호신이나 다름없었다는 것을 먼저 알아두어야만 합니다. 그런데 지금 그 부부와 매력적인 세 딸들은 최하급 대우를 받는 천민이 되고 말았습니다. 모두 앞을 다투어 그들에게 돌을 던지려고 합니다. 지난날에는 라이트 집안의 찬미자이자 친구였던 많은 사람들이 지금은 그들의 약점을 찾아내려고 안간힘을 쓰고, 실제로 칼을 쑤셔넣고 있습니다! 인간의 비열함, 악의, 비뚤어진 근성을 이미 알고 이곳에 들어왔지만, 이번 일은 구토를 일으킬 정도입니다.

이건 두 세계의 전쟁입니다. 한쪽의 작고 훌륭한 세계는, 그 용기와 패기를 제외한다면 무기도 인원수도 그 밖의 모든 부분에 대해서도 가망이 없을 정도로 약합니다. 라이트 집안을 옹호하는 사람은 매우 적습니다. 엘리 마틴 판사, 주치의 마일로 윌러비, 라이트 저택에 묵고 있는 엘러리 스미스라는 작가(이 이름을 들어본 적이 있나요? 나는 처음 들었습니다). 그들은 서로 마음을 모아 투쟁하고 있습니다. 라이트 가족은 훌륭합니다. 어떤 방법으로 공격을 당해도 그들은 서로 팔짱을 단단히 끼고 짐 하이트를 후원하고 있습니다. 벌써 몇 년 전부터 가족과 떨어져 살고 있는 맏딸인 롤라 라이트도 집으로 돌아왔습니다. 적어도 현재는 가족들과 함께 지내고 있습니다. 그들 모두가 노라 라이트의 남편을 위해 싸울 뿐만 아니라, 아직 태어나지 않은 그녀의 아기를 위하여 싸우고 있습니다. 비록 나의 독자들을 위해 내가 매일 쓰는 칼럼은 졸작이지만, 나는 여전히 인간의 기본적 품위를 믿고, 보잘것없는 사람도 힘 있는 목소리를 낼 수 있다고 믿습니다!

한 가지 알려드릴 게 있습니다. 나는 오늘 짐 하이트가 수감된 독방으로 찾아가서 말했습니다. "짐, 당신 부인이 아기를 가진 것을 알고 있습니까?" 그러자 그는 침대에 주저앉아 소리 내어 울었습니다. 마치 아픈 곳을 찔린 사람 같았습니다.

나는 짐이 체포당한 이후 노라 라이트를 만나지는 못했지만, 곧 월러비 의사의 허가를 받아 만날 수 있으리라고 생각합니다. 지금은 노라가 이성을 잃은 상태라서 가족 외에는 만나지 못합니다. 당신이 그녀의 입장이라면 어떻게 행동할 건가요? 그녀가 짐을, 자신을 죽이려 했다는 혐의를 받는 사람을 그토록 지지하는 데는 반드시 투쟁해 얻어야 할 무언가가 있는 게 틀림없습니다.

보리스 씨, 당신의 피는 9할이 버번위스키고 나머지 1할은 소다수라는 걸 잘 아니까, 이런 말을 쓰는 것은 시간과 종이 낭비이겠지요. 이제 설명은 그만하겠습니다. 이 하이트 사건과 관련해서 라이츠빌에서 정말로 무슨 일이 일어나는지 알고 싶다면 내 칼럼을 읽으세요. 그리고 만일 당신이 악의를 품고 나와의 계약을 기한도 되기 전에 파기하려 한다면, 나는 뉴스 및 특별 기사 공급 연맹을 상대로 소송을 제기하겠습니다. 그리고 당신 입 속의 그 값비싼 의치만 빼고 모든 것을 다 빼앗을 때까지 소송을 계속할 겁니다.

1941년 2월 17일
로버타 로버츠

로버타 로버츠가 사실을 충분히 알고 있는 것은 아니었다. 짐이 체포된 지 이틀 후에 헐마이니는 2층 응접실 문을 엄숙하게 닫아걸고 긴급대책회의를 열었다. 그날은 마침 일요일이어서 가족들은 모두 교회에서 막 돌아온 참이었다. 헐마이니는 한 사람도 빠짐없이 교회에 가야 한다고 주장했었고, 사람들은 모두 지쳐 보였다. "문제는 우리들이 어떻게 할 것인가야." 헐마이니가 말을 시작했다.

"엄마, 우리한테 무슨 방법이 있겠어요?" 퍼트리샤가 지친 목소리로 말했다.

"월러비 씨." 헐마이니는 월러비의 큼직한 손을 잡으며 말했다. "사실대로 말씀해주세요. 노라의 상태는 어떤가요?"

"상태가 좋지 않습니다. 아주 아파요."

"그 말씀만으로는 알 수가 없어요. 어디가 어떻게 아픈지 말씀해주세요."

월러비 박사는 시선을 돌렸다. "설명하기 어렵지만, 위험할 정도로 흥분 상태가 지속되고 있어요. 당연히 임신도 악영향을 미쳤죠. 남편이 체포당했고 재판을 받아야 한다는 걱정을 끊임없이 하고 있습니다. 안정을 시켜야 하지만 약만 써서는 소용없어요. 안정시킬 방법이 있다면……"

헐마이니는 월러비 박사의 두툼한 손을 무의식적으로 두드리고 있었다. "그렇다면 우리가 해야 할 일은 분명하군요."

"노라를 보면 얼마나 지쳤는지 알 수 있어……. 이미 그 애는 자기가 할 수 있는 모든 걸 다한 아이 같아. 우리가 도대체 뭘 어떻게 해야 하는 거지?" 존 라이트는 절망적인 목소리로 말했다.

"방법은 하나밖에 없어요, 여보. 우리 모두가 힘을 합해 짐을 위해 싸우는 것뿐이에요!" 헐마이니가 단호하게 말했다.

"그놈이 우리 노라의 일생을 망쳐놓았는데도? 그놈이 이 마을에 오면서 노라에게 불행의 씨앗을 가져다준 거야!" 라이트는 화가 난 목소리로 소리쳤다.

"여보!" 헐마이니의 목소리는 완강했다. "노라가 그걸 원해요. 노라의 건강을 위해서 그렇게 해야 해요. 그 방법밖에 없어요."

"알았어." 라이트는 거의 고함을 지르듯 대답했다.

"존! 한 가지 더 있어요. 노라가 절대 알아서는 안 되는 일이."

"뭔데요, 엄마?" 퍼트리샤가 물었다.

"우리가 짐의 편을 드는 게 진심이 아니라는 것 말이다. 아아, 그런 사람을! 짐이 사위만 아니었다면……." 헐마이니의 눈이 빨개졌다.

"그렇다면 헐마이니, 당신은 짐에게 죄가 있다고 생각합니까?" 윌러비가 말했다.

"그렇잖아요! 그 끔찍한 세 통의 편지와 그 책에 대해서 일찍 알았더라면……. 당연히 짐이 범인이라고 생각해요!"

"짐승만도 못한 놈. 그런 녀석은 더러운 개처럼 쏘아 죽여야 해." 라이트는 중얼거리듯 말했다.

"저는 모르겠어요……. 모르겠어요." 퍼트리샤가 우는 소리로 말했다.

롤라는 피우던 담배를 벽난로 속에 내동댕이치듯 버렸다. 롤라는 불쑥 말했다. "아마 내가 미친 거겠지만…… 난 그 멍청이가 불쌍하다는 생각이 들어요. 진짜 살인범이라면 이런 기분이 들 리가 없어요."

"엘리, 당신은 어떻게 생각하죠?" 헐마이니가 물었다.

늘 졸린 듯해 보이는 마틴 판사의 얼굴이 엄숙했다. "브래드 퍼드 검사가 어떤 증거를 가지고 있는지는 모르겠지만, 이건 완전히 정황 증거만으로 성립된 사건이에요. 그 정황에는 미심 쩍은 데가 전혀 없어서, 짐은 상당히 곤란한 입장에 놓여 있다 고 봐야 합니다."

"라이트 집안의 명성을 쌓아올리기까지 여러 세대가 걸렸어. 그런데 그것이 이렇게 하루아침에 무너질 줄이야!" 라이트가 중얼거렸다.

"이미 상당한 충격을 받았는데, 가족한테마저 배신을 당하다 니……." 퍼트리샤가 한숨을 쉬었다.

"그건 무슨 말이니?" 롤라가 물었다.

"타비타 고모 말이야. 언니 아직 모르고 있었어? 고모는 집 을 잠가놓고, 사촌 소피아를 방문한다면서 로스앤젤레스로 가 버렸어."

"그 얼빠진 좀비가 아직도 이 부근에 얼쩡거리고 있었단 말 이야?"

"생각만 해도 마음이 언짢아지는구나." 헐마이니가 말했다.

"타비타를 너무 욕하지 말아요, 여보. 그 애는 귀찮은 일에 말려드는 걸 정말 싫어해서……." 라이트는 힘없이 말했다.

"나였다면 달아나지 않았을 거예요, 여보. 도망가는 뒷모습 을 절대 남에게 보일 수 없으니까요."

"나도 클래리스한테 그렇게 말했죠. 여기에 집사람도 함께 오려고 했는데……." 마틴 판사는 웃으며 까칠한 턱을 손으로 문질렀다.

"이해해요." 헐마이니가 조용히 말했다. "우리의 힘이 되어 줘서 정말 고마워요, 엘리. 그리고 윌러비 씨도, 스미스 씨도. 특히 당신에게 감사드려요, 스미스 씨. 마틴 씨와 윌러비 씨는 오랫동안 우리 집안과 친구 사이였지만, 당신은 다른 도시에서 왔잖아요. 당신이 우리들 생각을 얼마나 해주는지 패티에게 들었어요……." 헐마이니가 조용히 말했다.

"나도 감사의 말을 하려고 했소. 하지만 입이 잘 안 떼어져서……." 라이트는 어색하게 말했다.

엘러리는 조금 당황하며 말했다. "아, 제 걱정은 전혀 안 하셔도 됩니다. 전 그저 제가 할 수 있는 데까지는 도와드리고 싶은 마음입니다."

"감사합니다……. 이런 상황에서는 당신이 떠나겠다고 해도 우리는 결코 당신을……." 헐마이니가 작은 목소리로 말했다.

"이제는 떠나고 싶어도 떠날 수 없습니다. 판사님께 물어보면 아시겠지만, 저는 사실 이번 범죄의 종범자로 되어 있으니까요." 엘러리는 미소 지었다.

"증거를 감추었으니까요, 스미스 씨. 달아나려고 하면 데이킨 서장이 사냥개를 풀 거요." 엘리 판사는 싱긋 웃었다.

"아셨죠? 저는 꼼짝도 못 합니다. 그러니 그 이야기는 그만하시죠." 퍼트리샤의 손이 엘러리의 손을 꼭 잡았다.

"그럼 이제 서로를 잘 이해했으니, 이제부터 이 도시에서 제일 훌륭한 변호사에게 짐의 변호를 부탁하기로 해요. 라이츠빌 사람들을 상대로 공동 전선을 펴는 거예요." 헐마이니가 단호하게 말했다.

"형부가 유죄 판결을 받으면요, 엄마?" 퍼트리샤가 조용히 물었다.

"우린 최선을 다한 셈이 되겠지. 그런 결론은 괴롭지만, 긴 안목으로 볼 때 우리에게 있어서는 가장 좋은 해결책일지도 몰라……."

"엄마, 무슨 말을 그렇게 해요." 롤라가 끼어들었다. 그것은 옳지도 않고 공정하지도 못해요. 엄마는 짐에게 죄가 있다고 생각하니까 그런 말을 하는 거예요. 그렇다면 이 거리의 사람들과 다를 바 없어요. 가장 좋은 해결책이라니!" 롤라가 심하게 나무랐다.

"롤라, 하느님이 은총을 내리지 않으셨다면 네 동생은 지금 시체가 되어 있었을 거라는 걸 아직도 모르겠니?"

"말다툼은 그만하세요." 퍼트리샤가 지친 듯 말했다. 롤라는 화가 난 얼굴로 담배에 불을 붙였다.

"그리고 만일 짐이 석방된다고 해도 난 노라를 짐과 떼어놓을 거다." 헐마이니가 건조한 목소리로 말했다.

"엄마!" 이번에는 퍼트리샤가 깜짝 놀랐다. "배심원이 형부에게 무죄 판결을 내려도 엄마는 형부에게 죄가 있다고 생각한다는 거예요?"

"헐마이니, 그런 생각은 옳지 않소." 마틴 판사가 말했다.

"내 말은, 짐은 노라에게 어울리지 않는다는 거예요. 짐이 노라한테 준 것이라곤 슬픔밖에 없어요. 노라도 내 생각과 같다면 이혼할 거예요!"

"그렇게는 안 될 겁니다." 윌러비가 한 마디로 잘랐다.

롤라가 갑자기 어머니의 뺨에 키스했다. 엘러리는 퍼트리샤가 놀라 숨을 들이키는 모습을 보고, 방금 역사가 이루어졌나

보다 하고 생각했다. "용감한 엄마." 롤라는 웃었다. "엄마는 죽어서 천국에 가서도 끝없이 달릴 분이에요. 생각해봐요! 엄마가 이혼을 재촉하다니!" 그리고 금방 진지한 표정으로 덧붙였다. "그런데 왜 내가 클로드와 이혼할 때는 그런 식으로 생각해주지 않았죠?"

"그건…… 지금은 사정이 다르지." 헐마이니는 당황한 표정을 지었다. 이때 엘러리의 머리에 잠깐 어떤 생각이 스쳤다. 헐마이니 라이트와 딸 롤라는 서로 성격이 달라서, 오래전부터 둘 사이에는 깊은 틈이 있었을 것이다. 퍼트리샤는 너무 어려서 그 틈에 끼지 못했지만, 노라는 언니 롤라를 대신해 어머니의 기대와 사랑을 받았고, 한편으로는 항상 헐마이니와 롤라의 감정적 대립 사이에서 심리적으로 부담을 느꼈을 것이다. 헐마이니가 마틴 판사에게 말했다. "짐을 위해 가장 유능한 변호사를 구해주세요, 엘리. 적당한 사람이 없을까요?"

"나는 어떻겠소?" 마틴 판사가 물었다.

"엘리! 무슨 말인가?" 존 라이트가 깜짝 놀라며 물었다.

"하지만 엘리 아저씨, 이 사건은…… 아저씨의 법정에서…… 아저씨가 재판하시잖아요." 퍼트리샤가 말했다.

"나는 이 사건을 재판할 수 없단다." 나이 많은 법률가는 시원스러운 어조로 말했다. "나는 이 사건과 직접적으로 관련되어 있잖니. 범죄 현장에 있었을 뿐만 아니라, 내가 라이트 집안과 깊은 관계라는 것은 누구나 아는 사실이야. 법적으로도 윤리적으로도, 나는 이 사건을 담당할 수 없어." 그는 머리를 흔들며 말을 이었다. "짐의 재판은 뉴볼드 판사가 맡게 될 거야. 뉴볼드 판사는 완전히 제삼자니까."

 "그렇지만 자네는 벌써 15년 동안이나 누구를 변호한 일이 없지 않은가, 엘리?" 라이트는 미덥지 않다는 듯이 말했다.

 "물론 자네가 걱정스럽다면 억지로 변호를 맡을 생각은 없네." 마틴 판사는 사람들의 반대에 미소를 지었다. "아직 말하지 않았지만, 나는 사실 퇴임하려고 생각하고 있어. 그러니까……."

 "모르겠나, 존? 엘리는 이번 사건을 변호하기 위해 판사 자리에서 물러나려는 거야!" 월러비 박사가 말했다.

 "잠깐만, 엘리. 그렇게 하게 둘 수는 없어." 라이트가 말했다.

 "무슨 소리를 하는 건가. 그렇게 감상적으로 생각할 필요는 없어. 어차피 물러나려고 생각하고 있었어. 이젠 늙어서 과거의 마틴이 아니야. 괜히 죽을 때까지 법관 차림을 하고 졸고 있는 것보다는, 속 시원히 일을 해보고 싶어 좀이 쑤셔. 만일 이 늙은 몸이라도 써주겠다면, 이 이야기는 결정된 걸로 하겠네."

 헐마이니는 울음을 터뜨리며 밖으로 뛰쳐나갔다.

# 20
## 자존심을 내세울 때가 아니다

다음 날 아침 퍼트리샤가 엘러리의 방문을 노크했다. 그녀는
시내에 나가려는지 옷을 차려입고 있었다. "노라 언니가 엘러
리 씨를 좀 만나고 싶대요." 그녀는 방 안을 둘러보았다. 루디
가 깨끗하게 청소를 했을 텐데도 벌써 방 안이 어질러진 것을
보니 엘러리는 일찍 일어나 무엇인가 일을 한 것 같았다.

"곧 갈게요." 엘러리는 피곤해 보였다. 그는 책상 위의 연필
로 갈겨 쓴 듯한 종이를 간추렸다. 타자기에는 종이가 끼워져
있었다. 그는 타자기에 덮개를 씌우고 간추린 종이를 책상 서
랍에 넣고 열쇠로 잠그고는, 주머니에 열쇠를 가볍게 집어넣고
재킷을 걸쳤다.

"일하고 있었나요?" 퍼트리샤가 물었다.

"음…… 그래요. 자, 갑시다. 패티." 엘러리는 그녀를 데리고
밖으로 나와 방문을 자물쇠로 잠갔다.

"소설이요?"

"그렇다고 할 수 있죠." 두 사람은 2층으로 내려왔다.

"그렇다고 할 수 있다는 건 무슨 뜻이죠?"

"그럴 수도 있고 아닐 수도 있다는 뜻이죠. 나는 지금……
그러니까 무언가를 조사하고 있는 중이거든요." 엘러리는 그녀

를 살펴보며 말했다. "외출하는 길이군요. 예쁜데요."

"오늘 아침에는 예쁘게 보여야 할 이유가 있어서요. 껴안고 싶을 만큼 예쁘게 보일 필요가 있어요."

"정말 그렇게 보이는데요. 도대체 어디 갑니까?"

"엘러리 씨, 저한테도 비밀이 하나쯤은 있어요." 퍼트리샤는 노라의 방 앞에 그를 세우고 그의 눈을 가만히 들여다보았다. "엘러리 씨, 당신은 이 사건에 관해 조사하고 있죠?"

"맞습니다."

"뭐 좀 알아내셨어요?" 퍼트리샤가 간절한 목소리로 물었다.

"아니요."

"젠장!"

"이상해요." 엘러리는 그녀의 몸에 팔을 감으며 중얼거렸다. "몇 주 전부터 마음에 걸리는 일이 있어요. 머리 속에서 계속 빙빙 도는데 잡을 수가 없네요……. 아무래도 어떤 사실을…… 아주 사소한 일 때문에 내가 못 보고 지나친 것 같아요. 나는…… 당신 가족을 모델로 소설을 쓰고 있어요. 사실, 사건, 상호관계 같은 것들. 그동안 일어난 사건들은 모두 메모해놨어요." 엘러리는 고개를 저었다. "그런데도 그게 뭔지 짚을 수가 없네요."

"아마 당신이 모르는 어떤 사실이 있나 보죠." 퍼트리샤는 미간을 찡그렸다.

엘러리는 그녀 몸에 감았던 팔을 풀며 천천히 말했다. "아무래도 그런 것 같아요. 당신은 그게 무엇인지 모르겠어요?"

"제가 알고 있다면 당신에게 벌써 말했겠죠, 엘러리 씨."

"그런가요?" 그는 어깨를 으쓱하며 말했다. "그럼, 안으로 들어가 노라를 만나봅시다."

노라는 침대 위에 앉아 〈라이츠빌 레코드〉를 읽고 있었다. 그녀는 좀 여위었고 아직 건강이 전부 회복된 것 같지는 않았다. 그녀의 손의 피부가 투명하게 느껴질 정도로 하얀 걸 보고 엘러리는 깜짝 놀랐다. "내 지론이지만, 여성의 매력 정도를 평가하려면 겨울 아침 침대 위에서 그 여자가 어떻게 보이는지를 봐야 한다고 생각합니다." 엘러리는 싱글거리며 말했다.

노라는 쓸쓸히 미소 지으며 침대 위를 손바닥으로 가볍게 두드렸다. "나는 어때요?"

"최고입니다." 엘러리가 그녀 곁에 앉으며 말했다.

노라는 기쁜 듯이 미소지었다. "파우더랑 립스틱을 바르고, 그리고 뺨에 볼터치도 했거든요. 머리도 리본으로 묶어 예쁘게 보이게 했지만, 다 속임수에 불과해요. 패티, 너도 앉아."

"나는 지금 나가야 돼, 언니. 두 분이 얘기 나누세요."

"하지만 패티, 너도 들었으면 좋겠어." 퍼트리샤는 엘러리를 힐끗 보았다. 그가 눈짓을 하자 그녀는 침대 맞은편 의자에 앉았다. 퍼트리샤가 초조한 빛을 보였기 때문에 엘러리는 노라의 말을 들으면서도 퍼트리샤를 줄곧 지켜보았다.

"우선 당신에게 사과를 해야겠어요."

"누구, 나한테요?" 엘러리는 놀라서 물었다. "뭣 때문에요?"

"그 편지와 《독물학》 책에 관한 이야기를 당신이 경찰에게 말했다고 비난했던 거요. 지난주 데이킨 서장님이 남편을 체포하겠다고 해서, 내가 히스테리를 부린 일 말이에요."

"봤죠? 난 전부 잊고 있었어요. 그러니 당신도 잊어버려요." 노라는 그의 손을 잡았다.

"내가 너무 못된 생각을 했었어요. 하지만 당시에는 엘러리 씨 이외에 다른 사람이 경찰에 알렸으리라고는 생각할 수조차 없었어요. 나는 아마 경찰이……."

"언니가 나쁜 게 아니야. 엘러리 씨도 잘 알고 있으니까 걱정하지 마, 언니."

"하지만 그것만이 아냐. 못된 생각은 사과하면 되지만, 내가 남편에게 몹쓸 짓을 한 것은 돌이킬 수가 없어." 노라의 아랫입술이 떨렸다.

"내가 그때 그런 말을 하지 않았다면, 경찰은 그 편지에 관해서 알 수 없었을 텐데."

"언니, 울지 마." 퍼트리샤가 노라에게 몸을 기댔다. "울면 안 되는 거 알잖아. 그렇게 자꾸 울면 내가 윌러비 아저씨께 말해서 아무하고도 만나지 못하게 할 테야."

노라는 손수건을 꺼내 눈물을 닦고 콧물을 훔쳤다. "내가 왜 그 편지를 불태워버리지 않았는지 모르겠어. 어리석게도 그 편지를 옷장의 모자 상자 속에 감춰두다니! 하지만 나는 진짜로 그 편지를 쓴 사람을 알아낼 수 있으리라고 생각했었어. 남편이 쓰지 않은 것은 확실하니까."

"노라, 잊어버리세요." 엘러리가 부드럽게 말했다.

"결국은 내가 남편을 경찰에 넘겨준 거나 마찬가지야."

"그렇지 않습니다. 지난주에 데이킨 서장님이 짐을 체포할 준비를 마치고 여기에 온 걸 잊지 말아요. 그 전에 당신을 심문한 건 그냥 형식적인 것에 불과했습니다."

"그렇다면 엘러리 씬 그 편지와 책이 없었어도 달라지지 않았을 거라고 보세요?" 노라는 진지하게 물었다.

엘러리는 침대에서 일어나 창 너머로 겨울 하늘을 올려다보았다. "아마…… 그다지 큰 차이는 없을 겁니다."

"거짓말 마세요!"

"언니, 오늘은 그만해. 엘러리 씨, 우린 그만 나가요." 퍼트리샤가 야무지게 말했다.

엘러리는 뒤돌아보았다. "패티, 당신 언니는 지금 사실보다는 의심 때문에 괴로워하고 있어요. 노라, 실제 상황이 어떻게 되어가고 있는지 정확히 말씀드리겠습니다." 노라는 두 손으로 깃털 이불을 꼭 잡았다. "데이킨 서장님이 그 편지와 《독물학》 책에 관해 알기 이전부터 남편을 체포할 준비가 되어 있었다면, 그건 그와 카터 브래드퍼드가 짐을 기소하는 데 문제가 없다고 생각했기 때문일 겁니다." 노라가 나지막이 탄식을 내뱉었다. "이제 그 편지와 책이 나왔으니, 그들은 기소하는 데 더욱 더 문제가 없다고 생각하겠죠. 이것이 사실이에요. 그러니 당신은 이 사실을 정면으로 인정해야 합니다. 자신을 책망하고 있지만 말고, 분별 있게 빨리 회복해 남편에게 힘이 되어줘야 해요." 엘러리는 허리를 굽혀 그녀의 손을 잡았다. "노라, 남편에게는 당신의 힘이 필요해요. 당신에게는 짐에게는 없는 힘이 있어요. 그는 당신과 대면할 용기가 없지만, 당신이 변함없이 지지하고, 믿고 있다는 사실을 알게 되면……."

"알겠어요." 노라는 눈을 반짝이며 말했다. "나는 믿어요. 남편에게 내가 자기를 믿고 있다고 전해주세요." 퍼트리샤는 침대 옆으로 가 엘러리의 뺨에 키스했다.


"이제 나도 내 갈 길을 가야 되겠네요." 밖으로 나온 엘러리가 말했다.

"어디 가시게요?"

"법원이요. 가서 짐을 만나봐야겠어요."

"어머, 그렇다면 제 차로 모셔다 드릴게요."

"당신을 귀찮게 하고 싶진 않은데요."

"저도 그곳에 가려고 했어요."

"형부를 만나러 갑니까?"

"자꾸 캐묻지 마세요!" 퍼트리샤가 조금 신경질적으로 말했다.

두 사람은 말없이 힐드라이브를 내려갔다. 도로가 얼어붙어 있어서 자동차의 체인 소리가 상쾌하게 들렸다. 라이츠빌은 아름다운 겨울 경치를 보여주었다. 온통 흰빛과 빨간색과 잿빛으로 그늘은 어디에도 없었다. 그랜트 우드의 그림처럼 풍성하고 단순하며 시골다운 정취가 남아 있는 깨끗한 풍경이었다. 그러나 시내로 들어가자 사람들이 우글거렸고 길은 녹은 눈으로 진창이 되어 있었으며 바람은 매서웠다. 가게들은 모두 빈약하고 더러웠으며, 추워서 웅크린 채 종종걸음으로 오가는 사람들 사이에서 웃는 얼굴은 찾아볼 수 없었다. 광장에서 두 사람이 탄 차가 정지 신호에 걸려 멈춰 섰다. 근처 상점의 여점원이 퍼트리샤를 알아보고는, 매니큐어 바른 손으로 그녀를 가리키며 옆에 있는 가죽 재킷을 입은 여드름 난 청년에게 뭐라고 말을 했다. 퍼트리샤가 자동차의 가속 페달을 밟자 그들 두 사람은 흥분한 얼굴로 떠들어댔다. 법원의 돌층계 앞에서 엘러리가 말했다. "저곳은 안 되겠어요, 패티. 옆문으로 돌아가요."

"왜 그러세요?"

"신문기자들이 로비에 가득 있어요. 쓸데없는 질문을 받지 않는 게 좋으니까."

두 사람은 옆쪽의 엘리베이터를 이용했다. "전에 여기 온 적이 있나 봐요?"

"그럼요."

"나도 형부를 만나볼까……."

군(郡) 형무소는 법원 건물의 맨 위층과 그 아래층에 있었다. 엘리베이터에서 내려 대기실로 들어서자 리졸 냄새와 수증기가 코를 찔러 퍼트리샤는 숨을 들이마셔야 했다. 그녀는 그곳을 지키고 서 있는 교도관 월리 플라네츠키에게 억지로 미소를 지었다.

"아니, 퍼트리샤 아니야?" 교도관은 어색하게 말했다.

"안녕하세요, 월리 씨. 그 낡은 배지는 여전하네요."

"그래, 패티."

"초등학교 다닐 때 가끔 월리 씨의 배지에 입김을 불어 닦아주곤 했답니다." 퍼트리샤가 설명했다. "월리 씨, 왜 이렇게 멍청히 서 있어요? 제가 뭣 때문에 왔는지는 알고 계시죠?"

"짐작은 해." 월리 플라네츠키는 중얼거렸다.

"형부의 감방은 어디예요?"

"마틴 판사님이 지금 와 계신다, 패티. 규칙상 면회는 한 번에 한 사람밖에 안 되기 때문에……."

"규칙이야 아무럼 어때요. 형부의 감방으로 안내해주세요. 월리 씨!"

"이분은 신문기자? 하이트 씨는 로버타 이외의 다른 기자와는 절대로 만나지 않는다고 했는데."

"아니에요. 이분은 형부의 친구예요."

"그래?" 플라네츠키가 다시 중얼거리듯 말했다. 그들은 긴 행진을 시작했다. 사람 크기의 새장이 늘어선 복도를 걸어가면서 철문의 자물쇠를 열고, 다시 잠그고, 콘크리트 복도를 걷다가, 자물쇠를 열고 잠그기를 반복했다. 한 걸음씩 나아갈 때마다 수증기와 리졸 냄새가 더욱 심해져서 퍼트리샤의 얼굴은 점점 창백해졌고, 결국 그녀는 엘러리의 팔에 꼭 매달릴 수밖에 없었다. 그래도 그녀는 기운을 내서 버텼다.

"잘 하고 있어요." 엘러리가 말했다. 그녀는 몇 번이나 침을 삼켰다.

짐은 사람 그림자를 보자마자 벌떡 일어났다. 그의 여윈 볼에 붉은 기운이 감돌았다. 그러나 그는 곧 다시 털썩 주저앉았다. 볼에서 핏기가 사라진 그가 쉰 목소리로 말했다. "어서 와요. 당신들이 올 줄은 몰랐는데."

"형부, 안녕하셨어요!" 퍼트리샤가 쾌활하게 웃어 보였다.

짐은 감방 안을 한 바퀴 둘러보며 미소를 띤 채 대답했다. "보다시피 잘 있어."

"어쨌든 깨끗하긴 하지." 마틴 판사가 불쑥 끼어들었다. "낡은 교도소치고는 꽤 괜찮은 편이야. 그럼 짐, 나는 돌아갔다가 내일 다시 오겠네."

"고맙습니다, 판사님." 짐은 판사에게도 조금 웃어 보였다.

"언니는 잘 있어요." 퍼트리샤는 짐이 묻기라도 한 듯 진지하게 말했다.

"잘 됐네. 잘 있는 게 확실하지?"

"그래요." 퍼트리샤가 쉿소리를 내며 대답했다.

"잘 됐네." 다시 짐이 말했다.

엘러리가 말했다. "패티, 당신은 다른 곳에 볼일이 있다고 했죠? 나는 짐과 할 이야기가 있어요."

"소용없을 겁니다." 마틴 판사는 화가 난 듯이 말했다. 늙은 법률가는 짐과 말이 잘 되지 않아 화가 난 모양이었다. "이 사람은 타고난 성격조차 잃어버린 모양이오! 가자, 퍼트리샤."

퍼트리샤는 창백한 얼굴로 엘러리를 보며 뭔가를 중얼거리고는, 짐에게 가냘프게 웃어 보인 다음 판사와 함께 감방을 나갔다. 교도관 월리가 그 뒤에서 고개를 저으며 자물쇠를 잠갔다.

엘러리는 짐을 내려다보았다. 짐은 마룻바닥을 물끄러미 바라보고 있었다. "마틴 판사님은 나더러 자꾸 얘기를 하라고 해요." 짐이 느닷없이 중얼거렸다.

"음, 왜 그러지 않죠, 짐?"

"무슨 얘기를 해야 합니까?"

엘러리는 그에게 담배를 권했다. 짐은 그 담배를 받아들였으나 엘러리가 성냥을 주자 머리를 저으며 천천히 담배를 구겨버렸다. "당신이 그 세 통의 편지를 쓰지 않았고, 《독물학》 책의 비소란에 밑줄도 치지 않았다고 얘기하면 되죠." 엘러리는 담배를 깊이 들이마시며 말했다.

짐은 그 순간 손을 멈췄다가 다시 담배를 구기기 시작했다. 핏기 없는 입술과 찡그린 입술을 보고 있자니 금방이라도 비명을 지를 것 같았다.

"짐." 짐이 엘러리를 흘끗 보았다가 다시 고개를 돌렸다. "정말 아내를 독살하려고 했습니까?" 짐은 아예 질문을 들었다는 기색도 내비치지 않았다.

"짐, 당신도 알고 있겠지만 죄를 저지른 사람이라면 입을 꼭 다물고 있는 것보다 변호사나 친구에게 사실을 모두 이야기하는 게 좋아요. 만약 죄가 없다면, 침묵을 지키는 것 자체가 범죄죠. 자기 자신에 대한 범죄인 겁니다." 짐은 여전히 침묵했다. "당신이 자신을 스스로 도우려 하지 않는다면, 가족이며 친구들이 당신을 어떻게 도울 수 있겠습니까?" 짐의 입술이 움직였다. "지금 뭐라고 했죠, 짐?"

"아무것도 아닙니다."

"이 사건에서 당신이 입을 열지 않는다면, 그 결과는 당신보다는 오히려 당신 부인이나 앞으로 태어날 아이에게 피해를 주게 됩니다. 그들까지도 당신 일에 끌어들이는 게 얼마나 어리석고 미련한 일인지 알고 있습니까?"

"그만! 그만하고 어서 나가요! 당신한테 누가 와달라고 했어요? 마틴 판사님께 변호해달라고 부탁한 적도 없어요! 나는 아무것도 원한 적이 없습니다! 그냥 가만히 내버려두기를 바랄 뿐이에요!"

"그럼, 노라에게 그렇게 전하면 되겠어요?"

감방 구석의 침대에 앉아 숨을 헐떡이는 짐의 눈빛이 너무 참담해서 엘러리는 교도관 월리를 불렀다. 모든 징후가 보였다. 두려움, 치욕스러움, 자기 연민…… 그러나 무엇보다도, 고집이 있었다. 아무것도 말하지 않으려는 고집. 입을 여는 행동 그 자체에 어떤 위험이 내포되어 있다는 듯이…….

엘러리가 교도관의 뒤를 따라 많은 눈이 지켜보는 복도를 걸어가는 동안, 그의 머릿속 뇌세포가 갑자기 큰 빛을 뿜으며 폭발했다. 그가 갑자기 걸음을 멈추자 늙은 간수 월리가 놀라서 뒤를 돌아보았다. 그러나 엘러리는 곧 고개를 젓고 다시 걷기 시작했다. 거의 진실에 근접한 것 같았지만, 아직까지는 단순한 추측에 불과했다. 그러나 아마 다음번에는……

법원 2층의 우윳빛 유리문 앞에 서서 퍼트리샤는 심호흡을 한 번 한 후 유리에 비친 자신의 모습을 애써 들여다보았다. 그녀는 밍크 모자를 고쳐 쓰고 미소를 한두 번 지어보았지만 썩 만족스럽진 않았다. 그녀는 안으로 들어갔다. 미스 빌콕스는 귀신이라도 본 듯이 눈이 동그래졌다. "빌리, 검사님 계세요?" 퍼트리샤가 물었다.

"곧 가서…… 보고 올게요, 미스 라이트." 미스 빌콕스는 달아나듯이 안으로 들어갔다.

카터 브래드퍼드가 급히 나왔다. "들어와, 패티." 그는 지쳐 보였고, 좀 놀란 듯했다. 카터는 옆으로 비켜서서 그녀를 안으로 먼저 들어가게 했는데, 그때 그녀는 그의 숨결이 고르지 못하다는 것을 깨달았다. 오, 하느님! 그녀는 생각했다. 어쩌면, 어쩌면 너무 늦진 않은 것 같아.

"일하는 중이었어?" 그의 책상 위에는 서류들이 가득 쌓여 있었다.

"그래, 패티." 그는 책상을 돌아 뒤쪽으로 갔다. 한 묶음의 서류가 펼쳐져 있었다. 그는 그것을 슬쩍 덮고는 그 위에 손을 얹고 그녀에게 고갯짓으로 가죽의자를 권했다. 퍼트리샤는 의자에 앉아 다리를 꼬았다.

그녀는 방 안을 둘러보며 말했다. "이 낡은 사무실은, 참, 너한테는 새 사무실이지? 여긴 조금도 변하지 않았네."

"그 사실만이 유일하게 변치 않는 것일걸."

"그 서류에 그렇게 신경 쓸 필요 없어. 내 눈이 엑스레이선은 아니니까." 퍼트리샤가 미소를 지었다. 그는 얼굴을 붉히며 손을 뗐다. "마타 하리처럼 보이려고 화장한 것도 아니고."

"내가 뭘……." 카터는 화가 난 듯이 말하다가, 습관대로 머리를 긁적였다. "만나기만 하면 싸움이네. 패티, 너 오늘 아주 예뻐."

"그 말을 들으니 기쁜데." 퍼트리샤가 한숨을 쉬었다. "이제야 겨우 내가 내 나이로 보이는 것 같아서."

"무슨 그런 말을! 아냐, 너는……." 카터는 힘겹게 침을 삼켰다. 그러고는 다시 화난 어조로 말했다. "그동안 무척 보고 싶었어."

"나도 보고 싶었어." 퍼트리샤도 굳은 목소리로 말했다. 맙소사! 이런 말을 할 생각은 아니었는데. 그렇지만 오랜만에 한 방에서 단둘이 마주 앉아 있으니 감정을 억누르기가 힘들었다.

"자주 네 꿈을 꿔. 바보 같지?" 카터는 말하며 멋쩍은 듯이 웃었다.

"그냥 빈말로 그러는 거 알아, 카터. 사람들은 사람에 대한 꿈을 잘 꾸지 않는 법이니까. 네가 말하는 의미로는 말야. 그냥 코가 기다란 동물 꿈이나 꾸겠지."

"아마 잠들기 직전이었을 거야." 그는 고개를 저었다. "그게 꿈인지 아닌지는 모르겠지만, 뭐, 상관없어. 아무튼 네 얼굴이 었어. 왜인지는 모르겠지만, 그렇게 예쁜 얼굴은 아니었어. 코도 다르고 입도 낙타 입보다 더 컸고, 앵무새처럼 묘한 얼굴로 곁눈질을 하면서 나를 봤지…….”

언제부터인지 모르게 퍼트리샤는 카터의 팔에 안겨 있었다. 마치 스파이 영화의 한 장면 같았지만, 그녀는 원래 이런 것을 생각한 건 아니었다. 그녀의 각본대로라면 이 장면은 훨씬 뒤에 일어나게 돼 있었다. 그러니까 카터가 다정하고 친절하며 자기희생을 할 줄 아는 그런 사람이 되면 그 보상으로 이런 장면이 연출되도록 하고 싶었다. 그녀는 자기 자신에 대해서 전혀 파악하지 못한 채, 그저 위대한 배우처럼 연기할 수 있을 거라 상상했던 것이다. 분명히 이렇게 쿵쾅거리는 심장도 각본에는 없는 내용이었다. 바로 여섯 층 위의 감방에는 형부가 갇혀 있고, 이 거리 끝에는 언니가 침대에 누워 무언가를 붙잡으려고 애쓰고 있는데. 카터의 입술이 퍼트리샤의 입술을 누르고, 눌렀다.

“카터, 안 돼. 아직은 안 돼.” 그녀는 그를 밀쳤다. “자기야, 제발…….”

“나한테 자기야라고! 빌어먹을, 패티! 어떻게 지난 몇 달 동안 나를 가지고 놀면서, 내 눈앞에서 스미스라는 자식과 정답게 굴 수가…….”

“카터, 내 말 좀 들어봐……. 무엇보다도 먼저…….” 그녀는 애원하듯이 말했다.

“말 따위는 필요 없어, 패티! 나는 네가 너무나 보고 싶었어…….” 그는 그녀의 입에, 그리고 코끝에 키스했다.

“형부에 관한 이야기를 하려고 왔어, 카터.” 퍼트리샤는 필사적으로 외쳤다.

그는 이 한 마디에 갑자기 차가워졌다. 그는 그녀를 놓고 법원 앞 광장이 보이는 창으로 가서 잿빛으로 물든 라이츠빌의 거리를 멍하니 바라보았다.

"짐 하이트에 대해 무엇을?" 그는 감정 없는 목소리로 말했다.

"카터, 나를 봐!" 퍼트리샤는 애원했다.

그는 몸을 홱 돌리며 말했다. "그럴 수는 없어!"

"나를 볼 수 없다고? 지금 나를 보고 있잖아!"

"이 사건에서 손을 뗄 수는 없단 말이야. 네가 오늘 나를 찾아온 것도 그것 때문이지……. 나에게 그걸 부탁하려고 왔지?"

퍼트리샤는 다시 자리에 앉아 떨리는 손으로 립스틱을 더듬어 찾았다. 입술. 얼룩진 입술. 키스. 그녀는 손이 떨려서 다시 핸드백을 닫아버렸다.

"그래." 퍼트리샤는 아주 낮은 목소리로 말했다. "그게 다가 아니야. 검사직에서 물러나 형부의 변호를 맡아달라고 부탁하려고 했어. 엘리 마틴 판사님처럼."

카터가 오랫동안 말이 없자 퍼트리샤는 그를 쳐다보았다. 그는 극도로 괴로운 얼굴로 그녀를 바라보고 있었다. 그러나 그가 입을 열었을 때 말투는 부드러웠다. "패티, 진심은 아니겠지. 판사님은 이미 늙었어. 네 아버지의 가장 가까운 친구이고. 게다가 어차피 이 사건을 담당할 수 없었을 거야. 하지만 나는 얼마 전에 검사가 됐어. 이 자리는 소중해. 나는 표를 얻는 데만 몰두하는 정치가 같은 행동은 하고 싶지 않아……."

"그렇지만, 그렇게 하고 있잖아!" 퍼트리샤가 불같이 화를 내며 소리쳤다.

"만일 짐이 무죄라면 석방되겠지. 그러나 만일 유죄라면…… 너는 그에게 죄가 있는데도 석방되기를 원하지는 않겠지, 안 그래?"

"형부는 결백해!"

"그건 배심원들이 결정할 일이야!"

"넌 이미 결정을 내렸잖아! 넌 마음속으로 이미 형부에게 사형 선고를 내렸어!"

"데이킨 서장님과 나는 많은 사실들을 수집하고 있어. 우린 그렇게 해야 해. 그걸 모르겠어? 우리는 사적인 감정을 개입시켜서는 안 돼. 우린들 하고 싶어서 이런 일을 하고 있는 줄 알아?"

퍼트리샤는 거의 울기 직전이었고, 그런 모습을 보인 자신에게 화가 났다. "노라 언니의 인생이 바로 네가 말하는 '이런 일'에 달려 있어. 그런데도 너한테는 아무 의미도 없어? 태어날 아기도 너한테는 상관없는 일이야? 재판을 그만두게 할 수 없다는 것은 나도 알아. 하지만 난 네가 우리 편에 서주길 바랐어. 우릴 도와달라는 거야! 상처 주지 말고!" 카터는 이를 악물었다. "날 사랑한다고 했잖아." 그녀는 울음을 터뜨렸다. "어떻게 날 사랑한다면서 그렇게……." 갈라진 목소리로 흐느껴 울고 있는 자신의 모습을 보고 퍼트리샤는 소스라치게 놀랐다. "마을의 모든 사람들이 우리에게 적대감을 드러내고 있어. 모두들 형부에게 돌을 던지고, 우리에게 갖은 악담을 하고 있어. 라이츠빌이 말이야, 카터! 라이트 할아버지가 세운 이 마을이! 여긴 우리 모두가 태어난 곳이잖아. 아빠도, 엄마도, 타비타 고모도, 블루필드 집안사람들도……. 나는 이제 토요일 밤에 라이츠빌 역 뒤 숲 속에서 네 낡은 포드 자동차에 앉아 키스나 하는 소녀가 아니야! 온 세계가 엉망이 되어버렸어, 카터. 나는 이런 엉망진창인 세상 속에서 어른이 되었어. 오, 카터. 난 이제 자존심 같은 것도 없어…… 날 지켜주는 것도 없어. 나를 도와주겠다고 말해줘, 카터! 나는 무서워!" 그녀는 감정에 복받쳐 얼굴을 가렸다. 모든 것이 무의미했다. 그녀 자신이 방금 한 말도, 머리 속을 오갔던 생각들도, 모든 것이 눈물 속에 잠겨서 허덕이며 몸부림쳤다.

"패티, 그럴 수는 없어. 난 그럴 수 없단 말이야." 카터가 참담한 기분으로 말했다.

그 말은 그녀에게 결정타였다. 그녀는 물에 빠져 죽어가고 있었지만, 어떤 끈질긴 오기 때문에 의자에서 벌떡 일어나 그를 향해 외쳤다. "너란 사람은 이기적이고 뱃속이 시커먼 정치가 같은 사람이야! 자신의 출세를 위해 형부가 죽는 걸 지켜보고, 아빠, 엄마, 노라 언니, 나, 그리고 모두가 괴로워하는 걸 보고만 있겠지! 아, 그래. 중요한 사건이니까! 뉴욕, 시카고, 보스턴의 많은 신문기자들이 네 말 한 마디 한 마디에 매달릴 테니까! 네 이름이랑 사진도……. 젊은 브래드퍼드 검사…… 총명하게도…… 이렇게 말했다. 나의 직무에 속한다…… 이건 극비다…… 등등……. 넌 정말 혐오스러워. 넌 얄팍하게 자기 이름을 파는 사람에 불과해!"

"그런 것들은 나도 생각해봤어, 패티." 카터는 이상하게 조금도 화를 내지 않았다. "너에게 내 방식대로 생각해보라고 하는 것은 무리겠지만……."

"모욕적인 상처까지 주는구나!" 퍼트리샤는 웃었다.

"만일 내가 이 일을 맡지 않는다면…… 사건을 손에서 놓거나 검사직을 사퇴하면…… 다른 사람이 이 일을 맡게 될 거야. 그게 누구든 짐을 나만큼 공정하게 다루지는 않겠지. 패티, 만일 내가 검사로서 짐을 기소한다면, 나는 절대적으로 짐에게 공정한 재판을 받게 하겠……."

그녀는 뛰어나갔다.

검사실 문 앞의 복도에서 엘러리 퀸이 기다리고 있었다.

"아, 엘러리 씨!"

엘러리는 조용히 말했다. "집에 갑시다."

## *21*
## 시민 여론

3월 15일의 자신의 칼럼 첫머리에 로버타 로버츠는 이렇게 썼다. '시저여, 안녕!'

> 생명에 관계되는 재판을 받는 사람은 운명마저도 자신을 등지고 있다는 사실을 발견하게 된다. 짐 하이트의 재판은 3월 15일* 미국 라이트 카운티 법원 제2부에서 라이샌더 뉴볼드 재판장 주재 아래 행해졌다. 이것은 우연이거나 아니면 신비로운 일이다……. 남의 말을 좋아하는 사람들은 갖가지 억측을 늘어놓았다. 이성적인 사람들은 로즈메리 하이트 살해 및 노라 하이트 살해 미수 사건으로 재판을 받게 된 이 청년이, 남의 불행을 보고 기뻐하는 사람들에게 좋은 화젯거리를 제공하고 있다고 생각했다.

실제가 그랬다. 처음부터 냉혹한 수군거림이 온 마을에 퍼지고 있었다. 집요한 신문기자들의 등쌀에 못 이긴 경찰서장 데이킨은, 형무소와 법원이 같은 건물에 있기 때문에 죄수를 호송할 때 라이츠빌 거리를 거치지 않아도 되는 것이 매우 마음이 놓인다고 사적인 견해를 밝혔다. 짐에 대한 사람들의 분노

---

* 줄리어스 시저가 암살당한다고 예언되었던 날.

가 지나칠 정도로 큰 것은, 라이트 집안에 대한 충성심 때문이라고 우선은 짐작할 수 있었다. 그러나 자세히 살펴보면 납득이 가지 않는 것이, 사람들은 라이트 집안도 미워하고 있었다. 데이킨 서장은 법원을 드나드는 라이트 집안사람들에게 사복 경찰을 두 사람이나 붙여주었다. 그래도 아이들은 돌을 던졌고, 라이트 집안의 자동차는 타이어가 펑크 났고 욕설이 담긴 낙서로 더럽혀졌다. 우편배달부 베일리는 발신자가 없는 협박 편지를 하루에도 일곱 통 이상 주저하며 그들에게 배달해야만 했다. 존 라이트는 아무 말도 하지 않고 협박 편지들을 데이킨 서장에게 보냈다. 브래디 경관은 거리의 술꾼 앤더슨이 환한 대낮에 라이트 저택의 정원 잔디밭에 서서 비틀거리며 조용한 집을 향해 〈줄리어스 시저〉 제3막 1장에 나오는 안토니의 대사를 외쳐대는 것을 저지했다. 앤더슨은 유치장으로 끌려가면서도 계속해서 외쳐댔다. "오, 피에 물든 땅이여! 나를 용서해다오. 이 살인자에 대한 나의 관대함을!"

헐마이니와 라이트는 눈에 띄게 여위어갔다. 법정에서, 라이트 식구들은 창백한 얼굴로 한 자리에 모여 앉아 서로의 손을 꼭 쥐고 있었다. 헐마이니는 가끔 짐 하이트에게 날 선 미소를 보냈다. 그러고는 고개를 꼿꼿이 쳐들고 사람들이 가득 차 있는 법정을 비웃듯이 둘러보았다. 그녀는 이렇게 말하고 있는 듯했다. '그래, 우리는 똘똘 뭉쳐 있어! 이 불쌍한 구경꾼들아!'

카터 브래드퍼드가 이 사건의 검사를 맡는 것이 부적절한 것이 아닌가 하는 문제에 대해서 말이 많았다. 프랭크 로이드는 〈라이츠빌 레코드〉의 사설을 통해, 브래드퍼드 검사가 사건을 담당하는 것을 반대한다고 썼다. 물론 엘리 마틴 판사와는 달리, 브래드퍼드는 라이트 저택에서 열린 새해 전야 파티에 늦었기 때문에 노라와 로즈메리가 독약을 마신 때에는 그 자리에 없었다. 그러므로 그는 관계자도 목격자도 아니다. 그러나 '젊고, 재능 있고, 하지만 가끔 감정적인 우리의 검사는 라이트 집안과 오랫동안 친밀하게 지내왔고, 특히 그 가족 중 한 사람과는 특별한 관계를 맺고 있던 인물이다. 그 특별한 관계는 범죄가 일어난 날 밤부터 끊긴 것으로 알고 있지만 그렇다고 해도 브래드퍼드 씨에게 과연 편견 없이 이 사건을 다룰 만한 능력이 있는지 우리는 크게 의심스럽다. 여기에 대해서는 어떤 조치가 취해져야만 한다고 생각한다'고 로이드는 지적했다.

공판이 열리기 전에 열린 기자 회견에서, 브래드퍼드는 이 문제에 대해 단호하게 말했다. "여기는 시카고나 뉴욕 같은 대도시가 아닙니다. 이곳에 살고 있는 우리 모두는 밀접한 관계를 맺고 있고, 서로를 알고 있습니다. 〈라이츠빌 레코드〉의 중상모략적인 암시에 대해서는 법정에서의 행동으로 대답하겠습니다. 짐 하이트 씨는 증거에 입각해 올바르고 공정하게 라이트 카운티 법정에 고발당한 상태입니다. 이상입니다."

라이샌더 뉴볼드 판사는 나이 든 독신자로, 법률가로서뿐만 아니라 송어 낚시의 명수로서도 대단히 존경받는 인물이었다. 그는 키가 작고 떡 벌어진 체격을 하고 있었다. 정수리가 벗겨지고 주변의 머리카락으로 테를 두른 볼품없는 머리를 언제나 어깨 사이에 깊게 파묻고 있어서, 마치 머리가 가슴에서 솟아난 것처럼 보였다. 그의 목소리는 건조했고, 무심했다. 재판장 자리에 앉아 있으면 법봉이 낚싯대라도 되는 양 무심코 만지작거리는 습관이 있었고, 절대 웃는 법이 없었다.

뉴볼드 판사는 친구도, 아는 사람도 없었다. 그는 하느님과 전원 생활과 재판과 송어 낚시 이외에는 그 무엇에도 관심이 없었다. 사람들은 신앙과도 가까운 안도감을 느끼며 말했다. "뉴볼드 판사야말로 이 사건에 꼭 맞는 재판관이지." 어떤 사람들은 그가 이 재판에 지나치게 잘 맞는다고 생각했다. 아무튼 그런 사람들은 기회만 있으면 떠들어대기 좋아하는 자들이었다. 로버타 로버츠는 그들을 '짐 하이트를 잡아먹으려는 족속들'이라고 불렀다.

배심원들을 선출하는 데만 며칠이 걸렸다. 엘러리는 법정에서 오직 두 사람만을 주의 깊게 보았다. 피고 측 변호인 엘리 마틴과 검사 측 대표 카터 브래드퍼드였다. 그리고 곧 이 재판은 청년의 용기와 늙은이의 연륜이 맞붙는 싸움이 될 것이 분명해졌다. 브래드퍼드는 혈기 왕성하게 직무 수행을 위해 돌진했다. 그는 조각상이라도 된 듯 온몸을 꼿꼿이 세우고 말을 했다. 그는 사람들의 시선을 반항적으로, 그러나 조금은 부끄러운 듯한 눈빛으로 되받았다. 엘러리는 일찌감치 그가 적임자라는 것을 알고 있었다. 브래드퍼드는 마을 사람들을 잘 알고 있었다. 그러나 그의 목소리는 너무 낮았으며 가끔씩 끊겼다.

마틴은 훌륭했다. 그는 젊은 검사 브래드퍼드를 얕보는 듯한 태도는 조금도 드러내지 않았다. 그가 그렇게 행동했다면 시민들은 모두 검사 편을 들었을 것이다. 오히려 마틴은 브래드퍼드의 의견을 충분히 존중했다. 두 사람이 함께 뉴볼드 재판장 앞으로 나아가 작은 소리로 의논하고 있을 때였다. 그때 잠깐이긴 했지만, 마틴이 카터의 어깨에 손을 살짝 얹었다. 이 제스

처는 이렇게 말하는 듯했다.

'자네는 아주 좋은 청년이야. 우리는 서로 호의를 가지고 있고, 똑같은 것을 내세우고 있지. 정의 말이야. 우리는 동등한 싸움을 벌이고 있어. 슬프지만 꼭 필요한 일이겠지. 아무튼 검찰 측도 잘 하고 있어.'

사람들은 아주 적절한 인물들이 법정에 섰다고 만족해했다. 방청석에 앉아 있는 사람 중에는 이렇게 말하는 사람도 있었다. '엘리 마틴은 하이트를 변호하기 위해 판사 자리를 내놓았대. 어떻게 그럴 수가 있지? 그는 하이트가 무죄일 거라고 확신하나 봐.' 그러자 또 한 사람이 말했다. '그런 말 하지 마. 마틴은 라이트의 친구잖아. 그러니…… 그 속을 누가 알겠어?' 그 모든 것들이 위엄과 심사숙고하는 분위기를 만들어냈고, 군중의 날 선 감정은 웅얼거림으로 변하다가 차츰 사라졌다.

엘러리는 안심했다. 선출된 열두 명의 배심원들의 면면을 보고는 더욱 마음을 놓았다. 마틴은 브래드퍼드가 반론을 펼칠 틈을 주지 않고 빈틈없이 사람들을 선출했다. 엘러리가 보건대 배심원들은 매우 건전하고 진실된 인품을 가진 남성들로 이루어져 있었다. 별로 마음에 들지 않는 사람은 딱 한 사람, 땀을 많이 흘리는 뚱뚱한 남자였는데, 그 외에는 편견에 귀를 기울일 듯한 인물은 섞이지 않은 것 같았다. 모두 보통 이상의 지식 수준을 갖춘 사려 깊은 이들로, 착실한 사회인으로서 인간이란 죄를 저지를 수 있는 약한 존재임을 믿고 있는 사람들 같았다.

재판의 자세한 내용을 알고자 하는 이는 라이츠빌 공회당에 있는 제임스 하이트 재판 기록을 보면 된다. 여러 날에 걸친 심문, 대답, 이의, 뉴볼드 재판장이 재정하는 상황 등이 상세하게 기록되어 있다. 이 부분에 대해서는 신문도 재판 속기사의 기록에 뒤지지 않을 만큼 상세하게 보도했다. 다만 지나치게 상세한 기록은 읽는 사람으로 하여금 자칫하면 수많은 나뭇잎만 보고 나무는 보지 못하게 할 우려가 있다. 그러므로 우리는 한 걸음 뒤로 물러서서 나뭇잎보다는 나무 전체를 보아야 할 것이다.

카터 브래드퍼드는 배심원들에게 첫 인사를 하고 난 후 이렇게 말했다.

"배심원 여러분들은 이 사건의 핵심을 염두에 두어야 합니다. 다시 말해서 피고의 누이동생 로즈메리 하이트가 독살당하기는 했지만, 그녀를 죽이는 것이 피고의 진정한 목적은 아니었다는 점입니다. 피고의 진정한 목적은 피고의 아내인 노라 하이트의 생명을 빼앗는 일이었습니다. 이 목적이 거의 달성될 뻔했다는 것은, 그의 아내가 새해 전야 파티 이후 독극물 중독으로 6주가 지난 오늘까지 아직 자리에서 일어나지 못하고 있다는 사실로 알 수 있습니다.

물론 검찰은, 제임스 하이트 사건이 정황 증거에 의한 것임을 인정합니다. 그러나 정황 증거에 의한 살인죄의 유죄 판결은 법정의 통례이지 예외가 아닙니다. 일반적인 살인 사건에서 유일하고도 직접적인 증거는 살인이 이루어진 순간에 그것을 목격한 목격자의 증언뿐입니다. 예를 들면 총격 사건의 경우, 피의자가 방아쇠를 당기는 것과 피해자가 그 총알을 맞고 쓰러지는 것을 직접 목격한 사람이어야 합니다. 독살의 경우에는 피해자가 먹을 음식물에 피의자가 독을 넣는 것을 본 사람, 더 나아가 피의자가 독이 든 음식물을 피해자에게 건네주는 것까지 목격한 사람이어야만 합니다. 그러나 그런 범행 현장을 목격한 인물이 있는 '행복한 경우'는 매우 드뭅니다. 왜냐하면 살인자는 타인이 보는 앞에서 살인을 하지 않기 때문입니다. 그러므로 거의 모든 살인 사건의 고발은 직접 증거보다 정황 증거에 의하여 이루어지는 게 통례이며, 법률도 이와 같은 정황 증거를 인정하도록 규정합니다. 그렇지 않다면 대부분의 살인범은 벌을 받지 않고 풀려나게 될 것입니다.

이번 사건에 있어서 배심원 여러분들은 결코 주저하거나 의심할 필요가 없습니다. 이 사건은 정황 증거가 매우 명백하고 확실하므로, 배심원 여러분은 아무런 의심 없이 고발된 대로 제임스 하이트를 유죄로 인정하리라 생각합니다."

이어서 브래드퍼드는 확고한 목소리로 낮게 말했다.

"검찰 측은 제임스 하이트가 적어도 5주 전부터 아내를 살해할 계획을 세우고 그것을 실행에 옮겼음을 입증하려 합니다. 피고의 계획은 아주 치밀합니다. 피고는 여러 번에 걸쳐 독극물의 강도를 점점 높여 아내가 심한 병에 걸린 것처럼 보이게 한 후, 마지막에 강한 독을 먹여 아내를 죽이려고 했습니다. 검찰 측은 이러한 예비적인 독극물의 주입이 제임스 하이트가 직접 준비한 계획표의 날짜대로 실행되었음을 입증하는 동시에 노라 하이트 살인 미수와 미필적 고의에 의한 로즈메리 하이트 살인 역시 같은 계획표상의 날짜에 일어났음을 입증할 수 있습니다.

또한 검찰 측은 독약이 든 칵테일을 포함한 여러 칵테일을 만든 사람은 제임스 하이트였으며, 오직 제임스 하이트만이 그 일을 했음을 입증할 수 있습니다. 그 칵테일을 담은 쟁반을 들고 다니며 손님들에게 잔을 돌린 사람도 바로 제임스 하이트였으며, 그 쟁반 위 칵테일 가운데서 독약이 든 칵테일을 아내에게 권해 마시게 한 사람도 역시 제임스 하이트입니다. 피고의 아내가 그 칵테일을 조금 마셨고 그로 인해 중태에 빠졌지만 그녀가 간신히 생명을 건질 수 있었던 것은 시누이인 로즈메리 하이트가 그 칵테일을 달라고 졸랐기 때문입니다. 이와 같은 일이 생기리라고 제임스 하이트가 짐작할 수 없었던 이유 역시 입증할 수 있습니다.

검찰은 제임스 하이트가 돈이 궁해 매우 곤란한 상태에 있었다고 주장하는 바입니다. 그는 술의 힘을 빌려 노라 하이트에게 많은 돈을 요구했고, 그녀는 그것을 거절했습니다. 제임스 하이트는 도박으로 큰돈을 잃었고, 그 돈은 법에 어긋나는 방법으로 얻은 것이었습니다. 피고는 노라 하이트가 죽으면 그녀가 조부에게서 물려받은 거액의 재산을 합법적으로, 남편이자 법정 상속인인 자신의 소유가 된다는 사실을 알고 있었습니다.

여러분, 다시 말해 검찰 측은, 제임스 하이트가 한 사람을 살해할 계획을 세웠으며 그 계획을 실행하는 과정에서 죄 없는 다른 사람의 생명을 빼앗았음을 의심할 여지없이 확신합니다. 따라서 검찰 측은 제임스 하이트에게 그가 빼앗은 생명과 거의 살해당할 뻔한 또 하나의 생명에 대해, 그 자신의 생명으로 보상할 것을 요구하는 바입니다."

브래드퍼드는 겨우 들을 수 있을 정도의 낮은 목소리로 논고를 마치고 자리에 앉았다. 방청석에서 우레와 같은 박수 소리가 울려서 뉴볼드 판사는 경고를 주어야 했다. 이후에도 이 같은 경고는 계속되었다.

이후 오직 짐 하이트만이 범행의 기회를 가지고 있었음을 입증하기 위한 증인들의 몹시 길고도 지루한 증언들이 계속되었다. 그 가운데 특이한 것은 엘리 마틴 변호인이 펼치는 반대 심문이었다. 늙은 법률가의 계획을 엘러리는 처음부터 분명하게 알 수 있었다. 즉 사람들에게 의혹을 갖게 하는 일이었다. 과격하지 않게. 냉철한 유머를 섞어서. 이성적인 목소리로……. 암시. 함축. 온갖 수단을 동원해 지금의 상황을 돌파하고 반대 심문 규칙 따위는 신경 쓰지 않고. 엘러리는 마틴 변호인이 필사적이라는 사실을 깨달았다.

"그렇지만 확실하다고는 할 수 없죠?"

"네. 그건……"

"당신은 한순간도 놓치지 않고 피고를 관찰했다고 할 수는 없죠?"

"물론 그렇다고 말하지는 못하죠!"

"피고가 어느 순간 칵테일 쟁반을 내려놓았을지도 모르지 않습니까?"

"아니요."

"진정 확신합니까?"

카터 브래드퍼드가 조용히 이의를 제기했다. "그 질문에 대한 대답은 이미 나왔습니다." 이의가 인정되고, 뉴볼드 판사는 인내심 있게 손을 흔들었다.

"당신은 피고가 칵테일을 만드는 것을 보았습니까?"

"아니요."

"당신은 계속 거실에 있었습니까?"

"있었다는 것을 당신도 알고 있지 않습니까?" 프랭크 로이드

가 대답했다. 그는 화를 냈다. 마틴은 특히 프랭크 로이드를 집
중 공격했다. 나이 든 변호인은 솜씨 좋게 신문사 사장과 라이
트 집안사람들과의 관계를 털어놓도록 했다. 그러니까 그와 피
고의 아내의 특별한 관계, 그가 그녀를 사랑하고 있었다는 사
실, 그녀가 그를 버리고 짐 하이트를 선택했을 때 그가 분노했
다는 사실, 그가 짐 하이트에게 폭력을 행사하겠다고 협박한
사실 등이 드러났다. 이의, 또 이의……. 그렇게 질문과 대답
을 되풀이하는 동안 배심원들의 마음에는 프랭크 로이드와 노
라 라이트 사이에 있었던 일이 점점 되살아났다. 그것은 오래
된 이야기로, 라이츠빌 사람들이라면 누구나 다 알고 있는 일
이었다.

이제 프랭크 로이드는 검찰 측에 유력한 증인이 될 수 없었
고, 반대로 의혹을 불러일으켰다. 의심스럽다. 다른 남자 때문
에 노라에게 버림받았던 *그가* 복수심에 불타오른 건 아닐까?
누가 알겠어? 어쩌면…….

라이트 집안사람들도 사건이 일어나던 날 밤의 일을 증언하
기 위해 증인석에 섰다. 마틴은 개인적인 친근감은 조금도 나
타내지 않았다. 다만 더욱 의혹을 불러일으키는 질문만 했다.
그것은 '사실'에 대한 의혹이었다. 짐 하이트가 칵테일에 비소
를 넣는 것을 실제로 본 사람은 아무도 없었다. 무엇 하나 확실
하게 말할 수 있는 사람은 아무도 없었다.

그러나 검찰 측의 변론도 잘 진행되어 마틴의 교묘한 증인
심문에도 불구하고 브래드퍼드는 다음과 같은 사항을 입증했
다. '오직 짐만이 칵테일을 만들었고, 그 칵테일을 짐이 나눠주
었으므로 노라에게 독이 든 칵테일이 갈 것을 확신할 수 있었

던 유일한 사람은 짐뿐이다. 또한 노라가 마시기를 꺼려할 때 칵테일을 강권한 사람도 짐이다.'

다음은 존 라이트 아버지의 변호사였던 웬트워스 노인의 증언이 있었다. 웬트워스는 고인의 유언장을 작성한 사람이었다. 웬트워스는 노라가 결혼함과 동시에 조부의 유산 10만 달러를 상속받았으며, 그전까지는 신탁기금으로 관리되고 있었다고 증언했다. 다섯 명의 필적 감정 전문가들은 마틴의 성의 있는 반대 심문에도 불구하고 추수감사절, 크리스마스, 새해 첫날에 노라 하이트의 '병'과 '죽음'을 선언한, 수신인이 로즈메리 하이트인 부치지 않은 그 세 통의 편지에 적힌 글자는 틀림없이 피고의 필적이라고 만장일치로 의견을 모았다. 마틴은 여러 날에 걸쳐 필적을 자세히 살펴본 다음, 법정에 커다란 도표를 걸어 놓고 전문적인 필적 감정가들을 상대로 미세한 부분까지 따져가며 논의를 거듭했지만 결국 그 노력은…… 헛수고가 되었다.

다음으로 증인석에 나온 사람은 앨버타 매너스커스였다. 그녀는 대단히 고집스럽게 시민들 편을 들었다. 게다가 놀라울 정도로 말을 잘했다. 그녀의 증언을 들으며 모두가 깨달은 것은 항상 멍청해 보이던 그 눈은 사실은 몹시 날카로우며, 크고 빨갛게만 보이던 그 귀는 누구보다도 민감하다는 것이었다. 앨버타의 증언 덕분에 카터 브래드퍼드는 첫 번째 예언대로 노라가 감사절에 몹시 아팠으며, 크리스마스에는 예언대로 '병'에 걸렸다는 것을 입증할 수 있었다. 앨버타는 증상의 세세한 부분까지 설명했다.

이때 마틴 판사가 발언권을 얻고 일어섰다. "병에 걸렸다고요. 하이트 부인이 감사절 날과 크리스마스 날에 걸린 병은 어떤 종류의 것이었습니까?"

"그건! 배가 아프다고 그랬어요." (웃음소리)

"앨버타 씨, 당신은 지금까지 …… 음…… 배가 아픈 적이 있습니까?"

"그럼요! 당신이나, 나나, 사람들 전부 다 그러죠."

뉴볼드 판사는 망치를 두드리며 사람들을 조용히 시켰다.

"노라처럼 말인가요?"

"그럼요!"

(부드럽게) "하지만 비소에 중독되어본 적은 없지 않습니까, 앨버타 씨? 안 그래요?"

브래드퍼드가 일어서자 마틴은 웃으며 자리에 앉았다. 엘러리는 마틴의 이마에 땀이 배어 있는 것을 볼 수 있었다.

마일로 윌러비 박사는 증언에서 노라 라이트의 발병 원인이자 로즈메리 하이트를 죽게 한 독약은 아비산 또는 무수아비산, 또는 삼산화비소라고 일컬어지는, 간단히 말해서 '백색의 비소'임을 밝혔고, 이를 검시관 샐럼슨과 군 소속 화학자 매길이 확인했다. 명칭은 여러 가지이지만 동일한 독극물을 지칭하는 것이므로, 검찰 측과 변호인 측은 이것을 간단히 '비소'라고 부르기로 했다.

매길 박사는 비소를 '용액에 녹으면 무색, 무미, 무취의 특성을 가지는, 독성이 매우 강한 물질'이라고 설명했다.

질문(브래드퍼드 검사) : 이것은 분말이지요, 매길 박사님?

답변 : 그렇습니다.

질문 : 그렇다면 칵테일에 녹습니까? 그리고 칵테일에 녹일 경우 그 효과에 변화가 있습니까?

답변 : 삼산화비소는 알코올에는 잘 녹지 않습니다만, 물에는 녹습니다. 칵테일에는 수분이 많으므로 쉽게 녹을 겁니다. 알코올에 섞여도 독성은 잃지 않습니다.

질문 : 고맙습니다, 매길 박사님. 그럼, 마틴 변호인께서 심문하시죠.

마틴은 변호인으로서의 반대 심문을 포기했다.

브래드퍼드 검사는 라이츠빌 하이 빌리지 약국 주인인 마일론 가백을 증인으로 불러냈다. 가백은 감기에 걸려서 코가 빨갛게 부어 있었다. 그는 증인석에 앉아 자주 몸을 움직이며 재채기를 했다. 방청석에서 가백 부인이 걱정스러운 듯 남편을 바라보고 있었다. 마일론 가백은 선서를 마친 다음, 작년 즉 1940년 10월 어느 날 제임스 하이트가 약국에 와서 퀵코가 들어 있는 작은 깡통을 달라고 했다고 증언했다.

질문 : 가백 씨, 퀵코가 정확하게 뭡니까?

답변 : 쥐나 해충을 죽이는 약입니다.

질문 : 퀵코에 어떤 유독 성분이 포함되어 있죠?

답변 : 삼산화비소입니다. (재채기 소리와 폭소, 그리고 방망이 소리)

방청석의 가백 부인은 얼굴이 빨개져서 주변을 밉살스럽다는 듯이 둘러보았다.

질문 : 진하게 농축시킨 상태로 들어 있습니까?

답변 : 그렇습니다.

질문 : 가백 씨, 당신은 그 약을 피고에게 팔았습니까?

답변 : 네, 그 약은 처방전이 필요 없는 약이니까요.

질문 : 피고는 그 후에 퀵코를 다시 사러 왔습니까?

답변 : 네, 2주 정도 후였습니다. 그 약이 들어 있는 깡통을 어디에 두었는지 잘 모르겠다며 하나 더 달라고 했습니다. 그래서 팔았습니다.

질문 : 다시 한 번 묻겠습니다만, 피고가 처음 사러 왔을 때 피고는 당신에게 뭐라고 말했습니까? 그리고 당신은 피고에게 어떻게 말했습니까?

답변 : 하이트 씨는 집에 쥐가 많아서 큰일이라고, 그것들을 없애야겠다고 말했습니다. 그래서 나는 놀랍다고 말했습니다. 힐 지역의 주택에 쥐가 있다는 얘기는 들어본 적이 없었거든요. 하이트 씨는 그 말에 대답하지 않았습니다.

마틴 변호인의 반대 심문 : 가백 씨, 작년 10월에 당신이 판매한 퀵코는 대강 몇 통이나 됩니까?

답변 : 그건 대답하기 힘들군요. 하여튼 많이 팔았습니다. 그것은 가장 잘 팔리는 쥐약이고, 또 로우 빌리지에는 쥐가 많으니까요.

질문 : 스물다섯 통? 쉰 통 정도?

답변 : 아마 그 정도 될 겁니다.

질문 : 손님이 그 약을 사는 건 이상한 일이 아니군요, 쥐를 잡기 위해서니까요.

답변 : 물론 조금도 이상한 일이 아닙니다.

질문 : 그렇다면 하이트 씨가 그 약을 몇 통 샀는지 당신이 기억하고 있는 건 무슨 이유입니까? 다섯 달이나 지났는데도 말입니다.

답변 : 그냥 기억하고 있을 뿐입니다. 두 통이나 연달아 샀고, 힐 지역 주민이라서 그랬을 겁니다.

질문 : 2주 간격으로 샀다는 것은 확실합니까?

답변 : 확실합니다. 확실하지 않다면 말을 안 했겠죠.

질문 : 의견을 말씀하지 마시고 질문에만 대답하시기 바랍니다. 가백 씨, 증인은 퀴코를 팔았을 경우 누구에게 팔았는지 기록해둡니까?

답변 : 기록해둘 필요가 없습니다. 그것을 파는 것은 법률로도 허용되어…….

질문 : 질문에만 대답해주십시오, 증인. 피고가 퀴코를 사갔다고 했는데 증인은 그것을 기록해두었습니까?

답변 : 아니오. 하지만…….

질문 : 그렇다면 피고가 당신에게서 퀴코를 사갔다는 증언은, 그야말로 5개월 전에 있었던 일을 단지 증인의 기억에 의존할 수밖에 없다는 말이로군요.

브래드퍼드 검사 : 재판장님, 증인은 선서했습니다. 그런데도 변호인의 질문에 여러 번 대답하고 있습니다. 이의를 제기합니다.

뉴볼드 재판장 : 증인은 이미 대답했다고 여겨지므로 이의를 인정합니다.

질문 : 이상입니다. 고맙습니다, 가백 씨.

앨버타 매너스커스가 다시 증인석에 불려나왔다. 브래드퍼드 검사로부터 질문을 받은 그녀는 그 집에서 쥐는 한 번도 본 적이 없다고 증언했을 뿐만 아니라 쥐약도 본 적이 없다고 증언했다.

마틴 변호인의 반대 심문 : 피고의 집 지하실에 커다란 쥐덫이 있다고 하던데, 사실입니까?

답변 : 쥐덫이 있다고요?

질문 : 제가 당신에게 묻고 있는 겁니다, 앨버타 씨.

답변 : 아마 있겠죠.

질문 : 증인, 만일 쥐가 없다면 피고의 집에 뭣 때문에 쥐덫이 있을까요?

브래드퍼드 검사 : 이의 있습니다. 방금 그 질문은 사실이 아니라 의견을 요구하고 있습니다.

뉴볼드 재판장 : 이의를 인정합니다. 변호인, 반대 심문에서는……

마틴 변호인 : 알겠습니다, 재판장님.

에멀린 뒤프레는 선서한 다음 자기는 라이츠빌 힐 지역 468번지인 노라 하이트 옆집에 살고 있으며, 연기와 무용을 가르치는 선생이라고 증언했다. 그녀는 작년 11월과 12월 사이에 노라와, 짐 하이트가 여러 차례에 걸쳐 말다툼하는 걸 '우연히 들었다'고 증언했다. 이 말다툼의 원인은 짐이 술을 많이 마신다는 것과 여러 번 돈을 달라고 강요한 데 있었다고 말했다. 12월에는 특히 심하게 다툰 적이 있었는데, 그때 노라 하이트가 남편에게 더 이상 돈을 줄 수 없다고 말하는 소리를 들었다고 그녀는 증언했다.

질문 : 증인은 피고가 왜 그토록 돈이 필요한지에 대해서 혹시 '우연히' 무슨 말을 듣지 못했습니까?

답변 : 제가 놀란 것도 바로 그 부분이에요, 검사님.

질문 : 법정에서 증인의 감정 상태를 알고자 하는 것은 아닙니다. 질문에만 대답해주십시오.

답변 : 짐 하이트 씨는 도박에 져서 큰 돈을 잃었기 때문에 돈이 필요하다고 말했습니다.

질문 : 피고의 도박과 관련된 어떤 사람의 이름이나 지명을, 피고나 피고 부인이 말하는 가운데 들은 적이 있습니까?

답변 : 짐 하이트 씨는 핫 스팟이라는 술집에서 많은 돈을 잃었다고 말했어요. 그곳은 16번 도로에 있는 악명 높은 술집으로…….

마틴 변호인 : 재판장님, 이의 있습니다. 증인의 감정 섞인 발언을 삭제해주시기 바랍니다. 본 변호인은 재판의 진행 방향에 대해 반대하는 것은 아닙니다. 검사님은 무척 너그러운 분이라고 할 수 있지만, 이 사건은 대단히 막연한 증거만 있어 매우 까다로우며…….

브래드퍼드 검사 : 변호인의 발언은 이의만으로 그쳐야 하며, 사건의 성질을 언급해 배심원의 생각에 영향을 미치지 않도록 주의해주시기 바랍니다.

뉴볼드 재판장 : 변호인, 검사의 발언이 옳다고 봅니다. 본

증인의 증언에 대해 어떤 점에 이의를 제기합니까?

마틴 변호인 : 증인이 피고와 그의 아내가 주고받는 말을 들었다고 했는데, 그 대화가 언제 어떤 상황 속에서 이루어졌는지 검찰 측은 확인하려고조차 하지 않았습니다. 증인이 그 방에 함께 있었던 것도 아니며, 집 안에도 같이 있지 않았다는 것은 의심할 여지가 없습니다. 그렇다면 증인은 어떤 방법으로 그 이야기를 들었을까요? 그 두 사람이 피고와 그의 아내였다는 것을 증인은 어떻게 확인할 수 있었을까요? 그녀는 그들을 보았습니까, 보지 못했습니까? 저는…….

에멀린 뒤프레 : 그렇지만 이 귀로 똑똑히 들은걸요!

뉴볼드 재판장 : 증인! 네, 뭡니까? 검사!

브래드퍼드 검사 : 검찰 측이 에멀린 뒤프레 씨를 증인석에 부른 이유는, 피고의 아내가 남편과 말다툼한 사실을 증언함으로써 피고 부인이 겪은 정신적 고통을…….

마틴 변호인 : 제가 지금 문제 삼는 것은 그런 게 아닙니다.

뉴볼드 재판장 : 그 점은 알고 있습니다, 변호인. 반대 심문할 때 물어보도록 하십시오. 이의는 기각합니다. 그럼, 검사, 계속하십시오.


브래드퍼드는 짐과 노라의 말다툼에 관한 여러 증언들을 끌어낸 후 심문을 끝냈다. 그리고 이후 시작된 반대 심문에서 마틴은 에멀린 뒤프레가 분해서 눈물을 흘릴 정도로 심하게 몰아댔다. 그는 그들의 대화를 몰래 듣기 위해 에멀린이 어떤 자세를 취했는지까지 털어놓게 했다. 그녀는 자기 집과 하이트 집

사이의 드라이브 길 너머로 희미하게 들리는 말소리를 듣기 위해 캄캄한 침실의 창 옆에 웅크리고 있었다고 했다. 그리고 그 대화를 들은 날짜를 캐물음으로써 그녀를 혼란스럽게 만들어, 마침내 앞뒤가 맞지 않는 말을 여러 번 하게 만들었다. 방청객들은 재미있어 했다.

라이츠빌 광장의 심슨 전당포 주인인 심슨이 선서한 후, 작년에 11월과 12월 사이에 제임스 하이트가 여러 가지 물건을 전당포에 잡혔다고 증언했다.

질문 : 그것은 어떤 종류의 물건이었습니까, 증인?

답변 : 처음에는 남자용 금시계였습니다. 짐 하이트 씨는 시계를 시곗줄에서 떼어 잡혔습니다. 좋은 물건이었지요. 가격을 꽤 후하게 쳐준 기억이 나는데…….

질문 : 이것이 그 시계입니까?

답변 : 네, 그렇습니다. 틀림없습니다.

질문 : 증거물로 제출합니다.

서기 : 검사 측 증거물 제31호.

질문 : 증인, 그 시계에 새겨진 글을 읽어 주시겠습니까?

답변 : 네? 아, 네, '짐에게, 노라로부터'라고 새겨져 있습니다.

질문 : 피고는 그 외에 무엇을 잡혔습니까?

답변 : 금이나 백금 반지, 또 카메오 브로치 등이었습니다. 모두 최상품이죠. 가격도 좋고.

질문 : 지금 보여주는 이 물건들을 증인은 확인할 수 있습니까?

답변 : 물론입니다. 모두 제 가게에 맡긴 물건들입니다. 매우
비싼 값으로 맡아두었는데…….

질문 : 가격은 말하지 않아도 됩니다. 이 물건들은 모두 여자
용 보석들이지요?

답변 : 그렇습니다.

질문 : 적혀 있는 글씨를 읽어주십시오. 큰 소리로…….

답변 : 안경을 껴야 하니 기다려주십시오. 'N.W., N.W.,
N.W.H., N.W.'

노라의 보석들은 모두 증거물로 제출되었다.

질문 : 마지막으로 하나 더 묻겠습니다. 증인 가게에 잡힌 물
건들 중 제임스 하이트 씨가 하나라도 다시 찾아간 것
이 있습니까?

답변 : 없습니다. 하이트 씨는 한 번에 한 가지씩 새 물건을 가
져왔고, 저는 그것을 모두 비싼 값에 맡아두었습니다.

마틴 변호인은 반대 심문을 포기했다.

라이츠빌 개인 금융회사 사장인 도널드 맥켄지가 선서한 후,
지난해 마지막 두 달 동안에 제임스 하이트가 그의 금융회사에
서 굉장히 많은 돈을 빌려갔다고 증언했다.

질문 : 증인, 무엇을 담보로 돈을 대출해주었습니까?

답변 : 담보는 없었습니다.

질문 : 그렇다면 증인의 회사로서는 일반적인 경우가 아니었

군요? 담보 없이 돈을 빌려준다는 건 말입니다.

답변 : 원래 우리 회사의 대출 정책이 상당히 유연하긴 합니다. 그러나 물론 보통의 경우에는 담보를 요구하죠. 사업이니까요. 그러나 짐 하이트 씨는 라이츠빌 은행 부행장이자 은행장 존 라이트 씨의 사위니까, 예외적인 경우로 그의 서명만으로 빌려 드렸습니다.

질문 : 증인, 피고는 그 대출받은 돈의 일부라도 갚았습니까?

답변 : 아니요.

질문 : 증인 회사에서는 빌려준 돈을 회수하기 위해 노력했습니까?

답변 : 네, 했습니다. 그리 염려하지는 않았습니다만 어쨌든 금액이 5천 달러나 되니, 짐 하이트 씨에게 약속대로 돌려달라고 말씀드렸지요. 하지만 갚지 않아서 결국 은행으로 존 라이트 씨를 찾아가 사정을 말씀드렸습니다. 라이트 씨는 사위의 빚에 대해서는 아무것도 몰랐다고 하시며 대신 갚아주겠다고 하셨습니다. 그리고 저는 이 사실을 발설하지 않기로 했습니다. 저는 끝까지 비밀을 지키려고 했지만, 이런 재판이 벌어지게 되다니…….

마틴 변호인 : 이의 있습니다. 관련 없는 내용입니다.

질문 : 신경쓰지 마십시오, 증인. 라이트 씨는 증인의 회사에 대출금 전액을 대신 갚았습니까?

답변 : 네, 원금과 이자, 모두 지불했습니다.

질문 : 피고는 금년 1월 1일 이후 돈을 빌린 일이 있습니까?

답변 : 아니요.

질문 : 증인은 금년 1월 1일 이후에 피고와 이야기를 나눈 적이 있습니까?

답변 : 네, 1월 중순쯤이었습니다. 짐 하이트 씨가 우리 회사로 찾아와서 돈을 갚지 못하는 데 대한 변명을 하더군요. 어디엔가 투자를 했는데 실패했다는 이야기였습니다. 조금만 더 기다려 달라고 하시기에 장인께서 이미 갚으셨다고 말했습니다.

질문 : 피고는 그 말을 듣고 뭐라고 했습니까?

답변 : 아무 말도 하지 않고 그냥 돌아갔습니다.

마틴 변호인의 반대 심문 : 증인, 라이츠빌 은행의 부행장이며 은행장의 사위가 증인 회사에 돈을 대출받으려고 왔을 때 이상하게 생각하지 않았습니까?

답변 : 이상하게 생각했습니다. 그러나 다만 무슨 사정이 있으려니 하고…….

질문 : 사정이 있으려니 생각만 하고, 이유도 묻지 않고 담보 없이 서명만으로 5천 달러나 되는 큰 돈을 대출해줍니까?

답변 : 하지만 만일의 경우에는 라이트 씨가 갚아주실 거라고 생각했으므로…….

브래드퍼드 검사 : 재판장님!

마틴 변호인 : 이상입니다, 맥켄지 씨.


이것으로 짐 하이트에게 불리한 증거가 끝이 난 건 아니었다. 어떤 증거는 캘러티 술집에서, 어떤 것은 홀리스 호텔 이발소에서, 어떤 것은 어펌 블록에 있는 포펜버거 박사의 치과에서, 또 어떤 것은 거스 올젠의 선술집에서 나왔다. 뉴욕에서 온 한 신문기자는 술꾼 앤더슨 노인으로부터 흥미로운 사실 한 가지를 알아냈다. 그 기자는 로우 빌리지에 있는 전몰자 기념비의 받침돌이 있는 곳에서 느긋하게 누워 있는 앤더슨을 만났다고 했다.

에멀린 뒤프레는 테시 루핀에게서 루이지 마리노의 이야기를 들었다. 에멀린 뒤프레가 미장원에서 파마를 하고 있는데, 그곳에서 일하는 테시가 루이지 마리노 이발소에 근무하고 있는 남편 조 루핀과 점심을 먹고 돌아왔다. 조가 테시에게 말했고, 테시는 에멀린 뒤프레에게 말했으며, 에멀린 뒤프레는……

이렇게 마을 사람들은 여러 가지 이야기를 옮기며 흙탕물을 휘젓듯 과거의 일들을 끄집어냈다. 그리고 그것들이 전부 연결되자, 라이츠빌 사람들은 이렇게 말했다. 아무래도 이상한 일이 벌어지고 있는 모양이야. 프랭크 로이드는 카터 브래드퍼드가 라이트 집안과 친밀한 관계라고 신문에 썼는데, 역시 그 말이 옳은 것 같아. 왜 루이지와 포펜버거 선생님은 증인으로 안 세우는 거야? 거스 올젠은? 다른 사람들은? 짐 하이트가 노라를 죽이려고 했던 게 확실한가봐! 짐이 거리 곳곳을 다니며 그녀를 위협하는 말을 했대!

어느 날 오후 데이킨 서장은 법정이 개정되기 전에 수염을 깎으러 이발소로 달려갔다가 루이지 마리노에게 붙들렸다. 옆 의자에서는 조 루핀이 털북숭이 귀를 쫑긋이 세우고 있었다. "서장님! 서장님이 오시길 무척 기다리고 있었어요! 아주 중요한 일이 생각났거든요!"루이지는 수다스럽게 말했다.

"그래? 말해보게. 진정하고."

"작년 11월 어느 날에 짐 하이트가 이발하러 왔었는데요. 그때 제가 이런 말을 했거든요. '저는 지금 정말 기쁘답니다. 왜냐하면, 곧 장가를 가게 되었거든요!' 그러자 그가 말했어요. '정말 좋겠군요. 그 행복한 아가씨가 누굽니까?' 그래서 대답했지요. '프란체스카 보틸리아노라고 해요. 고향 이탈리아에서부터 알고 지내던 사이인데, 지금은 세인트 루이스에서 일하고 있어요. 제가 편지로 프로포즈를 했는데, 프란체스카가 라이츠빌에 와서 제 부인이 되겠다고 답장을 보내왔어요. 그래서 저는 기차표와 용돈을 보내줬지요. 어떻습니까, 부럽지 않습니까?' 제가 결혼한 사실을 서장님도 알고 계시죠?"

"물론 알고 말고…… 아, 루이지, 조심해서 깎아주게."

"그랬더니 그가 뭐라고 말했는지 아십니까? '루이지, 가난한 아가씨와는 결혼하는 게 아니에요! 득 되는 게 없으니까!'라고 말했어요. 그러니 짐 하이트가 노라 라이트와 결혼한 이유는 돈 때문이지요! 제가 법정에서 증언할 수 있도록 브래드퍼드 씨에게 서장님이 말씀을 좀 해주십시오. 그러면 그 이야기를 하겠습니다!"

데이킨 서장은 웃었다. 그러나 이 이야기를 들은 라이츠빌 사람들은 웃지 않았다. 그들에게는 루이지의 이야기가 법정 증언이 될 만큼 가치 있는 것으로 여겨졌기 때문이다. 그 증언이야말로 짐이 돈 때문에 노라 라이트와 결혼했다는 사실을 밝혀줄 터였다. 여자의 돈 때문에 결혼한 남자라면 돈 때문에 사람을 죽일 수도 있을 것이다. 라이츠빌의 부인들 가운데는 가족

중에 법률가가 있어서, 법정에서 용인될 수 있는 증언이라는 것이 따로 있다는 걸 알고 있는 사람도 있었다.

포펜버거 박사는 법정이 개정되기 전에 브래드퍼드 검사를 찾아가 증언할 말이 있다고 나섰다. "그러니까, 짐 하이트가 작년 12월에 사랑니가 아프다며 우리 치과에 온 적이 있습니다. 저는 그를 마취시켰습니다. 그런데 마취되어 있는 동안 그는 계속 이런 말을 하더군요. '그 여자를 없애버릴 거야! 그 여자를 없애버릴 거야!' 그러더니 또 그러더군요. '그 돈이 꼭 필요해. 필요하단 말이야'라고요. 이 내용으로 그가 자기 부인을 살해할 계획을 세웠다는 것과 그 이유가 입증되지 않습니까?"

"입증 안 됩니다." 브래드퍼드가 지친 목소리로 대답했다. "무의식 상태에서 한 말은 증언으로 받아들일 수 없습니다. 그러니 포펜버거 씨, 돌아가세요. 저 일해야 합니다. 네?"

포펜버거 박사는 분개했다. 그는 가능한 한 많은 환자들에게 그 이야기를 반복해서 들려주었다.

거스 올젠의 이야기는 마을에 한 대뿐인 무전 순찰차에 타고 있던 크리스 도프맨 경관을 통해 검사의 귀에 들어갔다. 크리스 도프맨이 때마침 거스 올젠의 선술집으로 '콜라'를 마시러 갔을 때, 거스가 몹시 흥분해서 말을 하고 있었다. 언젠가 짐 하이트가 술에 취해서 거스에게 한 말로, 거스의 말을 듣고는 크리스 역시 흥분하고 말았다. 왜냐하면 크리스는 벌써 몇 주 전부터 어떻게든 증인석에 서서 무언가를 증언함으로써 자기 이름이 신문에 크게 나기를 기대하고 있었기 때문이다.

"그래서, 하이트 씨가 도대체 뭐라고 했다는 겁니까?" 브래드퍼드 검사가 물었다.

"짐 하이트는 두 번 가량 술에 잔뜩 취해 차를 타고 선술집으로 와 술을 달라고 했답니다. 거스는 그때마다 거절했다고 하더군요. 한 번은 거스가 하이트 부인에게 전화를 걸어 남편을 빨리 데려가라고 했대요. 그때 그는 몹시 취해서 크게 소동을 벌이고 있었답니다. 검사님, 거스가 기억하고 있는 것 중에서 반드시 법정에 내놓아야 할 것은, 이런 겁니다. 그날 밤 하이트는 완전히 취해서 아내며 결혼 생활에 대해 심하게 불평을 하더니 '그 여자를 해치우지 않으면 안 돼! 거스, 나는 되도록 빨리 그 여자를 해치워버려야 해. 그렇지 않으면 내가 미치고 말거야! 그 여자 때문에 난 정말 미칠 지경이야……!'라고 말했답니다."

"술의 영향을 받은 진술입니다." 카터 브래드퍼드는 신음했다. "신뢰할 수 없는 진술이라고요. 제가 돌이킬 수 없는 실수를 저질러서 이번 사건에서 지기를 바라는 건가요? 얼른 순찰차로 돌아가세요!"

앤더슨 노인의 이야기는 아주 단순했다. 그는 품위 있게 신문기자에게 말했다.

"여보게, 자네는 하이트와 내가 얼마나 많은 포도주를 번갈아가며 마셨는지 모를걸세. 일종의 동지애지. 우리는 광장에서 만나기만 하면 서로 끌어안았어. 지금도 생각나. 12월 어느 밤이었지. 우리는 추운 곳에서 떨며 여러 가지 이야기를 했다네! 마치 〈심벨린〉 같았네. 그 희곡은 잘 상연되지는 않지만, 걸작이지……."

"궁금하니 빨리 그 뒤의 일을 말해봐요! 그래서 다음은요?" 신문기자가 물었다.

"하이트는 나를 두 팔로 끌어안고 이렇게 말했다네. '앤디, 나는 그 여자를 죽여야겠어요. 두고 봐요. 나는 그 여자를 꼭 죽일 테니까!'"

"와우!" 신문기자는 감탄사를 남기고는 노인을 버려둔 채 쏜 살같이 떠나버렸다. 앤더슨은 다시 전몰자 기념비 받침돌 위에 누웠다.

그러나 브래드퍼드는 입맛이 당기는 이런 정보들을 모두 거절했다. 그래서 라이츠빌 사람들은 뭔가 수상쩍다고 이곳저곳에서 수군거리기 시작했다.

이 소문들은 라이샌더 뉴볼드 판사의 귀에도 들어갔다. 그 다음부터 법정이 개정될 때마다 그는 엄숙한 얼굴로 배심원들에게 일렀다. 이 사건에 관하여 누구와도 의논해서는 안 되며, 배심원들 사이에서도 그런 일은 삼가라고.

그런 소문들이 뉴볼드 판사의 주의를 끌지 않도록 엘리 마틴이 뭔가 영향력을 행사한 게 아닐까 하고 사람들은 생각했다. 마틴은 점점 근심스러운 표정을 짓기 시작했는데, 자기 아내와 함께 아침 식사를 하고 난 후에는 특히 얼굴이 어두웠다. 아침 식사를 차리는 클래리스에게는 그녀만의 독특한 습관이 있어서, 마틴은 그녀의 모습을 보고 있으면 라이츠빌 거리의 상황을 신문 읽듯이 환히 알 수 있었다. 이런 마음의 동요를 법정까지 이끌고 감으로써 늙은 변호인과 젊은 검사 사이에는 점점 심한 말이 오가게 되었다. 신문기자들은 서로 옆구리를 찌르며 속삭였다. "저 늙은이가 슬슬 맛이 가고 있는데."

라이츠빌 국립 은행의 출납계장인 토머스 윈십이 증인석에 나와 제임스 하이트는 은행 일을 할 때 항상 빨간 색연필을 사용했다고 증언했다. 그리고 은행의 서류철 속에서 하이트가 빨간 색연필로 서명한 서류를 잔뜩 제출했다.

브래드퍼드가 때를 잘 맞춰 제출한 마지막 증거물은 에지컴의 《독물학》이었다. 그 책의 비소 부분에는 빨간 색연필로 줄이 그어져 있었다. 배심원들은 이 증거물을 차례로 돌려가며 보았고, 그동안 마틴은 그래도 자신 있다는 듯 침착하게 앉아 있었다. 변호사 옆에 앉아 있는 제임스 하이트는 새파랗게 질린 얼굴로 달아날 구멍이라도 찾는 것처럼 주위를 두리번거렸다. 그러나 그 순간이 지나자 이후로는 줄곧 본래의 모습으로 돌아와 지루해 보이는 잿빛 얼굴로 말없이 의자에 앉아 있었다.

3월 28일 금요일, 폐정 시간이 되자 브래드퍼드는 이것으로 심의를 마치겠다고 말한 뒤 다음 주 월요일까지 어떻게 할 것인지 정하는 게 좋겠다고 했다. 그는 월요일까지 휴정을 했으면 하고 바라는 듯했다. 오랜 논의 후, 뉴볼드 판사는 3월 31일 월요일 오전까지 휴정한다고 선언했다.

피고는 법원 건물 안의 독방에 수감되고 법정은 텅 비었으며 라이트 집안사람들은 집으로 돌아갔다. 이제는 월요일까지 기다리며 노라에게 힘을 북돋워주는 것 외에 할 일이 없었다. 헐마이니의 반대로 법정에 나가지 못한 노라는 침실의 긴 의자에 누워 우아하게 드리워진 커튼의 장미꽃 무늬를 매만지고 있었다. 노라는 이틀 동안 계속 울어대서 더 이상 헐마이니와 다툴 기운조차 없는 듯했다. 그녀는 그냥 멍하니 커튼의 장미꽃만 만지작거렸다.

3월 28일 금요일에는 또 다른 사건도 있었다. 로버타 로버츠가 해직된 것이다. 그녀는 재판이 진행되는 동안 지속적으로 자신의 칼럼을 통해 짐 하이트를 강경하게 변호해왔다. 어떤 신문기자는 저널리스트답게 짐 하이트를 '신처럼 침묵을 지키는 자'라고 명명했는데, 그런 짐에게 아직 개별적으로 사형 선고를 내리지 않은 기자는 로버타뿐이었다. 금요일에 로버타는 시카고의 보리스 코넬로부터 기고란을 폐지하겠다는 전보를 받았다. 로버타는 시카고의 변호사에게 전보를 보내 '뉴스 및 특별 기사 공급 연맹'을 고소하도록 했다. 그럼에도 불구하고 역시 토요일 아침 신문부터 그녀의 칼럼은 없어지고 말았다.

"이제부터 어떻게 할 작정이죠?" 엘러리가 물었다.

"이대로 라이츠빌에 있을 거예요. 나는 절대 포기하지 않는 성가신 여자거든요. 그래도 아직은 짐 하이트를 위해 해줄 수 있는 게 있어요."

그녀는 짐의 독방을 찾아가 토요일 오전 내내 그에게 모든 것을 털어놓으라고, 반격하라고, 자신을 지켜야 된다고 설득했다. 마틴은 입을 다문 채 그 옆에 앉아 있었고, 엘러리도 그 옆을 지켰다. 두 사람은 로버타가 끈질기게 설득하는 말을 잠자코 듣고 있었다. 짐은 머리를 숙이고 고개를 저을 뿐, 전혀 그 말을 받아들이려 하지 않았다. 그는 포르말린에 들어가 있는 것처럼 거의 죽은 듯이 그렇게 앉아 있었다.

## *22*
## *긴급 대책 회의*

월요일까지는 충분한 시간이 있었다. 그래서 노라는 토요일 밤 저녁 식사에 로버타 로버츠와 엘리 마틴 판사를 초대해 가족과 함께 '모든 것을 의논해보기로' 했다. 헐마이니는 노라에게 아직 몸이 회복되지 않았으니 자리에 누워 있으라고 타일렀다. 하지만 노라는 이렇게 대답했다. '엄마, 일어나서 조금이라도 움직이는 것이 몸에도 좋을 거예요.' 헐마이니는 현명하게 더 이상 강요하지 않았다.

노라는 허리 부분이 눈에 띄게 불어나고 있었다. 얼굴이 붓고, 갑자기 건강이 나빠진 듯 보였으며, 다리에 납덩어리라도 매단 듯 집 주위를 무거운 걸음으로 걸어다녔다. 헐마이니가 걱정스러운 나머지 윌러비 박사에게 물어보자 그는 노라의 몸은 기대하는 만큼 충분히 좋아지고 있다고 말했다. 헐마이니는 더 이상 묻지 않았다. 그러나 거의 노라의 곁에 붙어 있었다. 노라가 두꺼운 책이라도 들려고 하면 얼굴이 새하얗게 질려 얼른 빼앗았다.

식욕도 없이 불편한 분위기에서 저녁 식사를 끝낸 사람들은 모두 거실로 모였다. 루디가 커튼을 빈틈없이 치고 벽난로에 불을 지폈다. 그들은 무엇인가를 해야 한다는 것은 알았지만 무엇을 해야 할지 모르는 사람들처럼 어색하게 벽난로 주변에 둘러앉았다. 따뜻한 불을 보아도 마음이 조금도 가라앉지 않았다. 노라를 생각하면 마음을 가라앉힌다는 건 쉽지 않은 일이었다. "스미스 씨, 오늘 밤에는 별로 말이 없으시군요." 로버타 로버츠가 참다못해 말했다.

노라가 애원하는 듯한 눈빛으로 그를 쳐다보았으나 엘러리는 얼굴을 돌렸다. "별로 할 말이 없네요."

"그러게요. 그런 것 같네요." 로버타가 웅얼거렸다.

"이 문제는 지식이나 감정으로 해결할 수 있는 게 아닙니다. 법률로 해결해야 합니다. 신념만으로는 짐 하이트를 석방시킬 수 없습니다. 그의 마음에 힘은 되겠지만요. 그를 구할 수 있는 것은 단지 정확한 사실뿐입니다."

"하지만 그딴 게 없다고요!" 노라가 외쳤다.

"노라야, 그러지 말아라. 윌러비 선생님이 흥분하는 게 가장 나쁘다고 하지 않았니." 헐마이니가 애원하는 목소리로 말했다.

"알고 있어요, 어머니." 노라는 간절하게 엘리 마틴을 쳐다보았다. 엘리 마틴은 코 앞으로 길다란 손가락을 쭉 펼쳐 벽난로 불을 쬐고 있었다. "엘리 아저씨, 이 일이 어떻게 될까요?"

"노라, 나는 거짓말은 하고 싶지 않구나." 늙은 법률가는 고개를 저었다. "더 이상 악화될 수 없을 정도로 사정이 안 좋아."

"그럼 짐에겐 기회가 없는 건가요?" 노라의 목소리에 울음이 섞여 있었다.

"기회는 항상 있어요, 노라." 로버타 로버츠가 말했다.

"그건 그렇지. 다만 배심원들의 생각이 어떤지 알 수 없으니 문제야." 마틴이 한숨을 쉬었다.

"뭔가 우리가 할 수 있는 게 있다면." 헐마이니가 힘없이 말했다.

라이트는 어깨 속으로 목을 더 깊이 묻었다.

"모두 왜 이래요!" 롤라 라이트가 소리를 꽥 질렀다. "우는 소리만 하고 있잖아요! 난 이렇게 모여 앉아서 우는 소리만 하는 데 지쳤어요." 롤라는 진절머리가 난다는 듯이 불길 속으로 담배를 던졌다.

"나도 그래. 정말 진절머리가 나." 퍼트리샤가 이를 악물고 말했다.

"패티, 사랑하는 아가, 나는 이 모임에서 네가 빠졌으면 좋겠구나." 헐마이니가 말했다.

"엄마는 항상 그래요. 아직도 패티가 다리만 길쭉한 어린아이로 보이죠? 우유 마시기를 싫어하고, 이웃집 벚나무에나 오르기 좋아하는 어린아이로 말이에요." 롤라가 얼굴을 찡그리며 말했다.

퍼트리샤는 어깨를 으쓱했다. 엘러리는 의심에 찬 눈초리로 퍼트리샤를 지켜보았다. 지난 목요일부터 퍼트리샤의 행동이 아무래도 이상했다. 너무 얌전했다. 보통 때처럼 활기 있는 모습은 찾아볼 수 없었고 지나칠 정도로 생각에 잠겨 있었다. 저 귀여운 머리 속에서 무엇인가가 숙성되고 있는 모양이다. 그는 그녀에게 말을 붙이려다가 그만두고 담배에 불을 붙였다. 1849년의 골드러시도 그 시작은 진흙탕 속에서 선광 냄비를 흔들어 대는 것부터였다. 진실이 어디서 발견될지 누가 알겠는가?

"엘러리 씨, 당신은 이 일을 어떻게 생각하세요?" 노라가 호소하듯 물었다.

"엘러리 씨는 이 사건 어딘가에 빠져나갈 구멍이 있다고 생각하는 것 같아요." 퍼트리샤가 마틴에게 설명하듯 말했다.

"법률상으로는 아닙니다." 판사의 눈썹이 치켜 올라가는 것을 본 엘러리가 급히 말했다. "다만 저는 오랫동안 소설에서 범죄를 다루어와서, 실제 생활에서도 어느 정도는 기술적으로 접근할 수 있습니다."

"만일 당신이 이 문제를 조금이라도 풀 수 있다면, 당신은 마술사일 거요." 늙은 법률가가 퉁명스럽게 말했다.

"무슨 방법이 없을까요?" 노라가 큰 소리로 말했다.

"상황을 직시하세요, 노라." 엘러리는 진지한 표정으로 말했다. "지금 남편은 절망적인 상황에 빠져 있습니다. 당신도 그것을 알고 있어야 해요. 나는 이 사건을 처음부터 끝까지 다시 생각해보고 눈에 띄는 흔적을 빠짐없이 조사했습니다. 이미 알고 있는 사실 하나하나의 무게를 달아보고, 그동안 일어났던 일들의 세세한 부분까지 여러 번 되풀이해 조사했어요. 그렇지만 빠져나갈 길은 없었습니다. 이렇게 피고에게 일방적으로 불리한 사건도 드물 겁니다. 카터 브래드퍼드 검사와 데이킨 서장은 혐의 사실을 엄청나게 쌓아놓았는데, 그것을 무너뜨리려면 기적이 필요합니다."

"나는 골리앗*이 아니야." 엘리 마틴이 건조하게 말했다.

"저는 각오하고 있어요." 노라는 슬픈 미소를 지었다. 그리고 의자에 앉은 채 몸을 뒤로 돌려 두 손으로 얼굴을 가렸다.

---

* 성경에 등장하는 키가 약 2.9미터나 되는 힘센 거인.

"애야, 그렇게 갑자기 몸을 움직이면 어떡하니? 조심해야지!" 헐마이니가 놀라며 말했다. 노라는 얼굴을 가린 채 고개를 끄덕였다. 방 안은 물을 끼얹은 듯 조용해져 금방이라도 폭발할 것 같았다.

"잠깐만요." 마침내 엘러리가 조용한 분위기를 깨며 말했다. "로버타 씨, 한 가지 물어볼 게 있습니다."

신문기자는 천천히 말했다. "뭐죠, 스미스 씨?"

"당신은 모든 사람들의 의견을 무시하면서까지 짐 하이트를 위해 싸우다가 특별 칼럼 코너까지 빼앗겨버렸죠?"

"아직까지는 그래도 자유 국가니까요. 고맙게도." 로버타가 아무렇지도 않다는 듯 말했다. 그러나 그녀가 앉아 있는 모습은 왠지 긴장돼 보였다.

"당신은 왜 이 사건에 대해 그렇게 관심을 가지는 겁니까? 일자리를 잃으면서까지?"

"짐 하이트가 결백하다고 믿게 됐거든요."

"그에게 불리한 증거가 이렇게나 많이 있는데도 말입니까?"

그녀는 미소 지었다. "나는 여자고, 직감을 가지고 있어요. 그것만으로 충분해요."

"아니요." 엘러리가 말했다.

로버타가 자리에서 벌떡 일어났다. "당신의 태도가 별로 마음에 들지 않는군요." 로버타는 또렷한 목소리로 말했다. "무슨 말을 하고 싶은 거죠?" 모두들 얼굴을 찡그렸다. 벽난로에서 타오르는 장작보다 더 튀어 오르는 긴장감이 방 안에 흐르고 있었다.

"당신의 행동은 지나치게 훌륭합니다." 엘러리가 냉정하게 말했다. "안 그렇습니까? 노련한 여기자가 자신의 경력을 내팽개치면서까지 전혀 모르는 타인을, 게다가 온 세상 사람들이 죄인이라고 말하는 카인 같은 사람을 감싸주고 있으니 말입니다. 노라에겐 분명한 이유가 있습니다. 남편인 짐을 사랑하니까요. 라이트 가족들에게도 이유가 있습니다. 그분들은 소중한 딸과 손주를 위해 사위의 누명이 씻기기를 바라고 있습니다. 그런데 당신은 도대체 무엇 때문에 이런 일을 하는 겁니까?"

"이미 말했잖아요!"

"믿을 수 없습니다."

"그래요. 그럼 도대체 날 보고 어떻게 하라는 말이죠?"

"로버타, 뭘 숨기고 있는 거죠?" 엘러리는 딱딱하게 물었다.

"이런 심문에는 대답하기를 거부하겠어요."

"아, 미안합니다! 그렇지만 당신은 뭔가를 알고 있는 게 틀림없어요. 라이츠빌에 오기 전부터 무엇인가를 알고 있었을 겁니다. 그것 때문에 어쩔 수 없이 짐을 변호하기 위해 이곳으로 왔죠. 그게 대체 뭡니까?"

로버타는 여우 모피 코트와 장갑, 핸드백을 집어 들었다. "가끔 난 당신이 정말 싫어질 때가 있어요, 스미스 씨……. 아, 아니에요. 라이트 부인, 그냥 앉아 계세요." 그녀는 빠른 걸음으로 거실을 나갔다.

엘러리는 그녀가 앉아 있던 자리를 물끄러미 바라보며 변명하듯이 말했다. "화나게 했나 보군요. 뭔가 알아낼 수 있을 거라고 생각했는데……."

"로버타 씨와 진지하게 이야기해볼 필요가 있는 것 같네요." 마틴은 생각에 잠긴 채 중얼거렸다.

엘러리는 어깨를 으쓱했다. "롤라."

"저요?" 롤라가 깜짝 놀라 물었다. "전 뭘 잘못했나요, 선생님?"

"당신 역시 무언가를 숨기고 있죠."

롤라의 눈이 동그래졌다. 그녀는 웃으며 담배에 불을 붙였다. "오늘 밤에는 런던 경찰청 사람이라도 된 것 같군요."

"이젠 털어놓을 때가 된 것도 같은데…… 새해 첫날 자정이 막 될 무렵 노라의 집 뒤쪽으로 몰래 들어왔던 일을 마틴 판사님께 털어놓으시죠." 엘러리가 싱긋 웃으며 말했다.

"롤라! 네가 왔었다고?" 헐마이니가 놀라며 물었다.

"별일 아니에요." 롤라가 신경질적으로 말했다. "그건 이 사건과는 절대 관련이 없어요. 물론 그 얘긴 나중에 판사님께 따로 할게요. 지금은 건설적인 논의를 하고 있는 만큼, 여기 위대하신 스미스 씨부터 입을 여는 게 어떨까요?"

"무슨 말입니까?" 위대하신 스미스 씨가 물었다.

"위대하신 작가 선생님. 당신이야말로 아무에게도 말하지 않은 사실을 잔뜩 안고 있죠!"

"언니, 관둬. 제발 입씨름은 그만해요." 노라가 난처한 표정으로 말했다.

"엘러리 씨는 뭐든 할 수 있는 일이 있다면 하실 분이란 생각 안 들어?" 퍼트리샤가 외쳤다.

"모르겠는데." 롤라는 매정한 목소리로 말했다. 그녀는 담배 연기 틈으로 그녀의 용의자를 노려보았다. "저 남자는 속을 알 수 없는 사람이야."

"잠깐, 스미스 씨! 뭐든 아는 게 있다면, 증인으로 나와주시오!" 마틴이 말했다.

"제가 증인석에 나가서 짐 하이트가 유리해진다면 기꺼이 나가겠습니다. 하지만 그렇지 않아요. 반대로 짐에게 해가 될 겁니다. 그것도 상당히요."

"짐에게 해가 된다고요?"

"유죄 판결을 굳히게 될 겁니다."

라이트가 처음으로 입을 열었다. "엘러리 씨는 짐이 범인이라고 말하는 거요?"

"그렇다고 말하지는 않았습니다. 그렇지만 제가 증언하게 되면 짐은 매우 불리해집니다. 칵테일에 독약을 넣을 수 있는 사람이 짐 이외에는 없었다는 사실이 분명해져서, 대법원까지 가도 구할 수 있는 가능성이 희박해져요. 저는 절대 증인석에 나가서는 안 됩니다."

"스미스 씨." 그때 데이킨 서장이 불쑥 나타나 엘러리를 찾았다……. "이런 식으로 들어와서 죄송합니다, 여러분. 소환장을 전달하러 왔습니다." 데이킨이 무뚝뚝하게 말했다.

"소환장? 저한테요?" 엘러리가 물었다.

"그래요. 스미스 씨, 월요일 오전에 열릴 짐 하이트 사건 공판에서 검찰 측 증인으로 법정에 출두해주셔야겠습니다."

제5부

## 23
## 롤라와 수표

"나도 받았어요." 월요일 아침에 법정에서 롤라가 엘러리에게
말했다.

"뭘 받았다는 겁니까?"

"사랑하는 시민들을 위해 증언하라는 소환장을요."

"이상하네요." 엘러리는 중얼거렸다.

"애송이 검사가 소매 속에 뭔가를 감춘 모양인데. 그건 그렇
고 페티그루 씨는 왜 법정에 온 걸까요?" 엘리 마틴이 말했다.

"누구요?" 엘러리는 두리번거리며 말했다.

"J. C. 페티그루, 부동산 소개업자 말입니다. 저기서 브래드
퍼드 검사와 속닥거리고 있잖아요. 이 사건에 관해 아는 게 없
을 텐데……."

롤라가 갑자기 목이 졸린 듯한 목소리로 소리쳤다. "오, 맙소
사." 모두 그녀를 보았다. 그녀는 새파랗게 질려 있었다.

"언니, 왜 그래?" 퍼트리샤가 물었다.

"아무것도 아냐. 설마 그럴 리는……."

"판사가 나오는군." 마틴이 급히 일어서며 말했다. "롤라, 잊
지 마라. 검사의 질문에만 간단히 대답하고 네 의견 같은 건 말
하지 마. 어쩌면……." 그때 집행관이 들어와서 모두에게 일어

나라고 했으므로 그는 목소리를 낮추어 말했다. "어쩌면 내가
반대 심문할 때 책략을 좀 쓸지도 모른다!"

증인석에 앉은 페티그루는 몸을 떨며 라이츠빌 농부들이 흔
히 쓰는 파란색 물방울무늬 손수건으로 얼굴의 땀을 계속 닦았
다. "이름은 J. C. 페티그루이며, 라이츠빌에서 부동산 소개업
을 하고 있습니다. 라이트 집안과는 여러 해 전부터 알고 지냈
으며, 제 딸 카멜은 퍼트리샤 라이트와 가장 친한 친구입니다."
(퍼트리샤는 입을 삐죽였다. 그 '가장 친한 친구'는 1월 1일 이
후 전화 한 번 걸어오지 않았다.)

오늘 아침, 카터 브래드퍼드는 땀으로 얼룩진 의기양양한 얼
굴이었다. 이마의 땀을 닦는 그의 손수건과 페티그루의 손수건
이 이중주를 이루었다.

질문 : 페티그루 씨, 여기 취소된 수표를 보십시오. 알아보시
　　　겠습니까?
답변 : 네.
질문 : 뭐라고 쓰여 있는지 읽어주십시오.
답변 : 날짜, 1940년 12월 31일. 100달러를 현금으로 지불
　　　함, 서명은 J. C. 페티그루입니다.
질문 : 증인, 이 수표는 증인이 작성한 것입니까?
답변 : 그렇습니다.
질문 : 그 수표에 적혀 있는 날짜는 지난해 마지막 날, 즉 12
　　　월 31일이 맞습니까?
답변 : 네, 그렇습니다.

질문 : 페티그루 씨, 당신은 이 수표를 누구에게 주었습니까?

답변 : 롤라 라이트 씨에게 주었습니다.

질문 : 이 100달러짜리 수표를 롤라 씨에게 주게 된 경위를 설명해주십시오.

답변 : 저도 정말 이상하다고 생각했지만…… 별수 없이…… 지난 12월 31일, 제가 하이 빌리지에 있는 제 가게를 청소하고 있을 때 롤라 씨가 찾아왔습니다. 그리고 말하기를, 몹시 곤란한 일이 생겨서 그러니 오랜 친분을 생각해 100달러만 빌려달라고 했습니다. 제가 보기에도 급한 사정이 있는 듯해서…….

질문 : 그녀와 나눈 말만 이야기하십시오.

답변 : 그뿐입니다. 아, 그리고 현금으로 주었으면 좋겠다고 하더군요. 그래서 저는 현금은 가진 게 없고 은행도 문을 닫았으니 수표로 주겠다고 했습니다. 그랬더니 그녀는 '할 수 없군요'라고 말했습니다. 그래서 제가 수표를 끊어주었고, 롤라 씨는 고맙다고 말했습니다. 그뿐입니다. 이젠 가도 됩니까?

질문 : 무엇 때문에 돈이 필요한지 말하지는 않았습니까?

답변 : 말하지 않았습니다. 저도 묻지 않았고요.

그 수표는 증거물로 제출되었다. 마틴 변호인은 페티그루의 발언을 삭제해달라고 요구하려다가, 그 수표의 뒷면에 쓰인 글씨를 얼핏 보고는 놀라서 입을 다물었다. 그리고 손을 크게 저으며 반대 심문은 하지 않겠다고 말했다. 페티그루는 조금이라

도 빨리 증인석에서 내려가려고 서두르다가 넘어질 뻔했다. 그
는 헐마이니에게 괴로운 미소를 보냈으며, 손수건으로 얼굴의
땀을 연신 닦았다.

롤라 라이트는 긴장된 얼굴로 선서했지만, 눈만은 반항적인
빛을 뿜고 있어 카터 브래드퍼드는 얼굴을 붉혔다. 그는 증거
물인 수표를 그녀에게 내밀었다. "롤라 라이트 씨, 작년 12월
31일에 페티그루 씨에게 이 수표를 받은 다음 당신은 무엇을
했습니까?"

"핸드백에 넣었습니다." 롤라가 말했다. 방청석에서 웃음소
리가 들려왔다. 엘리 마틴이 얼굴을 찡그려서 롤라는 똑바로
앉아 자세를 바로 했다.

"물론 그것은 알고 있습니다. 저는 그 수표를 증인이 누구에
게 주었는지 묻고 있습니다."

"생각나지 않습니다."

어리석은 여자로군. 엘러리는 생각했다. 완전히 덜미를 잡혔
는데 꼴사납게 버티면 상황은 더 나빠질 뿐이다. 브래드퍼드
는 수표를 그녀의 눈앞에 갖다 댔다. "이것을 보면 기억이 떠오
르는 데 도움이 되겠지요. 그 뒷면에 쓰여 있는 걸 읽어보십시
오."

롤라는 침을 삼켰다. 그리고 작은 소리로 읽었다. "제임스 하
이트." 이때 피고석에 앉아 있던 짐이 조금 미소를 지었다. 몹
시 우울한 미소였다. 그리고 다시 본래의 무표정으로 돌아갔
다.

"증인은 페티그루 씨한테 빌린 수표에 왜 제임스 하이트 씨
의 서명이 쓰여 있는지 설명할 수 있습니까?"

"제가 그에게 주었으니까요."

"언제 주었습니까?"

"그날 밤에요."

"어디서입니까?"

"동생 노라의 집에서요."

"노라 하이트 씨 집에서. 새해 전야 파티에 증인은 노라의 집에 오지 않았다는 증언이 이 법정에서 있었는데, 증인은 그 말을 못 들었습니까?"

"들었습니다."

"그렇다면 갔다는 말입니까, 안 갔다는 말입니까?"

브래드퍼드의 목소리에는 잔혹한 구석이 있었다. 퍼트리샤는 난간 앞의 좌석에 앉아 몸을 뒤틀었다. 그녀는 거의 '너를 증오해!'라고 외치는 듯했다.

"저는 겨우 몇 분 동안 거기 있었을 뿐 파티에는 참석하지 않았습니다."

"잘 알겠습니다. 증인은 파티에 초대받았습니까?"

"네."

"그런데 가지 않았다는 말이군요."

"네."

"왜죠?"

엘리 마틴이 이의를 신청했고 재판장이 인정했다. 브래드퍼드는 미소를 지었다.

"피고인 당신 동생의 남편 이외에 증인을 본 사람이 있습니까?"

"없습니다. 저는 부엌 뒷문으로 돌아갔으니까요."

"그렇다면 증인은 피고가 부엌에 있다는 것을 이미 알고 있었단 말인가요?" 카터 브래드퍼드가 재빨리 물었다.

롤라는 얼굴을 붉혔다. "네, 뒤뜰에 잠시 서서 짐이 부엌으로 가는 것을 창 너머로 보고 있었어요. 식기실에 들어가기에 누군가와 함께 있는 줄 알았죠. 그러나 잠시 후 혼자 있다는 것을 알고 노크했어요. 그가 식기실에서 나와 부엌문 쪽으로 오길래 거기서 이야기를 했습니다."

"무슨 이야기를 나눴습니까, 롤라 라이트 씨?"

롤라는 곤란한 표정으로 마틴을 흘긋 보았다. 변호인은 일어서려다가 다시 앉았다.

"짐에게 수표를 주었습니다." 엘러리는 몸을 앞으로 내밀었다. 저것 때문에 왔었군! 그날 밤 짐과 롤라 사이에 무슨 일이 있었는지, 엘러리의 궁금증이 이제야 풀렸다.

"증인이 피고에게 수표를 건네주었군요. 피고가 먼저 증인에게 돈을 달라고 했습니까?" 브래드퍼드는 정중하게 물었다.

"아니요!"

엘러리는 싱긋 웃었다. 선의의 거짓말이군.

"하지만 증인은 피고에게 주기 위해 페티그루 씨로부터 100달러를 빌리지 않았나요?"

"네, 하지만 그건 제가 그에게 빌린 돈을 갚기 위해서였습니다. 저는 사람들한테 돈을 잘 빌려요. 습관적으로요. 짐한테도 전에 돈을 좀 빌렸는데, 그 돈을 갚은 겁니다. 그게 다예요." 롤라는 냉정한 표정으로 단호하게 말했다.

엘러리는 짐을 미행해 롤라의 아파트에 갔던 날 밤의 일이 생각났다. 그날 짐은 술에 취해 롤라에게 돈을 달라고 졸랐고,

롤라는 없다고 말했다……. 방금 롤라가 새해 전날 밤 빌린 돈을 갚았다고 한 말은 사실이 아니었다. 롤라는 노라의 행복을 위해 일종의 기부를 한 것이었다.

"증인은 하이트 씨에게 빌린 돈을 갚기 위해 페티그루 씨에게 돈을 빌렸다는 겁니까?" 카터는 눈썹을 치켜 올리며 물었다. 웃음소리가 터져 나왔다.

"증인은 그 질문에 이미 대답했습니다." 엘리 마틴이 말했다.

브래드퍼드는 알고 있다는 듯이 손을 흔들었다. "증인, 피고가 당신에게 빌려준 돈을 갚으라고 독촉하던가요?"

너무 급하게 대답이 나왔다. "아뇨, 안 그랬어요."

"그렇다면 당신은 한 해의 마지막 날에 갑자기 돈을 갚아야겠다고 마음먹었다는 말이군요. 아무런 독촉도 받지 않았는데 말입니다." 이의. 논쟁. 다시 반복.

"증인, 당신은 수입이 아주 적지 않습니까?" 이의. 논쟁. 이번에는 격하게. 뉴볼드 판사는 배심원들의 퇴장을 허용했다. 브래드퍼드 검사는 판사에게 진지하게 말했다. "재판장님, 검찰 측은 이 증인이 매우 궁핍한 생활을 하면서도 피고의 꾐에 빠져 그에게 돈을 조달해준 사실을 입증하려고 합니다. 피고의 근본적인 성격과 그가 얼마나 필사적으로 돈을 얻으려고 했는가를 드러냄으로써 이 독살의 동기가 경제적 이익을 챙기려는 데 있었음을 밝히려고 하는 겁니다." 배심원들이 다시 입장했다. 브래드퍼드는 집요하게 롤라를 공격했다. 마치 깃털이 뽑혀 나갈 것 같은 닭싸움처럼 격론이 벌어졌는데, 심문이 끝날 무렵에는 배심원들이 브래드퍼드의 말을 전부 믿게 되었을 정도였다. 배심원들이란 재판장이 잊으라고 한 말은 이상할 정도로 잊지 않는 법이기 때문이다.

그러나 마틴도 만만치 않았다. 반대 심문을 할 차례가 되자 그는 패기만만하게 심문을 시작했다.

"롤라 라이트 양, 증인은 검시 심문에서 새해 전야 파티가 열리는 그날 동생 집 뒷문으로 들어갔다고 증언했는데, 그때의 시간을 기억하고 계십니까?"

"네, 다른 파티에 가기로 한 약속 때문에 시계를 봤거든요. 자정 조금 전이었습니다. 제야의 종이 울리기 15분 전이었어요."

"증인은 동생 남편이 식기실로 들어가는 것을 본 다음 조금 후에 문을 노크했고, 나온 그와 이야기를 나누었다고 증언했지요. 정확하게 말해서 그 대화는 어디서 했습니까?"

"부엌 뒷문에서요."

"증인은 피고에게 뭐라고 말했습니까?"

"뭘 하고 있는지 물었습니다. 그는 여러 사람들에게 나눠줄 맨해튼 칵테일을 만들고 있다고 말했어요. 제가 노크를 할 때 마침 버찌를 넣으려던 중이었다고 했습니다. 그 후에 저는 수표에 대해 말했어요."

"당신은 그 칵테일을 보았습니까?"

법정 안은 동물원의 큰 새장처럼 술렁이기 시작했다. 카터 브래드퍼드는 미간을 찡그리며 몸을 앞으로 내밀었다. 이것이 가장 중요한 부분이다……. 바로 이때 술잔에 독이 들어갔을 것이다. 술렁임이 잠시 이어지다가 법정은 다시 조용해졌다.

"아니요. 짐은 식기실에서 노크 소리를 듣고 부엌 뒷문 쪽으로 왔어요. 그래서 저는 그가 식기실에서 칵테일을 만들고 있다는 걸 알았어요. 제가 서 있던 곳, 부엌 뒷문에서는 식기실 안이 보이지 않아요. 따라서 칵테일은 볼 수 없었습니다."

"아! 그렇다면 증인과 피고가 이야기하고 있는 동안 거실이나 식당에서 부엌으로 누가 몰래 들어왔다면, 증인은 그 사람을 볼 수 있었을까요?"

"아니요. 식당에서 부엌으로 오려면 식기실을 통해야만 해요. 거실에서 부엌으로 들어가는 문은 부엌 뒷문에서 보이지만, 짐 하이트가 제 앞에 서 있어서 시야를 가렸기 때문에 저에게는 그쪽 문이 보이지 않았습니다."

"다시 말해 롤라 라이트 씨, 당신과 피고가 이야기하고 있는 동안 짐 하이트가 부엌 쪽으로 등을 돌리고 있었고, 그의 몸이 당신을 가리고 있었기 때문에 부엌 내부가 거의 보이지 않았다는 말이죠. 누군가가 거실에서 나와 부엌을 살펴본 다음, 식기실로 가서 당신과 피고가 모르는 사이에 무슨 짓을 하고 돌아갈 수도 있었을까요?"

"네, 그렇습니다."

"아니면 누군가가 식당에서 직접 식기실로 들어갈 수도 있었겠죠. 그래도 당신이나 피고가 그자를 못 봤을까요?"

"물론 그렇게 했다고 하더라도 우리는 보지 못했겠죠. 좀 전에 말씀드린 대로 식기실은 보이지 않았으니까요."

"그때 뒷문에서 얼마 동안이나 이야기를 나누었습니까?"

"아, 5분 정도였을 거예요."

"이상입니다. 고맙습니다." 마틴은 만족스럽게 말을 마쳤다.

카터 브래드퍼드가 다시 심문에 나섰다. 방청석에서는 수군거리는 소리가 들렸으며, 배심원들은 골똘히 생각에 잠겼고, 카터의 머리카락은 흥분으로 곤두섰다. 그러나 그의 태도와 말투는 침착했다. "라이트 씨, 이 자리가 힘든 걸 압니다. 하지만 지금 당신이 한 이야기를 분명히 해둘 필요가 있습니다. 당신이 뒷문에서 피고와 이야기하는 동안 누군가가 식당이나 혹은 부엌을 통해 식기실로 들어간 적이 없습니까?"

"모르겠어요. 저는 단지 누군가가 들어가려고 했다면 우리 모르게 들어갈 수도 있다고 말한 거예요."

"그렇다면 증인은 누군가가 들어갔다고 확실히 말할 수는 없겠군요."

"저는 누군가가 들어갔다고는 말하지 않았습니다. 그렇지만 같은 이유로 아무도 들어가지 않았다고 단언할 수도 없어요. 물론 들어가려고 했다면 쉽게 들어갈 수 있었겠죠."

"증인은 누군가가 식기실로 들어가는 것은 보지 못했지만, 피고가 식기실에서 나오는 건 보았겠죠?"

"네. 하지만……."

"그리고 증인은 피고가 식기실로 다시 돌아가는 것을 보았겠죠?"

"아뇨. 저는 짐이 문 앞에 서 있을 때 돌아나왔어요." 롤라는 거칠게 대답했다. "이상입니다." 카터가 부드럽게 말했다. 그는 롤라가 증인석에서 내려올 때 손을 잡아주려고 했지만, 롤라는 몸을 꼿꼿이 세우고 쌀쌀맞게 자리로 돌아왔다.

"이번에는, 전에 증인으로 나왔던 사람을 다시 한 번 부르겠습니다. 프랭크 로이드 씨." 카터가 말했다.

집행관이 소리쳤다. "프랭크 로이드 씨, 증인석으로 나와주십시오!"

엘러리는 혼자 중얼거렸다. "뭔가 일이 벌어질 모양이군."

로이드의 볼은 마치 몸속의 피가 서서히 썩고 있는 듯 누런 색이었다. 그는 머리카락과 옷매무새가 흐트러진 채 입을 꼭 다물고 증인석으로 성큼성큼 걸어 나왔다. 그러고는 3미터도 떨어져 있지 않은 곳에 앉아 있는 짐을 흘끗 보았다. 그는 곧 눈길을 돌렸으나, 그 초록빛 눈에는 악의가 뚜렷이 드러나 있었다. 그는 겨우 몇 분 동안 증인석에 앉아 있었다. 브래드퍼드가 수완 있게 끄집어낸 그의 증언의 핵심은, 그가 전날 증인석에 섰을 때 그가 잊고 있었던 중요한 사실을 상기시키는 것이었다. 즉, 짐 하이트가 자정 전 새해 전야 파티의 마지막 칵테일을 만들고 있을 때 거실 밖으로 나간 사람이 짐 하이트 외에 누구였느냐는 것이었다.

질문 : 그 사람은 누구였습니까, 로이드 씨?
답변 : 라이트 저택에 묵고 있는 엘러리 스미스 씨입니다.

이 영리한 짐승 같으니. 엘러리는 마음속으로 감탄했다. 그나저나 이번에는 내가 덫에 걸린 짐승이 되어버렸군……. 어쩐담?

질문 : 스미스 씨는 피고가 거실에서 나갔을 때 곧장 뒤따라 나갔습니까?
답변 : 그렇습니다. 그는 피고가 들어와 모두에게 칵테일을 돌릴 때까지 들어오지 않았습니다.

바로 이거로군. 엘러리는 생각했다. 카터 브래드퍼드는 몸을 돌려 엘러리를 뚫어져라 쳐다보았다. 그러고는 딱딱한 목소리로 말했다. "엘러리 스미스 씨를 증인으로 신청합니다."

## *24*
## 엘러리 스미스가 증언대에 서다

엘러리는 자리에서 일어나 증인석 앞으로 나갔다. 서약을 하고 증인석 의자에 앉았지만 이제부터 브래드퍼드 검사가 무엇을 질문할지, 그리고 자기가 무엇을 대답할지 별로 신경 쓰지는 않았다. 검사가 어떤 질문을 할 것인지는 대충 짐작이 갔고, 자기가 어떤 대답을 해야 할지도 이미 알고 있었다. 프랭크 로이드의 때늦은 기억은 그 사건이 일어나던 날 밤, 수상한 '스미스 씨'가 어떤 역할을 했는지 브래드퍼드가 대충 짐작하게 만들었을 것이다. 하나의 의문은 또 다른 의문을 불러일으키고, 의심스러웠던 일은 분명한 사실로 바뀌고, 그리하여 언젠가는 모든 사실이 드러나고 말 것이다. 엘러리는 버티거나 거짓말을 하려는 생각은 꿈에도 하지 않았다. 그것은 그가 도덕주의자나 성인 군자여서도, 양심을 두려워해서도 아니었다. 엘러리는 지금까지 진실을 찾는 훈련을 쭉 해오면서, 살인은 밝혀지지 않는 경우가 있더라도 진실은 반드시 드러난다는 것을 알고 있었다. 그러므로 거짓말을 하는 것보다는 진실을 말하는 것이 훨씬 현실적이었다. 게다가 사람들은 법정에서 흔히 거짓말을 할 거라고 기대하니, 그 점을 영리하게 활용하면 큰 이점으로 작용할 수도 있었다.

엘러리의 머리는 오히려 다른 문제로 가득 찼다. 바로 짐 하이트에게 불리하기만 한 진실을 어떻게 하면 유리하게 바꿔놓을 수 있는가 하는 것이었다. 그렇게만 할 수 있다면, 검찰 측은 큰 타격을 받을 것이다. 또한 예상치 못한 추가적인 힘이 될 수도 있다. 이렇게 증인석에 앉아 있는 엘러리가 상상조차 할 수 없는 일을, 젊은 검사 브래드퍼드가 미리 알고 있을 리는 없었다.

그랬기 때문에 엘러리는 심문이 시작되기를 기다리는 동안 마음 졸이며 앉아 있지는 않았다. 그보다는 머리 속의 가장 깊은 골짜기까지 더듬으며 그가 알아낸 모든 일을 자세히 검토해 힌트와 단서를 찾아내고 앞으로 취해야 할 길을 생각했다.

이름, 직업, 라이트 집안과의 관계 등 형식적인 질문을 하는 카터 브래드퍼드를 보면서 그는 또 다른 확신이 솟아났다. 브래드퍼드는 가능한 한 개인적인 감정을 섞지 않으려고 조심스럽게 행동하고 있었지만, 말투에는 보이지 않는 가시가 있었다. 카터는 지금 온화하고 깡마른 이 사나이를 마음대로 할 수 있는 입장에 있었다. 엘러리가 소설을 쓰는 작가일 뿐만 아니라, 자신에게 로맨틱한 골칫거리를 안겨준 장본인이라는 것을 브래드퍼드는 아주 확실히 느끼고 있다. 두 사람 사이에는 퍼트리샤의 존재가 어른거렸다. 엘러리는 그 점을 깨닫고는 몹시 만족했다. 이것 역시 그가 질문하는 사람보다 유리한 입장에 서게 하는 요소였다. 왜냐하면 이 젊은 검사는 퍼트리샤 때문에 눈이 멀어 총명한 지성이 무뎌졌기 때문이다. 엘러리는 그 점을 마음 깊이 숨겨두었다. 그는 브래드퍼드 검사의 질문에 겉으로는 주의를 기울이는 척하며, 속으로는 아까부터 하고 있던 생각에 골몰했다.

그리고 갑자기 엘러리는, 어떻게 진실을 짐 하이트에게 유리하게 만들지에 대한 방법이 떠올랐다! 그는 거의 웃음이 터지려는 것을 참으며, 천천히 몸을 뒤로 기대어 눈앞에 서 있는 남자에게 모든 신경을 집중했다. 첫 질문을 들으며 엘러리는 다시 안심했다. 브래드퍼드는 지친 개처럼 헐떡거리며 쫓아올 것이다.

"스미스 씨, 우리가 피고인 짐 하이트의 필적을 찾아낼 수 있었던 것은, 하이트 부인이 증인이 그 편지에 대한 이야기를 우리에게 했으리라고 짐작해 히스테리를 일으켰기 때문입니다. 기억합니까?"

"네."

"그날 증인에게 두 번씩이나 편지에 대해 물었는데도 대답하지 않았죠. 기억합니까?"

"네, 기억합니다."

브래드퍼드는 부드럽게 말했다. "스미스 씨, 당신은 오늘 진실만을 말하겠다고 선서하고 이 증인석에 앉았습니다. 그러니 다시 묻겠습니다. 증인은 데이킨 서장이 피고의 집에서 그 편지를 찾아내기 전부터 그 편지의 존재에 대해 알고 있었습니까?"

엘러리는 대답했다. "네, 알고 있었습니다."

브래드퍼드는 놀라워하며, 수상쩍다는 듯이 물었다. "그 편지가 있다는 것을 언제 처음 알았습니까?"

엘러리가 그때의 상황을 설명하자, 브래드퍼드의 놀라움은 만족감으로 바뀌었다. "그런데 왜 숨겼죠?" 툭 던진 질문이지만 비웃음이 섞여 있었다. 엘러리는 온화한 태도로 대답했다.

"그렇다면 증인은 하이트 부인이 남편에게 살해당할 위험이 있었다는 걸 알고 있었군요?"

"그렇지는 않습니다. 그런 암시를 나타내는 편지가 세 통 있다는 것만 알고 있었을 뿐입니다."

"그럼, 증인은 그 편지를 피고가 썼다고 생각하십니까, 아니면 그렇지 않다고 생각하십니까?"

마틴이 이의를 제기하려고 하자 엘러리는 마틴의 눈을 보며 살짝 고개를 저었다.

"그건 모르겠습니다."

"하지만 증인은 방금 퍼트리샤 라이트가 그것을 피고의 필적으로 인정했다고 하지 않았습니까?"

퍼트리샤는 4, 5미터 정도 떨어진 곳에 앉아 매서운 눈빛으로 두 사람을 바라보고 있었다.

"그녀는 그렇게 생각했습니다. 하지만 그렇다고 해서 그렇게 단정할 수는 없겠지요."

"증인은 직접 확인해보았습니까?"

"네, 하지만 저는 필적 감정 전문가는 아닙니다."

"그래도 어떤 결론 같은 것은 내렸을 것 아닙니까, 스미스 씨?"

"이의 있습니다. 증인의 의견을 물을 필요는 없습니다." 마틴 변호인이 참다못해 소리쳤다.

"지금 질문은 취소하시오." 뉴볼드 재판장이 이의를 받아들였다.

브래드퍼드는 싱긋이 웃었다. "증인은 피고의 책을 보았습니까? 에지컴의 《독물학》 71쪽에서 72쪽에 있는 글 가운데 빨간색연필로 밑줄이 그어져 있는 부분 말입니다."

"보았습니다."

"밑줄이 그어진 책의 내용으로 보아 만일 범죄가 이루어진다면 비소중독에 의한 독살일 것이라고 짐작했겠죠?"

"필연성과 확률을 구분하는 데는 상당히 논리적인 설명이 필요합니다만, 지금 여기서 그럴 수는 없고…… 아무튼 짐작했었다고 해두지요. 네, 짐작하고 있었습니다." 엘러리는 한심하다는 투로 대답했다.

"재판장님, 이 질문과 대답은 아무래도 정상적이지 못하다고 생각합니다." 마틴 변호인은 답답하다는 듯이 말했다.

"왜 그렇게 생각합니까?" 뉴볼드 판사가 물었다.

"스미스 씨의 생각과 결론, 그리고 필연성이라든가 확률, 의문, 또 그 외에 무엇이 있건 간에 지금 문제가 되고 있는 사건과는 아무런 관계도 없기 때문입니다."

브래드퍼드가 다시 싱긋이 웃었다. 뉴볼드 판사는 검사에게 실제로 있었던 사건과 대화로 질문을 한정하라고 주의를 주었다. 하지만 브래드퍼드는 그런 것은 아무래도 상관없다는 듯성의 없이 고개를 끄덕였다. "스미스 씨, 증인은 세 번째 편지에 하이트 부인의 죽음이 새해 전날 이루어진다고 쓰여 있던 것을 보았습니까?"

"네."

"그 사건이 일어나던 날 밤에 증인은 피고의 뒤를 따라 거실 밖으로 나갔습니까?"

"나갔습니다."

"당신은 그날 밤에 계속 피고를 지켜보았습니까?"

"그렇습니다."

"그가 식기실에서 칵테일을 만들고 있는 것을 보았습니까?"

"그렇습니다."

"그렇다면 피고가 자정 조금 전에 마지막 칵테일을 만들었다고 하는데, 그때의 상황을 기억하고 있습니까?"

"분명하게 기억하고 있습니다."

"피고는 어디서 칵테일을 만들었습니까?"

"부엌 옆에 있는 식기실에서 만들었습니다."

"증인은 거실에서 피고의 뒤를 따라 그곳으로 갔습니까?"

"그렇습니다. 복도를 지나 그곳으로 갔습니다. 그 복도는 현관에서 집 안쪽으로 통하게 되어 있습니다. 짐 하이트는 부엌을 지나 식기실로 들어갔습니다. 저는 바로 뒤를 따라가서는 복도에서 부엌으로 들어가는 문 옆에 서 있었습니다."

"피고가 뒤돌아서 증인을 보았습니까?"

"아니요."

"그러나 증인은 그에게 들키지 않도록 조심했겠지요?"

엘러리는 미소 지었다. "저는 조심하지도 않았고, 일부러 드러내려고 하지도 않았습니다. 복도에서 부엌으로 들어가는 문이 절반쯤 열려 있는 그 옆에 서 있었을 뿐입니다."

"피고는 고개를 돌려 증인을 보았습니까?" 브래드퍼드는 집요하게 물었다.

"아니요."

"그러나 증인은 피고를 볼 수 있었죠?"

"똑똑히 보았습니다."

"피고는 무엇을 하고 있었습니까?"

"믹싱글라스로 맨해튼 칵테일을 만들고 있었습니다. 그리고 그것을 쟁반 위에 있는 깨끗한 술잔에 차례대로 따랐습니다. 그가 식기실 탁자 위에 있는 버찌 병을 집으려고 할 때 뒷문에서 노크 소리가 났습니다. 그는 칵테일을 그대로 둔 채 누가 왔는지 보러 부엌으로 갔습니다."

"조금 전의 증언대로, 그때 롤라 라이트와 피고가 이야기를 나눴다는 말이군요?"

"그렇습니다."

"피고가 롤라 라이트와 이야기하고 있는 동안 당신은 식기실 쟁반 위에 놓여 있는 칵테일을 계속 지켜보았습니까?"

"네, 보았습니다."

카터 브래드퍼드는 조금 주저하다가 결심한 듯이 말했다. "피고가 식기실에서 나갔다가 돌아올 때까지 누군가가 그 칵테일이 있는 곳으로 다가가는 걸 보았습니까?"

"아무도 보지 못했습니다. 거기엔 아무도 없었습니다."

"그렇다면 그 식기실은 그동안 완전히 비어 있었다는 말이군요?"

"살아 움직이는 것은 없었습니다."

브래드퍼드는 기쁜 표정을 감추지 못했다. 애써 아무렇지 않은 척하려고 했지만 헛수고였다. 방청석에 앉아 있는 라이트 집안사람들의 표정이 굳어졌다. "그럼 스미스 씨, 증인은 롤라 라이트가 돌아간 후 피고가 다시 식기실로 들어오는 것을 보았습니까?"

"보았습니다."

"피고는 무엇을 했습니까?"

"작은 상아 꼬챙이로 버찌를 칵테일 속에 하나씩 떨어뜨렸습니다. 그리고 두 손으로 쟁반을 들고 조심스럽게 제가 서 있는 문을 향해 걸어왔습니다. 저는 시치미를 떼고 그와 함께 거실로 돌아왔습니다. 그는 가족과 손님들에게 칵테일 잔을 나누어 주었습니다."

"피고가 쟁반을 들고 식기실에서 거실까지 걸어가는 동안 증인 이외에 피고 옆에 다가온 사람은 없었습니까?"

"아무도 없었습니다."

엘러리는 침착하게 다음 질문을 기다렸다. 브래드퍼드의 눈이 승리의 기쁨으로 빛났다.

"증인, 그 식기실 안에서 다른 어떤 이상한 점은 없었습니까?"

"없었습니다."

"다른 일은 아무것도 일어나지 않았습니까?"

"아무것도 일어나지 않았습니다."

"증인은 증인이 본 것 모두를 이야기했습니까?"

"전부 이야기했습니다."

"증인은 피고가 칵테일 잔 하나에 어떤 하얀 가루를 넣는 것을 보지 못했습니까?"

"아닙니다. 그런 일은 결코 없었습니다."

"그럼, 식기실에서 거실까지 걸어가는 도중에도 그런 일은 없었습니까?"

"짐 하이트의 두 손은 쟁반을 붙들고 있었습니다. 칵테일을 만들거나 쟁반을 거실로 운반하는 동안, 어떤 칵테일 잔에도 그는 이물질을 넣지 않았습니다."

법정 안이 술렁이기 시작했다. 라이트 식구들은 서로 마주보며 안도의 눈길을 주고받았고, 마틴 변호인은 얼굴의 땀을 닦았다. 카터 브래드퍼드는 비웃듯이 말했다. "아마 2초 정도는 고개를 돌린 적이 있었겠지요?"

"제 눈은 계속 칵테일 잔을 향해 있었습니다."

"단 1초도 눈길을 돌리지 않았단 말입니까?"

"단 1초도 돌리지 않았습니다." 엘러리는 브래드퍼드의 기대에 어긋나 미안하다는 듯이 말했다.

브래드퍼드는 배심원 한 명 한 명에게 웃음을 보냈다. 그리고 적어도 다섯 명 정도는 그 웃음에 답했다. '그 말을 어떻게 믿겠어요? 그는 라이트 집안과 친구인데.' 게다가 온 마을 사람들은 카터 브래드퍼드와 퍼트리샤가 멀어진 이유가 이 스미스라는 남자 때문이라는 것을 이미 다 알고 있었다. 그러니……

"그렇다면 증인은 피고가 그 칵테일 잔 중 하나에다 비소를 넣는 것을 보지 못했다는 말이지요?" 브래드퍼드가 여유 있게 웃으며 말했다.

"같은 말만 되풀이해서 미안하지만, 저는 보지 못했습니다." 엘러리는 정중하게 대답했다. 그러나 그는 배심원들이 그의 말을 믿지 않는다는 것을 알았다. 라이트 식구들은 그것을 모르지만, 마틴 변호인은 알고 있었다. 늙은 변호인은 다시 땀을 흘리기 시작했다. 그러나 짐 하이트만은 죄수복 안에 파묻힌 채 조금도 동요하지 않고 조각처럼 앉아 있었다.

"증인, 이 질문에 대답해주십시오. 그 칵테일 잔 중 하나에 독약을 넣을 수 있는 기회를 가진 사람을 보았습니까?"

엘러리는 자세를 바로 했다. 그러나 그가 미처 대답하기도 전에 브래드퍼드가 덧붙여 물었다. "즉, 피고 이외의 다른 어떤 사람이 그 칵테일 잔에 독약을 넣는 것을 증인은 보았느냐는 말입니다."

"저는 다른 사람은 보지 못했습니다. 하지만……."

"다시 말해 증인, 피고인 짐 하이트야말로 칵테일에 독약을 넣기에 가장 좋은 상황에 있었을 뿐 아니라 오직 그만이 독약을 넣을 수 있는 상황이 아니었습니까?" 브래드퍼드가 큰 소리로 말했다.

"아니요." 엘러리는 대답한 뒤 미소를 지었다. 그걸 물어보셨겠다. 엘러리는 생각했다. 그럼 내가 원하는 대로 한 방 먹여주지. 하지만 그것의 문제는, 나 자신에게도 한 방 먹이는 꼴이 된다는 거야. 이런 바보짓을 해야 하다니. 엘러리의 아버지 퀸 경감은 분명히 뉴욕 신문을 통해 이 사건의 기사를 읽을 것이고, 이 엘러리 스미스란 자는 도대체 누구일까 궁금해하실 것이다. 아버지가 '스미스'의 정체를 알게 되면 이 어린아이 같은 무모함에 대해 뭐라고 말씀하실지 엘러리는 절로 한숨이 나왔다.

카터 브래드퍼드는 멍한 표정이 되었다가 잠시 후 다시 외쳤다. "당신은 거짓 증언을 하고 있습니다! 식기실에는 아무도 들어가지 않았다고 증언했잖습니까! 피고가 거실로 칵테일을 나르는 도중에도 아무도 그에게 다가간 사람이 없다고 했고요! 다시 한 번 묻겠는데, 피고가 쟁반을 들고 거실까지 가는 동안 그에게 다가간 사람이 있었습니까?"

"없었습니다." 엘러리는 끈기 있게 대답했다.

"피고가 뒷문에서 롤라 라이트와 이야기하는 동안 다른 사람이 식기실로 들어갔습니까?"

"아니요."

브래드퍼드는 어이가 없다는 듯 말했다. "그러나 증인이 말한 바에 따르면……! 스미스 씨, 그렇다면 그 칵테일 중 하나에 독약을 넣을 수 있는 사람이 피고 짐 하이트 이외에 누가 또 있단 말입니까?"

마틴 변호인이 일어섰다. 그러나 변호인이 '이의'를 제기하기 전에 엘러리가 침착하게 대답했다. "접니다." 그를 바라보고 있던 모든 사람들이 깜짝 놀라서 눈이 휘둥그레졌다. 법정 안에는 쥐 죽은 듯 침묵만이 흘렀다. "생각해보세요. 뒷문에 서 있는 짐 하이트와 롤라 라이트가 모르는 사이에 살짝 식기실로 들어가, 칵테일 중 어느 하나에다 비소를 떨어뜨리고 본래 자리로 돌아오는 데 겨우 10초면 됩니다."

법정 안이 술렁거렸다. 엘러리는 높은 곳에 서서 조용히 미소를 지으며 소란스럽게 떠들어대는 사람들을 내려다보았다. 그는 생각했다. 헛점이 많긴 하지. 하지만 이렇게 짧은 시간 안에 손에 든 재료만 가지고 할 수 있는 걸로는 이게 최선이야.

소란스러운 사람들의 외침, 뉴볼드 판사가 법봉을 두드리는 소리, 신문기자들이 뛰어오는 발소리, 이 모든 혼란을 가라앉히려는 듯이 카터 브래드퍼드가 의기양양하게 물었다. "그렇다면 당신이 칵테일에 독약을 넣었습니까, 스미스 씨?"

몇 초 간 다시 쥐 죽은 듯 침묵이 흘렀다. 엘리 마틴이 이의 있다고 작은 목소리로 중얼거렸으나 엘러리의 말이 마틴의 말을 막았다. "헌법상의 기본적인 권리에 따르면……."

법정 안은 마침내 지옥처럼 아수라장이 되었다. 뉴볼드 판사는 법봉이 부서질 정도로 두들기며 집행관에게 방청객을 퇴장시키라고 말했다. 그리고 다음 날 아침까지 휴정한다고 소리를 지르고 거의 달려나가듯이 판사실로 돌아갔다. 그는 아마 식초로 머리를 찜질해야 했을 것이다.

# 25
## 퍼트리샤 라이트의 특이한 요청

그다음 날 아침까지 여러 가지 변화가 일어났다. 라이츠빌 사람들의 관심은 잠시 동안 짐 하이트에서 엘러리 스미스로 옮겨졌다. 프랭크 로이드의 신문은 엘러리의 놀라운 증언을 사설에서 다음과 같이 커다랗게 다뤘다.

어제 스미스 씨의 폭탄 발언은 불발탄으로 그칠 것 같다. 그가 용의자일 가능성이 없기 때문이다. 스미스에게는 아무런 동기가 없다. 그는 작년 8월 라이츠빌에 오기 전까지는 노라나 제임스 하이트, 그리고 라이트 집안사람들 중 누구도 알지 못했다. 그는 하이트 부인과는 직접적인 관계가 없으며, 더구나 로즈메리 하이트와는 전혀 모르는 사이였다. 어제, 그가 무슨 마음으로 그런 우스꽝스러운 광대짓을 했는지는 알 수 없으나, 그 증언은 전혀 터무니없는 말이다. 이에 대해서는 증인을 잘못 다루어 증인에게 끌려가는 결과를 빚어낸 브래드퍼드 검사를 탓해야 할 것이다. 12월 31일 밤의 파티에서 칵테일에 독약을 넣을 수 있었던 사람이 짐 하이트 외에 스미스뿐이라고 하더라도, 독약이 든 한 잔의 칵테일이 반드시 노라 하이트의 손에 잡힐 것이라고 확신할 수는 없었을 것이다. 그러나 짐 하이트는 확실히 그렇게 할 수 있었으며, 실제로 그렇게 이루어졌다. 또한 스미스는 그 세 통의 편지를 쓸 수 없었다. 왜냐하면 그 편지는 틀림없는 짐 하이트의 필적이기 때문이다. 그러므로, 어제의 일은 스미스의 우정에서 나온 필사적인 몸짓이거나, 아니면 한 작가가 라이츠빌을 실험 무대로 하여 벌인 짓궂은 연극임을 라이츠빌의 시민과 배심원은 모두 인정해야 할 것이다.

다음 날 증인석에 앉은 엘러리에게 브래드퍼드는 가장 먼저 이렇게 말했다. "이건 당신이 어제 한 증언의 정식 사본입니다. 소리 내어 읽어주십시오."

엘러리는 미간을 찡그렸으나, 사본을 집어 들고 읽기 시작했다.

"질문, 증인의 이름은? 답변, 엘러리 스미스입니다."

"네, 거기서 멈춰요! 그것이 당신의 증언이었지요. 분명히 증인의 이름은 엘러리 스미스라고 했습니다."

"그렇습니다." 엘러리는 대답했다. 몸에 냉기가 번졌다.

"스미스가 진짜 이름입니까?"

흠, 엘러리는 생각했다. 만만치 않은 상대군. "아닙니다."

"그럼, 가명입니까?"

"조용히 하십시오!" 집행관이 소리쳤다.

"그렇습니다."

"당신의 진짜 이름은?"

그때 마틴 변호인이 재빨리 나섰다. "굳이 필요 없는 질문입니다, 재판장님. 엘러리 스미스 씨는 재판을 받고 있는 것이 아닙니다."

"검사?" 재판장은 궁금한 눈빛으로 검사를 바라보았다.

"어제 스미스 씨의 증언을 통해 칵테일에 독약을 넣을 수 있는 기회를 가진 사람이 오직 피고 한 사람뿐이라는 검찰 측 견해에 의문이 제기되었습니다. 스미스 씨가 자신도 칵테일에 독약을 넣을 수 있는 상황이었다고 증언했기 때문입니다. 그러므로 오늘 저는 어쩔 수 없이 스미스 씨의 근본적인 성격에 관해 거론하지 않을 수 없습니다……." 브래드퍼드가 희미하게 웃음을 띠며 말했다.

"그럼, 검사는 증인이 진짜 이름을 말한다면 그의 성격을 알 수 있다는 말입니까?" 뉴볼드 판사는 눈살을 찌푸리며 말했다.

"그렇습니다."

"그렇다면, 그 질문을 허용하겠습니다."

"제 질문에 대답해주십시오. 증인의 진짜 이름은?"

엘러리는 라이트 집안사람들이 당황하는 모습을 보았다. 다만 퍼트리샤만이 당혹감에 노여움이 더해진 얼굴로 입술을 깨물고 있었다. 브래드퍼드가 지난밤에 여러 가지를 조사했다는 걸 엘러리는 알 수 있었다. 퀸이라는 이름이 살인죄를 면할 수 있는 이유는 물론 안 되겠지만, 실제로 자신의 이름이 밝혀지면 배심원들이 그 유명한 이름을 가진 사람이 범죄를 저지를 리는 없다고 판단해버릴 것이다. 이젠 별수 없다. 엘러리 퀸은 한숨을 쉬었다. "제 이름은 엘러리 퀸입니다."

이런 상황에서도 마틴 변호인은 그가 할 수 있는 한 최선을 다했다. 브래드퍼드가 타이밍을 잘 잡았다는 사실은 분명해졌다. 브래드퍼드는 엘러리를 증인석에 불러내 피고 측에 유리한 상황을 만들어주었지만, 엘러리의 정체를 폭로함으로써 그것을 다시 부수고 말았다. 마틴 변호인은 집요하게 한 가지만 물고 늘어졌다. "퀸 씨, 증인은 노련한 눈으로 범죄 현상을 관찰할 수 있는 사람으로서, 이 사건에 대해 어느 정도의 흥미를 느끼고 있습니까?"

"대단한 흥미를 가지고 있습니다."

"그래서 새해 전야 파티에서 짐 하이트를 주시하며 관찰했습니까?"

"물론 흥미도 있었지만, 우선 라이트 씨 가족에 대한 염려 때문이었습니다."

"증인은 짐 하이트가 독살을 시도할지도 모른다는 생각에서 그런 것입니까?"

"네." 엘러리는 간단히 대답했다.

"증인은 짐 하이트가 그런 일을 실행에 옮기는 것을 보았습니까?"

"아뇨. 보지 못했습니다!"

"증인은 짐 하이트가 칵테일 잔 중 하나에 비소를 몰래 넣는 것을 보았습니까?"

"그런 행동이나 몸짓은 전혀 보지 못했습니다."

"증인은 그런 일이 실제로 일어날까봐 짐 하이트를 감시했습니까?"

"네, 그렇습니다."

"이상입니다." 마틴 변호인은 의기양양하게 말했다.


모든 신문은 새 추리소설의 소재를 얻기 위해 라이츠빌에 온 엘러리 퀸이 더없이 좋은 기회를 만났으므로, 그 끔찍한 편지의 진상을 속 시원히 해결해 온 세상에 알려줄 것이라는 내용의 기사를 실었다. 브래드퍼드는 씁쓸한 얼굴로 검찰 측의 질문을 포기했다.

주말이 되자 사건 관계자들은 모두 자기 집이나 호텔로 돌아갔고, 다른 지방에서 온 보도 관계자들은 홀리스 호텔 로비의 임시 침대로 돌아갔다. 마을 사람들은 짐 하이트의 미래가 어둡다고 전망했다. 당연한 일 아냐? 그 사람이 저지른 일이잖아. 안 그래? 주말 동안 바와 선술집에 모여든 손님들은 야단법석을 떨어댔다. 그러나 짐 하이트를 옹호하는 사람들은 금요일 밤에 비공식적으로 또다시 라이트 저택 거실에서 모임을 가졌다. 분위기는 우울하고 절망적이었다. 노라는 엘러리와 엘리 마틴과 로버타 로버츠에게 물었다. "어떻게 생각해요?" 절망적이고 고통스러운 목소리였다. 이 질문에 모두가 고개를 가로저었다.

"퀸 씨의 증언이 상황을 좋게 만들었지만, 배심원들은 짐에게 이미 죄가 있다고 믿고 있어. 노라, 상황이 너무 나쁘다. 이 말 외에는 다른 말을 할 수가 없구나." 엘리 마틴이 유감스럽다는 듯이 말했다. 노라는 멍하니 난롯불을 바라보았다.

"예전이라면 당신이 엘러리 퀸이라는 말을 듣고 정말 흥분했겠지만, 요즘은 그럴 기운도 없네요." 헐마이니가 한숨을 쉬었다.

"엄마, 엄마의 투지는 다 어디로 갔어요?" 롤라가 작게 중얼거렸다.

헐마이니는 미소를 지었다. 그러나 곧 쉬어야겠다고 말한 뒤 다리를 끌다시피 하며 2층으로 올라갔다. 잠시 후에 존 라이트가 말했다. "퀸 씨, 고맙소." 그러고는 헐마이니가 없는 것이 불안한지 아내의 뒤를 따라 2층으로 올라갔다.

남은 사람들은 오랫동안 아무 말 없이 그저 앉아 있었다. 마침내 노라가 입을 열었다. "엘러리 씨, 적어도 당신이 본 것만으로도 남편이 결백하다는 건 확인되었다고 생각해요. 그게 중요해요. 대단히 중요한 의미예요. 그들이 당신의 말을 믿어야 할 텐데!"

"그러길 바래야겠죠."

"마틴 판사님, 월요일은 판사님이 짐을 변호할 차례죠. 계획이 어떻게 되나요?" 로버타 로버츠가 갑자기 물었다.

"당신이 좀 가르쳐주시오." 마틴이 말했다.

그녀는 눈을 아래로 내리깔며 작은 소리로 말했다. "도움이 될 만한 게 생각나지 않는군요."

"그럼 내가 옳았군요." 엘러리가 중얼거렸다. "다른 사람이 더 좋은 판단을 해주리라 기대해서는……." 그때 뭔가가 깨지는 소리가 났다. 퍼트리샤가 일어서 있었다. 그리고 그녀가 홀짝이던 셰리 잔이 벽난로 안에서 산산조각이 난 채 파란 불꽃에 휩싸여 있었다.

"너 왜 그래, 패티?" 롤라가 말했다. "우리 가족이 모두 이상해져버렸어!"

"내가 왜 이러는지 가르쳐줄까?" 퍼트리샤가 숨을 헐떡이며 말했다. "나는 가만히 앉아서 우리야 히프*처럼 행동하는 데 질렸어. 이젠 뭔가 해야 되겠어!"

"패티!" 노라는 패티가 갑자기 여자 하이드**로 변하기라도

---

* 디킨스의 소설 《데이비드 코퍼필드》에 등장하는, 겉으로는 겸손한 척하지만 실제로는 비겁한 사람.

** 《지킬 박사와 하이드 씨》의 주인공.

한 듯 깜짝 놀라 동생의 얼굴을 보았다.

롤라가 중얼거렸다. "도대체 무슨 소리를 하는 거야?"

"나한테 좋은 생각이 있어!"

"우리 동생에게 좋은 생각이 떠올랐다는군요!" 롤라가 놀리듯이 말했다. "옛날에는 나도 좋은 생각들이 많았었지. 하지만 정신을 차리고 보니 비겁한 남자와 이혼해 있더구나. 앉아, 화만 내는 말썽쟁이야."

"잠깐만요. 한번 들어나 봅시다. 좋은 생각이라니 뭐죠, 패티?" 엘러리가 물었다.

"모두들 맘껏 비웃어봐요. 하지만 내겐 계획이 있어요. 나 혼자서 해보이겠어요." 퍼트리샤가 몹시 화를 내며 말했다.

"무슨 계획이지? 누구의 의견이든 모두 듣겠다. 어서 말해봐, 퍼트리샤." 마틴이 말했다.

"들어주시려고요?" 패티는 조롱하듯 말했다. "아뇨, 말하지 않겠어요. 언젠가는 알게 될 테니까요. 그건 그렇고 엘리 아저씨! 한 가지 부탁이 있어요."

"부탁이라니 뭐냐?"

"저를 피고 측의 마지막 증인으로 불러주세요!"

마틴 판사는 당황했다. "그렇지만 왜……?"

"그래요. 도대체 무슨 꿍꿍입니까? 여기 있는 어른들한테 먼저 말하는 게 좋을 것 같은데요." 엘러리가 급히 말했다.

"얘기는 이미 충분히 했어요. 꼰대 나리."

"도대체 뭘 하려는 건데요?"

"저한테 세 가지가 필요해요." 퍼트리샤는 진지한 표정으로 말했다. "첫째는 시간, 둘째는 최후의 증인, 셋째는 노라 언니

의 오달리스크 향수……. 뭘 하려는 거냐고요, 엘러리 씨? 저
는 형부를 구하려고 해요!" 노라가 뜨고 있던 뜨개질감으로 눈
물을 닦으며 밖으로 뛰쳐나갔다. "해내고 말겠어요!" 퍼트리
샤는 화난 음성으로 말하고는 마치 범죄자 같은 말투로 나직이
덧붙였다. "카터 브래드퍼드에게 본때를 보여줘야겠어요!"

## 26
### 7번 배심원

월요일 아침에 뉴볼드 재판장이 판사실에서 나오는 것을 기다리는 동안 엘리 마틴이 엘러리에게 말했다. "이제 하느님께 맡기는 수밖에 없군요."

"무슨 뜻입니까?" 엘러리가 물었다.

마틴 변호사는 한숨을 쉬었다. "무슨 뜻이냐 하면, 신의 도움이 없으면 내 오랜 친구의 사위는 전기의자에 앉을 수밖에 없다는 말입니다. 내가 할 수 있는 건 변론뿐이지만, 신께서 정의를 위해 간청하는 모든 이들을 도우시기를!"

"법률적 관점으로 볼 때, 저는 아무것도 모르는 얼간이입니다. 그렇지만 마틴 판사님은 조금은 방어할 만한 논점이 있으시죠?"

"어느 정도는 그렇지요." 늙은 변호인은 옆에서 가슴에 고개를 파묻고 있는 짐 하이트를 씁쓸하게 곁눈질하며 큰 소리로 말했다. "이런 사건은 처음입니다! 모두들 나에게 아무 말도 해주지 않아요. 피고도, 로버타란 그 여자도, 라이트 집안사람들도……. 그리고 장난꾸러기 패티마저도 나에게 말을 안 해요!"

"패티……." 엘러리는 생각에 잠겼다.

"패티는 자기를 증인석으로 불러달라고 했지만, 무엇 때문에 그 애를 불러내야 하는지 알 수가 있어야지요. 이건 재판이 아니라 미친 짓입니다."

"토요일 밤에 외출했던 것이 왠지 의심스러워요. 그리고 어젯밤도요. 두 번 다 상당히 늦게 돌아왔습니다."

"로마가 불타고 있는데 말이지요."

"마티니까지 마신 것 같더군요."

"당신이 탐정이라는 것을 깜빡했군요. 퀸 씨, 어떻게 그런 것들을 아셨습니까?"

"그녀에게 키스했거든요."

마틴은 깜짝 놀라며 말했다. "키스를 했다고요? 당신이?"

"저만의 방법이 있거든요." 엘러리는 조금 딱딱하게 말했다. 그러고는 곧 싱글거렸다. "그렇지만 이번에는 먹히지 않았습니다. 도대체 무슨 짓을 하는 건지 조금도 말을 하지 않더군요."

"오달리스크 향수라니." 늙은 변호인은 콧방귀를 뀌었다. "만일 패티가 좋은 향기로 젊은 브래드퍼드의 마음을 사로잡을 생각이라면…… 오늘 아침에 보니 전혀 마음을 돌린 것 같지 않더군요. 그렇지 않습니까?"

"의지가 굳은 청년이지요." 엘러리는 불편한 표정으로 그 말에 동의했다.

마틴은 한숨을 쉬며 난간 아래 앉은 사람들을 흘끗 보았다. 노라가 조금 창백한 얼굴로 턱을 쳐들고 부모님 사이에 앉아 있었다. 그녀의 눈은 꼼짝도 하지 않는 남편의 옆얼굴에게 호소하는 듯했다. 그러나 짐은 그녀가 와 있는 것을 알았다 해도 아는 척하지 않았을 것이다. 사람들로 가득 찬 방청석에서 속삭이는 소리가 끊임없이 들려왔다.

엘러리는 퍼트리샤 라이트를 슬쩍 곁눈질했다. 오늘 아침 퍼
트리샤의 표정은 오펜하임의 탐정 소설에 나오는 인물 같았다.
눈을 가늘게 뜨고, 입가에는 묘한 수수께끼를 머금고 있었다.
어젯밤 퀸은 과학적 흥미를 가지고 저 입술에 키스했지만……
헛수고였다. 뭐, 어쩌면 완전히 헛수고라고 할 수는 없겠지
만…….

엘러리는 엘리 마틴이 옆구리를 찌르는 바람에 정신을 차렸
다. "어서 일어나요. 법정 예의를 잊었습니까? 뉴볼드 재판장
이 나옵니다."

"행운을 빕니다." 엘러리가 멍하니 말했다.

마틴은 짐 하이트를 변호하기 위한 증인으로 가장 먼저 헐마
이니 라이트를 불러냈다. 헐마이니는 재판장 앞을 지나 증인석
계단에 올랐다. 그 모습은 여왕 같은 품격을 지니고 있었지만,
옥좌에 오르는 여왕이 아니라 단두대에 오르는 여왕 같았다.
선서할 때에는 비극적인 음성으로 '선서합니다'라고 또렷하게
말했다. 영리한 사람이라고 엘러리는 생각했다. 헐마이니를 증
인석에 불러내다니. 노라의 어머니 헐마이니. 노라만 아니면
세상에서 짐 하이트를 가장 증오하는 사람임이 분명한 헐마이
니. 그 헐마이니가 자기 딸을 죽이려고 한 사람을 변호하기 위
해 나온 것이다! 방청객들과 배심원들은 모든 사람들의 시선을
이겨내는 헐마이니의 위엄 있는 태도에 감탄했다. 오, 그녀는
투사였다! 엘러리는 그녀의 세 딸 얼굴에서 자랑스러움을, 짐
의 얼굴에서는 불가사의한 수치스러움을, 그리고 카터 브래드
퍼드의 얼굴에서는 희미한 존경심을 보았다.

늙은 변호인은 솜씨 좋게 헐마이니를 유도해 범행이 이루어진 날 밤의 상황을 차례로 이야기하게 만들었다. 마틴은 주로 그날 밤의 흥청거리는 분위기를 강조함으로써 모두가 얼마나 즐거운 시간을 보냈는지를 말하려고 했다. 노라와 짐이 얼마나 어린애처럼 춤을 추었는지, 그리고 질문과 답변을 통해 이 사건의 검찰 측 증인인 프랭크 로이드가 얼마나 술에 취해 있었는지를 자연스럽게 확인시켰다. 변호인은 헐마이니의 '혼란스러운' 답변을 통해, 그날 밤 그 자리에 있던 프랭크 로이드를 비롯한 모든 사람들이 1941년을 축하하는 그 운명의 건배를 하기 전에 이미 취해 있어서 무슨 일이 일어났는지 정확히 말할 사람이 없다는 것을, 단 한 잔만 마신 엘러리 퀸만이 온전한 정신이었음을 배심원들에게 각인시키려 노력했다.

다음으로 마틴은 헐마이니에게 여러 가지 질문을 던져, 짐과 노라가 신혼여행에서 돌아온 직후에 그녀가 짐과 주고받은 대화 내용을 말하게 했다. 노라는 짐에게, 임신한 것 같지만 좀 더 확실해질 때까지는 엄마한테 비밀로 해두자고 말했다, 그러나 짐은 너무 기뻐 도저히 그 사실을 숨겨두지 못하고 장모에게 말했다, 그러면서 그가 말했다는 걸 노라에게는 비밀로 해달라고 부탁했다……. 짐이 아기 아버지가 되는 것을 얼마나 기뻐했는지에 대해서도 헐마이니는 낱낱이 말했다. 아이로 인해 그의 인생이 얼마나 변화할지 그는 고대하고 있었으며, 노라와 아이를 위해 출세하고자 하는 새로운 의지도 솟아나고 있었다고 말했다. 그리고 그가 노라를 얼마나 사랑하고 있는지, 날이 갈수록 그 사랑이 얼마나 깊어져갔는지에 대해서도 증언했다.

카터 브래드퍼드는 눈에 띌 정도로 호의를 표시하며 반대 심

문을 포기했다. 그러나 헐마이니가 증인석에서 내려올 때 방청
석에서 야유의 휘파람 소리가 작게 들렸다.

마틴은 피고의 성격을 증언할 수 있는 증인을 계속 불러냈는
데, 그건 뉴볼드 판사의 얼굴만큼이나 길었다. 라이츠빌 은행
의 로리 프레스톤과 곤잘레스, 버스 운전사인 브릭 밀러, 어펌
하우스의 마담, 짐의 독신 시절 친구이자 비주 극장의 젊은 지
배인 루이 카한, 그리고 카네기 도서관의 도서관장 미스 에이
킨 등이었다. 미스 에이킨은 뜻밖의 증인이었다. 그녀는 누구
도 좋게 말하는 법이 없는 것으로 유명했기 때문이다. 그러나
그녀는 피고의 성격을 증언하는 범위를 넘어서면서까지 짐 하
이트를 위해 발언했다. 엘러리는 그 이유를 짐이 예전에 도서
관을 즐겨 이용했고, 게다가 에이킨이 규정한 많은 규칙을 하
나도 어기지 않았기 때문으로 추측했다. 피고의 성격을 증언하
는 증인이 많은 것과, 또 여러 방면의 사람들이라는 것에 방청
인들은 놀란 것 같았다. 짐 하이트가 라이츠빌에서 이토록 많
은 사람들과 알고 지낸 줄은 아무도 몰랐다. 이 점이야말로 법
정에 있는 모든 사람들에게 깊은 인상을 주려고 마틴이 노렸던
부분이었다. 마지막으로 존 라이트가 증인석에 올라가 담담한
어조로 짐은 좋은 사람이며 라이트 가족은 모두 마음과 영혼으
로 그를 지지한다고 증언하자, 사람들은 존 라이트가 지난 두
달 동안 몹시도 늙어버린 것 같다고 속삭였다. 법정 안에는 라
이트 집안에 대한 동정의 물결이 찰랑거리기 시작해 짐 하이트
의 발끝까지 적시고 있었다.
　짐의 성격에 대해 증언하는 며칠 동안 카터 브래드퍼드는 라

이트 집안 식구들에게 끝까지 경의를 표시했다. 그는 라이트 집안의 기분을 존중하려는 사려 깊은 태도를 보였지만, 조금 냉정하기도 했다. 마치 '당신들을 괴롭힐 생각은 없지만, 친밀한 관계라 하더라도 이 법정에서의 나의 행동을 조금도 허술하게 할 생각은 결코 없습니다!'라고 말하는 것 같았다.

마틴은 로렌조 그렌빌을 증인석으로 불러냈다. 로렌조 그렌빌은 흐리멍덩한 눈을 가진 작은 남자로, 두 뺨이 움푹 들어가 있었다. 사이즈 16의 높은 옷깃 위로 시든 뿌리 같은 목이 솟아 있었다. 그는 자기가 필적 감정가라고 말했다. 그렌빌은 이 재판의 첫날부터 계속 출석했으며, 또한 검찰 측의 증인인 필적 감정가들이 세 통의 편지를 보고 피고의 필적임에 틀림없다고 말하는 것을 들었다고 말했다. 그리고 그 자신도 그 편지를 조사해보았고 피고가 실제로 쓴 글씨도 조사해보았지만, 전문가로서 그는 증거물로 제출된 세 통의 편지를 짐 하이트가 쓴 것이라고 단언할 수는 없다고 했다.

"권위 있는 필적 감정가로 인정받고 있는 증인은, 이 세 통의 편지를 피고가 쓴 것이라고 확신할 수 없다는 말씀입니까?"

"그렇습니다."(검사는 곁눈질로 배심원들을 보았고, 배심원들도 검사를 곁눈질로 보았다.)

"왜 그렇게 생각합니까, 그렌빌 씨?" 마틴이 물었다.

그렌빌은 상세하게 설명을 해주었다. 똑같은 자료로 그렌빌이라는 감정가가 검찰 측 필적 감정가들과 전혀 반대의 결론을 내자 몇몇 배심원들은 의혹을 가지기 시작했고, 이에 마틴은 만족스러워했다.

"증인, 이 편지들이 피고에 의해 쓰여진 것이 아니라고 말할 만한 이유가 달리 또 있습니까?"

이 질문에 대해 그렌빌은 많은 이유를 들었다. 요약해보면, 문장 어투에 관한 문제였다. "편지의 문체는 너무 과장되어 있고 부자연스러운 것이 피고의 평소 문체와는 전혀 다릅니다." 그렌빌은 그 증거로 짐 하이트의 편지 중에서 한 부분을 예로 들었다.

"그렇다면 증인, 이 세 통의 편지에 대한 당신의 의견은 무엇입니까?"

"저는 이 편지를 다른 누군가가 썼다고 생각합니다."

엘러리는 그 말을 듣고 마음이 놓여야 마땅했지만, 불행히도 전에 다른 한 사건에서 저 로렌조 그렌빌 씨가, 피고가 실제로 사인한 한 장의 수표를 지금처럼 진지하게 위필이라고 증언하는 것을 들은 적이 있었다. 하이트의 편지에 대해서 엘러리는 조금도 의심하지 않았다. 그 편지는 짐 하이트가 쓴 것이고, 그게 다였다. 마틴 변호인은 신용할 수 없는 그렌빌을 내세워 어쩌자는 걸까, 엘러리는 의문스러웠다.

그러나 곧 엘러리는 그 이유를 깨달았다. 엘리 마틴은 만족스러운 어조로 말했다. "그렇다면 증인, 당신의 전문적인 의견을 묻겠습니다. 하이트 씨의 필적은 쉽게 흉내 낼 수 있습니까, 아니면 어렵습니까?"

"오, 정말 쉽습니다."

"증인은 하이트 씨의 필적을 흉내 낼 수 있습니까?"

"물론이지요."

"그럼 지금 바로 하이트 씨의 필적을 흉내 내어 쓸 수 있겠습니까?"

"음." 그렌빌은 머뭇거렸다. "잠깐 동안 그 필적을 연구할 시간이 필요합니다. 2분 정도요!"

브래드퍼드가 이의를 제기하며 일어섰다. 그는 뉴볼드 재판장 앞에 서서 오랫동안 낮은 목소리로 무언가를 의논했다. 이어서 법정은 그것을 공개 실험할 것을 허용했다. 증인에게 펜과 잉크와 짐 하이트가 쓴 글씨의 사본이 주어졌다. 그것은 라이츠빌 은행의 메모지에다 짐 하이트가 쓴 편지로, 4년 전에 노라에게 쓴 것이었다. 법정 안의 모든 사람들이 의자 끝에 걸터앉아 숨을 죽이고 지켜보았다. 로렌조 그렌빌은 그 사본을 정확하게 2분 동안 눈을 가늘게 뜨고 세심하게 보았다. 그런 다음 펜을 잡고 잉크를 묻힌 후 흰 종이 위에 거침없이 써내려갔다. "내 펜으로 쓰면 좀 더 잘 쓸 수 있었을 텐데……." 그는 마틴에게 말했다.

마틴은 증인이 쓴 것을 열심히 들여다보더니, 이윽고 싱긋이 웃으며 그 종이를 짐의 자필 사본과 함께 배심원석으로 돌렸다. 그 사본과 그렌빌의 위필을 비교하는 배심원들의 표정을 보고 엘러리는 마틴의 전략이 효과를 거두었다고 생각했다.

카터 브래드퍼드는 반대 심문에서 증인에게 단 한 가지만을 질문했다. "그렌빌 씨, 증인은 위필 기술을 익히는 데 몇 년 정도 걸렸습니까?"

그렌빌은 그것을 위해 일생을 바친 것 같았다.

빅터 캘러티가 증인석에 불려 나왔다. "네, 저는 16번 도로에서 핫 스팟이라는 술집을 경영하고 있습니다."

"어떤 종류의 술집입니까?"

"나이트클럽입니다."

질문 : 캘러티 씨, 당신은 피고 짐 하이트를 알고 있습니까?

답변 : 자주 보았습니다.

질문 : 그가 당신의 나이트클럽에 온 일이 있습니까?

답변 : 네.

질문 : 술을 마시러요?

답변 : 음, 한두 잔 정도요. 그건 합법적이죠.

질문 : 캘러티 씨, 짐 하이트가 당신 술집에서 도박을 하다가 돈을 잃었다고 자기 아내에게 말하는 것을 들었다는 사람이 있는데, 여기에 관해 증인은 할 말이 없습니까?

답변 : 그건 당치도 않은 거짓말입니다.

질문 : 그렇다면 짐 하이트가 증인의 나이트클럽에서 도박한 적이 없다는 말입니까?

답변 : 물론입니다. 아무도 도박 같은 것은…….

질문 : 피고는 당신에게 돈을 빌린 적이 있습니까?

답변 : 저는 하이트 씨뿐만 아니라 아무에게도 돈을 빌려준 적이 없습니다.

질문 : 피고는 당신에게 단 1달러도 빌리지 않았습니까?

답변 : 네, 빌린 적이 없습니다.

질문 : 증인이 알고 있는 한, 피고가 당신 가게에서 돈을 잃은 적이 없다는 말입니까? 도박이라든가, 어떤 다른 이유로도 말입니다.

대답: 기분이 좋을 때 어떤 여자에게 돈을 줬는지 아닌지는 잘 모르겠습니다만, 우리 가게에서는 술값 이외에 그가 사용한 돈은 한 푼도 없습니다.

질문 : 검사 측, 반대 심문하십시오.

브래드퍼드는 '감사합니다'라고 중얼거렸으나 그 말은 엘리
마틴에게만 들렸다. 엘리 마틴은 어깨를 조금 으쓱하며 자리에
앉았다.

검사의 심문이 시작되었다.

질문 : 증인, 도박장을 운영하는 것은 법률 위반입니다.
답변 : 제가 도박장을 한다고 누가 그랬습니까? 누굽니까?
질문 : 아무도 말하지 않았어요. 증인, 질문에만 대답해주세
요.
답변 : 그건 악의적인 모함이에요. 증거가 있습니까? 있다면
보여줘봐요. 이런 곳에 끌려나와 그런 어이없는 말을
듣다니…….
뉴볼드 재판장 : 증인은 쓸데없는 말을 삼가십시오. 그렇지
않으면 법정 모독죄로 처벌받습니다. 질문에만 대답
하세요.
답변 : 무슨 질문 말입니까, 재판장님?
브래드퍼드 검사 : 어쨌든 좋습니다. 증인은 증인이 말하는
소위 '나이트클럽'의 구석방에서 룰렛, 트럼프, 주사
위 같은 도박을 벌였습니까, 안 벌였습니까?
답변 : 내가 그런 기분 나쁜 질문에 대답해야 합니까? 재판
장님, 이거야말로 모욕입니다. 머리에 피도 안 마른
것이 으스대며 나를 이런 자리에 앉혀놓고는…….
뉴볼드 재판장 : 다시 한 번 그런 말을 하면…….

마틴 변호인 : 재판장님, 이 반대 심문은 적당하지 않은 것
  같습니다. 이 증인이 도박장을 운영하는지 아닌지 변
  호인의 직접 심문에서는 일부러 묻지 않았습니다.

뉴볼드 재판장 : 기각합니다!

마틴 변호인 : 이의 있습니다!

브래드퍼드 검사 : 캘러티 씨, 만일 피고가 증인이 운영하는
  술집에서 도박을 하고 돈을 빌렸다 해도, 당신은 그렇
  지 않다고 말할 수밖에 없겠지요. 그렇지 않으면 도박
  판을 벌인 죄로 고소당할 테니까.

마틴 변호인 : 지금 한 말은 취소하십시오!

답변 : 이게 도대체 뭡니까? 갑자기 다들 미친 거 아뇨? 내
  가 무슨 장사를 하고 있다고 생각하는 거야? 몸이라
  도 팔까봐? 시골뜨기 재판관 따위가 무서워서 이 빅
  터 캘러티가 물러설 줄 알아? 나한테는 친구들이 얼
  마든지 있어. 늙은 염소 같은 판사와 애송이 검사한테
  이 위대한 캘러티가 놀림을 당했다고 하면 친구들이
  가만있지 않을 거라고!

뉴볼드 재판장 : 브래드퍼드 검사, 이 증인에게 더 물어볼 것
  이 있습니까?

브래드퍼드 검사 : 지금까지의 증언으로 충분합니다.

뉴볼드 재판장 : 서기, 마지막 질문과 대답은 삭제하시오. 배
  심원들도 이것은 듣지 못한 것으로 해주시기 바랍니
  다. 방청인들도 조용히 하십시오. 그렇지 않으면 퇴장
  시키겠습니다. 이 증인은 법정 모독죄로 구속하겠습
  니다. 집행관은 빨리 데리고 나가요.

집행관이 다가오는 것을 보고 캘러티는 주먹을 휘두르며 고함을 질렀다. "변호사 데려와! 여기가 나치 독일이냐?"

노라가 선서하고 증인석에 앉은 뒤 가느다란 목소리로 증언하기 시작하자, 법정은 교회처럼 변했다. 그녀는 마치 사제 같았으며, 방청객들은 죄를 뉘우치기 위해 모인 사람들처럼 조용히 불안한 표정으로 귀를 기울였다. 분명히 짐 하이트가 죽이려 했던 저 여자는 짐을 증오하고 있겠지? 하지만 노라는 짐을 증오하지 않았다. 그녀는 세포 하나하나까지 그의 편이었다. 그녀의 충성심이 법정 안을 따뜻한 공기로 가득 채웠다. 그녀는 온갖 비난으로부터 남편을 변호하는 훌륭한 증인이었다. 그녀는 남편에 대한 애정과 그의 무죄를 믿는 마음을 몇 번이나 되풀이해서 진술했다. 그녀는 진술하는 동안 가끔 몇 미터 앞에 앉아 있는 남편을 바라보았다. 짐은 부끄러운지 붉게 상기된 무표정한 얼굴을 숙인 채 더러운 구두 끝만 물끄러미 내려다보았다.

저런 바보, 더 협조적이어야 하는데! 퀸은 화를 내며 속으로 생각했다.

노라는 검사 측 주장을 물리칠 수 있는 실질적인 증언은 하지 못했다. 마틴은 노라가 지닌 심리적 가치를 이용하기 위해 증인석으로 불러냈던 것이다. 그는 새해 전야 파티 이전에 있었던 두 번에 걸친 독살 미수 사건에 대해서는 일부러 언급하지 않았다. 그리고 카터 브래드퍼드는 순전히 동정심 때문에 반대 심문을 포기함으로써, 그 두 번에 걸친 독살 미수 사건에 대한 심문 기회를 스스로 없애버렸다. 어쩌면 브래드퍼드는 노라를 괴롭히는 것보다는 가만히 내버려두는 편이 배심원들에게 좋은 인상을 남길 수 있다고 판단했는지도 모른다.

악명 높은 회의론자인 엘러리 퀸은 정말로 그럴지는 확신하지 못했다.

노라가 마틴의 마지막 증인이었으므로, 그는 증언을 좀 더 진행할까 말까 망설이는 표정으로 피고석 책상 위의 서류를 만지작거렸다. 그때 난간 앞에 앉아 있던 퍼트리샤가 크게 손을 흔들어 신호를 보냈다. 변호인은 어쩔 수 없다는 표정을 지으며 내키지 않는 얼굴로 고개를 끄덕였다. "퍼트리샤 라이트 씨를 증인으로 요청합니다." 엘러리는 자신도 모르게 몹시 긴장해서 몸을 앞으로 숙였다.

마틴은 무엇을 물어야 할지 알 수가 없어서 마치 단서를 찾는 것처럼 조심스럽게 정찰에 들어갔다. 그러나 퍼트리샤는 거의 곧바로 마틴의 고삐를 벗어났다. 그녀가 참을 수 없을 만큼 무언가를 말하고 싶어 한다는 건 엘러리도 잘 알고 있었지만, 그 이유는 무엇일까? 그녀는 도대체 무슨 말을 하려는 걸까?

퍼트리샤는 피고 측의 증인임에도 불구하고 검사 측에 유리하도록 진술을 했다. 그녀는 말을 하면 할수록 짐을 불리하게 만들고 있었다. 자기 형부를 불량배에다 거짓말쟁이로 몰아붙였다. 짐은 노라에게 창피를 주었으며, 그녀의 보석을 훔쳤고, 그녀의 재산을 낭비했고, 그녀를 무시했고, 그녀에게 정신적 고통을 주었으며, 끊임없이 그녀와 말다툼을 했다…… 퍼트리샤가 이야기의 반도 끝내기 전에, 방청석에서 쑥덕거리는 소리가 들려왔다. 마틴은 공사장 인부처럼 땀을 흘리며 그녀를 말리려고 애를 썼다. 노라는 동생을 처음 보는 사람처럼 입을 크게 벌린 채 바라보았고, 라이트와 헐마이니는 밀랍 인형이 녹아내리듯 의자에 몸을 오그린 채 꼼짝하지 못했다.

뉴볼드 재판장은 짐을 비난하며 증오심을 분출하고 있는 퍼트리샤의 말을 막고, 그녀에게 말했다. "퍼트리샤 양, 당신은 피고 측 증인으로 나와 있다는 것을 인지하고 있습니까?"

퍼트리샤는 내뱉듯이 말했다. "죄송합니다, 재판장님. 그렇지만 형부에게 죄가 있다는 걸 누구나 다 알고 있는데, 모두가 그것을 뭉개려 하는 걸 그대로 보고 있을 수가 없었어요."

"나는 도저히……." 마틴이 분노로 몸을 떨며 소리쳤다.

"젊은 아가씨……." 뉴볼드 재판장도 화가 나서 말했다.

그러나 퍼트리샤는 아주 빠른 어조로 말을 계속했다. "그런 얘기는 어젯밤에 윌리엄 케첨 씨에게도 말했어요."

"뭐라고!"

이 외침은 뉴볼드 재판장, 엘리 마틴, 브래드퍼드의 입에서 동시에 튀어나왔다. 그 순간 법정 안은 충격의 심연에 빠져들었다. 벽이 갈라지고, 바벨탑이 무너지는 아수라장이 펼쳐졌다. 뉴볼드 재판장은 세 번째 망치를 두드렸고, 집행관은 사람들을 조용히 시키기 위해 뛰어다녔다. 신문기자석에서 기자 한 명이 상황을 파악하고 큰 소리로 웃기 시작하자 그 웃음이 점차 뒤쪽으로 번져나갔다. 이 소동 속에서 마틴이 소리를 질렀다. "재판장님, 지금 증인이 한 진술은 너무나 충격적입니다. 이 사실을 기록해주십시오. 저는 이런 일은 전혀 상상도……."

"잠깐만 기다리십시오. 잠시만, 변호인." 뉴볼드 재판장이 쉰 목소리로 말했다. "라이트 양!"

"네, 재판장님?" 퍼트리샤는 왜 이렇게 떠드는지 모르겠다는 듯이 당황하며 물었다.

"증인이 한 말을 내가 제대로 들은 게 맞습니까? 어젯밤 윌리엄 케첨을 만나 얘기를 했다고 말했나요?"

"네, 재판장님. 그리고 윌리엄 씨도 제 말에 동의했어요……." 퍼트리샤는 얌전하게 말했다.

"이의 있습니다! 증인은 저를 걸고 넘어지려고 저러는 겁니다! 어떤 다른 속셈이 있는 겁니다." 카터 브래드퍼드가 큰 소리로 말했다.

퍼트리샤는 순진무구한 눈으로 브래드퍼드를 빤히 바라보았다.

"잠깐만, 브래드퍼드 검사!" 뉴볼드 재판장이 자리에서 몸을 앞으로 내밀었다. 그리고 퍼트리샤에게 말했다.

"윌리엄 케첨 씨가 증인에게 동의했다고요? 그 사람이 뭘 동의했다는 말입니까? 어젯밤에 그밖에 또 무슨 일이 있었습니까?"

"윌리엄 씨는 형부가 틀림없이 유죄라고 말했어요. 그리고 만일 내가 약속한다면……." 이때 퍼트리샤는 얼굴을 조금 붉혔다. "만일 내가 어떤 일을 약속한다면, 그는 형부가 당연히 받아야 할 벌을 받도록 해주겠다고 말했어요. 윌리엄 씨는 자신은 보험회사 세일즈맨이기 때문에 무엇이든지 남을 구슬리는 일은 잘한다고 말하면서, 다른 배심원들에게도 말을 잘해주겠다고 했어요. 그리고 저는 자기가 꿈꿔온 여인이니 저를 위해서라면 험한 산도 기꺼이 올라가겠다고……."

"조용히 하시오!" 뉴볼드 재판장이 소리를 질렀다.

법정 안이 조용해지자 뉴볼드 재판장은 엄숙하게 말했다. "증인, 당신은 어젯밤 이 재판의 7번 배심원인 윌리엄 케첨 씨와 그런 대화를 나눴다는 말이지요?"

"네, 재판장님. 뭐가 잘못됐나요? 그렇게 하면 안 된다는 것을 미리 알았더라면……." 퍼트리샤는 눈을 동그랗게 떴다. 그러나 그녀의 말 끝 부분은 왁자지껄한 소리에 묻혀 들리지 않았다.

"집행관, 방청인들을 모두 내보내요!" 뉴볼드 재판장이 소리쳤다.

"자, 이제 다음 사안으로 넘어갑시다!" 뉴볼드 재판장의 말투가 몹시 쌀쌀맞았기 때문에, 퍼트리샤의 얼굴은 흙빛이 되었고 눈에서는 눈물이 글썽거렸다.

"지, 지난주 토요일 밤에 윌리엄 씨와 저는 함께 있었어요. 그는 우리의 이런 모습은 법률 위반이라든가 뭐라든가 하면서 누가 보면 안 된다고 슬로컴까지 차로 가서는 아는 술집에 들어갔어요. 다음부터는 거의 매일 그곳에 갔어요. 내가 형부에게 죄가 있다고 말하자, 윌리엄 씨도 분명히 그렇다고 말하며……."

"재판장님, 이의를 제기합니다." 마틴이 무거운 목소리로 말했다.

"오, 그렇겠지요! 엘리 마틴, 당신 명성만 아니었으면……. 거기 당신!" 재판장은 갑자기 크게 소리를 질렀다. "케첨! 7번 배심원! 일어서시오!"

뚱뚱한 보험회사 세일즈맨인 윌리엄 케첨은 반쯤 일어섰다가 뒤로 엉덩방아를 찧고는 다시 겨우 일어섰다. 배심원석 뒷줄에 선 그는 마치 배심원석이 카누라도 되는 듯 몸을 제대로 가누지 못하고 흔들거렸다.

"윌리엄 케첨, 당신은 지난주 토요일 이후 밤마다 이 젊은 아가씨와 함께 있었습니까? 당신은 이 여자에게 다른 배심원들에게도 잘 말해주겠다고 약속했습니까? 집행관! 데이킨 서장! 저 사람을 끌어내시오!" 뉴볼드 재판장은 몹시 화를 내며 소리쳤다.

케첨은 동료 배심원 두 사람을 넘어뜨리며 닭 무리에 뛰어든 수고양이처럼 방청석에 앉은 사람들을 흩어놓은 끝에 붙잡혔다.

그는 뉴볼드 재판장 앞에 끌려나오자 장황한 말을 늘어놓았다. "나쁜 뜻은 아니었습니다, 재판장님. 저, 저는 그게 잘못인 줄 모르고…… 맹세합니다. 다들 저 개자식이 유죄라는 걸 알잖아요……."

"이 사람을 유치장으로 보내시오." 뉴볼드 재판장이 말했다. "집행관, 문 앞을 지키도록 담당을 배치하시오. 5분 동안 휴정합니다. 배심원 여러분은 그대로 자리에 앉아 계십시오. 그리고 지금 이곳에 있는 사람은 아무도 밖에 나가면 안 됩니다." 뉴볼드 재판장은 손으로 벽을 더듬으며 판사실로 물러갔다.

"배심원들이 다른 사람과 접촉하지 못하도록 조치하지 않았기 때문에 이런 상황이 벌어졌군요." 엘러리는 기다리는 동안 이렇게 말했다. 그리고 퍼트리샤를 향해 덧붙였다. "그리고 차분하지 못한 어린아이가 어른들 일에 간섭했기 때문에 일이 이렇게 됐어요!"

"오, 패티, 도대체 어쩌자고 그랬니?" 헐마이니는 울면서 말했다. "게다가 저런 남자와 어울리다니! 저 사람을 우쭐하게 만들면 무슨 짓을 할지 모른다고 그토록 말했는데 말이야. 여보, 당신도 저 인간이 패티에게 끈질기게 데이트 신청을 한 걸 알고 있죠?"

"그리고 패티를 때릴 때 썼던 낡은 헤어브러시를 넣어둔 장소도 기억하고 있어!" 존 라이트는 화난 어조로 말했다.

"형부가 저토록 곤란한 입장에 몰려 있잖아요." 퍼트리샤가 작은 소리로 말했다. "그래요! 그래서 저 뚱보 윌리엄한테 작업을 걸어서 마티니를 엄청 먹였어요! 한두 번 정도 저한테 수작도 부리게 내버려두고……. 내가 방탕한 여자처럼 보인다고 계속 해보세요!" 그녀는 울기 시작했다. "어쨌든 난 아무도 할 수 없는 일을 해냈어요……. 이제 두고 보라고요!"

"네, 맞아요. 이제 판결을 기다리는 것 말고는 달리 할 게 없죠." 엘러리가 말했다.

"설마……." 노라의 창백한 얼굴이 갑자기 밝아졌다. "아, 패티, 너 정말 미쳤구나! 하지만 나는 네가 좋아!"

"카터도 얼굴이 붉어졌어. 자신이 영리하다고 생각했겠지……." 퍼트리샤가 훌쩍거리며 말했다.

"그렇군요. 그렇지만 마틴 판사님의 얼굴도 좀 봐주지 그래요?" 엘러리가 건조하게 말했다.

엘리 마틴은 퍼트리샤에게 다가와 말했다. "퍼트리샤, 나는 오늘처럼 곤란한 입장에 처해본 적이 없다. 그런 건 아무래도 됐고, 너의 도덕적 행위에 대해 이러쿵저러쿵 말할 생각도 없다. 단지 네가 형부를 도운 것도 아니고 오히려 네 형부가 살아날 가망이 매우 희박해졌다는 것만 알아둬라. 뉴볼드 판사가 뭐라고 하든, 또 어떤 방법을 취하든…… 사실 그도 달리 선택의 여지가 없지……. 아무튼, 네가 일부러 일을 이렇게 만들었다는 것을 모르는 사람이 없게 됐거든. 이제 짐 하이트는 네가 한 행동을 몇 배로 되돌려 받게 될 거다." 말을 마치자 마틴은 자리를 떠나버렸다.

"패티, 저 늙은 변호사 나리께서는 지나치게 고지식해서 화를 내는 거야." 롤라가 말했다. "그러니 너무 걱정하지 마. 그리고 이젠 울음을 그만 그쳐! 그래도 아마 네가 짐의 사형 집행을 조금은 연기시켰을 거야. 원래 짐이 처했을 상황보다는 나아진 셈이지."

"나는 오랫동안 판사 생활을 해왔지만, 당신만큼 어처구니없이 뻔뻔하고 무책임한 시민은 처음 봤소. 윌리엄 케첨!" 뉴볼드 재판장은 냉정하게 말했다. 그러고는 금방이라도 쓰러질 듯한 7번 배심원을 있는 힘껏 노려보았다. "당신이 재물이나 그와 유사한 물건을 받았다는 증거가 없는 한 유감스럽게도 당신을 법률에 정해진 죄명으로 고발할 수는 없지만, 나는 배심원들에게 말해 당신의 이름을 배심원 명부에서 삭제시킬 겁니다. 그리고 당신이 이 카운티에 거주하는 동안 앞으로 배심원으로서의 권리 행사를 절대 허용하지 않겠소!"

윌리엄 케첨은 지금 당장 법정에서 나가게만 해준다면 그 외의 어떤 권리도 기꺼이 포기하겠다는 얼굴이었다.

"브래드퍼드 검사." 카터는 노여움으로 입을 꼭 다문 채 새파랗게 질려 있었다. "당신은 퍼트리샤 라이트가 고의적으로 7번 배심원에게 어떤 행동을 취했는지 상세하게 조사하십시오. 그리고 의도가 있었다면, 거기에 해당하는 죄명으로 퍼트리샤 라이트에 대한 기소장을 제출해주세요."

"재판장님." 브래드퍼드는 작은 목소리로 말했다. "기소하려면 배심원을 매수했다는 죄명으로밖에 할 수가 없습니다. 그리고 매수한 사실을 입증하려면 어떤 대가가 있음을 제시해야겠죠. 하지만 이 사건에서는 대가라는 건 없으므로……."

"몸을 제공했잖습니까!" 뉴볼드 재판장은 단호하게 말했다.

"아니에요! 그 사람은 요구했지만 전 거절했어요!" 퍼트리샤가 다급하게 말했다.

"하지만 재판장님, 그런 것이 법률적으로 대가가 될 수 있는지 의심스럽습니다……." 브래드퍼드는 얼굴을 붉혔다.

"복잡한 말싸움은 그만둡시다. 퍼트리샤 양이 부당한 방법으로 배심원에게 영향을 끼치려 했다면, 대가를 지불했든 안 했든 배심원을 포섭한 죄를 범한 게 사실이니까." 뉴볼드 재판장은 쌀쌀맞게 말했다.

"포섭한 죄라니? 그게 뭐지?" 퍼트리샤가 중얼거렸다. 그녀의 그 말을 아무도 듣지 못했지만, 엘러리만 듣고 속으로 웃었다.

"또한, 앞으로는 이 법정에서 이런 창피스러운 일이 일어나지 않도록 배심원과 외부의 접촉을 철저히 금지시키겠습니다." 뉴볼드 재판장은 쌓아올린 서류 위에 한 권의 책을 놓았다.

그는 윌리엄 케첨과 퍼트리샤를 노려보고 난 후 다시 배심원석을 보았다. "자, 사실은 명백합니다. 공정한 재판을 받아야 할 피고인의 권리가 침해되었습니다. 한 배심원이 외부의 영향을 받았기 때문입니다. 이것은 검찰 측이나 피고 측이 모두 인

정하는 바입니다. 만일 이 공판이 계속 이어진다면 결국 고등
법원에 상고하게 될 것이고, 그러면 또 새로운 공판을 열어야
할 것입니다. 그러므로 이 이상 필요 없는 비용을 더 쓰지 않기
위해 나는 하나의 방법을 취하는 수밖에 없습니다. 나는 나머
지 배심원 여러분들에게 끼쳐드린 불편과 시간의 낭비에 유감
의 뜻을 표합니다. 동시에 라이트 카운티가 이미 재판에 대해
많은 시간과 비용을 소비한 것을 유감스럽게 생각합니다. 그리
고 무엇보다도 유감스러운 사실은, 제임스 하이트 사건을 미결
정심리로 선언할 수밖에 없다는 것입니다. 나는 선언합니다.
배심원 여러분은 이 법정의 사과와 감사의 인사말을 받아들이
고 해산해주십시오. 그리고 피고인은 새 재판 날짜가 결정될
때까지 보안관에 의해 감금됩니다. 휴정합니다!"

## *27*
### *부활절 일요일 : 노라의 선물*

거리에 들끓던 기자들은 새로운 재판이 시작되면 다시 올 것을 약속하며 물러갔다. 그러나 라이츠빌은 그대로 남아 있었다. 라이츠빌은 수군거리고 분노하고 떠들어대고 소문을 만들어냈다. 그 야단법석에 퍼트리샤의 화장대 위에 놓인 작은 부처님 탁상시계의 귀가 울려댈 정도였다,

윌리엄 케첨이 마을의 영웅이 되는 희한한 반전이 일어났다. 남자들은 거리에서 그를 만나면 그의 어깨를 두드렸고, 그는 이미 틀렸다고 체념하고 있던 보험 계약을 다섯 건이나 따냈다. 그리고 차츰 자신을 되찾은 그는 퍼트리샤와 함께 보낸 그 문제의 밤에 대해 자세한 이야기를 떠벌리고 다녔다. 카멜한테서 온 전화로 퍼트리샤는 이 말을 전해 듣고는(그녀의 '가장 친한 친구'는 이제 다시 전화를 걸기 시작했다) 번화가의 블루필드 블록에 있는 케첨의 보험 사무소로 돌진해 들어가서 왼손으로 그의 옷깃을 꽉 움켜쥐고 오른손으로 빰을 다섯 번 세차게 때린 후에야 땀에 젖은 그의 하얀 목덜미를 놓아주었다. 땀에 젖은 창백한 그의 빰에는 같은 숫자만큼 손자국이 남았다.

"왜 다섯 대를 때렸죠?" 퍼트리샤와 함께 가서 그녀가 오명을 씻는 광경을 감탄하며 지켜본 엘러리가 물었다.

퍼트리샤는 얼굴을 붉히며 화를 냈다. "상관 말아요. 그
건…… 정확한 응징이었어요! 저런 거짓말쟁이, 허풍쟁이한테
는……!"

"조심하지 않으면 카터 브래드퍼드가 당신에 대한 기소장을
쓸 겁니다. 폭행과 구타에 대해서요."

"저는 그러길 기다리고 있어요. 하지만 카터는 하지 않을걸
요. 그런 유치한 짓은 안 할 거예요!" 퍼트리샤는 어두운 표정
으로 말했다. 과연 카터는 유치한 짓은 하기 싫은 모양이었다.
이 소동에 대해 카터는 아무 반응도 보이지 않았다.

라이츠빌은 부활절을 준비하기 시작했다. 봉통 백화점은 드
레스, 코트, 구두, 내의, 핸드백 등을 뉴욕의 상점처럼 장식했
고, 솔 가우디 양복점은 판매원을 두 사람이나 더 채용했으며,
로우 빌리지의 상점들은 공장의 직공들로 붐볐다.

엘러리는 라이트 저택의 제일 위층에 있는 자기 방에서 식사
때를 제외하곤 아무도 만나지 않았다. 만일 누가 그를 엿보았
다면 몹시 이상하다고 생각했을 것이다. 왜냐하면 그는 아무것
도 모르는 사람이 볼 때는 전혀 일을 하지 않는 것처럼 보였기
때문이다. 그는 그저 수없이 담배만 피워댔는데, 창가에 앉아
꼼짝하지 않고 봄날의 하늘을 쳐다보거나 고개를 숙인 채 방
안을 왔다 갔다 하며 기관차처럼 연기만 뿜어 댔다. 그러나 자
세히 보면 책상 위에는 노트며 종이가 잔뜩 쌓여 있었다. 그리
고 구겨진 종이가 가을의 낙엽처럼 방 안 가득 흩어져 있었다.
그것은 엘러리의 분노의 바람이 그렇게 흩어놓은 것이었다. 그
것들은 그렇게 비웃는 것처럼 흩어져 있었다.

그러니까 그런 쪽으로는 전혀 흥미로울 것이 없었다. 노라

의 일만 제외하면 어디에도 별다른 일은 없었다. 노라는 참으로 이상했다. 그녀는 짐이 체포된 후 재판까지 겪게 된 엄청난 스트레스를 너무나도 잘 견뎌냈다. 헐마이니는 다른 것은 생각지 않은 채 오직 노라의 몸 상태와 어머니로서의 당연한 염려만 했다. 늙은 가정부 루디는 실용적인 조언을 했다. 루디는 여자는 당연히 아기를 낳도록 되어 있으므로 노라의 '몸 상태'에 관해 필요 이상으로 염려하지 않는 편이 오히려 노라와 아기를 위해 좋다고 했다. 그냥 야채와 우유와 과일 같은 좋은 음식을 많이 먹고, 공연히 나돌아다니지 말고, 사탕 따위는 먹지 말고, 산책과 가벼운 체조를 하면 나머지는 하느님이 잘 보살펴주신다고 했다. 루디는 그에 대해 헐마이니와 말다툼을 많이 했고, 그중 한 번은 윌러비 박사까지 참여해서 꽤 심한 말이 오간 적이 있었다.

그러나 루디에게 신경 조직의 병리학이란 산스크리트어와도 같은 것이었다. 그리고 다른 사람들도 루디보다 약간 나은 정도였다. 다만 노라 곁에 있는 사람들 가운데 두 사람만이 무슨 일이 생길지 대충 짐작을 했으며, 그중 한 사람은 비극이 온다 해도 막을 힘이 없었다. 바로 엘러리였다. 그로서는 그저 기다리며 지켜볼 수밖에 없었다. 나머지 한 사람은 윌러비 박사로, 그는 할 수 있는 모든 것을 다 했다. 매일 진찰하고 강장제를 먹이고 조언을 했지만, 노라는 그것을 모두 무시했다.

어느 날 갑자기 노라는 무너졌다. 부활절 일요일에 가족들이 교회에서 돌아왔을 때, 2층 침실에서 노라가 큰 소리로 웃고 있는 소리가 들렸다. 복도 끝 자기 방에서 머리를 손질하고 있던 퍼트리샤가 가장 가까이 있었기 때문에 제일 먼저 노라의 방으로 갔다. 사람들은 노라의 예사롭지 않은 웃음소리에 **깜짝 놀**랐다. 노라는 마루 위에 웅크린 채 발작적으로 몸을 흔들며 마구 웃고 있었다. 그녀의 얼굴이 빨간색에서 보랏빛으로 변하더니, 마침내 상아처럼 노랗게 바뀌었다. 눈가에 거품이 일고 눈빛은 폭풍우 치는 바다처럼 거칠었다.

모두 달려와서 힘을 합해 노라를 겨우 침대에 눕혔다. 그리고는 옷을 느슨하게 풀어주었다. 그러는 동안에도 노라는 자신의 비극적 생애가 이 세상 최고의 농담이라도 되는 듯 웃고 또 웃어댔다. 엘러리는 윌러비 박사에게 전화를 걸고 돌아와서 퍼트리샤와 롤라의 도움을 받아 노라의 히스테리를 가라앉히려 했다. 의사가 왔을 때는 모두의 노력으로 겨우 웃음은 진정시켰지만, 반대로 노라는 이번에는 새파랗게 질려서 몸부림을 치며 공포가 가득한 눈으로 주위를 둘러보았다.

"나는…… 이해할 수가…… 없어." 그녀는 숨을 헉헉거렸다. "나는 정말…… 괜찮았는데. 그런데…… 모든 게…… 아아, 아파!"

윌러비 박사는 사람들을 밖으로 내보냈다. 그는 노라의 방에서 15분쯤 지난 뒤에 나오더니 쉰 목소리로 말했다. "입원시켜야겠어요. 수속을 밟아놓겠소."

힐마이니는 남편을 붙들었고, 딸들은 서로 끌어안았다. 큰 두려움의 손길이 그들을 움켜쥐고 있는 동안 아무도 한 마디도 할 수 없었다.


그날은 부활절 일요일이라 라이츠빌 종합병원에 일손이 모자랐다. 15분이 지났는데도 구급차가 오지 않았다. 존 라이트가 기억하는 한 마일로 윌러비 박사가 그렇게 욕을 해대는 모습은 처음이었다. 윌러비는 이미지가 선명하게 떠오르는 저주를 오랫동안 큰 소리로 쏟아내더니, 한참 후에야 입을 다물고 노라 옆으로 돌아왔다. "헐마이니, 노라는 곧 괜찮아질 거야." 존 라이트는 말했지만, 그의 얼굴은 흙빛이었다. 마일로가 그렇게 욕을 하다니, 좋지 않은 징조였다!

마침내 구급차가 왔고, 박사는 이제 욕을 할 여유가 없었다. 노라를 급하게 구급차에 싣고 자기 자동차는 라이트 저택 앞에 세워둔 채 윌러비는 노라의 옆자리에 올라탔다. 가족들은 인턴들이 노라를 들것에 싣고 계단을 내려올 때 얼핏 그녀의 얼굴을 보았을 뿐이었다. 얼굴의 피부가 살아 있는 동물처럼 제멋대로 꿈틀거렸다. 입은 일그러지고 눈은 고통으로 인해 반쯤 풀려 있었다.

다행스럽게도 헐마이니는 노라의 그런 얼굴을 보지 못했다. 그러나 퍼트리샤는 보았고, 공포에 질려 엘러리에게 말했다. "언니가 정말 괴로워 보여요. 죽는 것이 두려워서 그런 거예요! 엘러리 씨, 언니는 어떻게 되는 걸까요……?"

"빨리 병원으로 갑시다." 엘러리가 말했다.

그는 라이트 가족을 태우고 운전했다. 라이츠빌 종합병원에는 특실이 없어서 윌러비의 교섭으로 산부인과 공동 병실의 한쪽 구석에 칸을 막아 노라를 그곳에 눕혔다. 가족들은 병실에 들어가지 못하도록 했다. 모두 로비 옆에 있는 대기실에 앉아서 기다려야만 했다. 대기실에는 부활절 꽃이 예쁘게 장식되어 있었다. 소독약 냄새가 슬프게 느껴졌다. 그 냄새 때문에 헐마이니가 메스꺼워하자 가족들은 그녀를 긴 의자에 눕혔다. 그녀는 눈을 지그시 감았다. 라이트는 공연히 왔다 갔다 하며 가끔 꽃을 만지작거렸다. 딱 한 번 말을 했는데, 다시 봄이 돌아와서 기쁘다고 했다. 퍼트리샤와 롤라는 어머니 옆에 앉았고, 엘러리는 딸들 가까이에 앉았다. 낡은 꽃무늬 카펫을 밟는 라이트의 조용한 발소리만이 희미하게 들렸다.

그때 윌러비 박사가 대기실로 급히 달려왔다. 모든 것이 달라졌다. 헐마이니는 눈을 떴고, 라이트는 걸음을 멈췄으며, 두 딸과 엘러리는 벌떡 일어났다.

"시간이 별로 없어요. 내 말을 잘 들어요. 노라는 본래 몸이 약했고, 어릴 때부터 신경이 날카로운 구석이 있었지요. 그런데다 긴장과 마음 쓰이는 일들, 걱정, 그리고 여러 가지 끔찍한 일을 겪었습니다. 독약을 마시기도 했고, 12월 31일 밤의 일도 있었고, 재판까지…… 그래서 몸과 정신이 지칠 대로 지쳐 있습니다……." 의사는 숨 가쁘게 말했다.

"마일로, 무슨 말을 하려고 그러나?" 라이트는 친구의 팔을 붙잡으며 말했다.

"존, 노라의 상태는 몹시 좋지 않아. 이젠 자네나 부인에게 숨겨봐야 의미가 없어. 노라는 중태야." 윌러비 박사는 급히 몸을 돌려 나가려고 했다.

"마일로 씨…… 잠깐만요! 그럼, 아기는?" 헐마이니가 외쳤다.

"낳아야죠. 수술을 해야 해요."

"그렇지만…… 겨우 6개월밖에 안 됐는데!"

"네, 우선 여기서 기다리세요. 나는 준비를 하러 가야겠어요." 의사는 딱딱하게 말했다.

"마일로, 필요하면 뭐든지…… 만약 돈이…… 그러니까 더 잘 할 수 있는 누군가가 있다면……." 라이트가 말했다.

"다행스럽게도 헨리 그로퍼가 부활절이라 슬로컴의 부모님 댁에 와 있네, 존. 그 친구와 나는 동창인데, 동부에서 제일가는 산부인과 전문의라네. 그가 곧 와주기로 했어."

"마일로 씨……." 헐마이니가 울음 섞인 목소리로 말했다. 그러나 윌러비는 이미 가버린 뒤였다. 그들은 다시 기다렸다. 조용한 대기실에 햇살이 비쳤다. 부활절 꽃다발은 좋은 향기를 뿜으며 죽음을 향해 나아가고 있는 것 같았다. 라이트는 아내 옆에 앉아 손을 잡아주었다. 두 사람은 그렇게 앉아서 대기실 문 위의 시계를 지켜보았다. 1초 1초가 모여서 마침내 1분이 되었다. 롤라는 표지가 찢겨져 나간 〈코스모폴리탄〉을 뒤적이다가 그것을 내려놓더니 또 다시 집어 들었다.

"패티, 저 쪽으로 좀 갑시다." 엘러리가 말했다.

존과 헐마이니와 롤라가 그를 쳐다보았다. 그러고는 헐마이니와 라이트는 다시 시계를 바라보았고, 롤라는 잡지를 뒤적이기 시작했다.

"어디로요?" 퍼트리샤의 목소리가 눈물에 잦아들었다.

"창가로 가요. 가족들과 좀 떨어지게요." 퍼트리샤가 그의 뒤를 따라 창가로 갔다. 그녀는 창가 의자에 앉아 밖을 바라보았다. 엘러리는 그녀의 손을 잡았다. "말해요."

그녀는 눈물을 글썽였다. "엘러리 씨……."

"알아요." 엘러리가 부드럽게 말했다. "무슨 말이든 해요. 마음속에 말을 가득 채워두는 것보다 얘기하는 편이 훨씬 좋아요. 가족에게는 말할 수 없겠지요. 다들 정신이 없으니까."

그는 퍼트리샤에게 담배를 주며 성냥을 그었으나, 그녀는 성냥도 엘러리도 보지 않은 채 담배만 만지작거렸다. 엘러리는 그었던 성냥불을 끄고는 손가락을 들여다보았다.

"말……." 퍼트리샤가 씁쓸하게 말했다. "안 될 거 없겠죠. 저는 지금 너무 혼란스러워요. 언니는 저기에 누워 있고…… 아기는 예정보다 빨리 태어나려 하고…… 형부는 교도소에 있고…… 아빠와 엄마는 마치 늙은이처럼 앉아 있고……, 아니, 늙으셨어요, 엘러리 씨. 이젠 두 분 모두 늙으셨어요."

"그래요, 패티." 엘러리가 중얼거렸다.

"우리는 모두 정말 즐겁게 지냈었는데." 퍼트리샤는 목이 메었다. "그냥 전부 다 나쁜 꿈인 것만 같아요. 이럴 수는 없어요. 우리는…… 이 마을의 전부였는데! 지금 우리 꼴을 봐요. 더러워졌어요. 부모님은 늙었고, 사람들은 우리에게 침을 뱉어요."

"그래요, 패티." 엘러리가 다시 대답했다.

"그 모든 일을 생각하면…… 왜 이런 일들이 생겼을까요? 나는 이제 휴일이 와도 조금도 즐겁지 않아요!"

"휴일?"

"몰랐어요? 끔찍한 일들은 모두 휴일에 일어났잖아요! 오늘은 부활절 일요일이고…… 언니는 수술대에 올라갔어요! 형부가 체포당한 날은요? 밸런타인데이였죠! 로즈메리가 죽고 노라 언니가 심한 비소중독에 걸린 날은? 새해 전야 파티였어요! 그리고 노라 언니가 비소에 중독된 건 크리스마스이브였고, 그 전엔 추수감사절이었죠……."

엘러리는 퍼트리샤가 마치 둘 더하기 둘은 다섯이라고 주장한다는 듯 놀란 얼굴로 그녀를 보았다. "아뇨, 그 점에 관해서는 확신해요. 몇 주 동안 나도 마음에 걸리더군요. 그렇지만 우연일 겁니다. 우연이 아니라고는 생각할 수가 없어요. 아녜요, 패티⋯⋯."

"시작부터 그랬어요." 퍼트리샤가 외쳤다. "그날은 핼러윈이었어요. 기억나요?" 그녀는 자신이 들고 있던 담배를 들여다보았다. 마구 구겨져 있었다. "엘러리 씨, 만일 우리들이 그 《독물학》 책 속에 끼워져 있던 세 통의 편지를 발견하지 못했다면, 모든 일은 지금과 많이 달라졌을지도 몰라요. 고개 젓지 마세요. 그랬을지도 모르잖아요!"

"당신 말이 맞을지도 몰라요." 엘러리는 중얼거렸다. "다만 난 나의 어리석음에 놀라서 고개를 젓고 있는 겁니다." 어떤 형태 없는 덩어리가 불꽃처럼 환히 타오르며 엘러리의 마음을 사로잡았다. 이런 느낌은 이번이 두 번째다. 얼마나 오래전 일인지! 그런데 지금, 같은 일이 다시 일어난 것이다. 그리고 불꽃은 다시 사라지고, 그 후에는 아무 의미도 없는 재만 남긴 채 그는 추위에 버려졌다.

"엘러리 씨는 그 일들이 우연이라고 했죠." 퍼트리샤가 금속성의 목소리로 말했다. "좋아요, 그렇다고 해두죠. 당신이 뭐라고 하든 상관없어요. 우연이든 운명이든, 어쩌다가 그렇게 돼버렸든, 아무래도 좋아요. 그렇지만 핼러윈에 책을 정리하다가 언니가 그 책을 떨어뜨리지 않았다면, 세 통의 편지도 떨어지지 않은 채 언제까지나 그 책 속에 있었겠죠."

엘러리는 노라가 위험한 일을 당한 것은 그 편지 때문이 아니라 그것을 쓴 사람 때문이라고 말하려 했지만, 그때 다시 뭔지 모르게 머리 속이 섬광처럼 환해졌다가 사라졌기 때문에 입을 다물었다.

"그날 있었던 사소한 일들이 다른 형태로 일어났다면, 이렇게 되지 않았을지도 몰라요. 만일 노라 언니와 내가 새로 꾸민 형부 서재를 정리하려 하지 않고, 그 책 상자를 열지 않았다면 말이에요." 퍼트리샤는 한숨을 쉬었다.

"책 상자?" 엘러리는 자신도 모르게 물었다.

"내가 그 책 상자를 지하실에서 꺼내 왔어요. 형부와 언니가 신혼여행에서 돌아온 후, 에드 호치키스가 역에서 형부의 짐을 실어다가 지하실에 넣어두고 갔거든요. 만일 내가 책 상자를 망치와 드라이버로 열지 않았다면 어떻게 되었을까요? 만일 내가 드라이버를 찾아내지 못했다면? 만일 내가 일주일 후에 그 일을 했거나 하루나 한 시간 후에 했다면…… 엘러리 씨, 왜 그래요?"

엘러리는 신이 재판을 내리는 것처럼 그녀 앞에 버티고 서 있었다. 그가 몹시 험악한 얼굴을 하고 있어서 퍼트리샤는 깜짝 놀라 창 쪽으로 몸을 웅크렸다. "무슨 말인지 다시 말해봐요." 그는 기분 나쁠 정도로 조용히 물었다. "노라가 그때 떨어뜨렸던 한 무더기의 책이…… 평소에 거실 책장에 꽂혀 있던 책이 아니란 말입니까?" 그가 어깨를 잡고 흔들자 그녀는 아파서 얼굴을 찡그렸다. "패티, 대답해요! 당신과 노라가 2층에 있는 짐의 서재로 옮긴 책이 거실에 있던 책장 속의 책들이 아니란 말입니까? 그 책이 지하실 상자에서 꺼내 온 것이 확실해요?"

"네, 물론 확실하죠." 퍼트리샤의 목소리가 떨렸다. "왜 이러는 건데요? 그날 못이 박힌 나무 상자를 내가 직접 열었어요. 그날 저녁, 엘러리 씨가 오기 조금 전에 박스를 열 때 썼던 물건들이랑 포장지 같은 것들을 빈 상자와 함께 다시 지하실에 갖다놓고…….”

“이건…… 대단하네요.” 엘러리는 말했다. 그는 한 손으로 퍼트리샤 옆에 있던 흔들의자를 끌어다가 거기에 털썩 주저앉았다.

퍼트리샤가 당혹스러운 표정으로 물었다. “난 모르겠어요, 엘러리 씨. 대체 왜 이래요? 뭐가 달라진 건데요?”

엘러리는 금방 대답하지 않았다. 그는 그저 손톱을 깨물며 가만히 앉아 있었다. 창백한 얼굴이 더욱 창백해졌다. 입가의 잔주름은 굵고 깊게 패였고, 은색으로 빛나는 눈에는 뭔가 곤란한 듯한 빛이 잠시 나타났으나, 그는 그 눈빛이 나타났을 때만큼이나 순식간에 그것을 감춰버렸다. “뭐가 달라졌느냐고요?” 그는 입술을 축였다.

“엘러리 씨!” 이번에는 퍼트리샤가 그를 잡고 흔들었다. “그렇게 자꾸 숨기지 마세요! 뭐예요? 말해주세요!”

“잠깐만 기다려요.” 그녀는 엘러리의 눈을 빤히 쳐다보며 기다렸다. 그는 잠자코 앉아 있었다. 그리고 마침내 중얼거리듯이 말했다. “내가 미리 알았더라면……. 하지만 알 수 없었지……. 운명이야……. 내가 그때 5분 늦게 들어간 건 운명의 장난이었어요. 지난 몇 달 동안 당신이 그 사실을 이야기하지 않은 것도 운명이고, 무엇보다도 중요한 사실이 감춰져 있었던 것도 운명이었어요.”

“그렇지만 엘러리 씨…….”

"윌러비 선생님!"

그들은 대기실을 가로질러 달려갔다. 윌러비가 급히 도착한 참이었다. 그는 수술복 차림에 마스크를 목에 걸고 있었다. 가운에는 피가 묻어 있었지만, 얼굴에는 핏기가 없었다.

"마일로?" 헐마이니의 목소리가 떨렸다. "어떻게 됐나?" 라이트는 큰 소리로 물었고, 롤라는 울음 섞인 목소리로 "선생님!" 하고 불렀다. 퍼트리샤는 늙은 의사의 굵은 팔을 붙잡았다.

"음……." 윌러비 박사는 쉰 목소리로 입을 열었다가 다물었다. 그리고 이 세상에서 가장 슬픈 미소를 지으며 헐마이니의 어깨를 안았다. "노라는 당신에게 부활절 선물을 주었습니다. 이제 할머니가 됐어요……."

"할머니……." 헐마이니가 느리게 중얼거렸다.

"아이가 태어났다는 말이죠? 무사한 건가요?" 퍼트리샤가 외쳤다.

"그럼, 무사하지, 무사해, 퍼트리샤. 아주 완벽하고 조그만 여자아이야. 정말 작은 아기, 인큐베이터에 넣어야 해. 잘 보살펴주면 몇 주 안에 제대로 자랄 수 있을 거다."

"하지만 노라는, 우리 노라는?" 헐마이니가 숨을 거칠게 쉬며 물었다.

"노라는 어떻게 되었지, 마일로?" 존 라이트가 되물었다.

"마취에서 깨어났어요?" 롤라가 물었다.

"노라 언니는 알고 있어요? 언니가 무척 기뻐하겠어요!" 퍼트리샤가 울부짖듯 소리쳤다.

윌러비 박사는 입고 있는 가운을 내려다보며, 노라의 피가 튀어 생긴 얼룩을 만지작거렸다. "젠장." 그의 입술이 떨렸다. 헐마이니는 비명을 질렀다.

"그로퍼와 나는 최선을 다했지만, 어쩔 수 없었네. 우리는 최선을 다했어. 하지만 노라에게는 그 짐이 너무 무거웠어. 존, 그런 얼굴 하지 말게……." 의사는 그의 팔을 거칠게 흔들었다.

"마일로……." 라이트는 들릴 듯 말 듯 중얼거렸다.

"노라는 죽었어. 그게 전부일세!"

의사는 대기실을 떠났다.

제6부

## *28*
## 쌍둥이 언덕의 비극

그는 새 법원 건물 앞의 늙은 느릅나무를 바라보고 있었다. 늙은 느릅나무는 연한 갈색의 나뭇가지에 수없이 많은 초록빛 새 싹을 달고 봄바람에 살랑거리고 있었다. 새로 지은 건물의 화강암 벽은 벌써 시커멓게 더러워져 있었다. 봄에도 슬픔은 있어. 엘러리 퀸은 생각했다. 엘러리는 법원의 서늘한 로비로 들어가 엘리베이터를 타고 위로 올라갔다.

"면회 시간은 이미 지났습니다." 월리 플라네츠키가 까다롭게 말했다. 그러나 그는 금방 다시 말했다. "아, 패티의 친구분이군요. 퀸 씨, 부활절인데도 이런 곳에 오십니까?"

"그러게 말입니다." 퀸이 말했다. 교도관이 자물쇠를 열자 두 사람은 함께 형무소 안으로 들어갔다. "그는 좀 어떻습니까?"

"그렇게 말이 없는 사람도 처음 봤습니다. 마치 침묵하기로 맹세한 사람 같아요."

"그럴지도 모르지요……. 오늘은 누가 면회를 오지 않았습니까?"

"기자 로버타 로버츠뿐이었습니다." 플라네츠키는 열쇠를 꺼내 문을 열고 안으로 들어가 다시 조심스럽게 문을 잠갔다.

"이곳에 의사는 있나요?" 엘러리가 불쑥 물었다.

플라네츠키는 귀를 만지작거리며 엘러리에게 몸이 좋지 않은 거냐고 물었다⋯⋯.

"있나요?"

"네, 부속 진료소가 있으니까요. 오늘은 에드 클로즈비가 당직일 겁니다. 농부 아이버 클로즈비의 아들이에요."

"어쩌면 잠시 후에 도움을 받아야 할지도 모른다고 클로즈비 선생에게 좀 전해주십시오."

교도관은 의아한 얼굴로 엘러리를 바라보았다. 그러고는 곧 어깨를 으쓱하고 독방 문을 열어주더니 가버렸다. 짐은 침대 위에 누워 두 손을 머리 뒤에 받치고는 철창 밖의 푸른 하늘을 바라보고 있었다. 수염을 깎고 깨끗한 셔츠의 윗단추를 풀어놓은 모습이 평화로워 보였다.

"짐?"

짐이 고개를 돌렸다. "아, 어서 오십시오. 부활절이네요."

"짐⋯⋯." 엘러리는 다시 부르고는 얼굴을 찡그렸다.

짐은 몸을 일으켜 바닥에 두 발을 딛고 앉았다. 그리고 두 손으로 침대 모서리를 붙잡았다. 아까의 평화로움은 사라졌다. 그는 겁에 질려 있었다. 이상해⋯⋯. 이치에 맞지 않아. 내가 그 사실을 알고 있는 지금에는, 그 사실을 알아버린 지금에는⋯⋯. 엘러리는 생각했다.

"뭔가 잘못됐군요." 짐이 말했다. 그는 벌떡 일어섰다. "분명히 무슨 일이 있군요!"

엘러리는 얼굴을 찡그렸다. 이것은 쓸데없이 남의 일에 참견한 대가다. 참견쟁이에게 내려진 형벌이다. "짐, 나는 당신 편이에요…….”

"도대체 무슨 일입니까?" 짐이 주먹을 꽉 쥐었다.

"짐, 당신은 정말 커다란 용기를 가진 사람이에요."

짐은 엘러리를 빤히 쳐다보았다. "집사람 일이군요."

"노라가 죽었습니다." 짐은 입을 벌린 채 눈을 크게 떴다. "지금 병원에서 오는 길입니다. 아기는 무사해요. 여자아이에요. 조산이라 제왕절개수술을 했어요. 노라는 몸이 쇠약해져 있었기 때문에 마취에서 깨어나지 못했습니다. 고통 없이 조용히 세상을 떠났습니다."

짐은 가만히 있었다. 그리고 몸을 휙 돌려서 침대로 가더니 다시 이쪽으로 돌아서서 두 손을 짚고 앉았다.

"가족들은…… 존 라이트 씨가 나에게 전해달라고 부탁했습니다. 지금 모두들 집에 모여 헐마이니의 병간호를 하고 있습니다. 라이트 씨가 당신에게 면목이 없다고 하더군요."

어리석은 짓이야. 엘러리는 생각했다. 어리석은 말이야. 그는 방관자에 가까웠다. 결코 당사자가 될 수 없었다. 심장을 찌르면 사람은 얼마만큼 괴로워할까? 상처를 입히지 않고 사람을 죽일 수 있을까……. 단 1초만에……. 이것은 엘러리에게는 별로 익숙하지 않은 과격한 생각이었다. 그는 죄수를 위한 보건함에 앉아 상징이라는 것에 대해 생각했다. "내가 도와줄 수 있는 일이 있다면……."

이것은 어리석은 말보다 더 쓸데없는 짓이다. 엘러리는 화가 치밀어 올랐다. 이 말에는 오히려 악의마저 느껴진다. 내가 뭘 어떻게 돕는단 말인가! 짐의 마음을 환히 들여다보고 있으면서! 엘러리가 일어서며 말했다. "짐, 잠깐만 기다려요……."

하지만 짐은 커다란 원숭이처럼 쇠창살을 붙들고, 그 사이로 한껏 얼굴을 들이밀고 있었다. 마치 창살 틈으로 머리를 밀어 넣고 그런 다음 몸도 빠져나가려는 것처럼. "나를 내보내줘!" 짐은 외쳤다. "나를 내보내줘! 개새끼들아! 노라에게 가야겠어! 나를 내보내줘!" 그는 헐떡이며 아랫입술을 깨물고는 충혈된 눈을 부릅떴다. 그의 관자놀이에서 파란 핏줄이 솟아올랐다. "내보내줘!" 그의 입에서 하얀 거품이 흘러나왔다.

클로즈비 의사가 검은 가방을 들고 왔다. 플라네츠키가 몸을 떨며 감방 문을 열었다. 엘러리는 바닥에 쓰러진 짐 하이트의 가슴에 올라 앉아 그의 두 팔을 적당히 누르고 있었다. 짐은 계속 부르짖고 있었으나, 무슨 말인지 알아들을 수 없었다. 클로즈비 의사가 짐을 한 번 보더니 주사기를 꺼냈다.


봄날의 쌍둥이 언덕은 즐거운 곳이었다. 북쪽으로 볼드 산이 보였는데, 언제나 초록빛 어깨 위에 하얀 모자를 쓰고 있는 그 모습이 마치 수도사 터크*를 멀리서 바라보는 것 같았다. 쌍둥이 언덕의 골짜기에는 넓게 펼쳐진 숲이 있어서 소년들이 마멋과 산토끼 사냥을 하기도 하고, 가끔씩은 사슴을 놀라게도 했다. 나란히 붙어 있는 똑같은 모양의 언덕에는 죽은 사람들이 빽빽이 묻혀 있었다.

쌍둥이 언덕의 동쪽 묘지가 좀 더 새것이었다. 아래쪽 잡목 숲 근처에는 가난한 농부의 묘지, 유대인의 묘지, 가톨릭교도의 묘지 등이 있었는데, 모두 새로 생긴 무덤들이었다. 그곳의 묘비에는 1805년 이전 날짜가 쓰여진 것은 하나도 없었다.

* 로빈 후드 이야기에 나오는 명랑한 수도사.

그러나 서쪽 언덕에는 개신교파라고 표시된, 아주 오래된 무덤들이 있었다. 서쪽 언덕의 꼭대기 부분에는 맨 처음 이곳에 묻힌 제즈릴 라이트의 묘지를 중심으로 라이트 집안의 묘지가 있었다. 라이츠빌의 창시자인 제즈릴 라이트의 무덤은 비바람에 절대 시달리지 않았는데, 볼드 산에서 불어오는 바람이 이 언덕의 풀밭과 흙을 황폐하게 만든다는 것을 알고, 존 라이트의 할아버지가 그 무덤을 뒤덮을 만큼 큰 사당을 지었기 때문이다. 그 사당은 버몬트 주에서 생산되는 새하얀 화강암으로 지은 것이었다. 그 안에 들어가면 작은 비석이 서 있었고 자세히 보면 무덤 묘비에 새겨진 글씨를 읽을 수 있었다. 묘비에는 창시자의 이름과 〈요한의 묵시록〉에서 인용한 말, 그리고 1723년이라는 날짜가 새겨져 있었다.

라이트 집안의 비석들은 서쪽 쌍둥이 언덕의 꼭대기를 거의 차지하고 있었다. 사업적으로 선견지명이 있었는지 창시자 제즈릴 라이트는 그의 자손들이 영원히 묻힐 수 있도록 상당히 넓은 땅을 사놓았다. 아마 그는 최후의 심판날까지 라이트 집안이 대대손손 라이츠빌에서 살다가 죽어갈 것이라고 믿었던 것 같다. 라이트 집안의 땅을 제외한 나머지 부분은 다른 묘지나 매장지들이 차지했다. 그래도 사람들은 별로 불평하지 않았다. 이 마을을 세운 집안이 아닌가? 또한 이곳은 라이츠빌의 명소였다. 라이츠빌 사람들은 반드시라고 말해도 좋을 만큼, 다른 마을 사람들에게 자기 마을을 안내할 때 슬로컴으로 가는 길목에 있는 이 언덕으로 데려왔다. 그리고 이 도시의 창시자를 비롯한 라이트 집안의 묘지를 보여주었다. 그러니까 그곳은, 관광지와 다름없는 곳이었다.

자동차가 다닐 수 있는 도로는 묘지 입구에서 끝났고, 라이트 집안의 묘지는 그곳에서 그리 멀지 않았다. 입구부터는 걸어가야 했다. 오래된 고목나무 아래를 걷는 평화로운 산책길이었다. 나무들은 상당히 오래된 것이어서, 어째서 아직 쓰러지지 않았을까, 이젠 쓰러져 묻히고 싶을 때도 됐을 텐데 하는 생각이 들 정도였다. 나무들은 한없이 자라서 차츰 기력 없는 상태가 될 것이다. 하지만 봄에는 그렇지 않았다. 그 딱딱하고 두터운 검은 살결에서 초록빛 머리카락이 싱싱하게 돋아나는 모습을 보면, 죽음이라는 것은 그냥 재밌는 농담 같았다. 어쩌면 언덕 전체에 빼곡히 들어찬 무덤들이 그것과 상관이 있는 것도 같았다.

노라의 장례식은 4월 15일 화요일에 아주 가까운 사람들만 참석한 가운데 치러졌다. 하이 빌리지의 '영원한 안식' 장례식장에서 두리틀 목사가 예배를 진행했고, 참석한 사람은 엘러리 퀸, 마틴 판사와 그의 아내인 클래리스, 윌러비 박사, 그리고 라이트의 은행 직원 몇 명이었다. 프랭크 로이드가 저 뒤쪽에서 몸을 숨기듯 하며 관 속에 누워 있는 청순하고 조용한 노라의 얼굴을 보려고 발돋움하는 모습이 눈에 띄었다. 그는 일주일이나 옷을 갈아입지 않은 채 밤에도 그대로 잔 듯했다. 헐마이니가 자신을 빤히 쳐다보는 것을 눈치채자 그는 목을 움츠리고 모습을 감추었다…… 장례식에 참석한 사람은 스무 명 정도였다.

헐마이니는 훌륭했다. 그녀는 새로 맞춘 상복을 입고는 곁눈질 한 번 하지 않고 두리틀 목사의 말을 들었다. 모두가 줄을 지어 관 옆을 지나며 노라에게 마지막 작별인사를 할 때도 그녀는 조금 창백해진 채 눈을 깜빡였을 뿐이었다. 그녀는 끝까지 울지 않았다. 퍼트리샤의 말에 의하면, 어머니는 이미 울고 또 울어서 눈물이 말라버렸다고 했다. 존 라이트는 풀이 죽어 코가 빨개진 패잔병 같았다. 장의사인 월리스 스톤이 노라의 관을 닫을 때, 롤라는 아버지의 손을 잡고 관 옆에서 억지로 떨어지게 해야만 했다. 아주 평화로운 얼굴을 한 노라는 결혼식 때 입었던 드레스를 입고 있었다. 모두가 장의차에 오르기 전에 패티는 살며시 스톤의 사무실에 갔다 왔다. 그러고는 잠시 후 돌아와서 말했다. "병원에 전화해봤어요. 아기는 잘 있대요. 인큐베이터 속에서 어린 채소처럼 잘 자라고 있대요." 퍼트리샤의 입술이 떨렸다. 엘러리는 그녀를 팔로 감싸 안았다.

시간이 지난 후에야 엘러리는 짐의 심리 상태를 제대로 알게 되었다. 그러나 그것은 사건이 끝난 다음이었다. 짐이 너무나 완벽한 연기를 펼쳤기 때문에 그동안은 짐작할 수가 없었다. 그는 엘러리를 비롯해 모든 사람들을 감쪽같이 속였다.

짐은 두 명의 사복형사 사이에 끼어서 인간 샌드위치 같은 모습으로 쌍둥이 언덕의 묘지에 나타났다. 아무튼 그는 '의젓했다'. 법정에 앉아 있을 때의 모습과 별로 달라 보이지 않았다. 그러나 독방에서 엘러리와 함께 있던 짐과는 전혀 달랐다. 완전히 절망한 탓인지 그의 태도에는 오히려 위엄마저 깃들어 있었다. 그는 두 형사의 호위를 받으면서도 두 사람을 완전히 무시했고, 좌우를 둘러보지도 않았다. 그는 언덕의 꼭대기에 있는 고목나무 아래를 지나서, 노라를 묻기 위해 파놓은 상처 자국 같은 땅으로 걸어왔다. 자동차는 모두 묘지 입구 근처에 주차되어 있었다.

라이츠빌 사람들은 적당한 거리를 두고 지켜보고 있었다. 라이트 가족들에게 약간의 여유를 주려는 것이었다. 그러나 그들은 그곳에 서 있었다. 조용히, 그리고 호기심 어린 눈으로. 아주 가끔 누군가가 속닥거렸고, 손가락으로 이야기를 했다.

라이트 가족은 슬픔에 젖어서 한 무리를 이루어 무덤 옆에 서 있었다. 롤라와 퍼트리샤는 아버지와 어머니에게 꼭 붙어 있었다. 라이트의 누이동생인 타비타에게도 알렸지만, 그녀는 캘리포니아 주에서 병이 나 장례식에 갈 수 없다는 말과 함께 하느님의 부르심을 받은 노라가 편안히 잠들기를 바란다는 말을 전보로 보내왔다. 라이트는 그 전보를 구겨서 던져버렸다. 그것은 루디가 아침 냉기 때문에 피워놓은 벽난로 속으로 떨어졌다. 그러므로 가족이라고는 해도 완전히 직계뿐이었다. 그 외에는 엘러리 퀸, 엘리 마틴과 그의 아내 클래리스, 월러비 박사뿐이었으며 물론 두리틀 목사도 있었다. 짐이 다가오자 지켜보던 사람들 사이에서 속삭이는 소리가 들렸다. 모두들 짐을 빤히 쳐다보았다. 이것이 오늘의 장례식에서 가장 볼만한 장면이었을 것이다. 그러나 특별한 일은 아무 일도 일어나지 않았다. 어쩌면 일어났는지도 몰랐다. 왜냐하면 헐마이니가 입술을 움직였고, 짐이 그녀 옆으로 가 인사로 뺨에 키스했기 때문이다. 그는 다른 사람들은 거들떠보지도 않았고, 끝까지 무덤 옆에서 초라한 모습으로 외롭게 서 있었다.

관을 묻는 동안 산들바람이 불어와 나뭇잎들을 흔들었고, 두리틀 목사의 기도 소리가 음악처럼 울렸다. 무덤가에 있는 상록수와 백합꽃도 하늘거렸다. 허무하게 장례식이 끝나고, 사람들은 별로 가파르지 않은 비탈길을 내려왔다. 헐마이니는 뒤돌아서서 목을 길게 빼며 한 번이라도 더 관을 보려고 했지만, 이미 관은 무덤 속에 들어간 후였다. 그러나 아직 흙은 덮이지 않았다. 이 일은 천한 일이므로 나중에 아무도 보지 않을 때 무덤 파는 사람들이 하게 되어 있었다. 헐마이니는 발돋움을 해보았다. 그리고 상록수와 백합꽃이 아름답게 보인다는 생각을 했고, 노라가 장례식을 얼마나 싫어했는지 떠올렸다.

사람들은 묘지 입구에서 말없이 헤어졌다. 그리고, 짐이 일을 저질렀다.

짐은 두 형사 사이에서 죽은 듯이 바닥만 보며 걸어가다가 갑자기 살아났다. 그는 옆에 있던 형사 한 명의 다리를 걸어 넘어뜨렸다. 형사는 놀라서 입을 벌린 채 쓰러져서 굴렀다. 짐이 또 다른 형사의 턱을 주먹으로 치자 그는 쓰러진 동료 위에 넘어졌는데, 두 사람은 일어나려고 레슬링이라도 하듯이 서로 붙잡고 늘어졌다. 몇 초 사이에 짐은 사람들을 치고, 사이를 구르고, 팽이처럼 구르고, 재빠르게 달려 사라졌다……

엘러리가 그를 향해 소리쳤으나 짐은 계속 달렸다. 겨우 일어난 두 형사가 권총을 빼들고 뒤쫓았지만 헛수고였다. 총을 잘못 쏘면 무고한 사람들이 다칠 수도 있는 상황이었기 때문에, 두 형사는 분해서 욕을 퍼부으며 사람들을 헤치고 달려갔다.

그리고 엘러리는 무모하게 보이는 짐의 행동이 결코 무모하지 않았다는 것을 알게 되었다. 언덕을 내려가서 자동차들이 주차된 곳의 조금 앞에 커다란 차 한 대가 묘지의 반대 방향으로 세워져 있었다. 차에 타고 있는 사람은 없었지만 엔진 시동은 걸려 있었다. 짐은 그 차에 뛰어오르자마자 차를 몰고 달리

기 시작했다. 두 형사가 언덕 밑을 향해 총을 쏘기 시작했을 때
그 차는 이미 멀어진 뒤여서 장난감처럼 작게 보였다. 자동차
는 미친 듯이 좌우로 흔들리며 엄청난 속도로 달렸다. 형사들
은 급히 자기들 차에 뛰어올라 한 사람은 운전을 하고, 또 한
사람은 총을 쏘며 따라가기 시작했다. 그러나 이미 짐은 권총
의 사정거리를 벗어나 있었다. 누가 보더라도 그는 빠져나갈
수 있을 것처럼 보였다. 마침내 두 대의 자동차 모두 보이지 않
게 되었다.

　잠시 동안 언덕에서는 나뭇가지를 스치고 지나가는 바람소
리 외에는 아무 소리도 들리지 않았다. 그런 후에 사람들은 떠
들기 시작했다. 그리고 라이트 가족과 그 친구들을 남겨놓고는
저마다 차에 올라타 신나게 모래 먼지를 일으키며 언덕을 내려
갔다. 마치 입장료를 지불하고 재미있는 오락거리를 구경한 구
경꾼들 같았다.

　헐마이니는 거실의 긴 의자에 누워 롤라와 퍼트리샤가 자신
의 머리에 식초 찜질을 하도록 놓아두었고, 라이트는 거실의
구석진 창가에서 저녁 햇살을 받으며 앉아 이 세상에서 가장
중요한 일을 하는 듯 매우 신중하게 우표첩을 뒤적이고 있었
다. 클래리스 마틴은 헐마이니의 손을 꼭 잡고 이야기를 했다.
그녀는 법정에 나가지 못했던 일이며, 노라에 관한 일과 그 충
격에 대해 장황하게 말하며 후회의 눈물을 흘렸다. 그러나 위
대한 헐마이니는, 오히려 친구를 위로해주었다!

　롤라가 새 찜질 수건을 어머니 머리에 철썩 내려놓자 헐마이
니는 눈을 흘기면서도 살짝 웃어 보였다. 퍼트리샤가 화가 나
있는 언니에게서 찜질 수건을 빼앗아 바로 놓았다.

벽난로 앞에서는 윌러비 의사와 엘러리가 조용히 이야기를 나누고 있었다. 이때 마틴이 밖에서 들어왔다. 카터 브래드퍼드도 함께였다.

그 순간 모든 것이 정지된 것 같았다. 마치 병영 속으로 적이 들어온 듯한 느낌이었다. 그러나 카터는 별로 개의치 않았다. 그의 얼굴은 창백했지만, 가슴은 쭉 펴고 있었다. 그리고 자기보다 더 창백한 퍼트리샤를 보지 않으려고 애썼다. 클래리스 마틴은 두려운 눈으로 남편을 흘끗 보았다. 마틴은 고개를 저으며 창가 옆에 앉아 존 라이트가 펼친 우표첩의 화려한 페이지를 바라보았다.

"갑자기 찾아와서 죄송합니다, 라이트 부인. 정말 뭐라고 애도의 말씀을 드려야 할지 모르겠습니다." 카터가 머뭇거리며 어색하게 말했다.

"고맙구나, 카터." 헐마이니는 롤라 쪽을 보았다. "롤라, 나를 어린애 다루듯 하지 말거라! 그런데……." 그녀는 침을 삼켰다. "짐은 어떻게 됐니?"

"달아났습니다, 라이트 부인."

"기뻐!" 퍼트리샤가 외쳤다. "아, 난 정말 기뻐요!"

카터는 그녀를 흘끗 쳐다보았다. "그렇게 말하지 마, 패티. 그런 일을 저지르고 결과가 좋을 리 없으니까. 언제까지 도망 다닐 수는 없어. 짐은 그대로 재판을 기다리는 편이 좋았어."

"네가 사형 선고를 내릴 수 있게 말이지! 처음부터 전부 다시 시작하게!"

"패티." 라이트가 우표첩을 그대로 두고 앞으로 나섰다. 그리고 카터의 팔에 손을 얹었다. "내 집에 와줘서 고맙네. 그

동안 자네에게 심하게 대했다면 미안하네. 그래, 사정은 어떤
가?"

"좋지 않아요, 라이트 씨." 카터는 입술을 꼭 다물었다. "긴
급 수배 명령이 내려져 고속도로를 모두 엄중하게 감시하고 있
어요. 짐이 달아난 것은 사실이지만 잡히는 것은 시간문제예
요."

"브래드퍼드, 짐이 타고 간 차는 누구 것인지 알아냈습니
까?" 엘러리가 벽난로 앞에서 물었다.

"알아냈습니다."

"미리 계획을 세우고 한 일 같더군. 그 차는 타고 달아나기에
아주 편리한 장소에 세워져 있었고, 시동도 걸려 있었으니까."
윌러비 의사가 말했다.

"누구 것이었죠?" 롤라가 물었다.

"오늘 아침, 로우 빌리지에 있는 호머 핀들레이의 렌터카 회
사에서 렌트한 것이랍니다."

"렌트했다고? 누가?" 클래리스 마틴이 깜짝 놀라 물었다.

"로버타 로버츠였습니다."

엘러리는 어두운 만족감으로 감탄사를 내뱉었다. "아." 그리
고 그것을 알고 싶었다는 듯 고개를 끄덕였다. 그러나 다른 사
람들은 깜짝 놀랐다.

롤라가 고개를 들며 말했다. "정말 잘했네!"

"카터, 지금 그 기자와 이야기 좀 하게 해주겠나? 그 여자는
대단히 총명한 여자야. 오늘 아침에 차를 렌트한 것은 차를 타
고 묘지에 오기 위해서라고 주장했겠지." 엘리 마틴이 말했다.

"엔진을 끄지 않은 이유는 깜박 잊었기 때문이라고 하더군

요." 카터 브래드퍼드가 덧붙였다.

"그 자동차를 언덕 아래를 향해 주차시켜놓은 것도 우연일까요?" 엘러리가 중얼거렸다.

카터는 화가 난다는 듯이 말했다. "그 점에 관해서도 물어보았습니다. 그 여자가 공범이라는 건 확실합니다. 일단 데이킨 서장님이 그녀를 유치장에 잡아두긴 했지만, 그렇다고 짐이 돌아올 것도 아니고, 우리로서는 그 여기자를 기소할 수도 없습니다. 결국에는 석방해야 할 테죠. 난 처음부터 그 여자를 믿지 않았어요!"

"그 여자, 일요일에 짐을 면회했었더군요." 엘러리가 생각난 듯이 말했다.

"어제도요! 그때 짐과 도주 계획을 세웠겠지요!"

"그래봤자 다를 게 뭐예요? 달아나든 달아나지 않았든, 결국 짐은 영원히 달아날 수 없어요." 헐마이니는 말하고 난 후 한숨을 쉬었다. 그러더니 헐마이니는 이상한 말을 했다. 지금까지 사위에게 느껴왔던 감정과 그의 죄명을 고려할 때 상당히 이상한 말이었다. "불쌍한 짐……." 그러고는 지그시 눈을 감았다.

그날 밤 10시에 소식이 전해졌다. 카터가 다시 찾아와서 이번에는 퍼트리샤에게 곧바로 가더니 그녀의 손을 잡았다. 그녀는 몹시 놀라서 손을 뿌리치는 것도 잊었다. 카터는 다정하게 말했다. "이번에는 너와 롤라 씨에게 달려 있어."

"뭔데……. 도대체 무슨 말을 하려고 그러는 거야?" 퍼트리샤는 냉정하게 말했다.

"경찰이 짐이 타고 달아난 자동차를 발견했어."

"발견했군요?"

엘러리는 어두운 구석에 앉아 있다가 밝은 곳으로 나왔다. "만약에 좋지 않은 소식이라면 목소리를 낮춰요. 라이트 부인은 방금 자러 올라갔고, 존 라이트 씨도 오늘은 더 이상의 충격을 이겨낼 수 있을 것 같지 않으니까. 차는 어디서 발견되었습니까?"

"언덕 위쪽 478A 도로에서, 꺾어지는 곳의 절벽 아래에 추락해 있었습니다. 여기서 80킬로미터쯤 떨어진 곳입니다."

"아!" 퍼트리샤의 눈이 동그래졌다.

"고속도로의 철책을 부수고 떨어졌더군요. 그곳은 U자 모양으로 구부러진 위험한 곳이지요. 약 60미터 정도 아래에……."

"짐은?" 엘러리가 물었다.

퍼트리샤는 벽난로 옆의 2인용 의자에 앉아 운명의 심판을 내리는 신을 바라보듯 카터를 쳐다보았다. "차 안에 있었습니다." 카터는 고개를 옆으로 돌리며 말했다. "죽었습니다." 그는 다시 고개를 바로 하며, 미안한 듯 퍼트리샤를 보았다. "이것으로 사건은 끝났어, 패티. 이것으로 끝이야……."

"불쌍한 형부……." 패티가 중얼거렸다.

"두 사람한테 할 말이 있어요." 엘러리가 말했다. 늦은 밤이었다. 하지만 시간이 없었다. 악몽 속에서 시간은 사라져버렸다. 헐마이니는 이 소식을 듣고 정신을 잃었다. 딸의 장례식을 치를 때도 그토록 꿋꿋하던 그녀가 이상하게도 사위가 죽었다는 소식을 듣자 그만 정신을 잃고 말았다. 아마도 이 소식은 그녀에게 연속적인 무거운 충격 뒤의 마지막 터치였으리라. 윌러비 의사는 몇 시간이나 그녀를 돌보며 잠이 들 수 있도록 도와주었다. 라이트도 나을 것은 없었다. 그는 심하게 몸을 떨었고, 이를 눈치챈 의사는 퍼트리샤와 함께 라이트를 부축해 2층 손님용 침실에 눕혔다. 모든 게 끝나고, 라이트 부부는 겨우 잠이 들었다. 롤라는 자기 방으로 들어갔으며, 윌러비 의사는 힘없이 집으로 돌아갔다. "두 사람한테 할 말이 있습니다." 엘러리가 다시 패트리샤와 카터에게 말했다.

카터는 아직 남아 있었다. 이날 밤 그는 헐마이니에게 큰 힘이 되어주었다. 그녀는 우는 동안 내내 카터에게 매달려 있었고, 엘러리는 이것 역시 매우 이상하다고 생각했다. 그러나 다시 생각해보면 이상할 것도 없었다. 카터는 마지막 남은 바위였다. 헐마이니는 그 바위에 매달리지 않을 수 없었던 것이다. 그녀가 손을 놓는다면, 그녀는 익사할 것이다. 모두가 함께 익사할 것이다. 이것이 그녀가 느낀 기분이었으리라. 엘러리는 되풀이해서 말했다. "당신들 두 사람한테 할 말이 있어요."

퍼트리샤는 두 세계 사이에 어정쩡하게 끼어 있었다. 그녀는 지쳐서 멍한 상태로 엘러리 옆에 앉아 카터 브래드퍼드가 돌아가는 것을 배웅하기 위해 기다리고 있었다. 카터는 집에서 나와 볼품없는 모자를 더듬어 꺼내고는, 현관 층계를 내려가 잔디밭 위 안락한 밤의 그림자 속으로 들어가려던 참이었다.

"내가 듣고 싶어 할 이야기가 당신한테는 없을 텐데요." 카터는 그렇게 말했지만 가려는 기색은 보이지 않았다.

"엘러리 씨…… 관두세요." 퍼트리샤는 어둠 속에서 그의 손을 잡았다.

엘러리도 그녀의 차가운 손을 꼭 쥐어주었다. "그렇지만 말해야만 해요. 카터는 스스로 순교자라고 생각하고 있고, 당신은 당신대로 바이런의 비극에 나오는 여주인공이라도 된 듯한 기분에 젖어 있으니까. 두 사람 모두 정말이지 어리석어요."

"안녕히 계십시오!" 카터가 말했다.

"잠깐만 브래드퍼드, 계속 나쁜 일만 일어났지만, 그중 오늘은 정말 최악이었습니다. 나는 라이츠빌에 언제까지나 있을 생각은 없어요."

"엘러리 씨!" 퍼트리샤가 울먹이며 말했다.

"지나치게 오래 있었죠. 이제 내가 있어야 할 이유는 사라졌어요……. 모두 사라졌지요."

"모두…… 사라졌다고요?"

"나에게는 작별 인사 따위 하지 않아도 좋습니다." 카터는 살짝 웃은 뒤 두 사람 옆의 층계에 나란히 앉았다. "나를 신경 쓸 필요는 없어요, 퀸 씨. 나는 요 며칠 안개 속을 헤매고 있습니다. 나 자신이 초라하고 치사한 인간으로 생각되어 견딜 수가 없어요."

퍼트리샤가 어이없다는 듯이 말했다. "카터…… 네가? 겸손해지려는 거야?"

"지난 이삼 개월 동안 어른이 되어버린 것 같은 기분이 들어." 카터는 중얼거렸다.

"이 부근에는 지난 두세 달 동안 어른이 된 사람이 많은 모양이군요. 그렇다면 이제 당신들 두 사람도 분별력을 되찾고 그걸 입증해 보이는 게 어때요?"

퍼트리샤는 잡힌 손을 빼냈다. "엘러리 씨, 제발……."

"이건 분명히 쓸데없는 간섭이고, 또 간섭하면 호되게 당하겠지만…… 뭐, 그게 그거죠." 엘러리는 한숨을 쉬었다.

"나는 당신이 퍼트리샤를 사랑하고 있는 줄 알았는데요." 카터가 불쑥 말했다.

"사랑합니다."

"엘러리 씨! 당신은 한 번도……." 퍼트리샤가 외쳤다.

"나는 패티의 그 재미있는 얼굴을 평생 사랑할 겁니다." 엘러리는 유감스럽다는 듯이 말했다. "아름답고도 재미있는 얼굴이지요. 그러나 유감스럽게도 패티는 나를 사랑하지 않아요." 퍼트리샤는 무슨 말을 하려고 입술을 떼었으나, 아무 말도 하지 않기로 했다. "패티, 당신은 카터를 사랑하고 있어요."

그녀는 벌떡 일어섰다. "내가 사랑하면 뭐해요! 지금도 사랑하고 있으면 뭐해요! 사람은 상처받은 일은 절대 못 잊는 법이에요!"

"아, 하지만 사람들은 늘 잊어버려요. 사람이란 의외로 건망증이 심하거든요. 그리고 또한 생각보다 분별력도 있고……. 패티, 받아들여요."

퍼트리샤는 단호하게 말했다. "아뇨, 불가능해요. 지금은 그런 시시한 말이나 하고 있을 때가 아니에요. 우리 집안에 관해 사람들이 뭐라고 하는지 아세요? 우리는 이제 최하층 사람들과 다를 바 없어요. 명예를 회복하기 위해서 이제부터 우리는 스스로 일어나 싸워야 해요. 부모님의 힘을 북돋워줄 사람은 롤라 언니와 나밖에 없어요. 부모님이 어느 때보다도 더 나를 필요로 하고 있는 이때에, 그 기대를 저버릴 수는 없어요."

"나도 도울게." 카터가 작은 소리로 말했다.

"고마워! 그렇지만 우리는 우리 힘만으로 할 거야. 할 얘기는 이게 다인가요, 엘러리 씨?"

"서두를 것 없어요." 엘러리는 중얼거렸다.

퍼트리샤는 잠시 동안 서 있다가 화난 목소리로 잘 자라고 인사를 하더니 안으로 들어가버렸다. 문이 소리를 내며 닫혔다. 엘러리와 카터는 한동안 말없이 앉아 있었다.

"퀸 씨." 마침내 카터가 불렀다.

"네, 브래드퍼드?"

"이 사건은 아직 끝나지 않았습니다, 그렇죠?"

"무슨 뜻이죠?"

"당신은 내가 모르고 있는 어떤 사실을 알고 있다는 이상한 느낌이 들어요."

"허, 정말 그렇게 생각하십니까?"

카터는 모자로 자신의 넓적다리를 두드렸다. "나는 원래 고집이 세요. 그런데 짐 하이트의 죽음은 뭔가 이상해요. 왜 내가 그렇게 느끼는지 이유는 모르겠어요. 그는 죽었지만, 사실은 조금도 달라진 게 없거든요. 노라의 칵테일에 독약을 넣을 수 있었던 사람은 지금도 짐밖에는 없다고 나는 확신해요. 그리고 그녀를 죽일 만한 동기를 가진 사람도 그 외에는 없어요. 그럼에도 불구하고…… 이제는 더 이상 확신이 서지 않아요."

"언제부터 그런 생각이 들었습니까?" 엘러리가 이상한 목소리로 물었다.

"그의 시체를 발견했다는 보고를 받은 후부터였습니다."

"왜 그때부터 생각이 달라졌죠?"

카터는 두 손으로 머리를 눌렀다. "왜냐하면 그가 철책을 부수고 골짜기로 떨어진 게 사고가 아니었다는 충분한 증거가 있기 때문입니다."

"그렇군요."

"라이트 가족들에게는 그 사실을 알리고 싶지 않았습니다. 하지만 데이킨 서장님과 나는, 짐이 의도적으로 절벽으로 차를 몰아 떨어졌다고 생각합니다."

엘러리는 아무 말도 하지 않았다.

"그래서 나는 생각하지 않을 수 없었죠. 왜 그런 짓을 했을까……. 그 점이 궁금해요. 퀸 씨!" 카터가 벌떡 일어섰다. "알고 있다면, 제발 가르쳐주세요! 의혹이 풀리기 전에는 잠도 잘 수 없을 것 같습니다. 짐 하이트는 살인자인가요?"

"아닙니다."

카터는 그를 보았다. "그렇다면 누구 짓이죠?" 그의 목소리는 쉬어 있었다.

엘러리도 일어섰다. "당신에게는 말하지 않겠습니다."

"그럼, 당신은 알고 있군요!"

"네." 엘러리는 한숨을 쉬었다.

"그렇지만 엘러리 씨, 당신이 어떻게……."

"어쨌든 난 알아요. 나에게도 쉽진 않았어요. 이런 일을 못 본 척하는 것은 나의 신념에도 어긋납니다만, 나는 이 집 사람들을 좋아합니다. 좋은 사람들이 너무 많은 고통을 겪었어요. 더 이상 그들에게 상처를 입히는 일은 할 수 없습니다. 이대로 덮어둡시다. 이젠 끝난 일이니까요."

"그렇지만 나에겐 말할 수 있잖아요, 엘러리 씨." 카터는 애원했다.

"아니요. 당신은 아직 마음을 정하지 못하고 있어요. 브래드퍼드, 당신은 좋은 사람입니다. 그러나 어른이 되는 과정은…… 아직 완전하다고 볼 수 없어요." 엘러리는 고개를 흔들었다. "당신이 할 수 있는 가장 좋은 방법은 잊어버리는 겁니다. 그리고 패티와 결혼하는 겁니다. 그녀는 당신을 말할 수 없을 정도로 사랑하고 있어요."

카터가 너무 세게 팔을 붙잡아서 엘러리는 얼굴을 찡그렸다. "나에게만 말해주세요! 어떻게 내가…… 누가 그랬는지…… 그들 중 누가……." 카터는 거의 울부짖었다.

엘러리는 어둠 속에서 얼굴을 찡그렸다. "대신에 당신이 이제 무엇을 해야 할지 가르쳐드리죠. 당신은 라이트 집안사람들이 라이츠빌에서 예전처럼 살 수 있도록 분위기를 만들어줘야 해요. 퍼트리샤 라이트를 끈질기게 쫓아다녀야 합니다. 그녀를 지치게 만드는 거예요. 그러나 그래도 안 되거든 나에게 연락하세요. 나는 이제 그만 집으로 돌아가겠습니다. 뉴욕으로 전보를 보내면 금방 올 수 있을 겁니다. 그때 내가 당신과 패티의 문제를 풀어드릴 수도 있겠지요."

"고맙습니다." 브래드퍼드가 쉰 목소리로 말했다.

"확실하다고 장담은 못합니다." 엘러리는 한숨을 쉬었다. "하지만 누가 알겠어요? 이 사건은 인간관계, 감정, 사건들이 복잡하게 얽힌, 내가 경험한 것 중 가장 이상한 사건이었어요. 그럼 카터 브래드퍼드, 잘 있어요."

## 29
### 엘러리 퀸의 귀환

엘러리 퀸은 역 앞에 서서 '또다시 제독이 되었군' 하고 생각했다. 콜럼버스의 두 번째 항해인 것이다. 그는 우울한 기분으로 역 주변을 둘러보았다. 그를 뉴욕에서 싣고 온 기차의 꼬리는 5킬로미터 정도 떨어진 다음 역으로 가기 위해 지금 막 커브를 돌아 더 이상 보이지 않았다. 역 건물 처마 밑 손수레에는 여전히 두 소년이 더러운 다리를 흔들며 앉아 있었다. 벌써 1세기 이전의 일처럼 생각되지만, 엘러리는 처음 라이츠빌에 왔을 때 보았던 그 소년들이라고 맹세라도 할 수 있었다. 역장 개비 워럼이 어슬렁거리며 나와 그를 바라보았다. 엘러리는 손을 흔들어 보이고는 자갈 위를 달려오는 에드 호치키스의 택시 쪽으로 서둘러 걸어갔다. 에드의 자동차가 번화가를 향해 달려가는 동안, 엘러리는 주머니 속에서 어제 받은 전보를 손에 꼭 쥐었다. 그 전보는 카터 브래드퍼드가 보낸 것으로, 간단하게 '부탁합니다. 와주십시오'라고만 적혀 있었다.

이곳을 떠났다가 돌아온 지 겨우 3주가 되었을 뿐인데, 그에게는 라이츠빌이 달라진 것처럼 보였다. 어쩌면 라이츠빌이 본래의 모습으로 돌아갔다는 표현이 더 옳을지도 몰랐다. 9개월 전인 작년 8월에 그가 기대 속에 찾아왔던 그 라이츠빌로 되돌아와 있었기 때문이다. 상쾌한 일요일 오후에 처음 이곳에 도착했을 때와 같은 차분한 공기를 느낄 수 있었다. 걸어가는 사람들도 지난 몇 개월 동안의 미친 듯한 군중이 아니라 예전의 사람들 같았다. 엘러리는 홀리스 호텔에서 전화를 건 후, 에드 호치키스의 택시를 타고 힐 지역으로 향했다. 벌써 늦은 오후였다. 오래된 라이트 저택의 주변에는 작은 새들이 지저귀며 힘차게 날아다니고 있었다. 그는 에드에게 요금을 지불하고 택시가 언덕을 내려가는 것을 본 다음 천천히 보도를 걸어 올라갔다. 저택 옆의 작은 집, 노라와 짐의 집은 창의 덧문이 굳게 닫혀 있었다. 어쩐지 음침한 느낌이 들었다. 엘러리는 등골이 서늘해졌다. 저 집은 과거에도 기피 대상이었지. 그는 라이트 저택의 현관 층계에서 잠시 머뭇거리며 귀를 기울였다. 뒤뜰에서 소리가 들렸다. 그래서 그는 풀 위를 걸어 뒤뜰 쪽으로 빙 돌아갔다. 그러고는 집 앞의 서양 협죽도 수풀 그늘에서 잠시 몸을 쉬었다. 그곳에서는 자신을 드러내지 않은 채 그 집 식구들을 살펴볼 수 있었다.

밝은 햇빛 아래서 헐마이니가 한 치의 빈틈도 없는 태도로 새로 사 온 유모차를 밀어보고 있었다. 그 옆에서 라이트가 웃고 있었고, 롤라와 퍼트리샤는 할머니를 짓궂게 놀리며 두 이모도 밀어보게 해달라고 졸라댔다. 앞으로 2주 후면 아기가 병원에서 돌아오는 것이다. 엘러리는 오랫동안 숨어서 그들을 지켜보았다. 그는 몹시 침울해졌다. 문득 그대로 영원히 달아나고 싶은 충동이 생겨 발길을 돌리려 했다. 그러나 그는 퍼트리샤 라이트의 얼굴을 찬찬히 살펴보고는 지난번 헤어질 때보다 나이가 들어 보이고 많이 여위었다고 생각했다. 그래서 한숨을 쉬며 결말을 내야겠다고 마음먹었다. 그는 5분 정도 동태를 살피다가 다른 사람들이 다른 일에 정신이 팔려 있는 사이, 퍼트리샤의 시선을 끌었다. 그는 눈짓을 하며 손가락을 입술에 대고는 고개를 옆으로 저어 그녀에게 조용히 이쪽으로 오라는 신호를 보냈다.

퍼트리샤는 가족들에게 몇 마디 말을 하고는 그가 있는 곳으로 천천히 걸어왔다. 그가 뒷걸음질치자 그녀는 집 모퉁이를 돌아서 다가와 그의 품에 안겼다. "엘러리 씨! 다시 만나서 정말 기뻐요! 언제 왔어요? 이번엔 또 무슨 미스터리 때문에 온 거예요? 아, 정말 기뻐요!" 그에게 키스하며 매달리는 퍼트리샤의 얼굴은 엘러리가 기억하는 예전의 그 화사하고 싱싱한 모습 그대로였다.

엘러리는 얼마 동안 그녀가 눈물로 어깨를 적시는 것을 내버려두었다가, 이내 그녀의 손을 잡고 저택 정면으로 돌아갔다. "저기 서 있는 차는 당신의 컨버터블이죠? 우리 드라이브나 할까요?"

"그렇지만 엘러리 씨, 엄마와 아빠와 롤라 언니는…… 슬퍼할 거예요. 당신이 인사도 없이……."

"지금은 방해하고 싶지 않아서 그래요, 패티. 저렇게 즐겁게 아기를 기다리고 있잖아요. 그런데 아기는 잘 자라고 있어요?" 엘러리는 퍼트리샤의 자동차를 운전해 언덕을 내려갔다.

"네, 정말 예뻐요. 얼마나 귀여운지 몰라요! 그거 알아요? 그 아이는 꼭……." 퍼트리샤는 말하려다가 입을 다물었다. 그러고는 조용히 다시 말했다.

"꼭 노라 언니를 닮았어요."

"그래요? 그렇다면 상당히 아름다운 꼬마 아가씨겠군요."

"그럼요! 그리고 그 애는 할머니의 얼굴을 알아보는 것 같아요! 정말이에요. 우리는 그 아기가 병원에서 오기만을 손꼽아 기다리고 있어요. 엄마는 꼬마 노라를 아무도 못 만지게 해요. 아, 이름을 노라라고 지었어요. 우리 가족은 거의 병원에서 살다시피 해요! 제가 혼자서 몰래 가볼 때도 있지만……. 꼬마 노라는 노라 언니가 전에 사용하던 침실을 쓰기로 했어요. 엘러리 씨한테도 보여주고 싶네요. 상앗빛 가구들과 커다란 아빠 곰을 마련해놓고 아기용 벽지를 발라놓았거든요. 그리고 아기와 나만의 비밀도 있어요……. 아, 정말로요! …… 물론 지금은 인큐베이터에서 나왔어요. 그 애는 저만 보면 웃어요. 그리고 제 손을 꼭 잡고는 꼬집기도 해요. 아주 포동포동해졌어요. 엘러리 씨, 웃고 있군요!"

엘러리는 웃음을 터트렸다. "이야기를 듣고 있으니 역시 예전의 패티라서……."

"그렇게 생각해요?" 패티가 이상하다는 듯 물었다.

"당신은 여전히……."

"아니에요. 그렇지 않아요. 저는 벌써 할머니가 다 된 기분인걸요. 이제 어디로 갈까요?"

"뭐, 특별히 정한 곳은 없지만……." 엘러리는 모호하게 말하면서 자동차를 남쪽으로 돌려 라이츠빌 교차로 쪽으로 달렸다.

"그런데 왜 다시 라이츠빌에 온 거예요? 우리 때문이죠? 그렇죠? 소설은 어떻게 됐어요?"

"끝냈습니다."

"정말 잘됐네요! 엘러리 씨, 한 번 읽어볼 기회도 주지 않는 건가요? 끝을 어떻게 맺었어요?"

"그게 내가 다시 라이츠빌에 온 이유 중에 하나랍니다."

"무슨 말씀이세요?"

"끝에 관한 것 말이에요." 그는 싱긋이 웃었다. "소설을 다 쓰기는 했지만, 마지막 장은 언제든지 간단하게 고칠 수 있거든요. 미스터리의 구성에 직접 관련이 없는 요소에 대해서는 말입니다. 그 부분에서 당신 도움을 받았으면 합니다만."

"제 도움이요? 기뻐요! 아, 내가 지금 무슨 생각을 하는 거람? 뉴욕에서 보내주신 멋진 선물에 대해 고맙다는 말도 안 했네요. 아빠와 엄마와 롤라 언니도 기뻐했어요! 우리는 잘 해드리지도 못했는데……."

"허, 뭘요. 요즘 카터 브래드퍼드와 만납니까?"

퍼트리샤는 손톱을 들여다보았다. "네, 카터가 가끔 찾아와요."

"짐의 장례식은 잘 치렀나요?"

"노라 언니 옆에 묻었어요."

"그랬군요! 그나저나 목이 좀 마른데, 어디 들어가서 목이라도 좀 축일까요?"

"좋아요." 퍼트리샤는 조금 시무룩한 투로 대답했다.

"저긴 거스 올젠의 술집 아닙니까? 역시 맞군요!" 퍼트리샤가 그를 힐긋 보았으나, 엘러리는 웃으며 자동차를 술집 앞에 세우고는 그녀의 손을 잡아 내려주었다. 그녀가 얼굴을 살짝 찡그리며, 라이츠빌의 남자들은 이 같은 행동을 하지 않는다고 말하자 엘러리는 또다시 싱긋 웃었다. 그러자 이번에는 퍼트리샤가 그 모습을 보고 웃기 시작했다. 두 사람은 팔짱을 끼고 함께 웃으며 거스 올젠의 가게 안으로 들어갔다. 엘러리는 카터 브래드퍼드가 굳은 표정으로 기다리고 있는 탁자로 그녀를 데리고 갔다. "브래드퍼드, 자, 패티를 데리고 왔습니다. 배달 완료."

"패티." 카터는 두 손으로 탁자를 짚으며 일어났다.

"카터!" 패티가 외쳤다.

"어이, 여러분!" 그때 걸걸한 목소리로 말하는 사람이 있었다. 엘러리가 뒤돌아보자 가까운 탁자에 술꾼 앤더슨이 한 손에는 돈 뭉치를 쥐고 앞에다 빈 위스키 잔을 늘어놓은 채 앉아 있었다.

"안녕하십니까, 앤더슨 씨." 엘러리가 말했다. 그가 앤더슨의 탁자로 가서 고개를 끄덕이고 웃으며 이야기하는 동안, 이쪽 탁자에서는 여러 가지 일이 벌어졌다. 그가 돌아왔을 때 퍼트리샤와 카터는 자리에 마주앉아 서로 노려보고 있었다. 엘러리는 의자에 앉으며 거스 올젠에게 말했다. "이 사람들은 도대체 왜 이러는 걸까요, 거스 씨." 거스는 머리를 긁적이며 카운터 안쪽에서 바쁘게 제 할 일을 했다.

"엘러리 씨, 저를 속였군요." 퍼트리샤가 난처하다는 표정으로 말했다.

"퀸 씨를 라이츠빌로 부른 것은 나였어, 패티." 카터가 쉰 목소리로 말했다. "퀸 씨가 말하기를……. 아니, 나는 너와 이야기하고 싶었어. 나는 우리가 과거의 일을 깨끗이 지워버릴 수 있다는 걸 네가 알았으면 좋겠어. 나는 과거에도, 지금도, 앞으로도 언제까지나 널 사랑할 거야. 그리고 무엇보다도 너와 결혼하고 싶다는 것을 알아주었으면 좋겠어⋯⋯."

"그 이야기는 더 이상 하지 마." 퍼트리샤가 말했다. 그녀는 늘어진 테이블보의 끝을 만지작거리기 시작했다. 카터는 거스가 탁자에 놓고 간 음료수 잔을 들었고, 퍼트리샤도 어색함을 이기지 못해 음료수 잔을 들었다. 두 사람은 서로를 바라보지 않은 채 마셨다.

앤더슨 노인이 비틀거리며 일어나 손으로 탁자를 짚은 채 시를 암송하기 시작했다.

나는 하나의 풀잎이 별들의 운행에 못지않다고 믿네.
또한 개미도, 모래 한 알도, 굴뚝새 알도 모두 완벽한 존재이며
청개구리가 높은 자에게는 걸작임을,
그리고 덩굴진 산딸기는 천국의 거실을 장식하는 물건이라는 것
을⋯⋯.

"앤더슨 씨, 앉아요. 다른 분들께 방해가 되면 곤란해요." 거스 올젠이 부드럽게 말했다.

"휘트먼의 시군요? 아주 적절하네요." 엘러리는 뒤를 돌아보며 말했다.

앤더슨 노인은 음흉하게 웃더니 계속 낭송했다.

내 손에 쥔 가장 작은 경첩도 모든 기계를 웃음거리로 만들고,
머리 숙여 풀을 뜯는 소는 그 어떤 조각보다도 아름답네,
한 마리 쥐는 몇 억의 믿지 않는 사람들보다 더 큰 기적이리니!

낭송이 끝나자 이 술꾼은 공손히 인사하고 앉더니, 이번에는 장단을 맞추어 탁자를 두드리기 시작했다. "나는 시인이었어!" 그는 외쳤다. 입술이 떨리고 있었다. "나를 자세히 보면……."

"그렇군요. 그 말씀이 맞습니다." 엘러리는 생각에 잠긴 채 말했다.

"자, 당신의 독약을 가지고 왔습니다!" 거스가 앤더슨의 탁자에 위스키를 놓았다. 그러고는 흠칫 놀란 퍼트리샤의 눈을 피하듯 급히 카운터 쪽으로 가서 프랭크 로이드의 〈라이츠빌 레코드〉로 얼굴을 가렸다. 앤더슨 노인은 위스키를 마시며 입 속으로 뭐라고 중얼거렸다.

"패티." 엘러리가 입을 열었다. "나는 짐 하이트가 뒤집어쓴 죄에 대해 말하러 여기 왔어요. 사실은 누가 저지른 일인지 당신과 카터에게 알려주려고요."

"오!" 패티는 숨을 들이마셨다.

"사람의 마음속에도 기적이 일어나더군요. 노라가 죽던 날, 병원 대기실에서 당신은 나에게 아주 작은 사실에 대해 얘기해 주었죠. 그 작은 씨앗 같은 말이 나의 마음속에서 커다란 나무로 자랐습니다."

"한 마리의 쥐는 몇 억의 믿지 않는 사람들보다 더 큰 기적이리니!" 앤더슨은 기쁜 듯이 큰 소리로 외쳤다.

퍼트리샤가 속삭였다. "결국 형부가 한 짓이 아니었군요……. 엘러리 씨, 안 돼요! 말하지 마세요! 제발! 안 돼요!"

"말해야 합니다." 엘러리가 부드럽게 말했다. "그 의혹이 카터와 당신 사이를 가로막고 있으니까요. 그것은 당신들 두 사람이 죽을 때까지 해결하지 못할 의문으로 남을 겁니다. 그러니 그걸 지워버리고 종지부를 찍어줘야겠어요. 그러면 그 장은 덮고, 당신과 카터는 새로운 믿음으로 서로의 눈을 똑바로 들여다볼 수 있게 될 거예요." 엘러리는 술을 마시고 얼굴을 조금 찡그렸다. "나는 그러길 바라고 있습니다!"

"그러길 바란다고요?" 카터가 중얼거렸다.

"진실이란 불유쾌한 것이지요." 엘러리는 진지한 표정으로 말했다.

"엘러리 씨!" 퍼트리샤가 소리쳤다.

"그러나 당신들 두 사람은 어린애가 아니니까 자기 자신을 속여서는 안 됩니다. 지금 상태에서 결혼을 한다고 해도 두 사람 사이에는 미심쩍은 의혹이 남아 있게 됩니다. 확실하지 않은 일, 알지 못했던 일들이 낮에도 밤에도 항상 의문이 돼 따라다니겠죠. 지금까지 그것이 두 사람의 사이를 벌려놓고 있었지요. 맞아요, 진실이란 불유쾌한 것입니다. 하지만 적어도 진실입니다. 그리고 진실을 알면 그건 지식이 되지요. 그리고 지식을 갖게 되면 두 사람은 지속성 있는 결단을 내릴 수 있게 될 겁니다……. 패티, 이건 외과 수술과도 같아요. 종양을 제거하거나 아니면 죽는 거죠. 내가 수술을 해도 될까요?"

앤더슨 노인이 쉰 목소리로 노래를 부르며, 빈 위스키 잔으로 박자를 맞추었다. "푸른 나무 그늘에서……." 퍼트리샤는 꼿꼿이 앉아 두 손으로 술잔을 꼭 쥐었다. "시작하세요……. 의사 선생님." 카터는 음료수를 길게 한 모금 마시고 난 후 고개를 끄덕였다.

엘러리는 한숨을 쉬었다. "기억납니까, 패티? 당신은 병원 대기실에서 내가 핼러윈에 노라의 집에 갔을 때의 이야기를 했었죠. 그때 당신과 노라는 거실에 있던 책들을 2층에 있는 형부의 새 서재로 옮기고 있었다고 했죠?"퍼트리샤는 말없이 고개를 끄덕였다.

"그런데 당신은 그때 말했습니다. 당신과 노라가 2층으로 옮기고 있던 그 책들은 못을 박아놓은 상자에서 꺼낸 것이라고요. 내가 그 집에 가기 몇 분 전에 당신은 지하실에 내려가서 상자를 꺼냈죠. 그 상자는 에드 호치키스가 몇 주일 전에 역에서 날라다놓은 것이었습니다."

"책 상자?"카터가 중얼거렸다.

"네, 그 책 상자는 짐이 노라에게 화해를 청하기 위해 라이츠빌로 돌아왔을 때, 뉴욕에서 이곳으로 부친 것 중의 일부입니다. 짐은 그 상자를 라이츠빌 역에 맡겨두었고, 짐과 노라가 신혼여행을 떠난 동안 상자는 내내 그 역에 있었습니다. 두 사람이 신혼여행에서 돌아온 후에야 상자는 새집으로 옮겨져 지하실에 들어가게 된 거죠. 그리고 핼러윈에 퍼트리샤는 못이 그대로 박힌 채 열리지 않은 그 상자를 보았던 겁니다. 이것이 제가 전혀 몰랐던 사실이었습니다. 작지만 가장 핵심적인 사실이자, 나에게 진실을 알려준 사실이었죠."

"하지만, 어떻게……?"퍼트리샤가 머릿속에 뭔가를 느끼며 말했다.

"곧 알게 될 거예요. 그전까지 나는 그때 당신과 노라가 정리하던 책이 책장에 있었던 것이라고만 생각했어요. 단순히 새 서재로 옮기는 중이라고 생각했죠. 즉, 그전부터 집에 있었던 짐과 노라의 책들인 줄로만 알았어요. 당연한 일이지요. 거실 바닥에는 나무 상자며 못 따위는 전혀 없었으니까."

"엘러리 씨가 도착하기 몇 분 전에 나무 상자에서 책을 다 꺼 낸 다음, 상자와 못, 그리고 연장들을 지하실에 다시 갖다두었 거든요. 그날 병원에서 말씀드린 대로요."

"너무 늦은 거죠." 엘러리는 신음했다. "내가 들어갔을 때는 그런 것을 전혀 볼 수 없었으니까요. 그리고 나한테는 투시 능 력 같은 것도 없고."

"요점이 뭡니까?" 카터 브래드퍼드가 초조한 듯이 물었다.

"핼러윈에 패티가 열었던 그 책 상자 속의 책 가운데 한 권이 에지컴의 《독물학》이었어요."

카터의 입이 떡 벌어졌다. "비소란에 밑줄이 그어져 있던 그 책 말입니까?"

"그뿐만 아니라 그 책 속에서 세 통의 편지가 바닥으로 떨어 졌지요."

이번에는 카터도 아무 말 하지 않았다. 그러나 퍼트리샤는 미간을 찡그리며 의아한 얼굴로 엘러리를 보았다.

"다시 말해 그 상자는 뉴욕에서 못질을 한 후 라이츠빌 역으 로 보내졌으며, 그곳에서 오랫동안 보관되었다가 집으로 운반 되었습니다. 그리고 책 상자에서 꺼내 옮겨지던 중, 노라가 안 고 있던 책이 우연히 바닥에 떨어지면서 그 편지가 끼워져 있 던 《독물학》 책도 함께 발견된 거죠. 그렇다면 결론은 단 하나 뿐입니다. 짐 하이트는 라이츠빌에 있는 동안 그 편지를 쓸 수 없었다는 것입니다. 나는 이 점을 깨닫자마자 동시에 모든 것 을 알아차렸습니다. 그 세 통의 편지는 짐 하이트가 뉴욕에서 쓴 겁니다. 그가 노라에게 다시 프로포즈하기 위해 라이츠빌로 돌아오기 전에 쓴 거죠. 3년 동안이나 소식을 끊었던 자신을 노라가 용서해주리라는 걸 모르던 상태에서요!"

"네."카터 브래드퍼드가 중얼거렸다.

"아직 모르겠어요?" 엘러리는 외쳤다. "그 세 통의 편지 속에서 짐은 자기 아내의 병과 죽음을 예언했는데, 그것이 반드시 노라를 가리킨다고 어떻게 단언할 수 있겠습니까? 편지가 발견되었을 당시 노라는 분명 그의 아내였지만, 편지를 쓸 당시에는 아니었습니다. 그리고 짐은 노라가 자기의 아내가 되리라는 것도 그때는 몰랐습니다!"

엘러리는 말을 끊었다. 거스 올젠의 가게가 쌀쌀했음에도 불구하고 그는 손수건을 꺼내 땀을 닦고 유리잔에 남은 음료수를 마셨다. 옆 탁자에서는 앤더슨 노인이 코를 골고 있었다.

퍼트리샤는 놀란 목소리로 말했다. "그렇지만, 만일 그 세 통의 편지가 언니를 가리키는 것이 아니라면, 어떻게 모든 일이⋯⋯ 그 모든 일들이⋯⋯."

"이제 설명하겠습니다." 엘러리는 냉정한 목소리로 말했다. "그 편지에 쓰여 있는 아내가 노라가 아니라고 한다면, 지금까지 그냥 이상하다고만 느끼고 있던 두 가지 사실이 특히 눈에 띌 겁니다. 그중 하나는 편지의 날짜가 완전하지 못하다는 사실이죠. 그러니까 그 편지에는 달과 날은 쓰여 있었지만, 연도는 없었습니다. 그러므로 그 세 번의 휴일, 추수감사절, 크리스마스, 새해 첫날⋯⋯. 짐이 그 세 통의 편지에서 그의 '아내'의 병, 더 심한 병, 그리고 죽음을 언급한 날짜는 1년이나, 2년, 어쩌면 3년 전의 날짜였는지도 모른다는 말입니다! 어쩌면 1940년이 아닌 1939년, 1938년, 혹은 1937년인지도 모르죠⋯⋯.

그리고 두 번째 사실은 어떤 편지에도 노라라는 이름이 적혀 있지 않았다는 겁니다. 어디까지나 '나의 아내'라고만 쓰여 있었죠. 만일 짐이 그 편지를 뉴욕에서 썼다면, 그것은 노라와 결혼하기 전의 일이며, 노라가 과연 그와 결혼해줄지 어떨지 모를 때의 일입니다. 그러므로 짐은 노라의 병, 또 죽음에 관해 쓸 수 없었을 겁니다. 그리고 우리가 이 사건의 처음부터 당연히 그러려니 하고 멋대로 생각했던 일들이 만약 사실이 아니라면, 짐이 노라를 독살하려 했다고 간주하고 쌓아올린 가설이 완전히 무너지게 됩니다."

"도저히 믿을 수 없군요. 도저히 믿을 수가 없어요." 카터가 중얼거렸다.

"무슨 말인지 모르겠어요. 그 말은……." 퍼트리샤가 가냘픈 목소리로 말했다.

"내가 하고 싶은 말은 노라는 한 번도 위협받은 일이 없고, 또 한 번도 위험에 처한 일도 없다는…… 노라의 목숨을 노린 것이 아니었다는 사실입니다." 엘러리는 말했다.

퍼트리샤는 머리를 힘껏 저으며 유리컵을 손으로 더듬어 들었다. "그렇게 되면 전혀 다른 방향에서 생각해야만 되겠군요!" 카터가 말했다. "노라의 생명을 노리지 않았다면…… 도대체……!"

"그렇다면 사실은 무엇이겠습니까?" 엘러리가 말했다. 로즈메리 하이트라는 한 여자가 새해 전날 죽었습니다. 노라가 예정된 희생자라고 생각했을 때, 로즈메리 하이트는 우연히 희생된 것이라고 우리는 믿었습니다. 그러면 노라가 예정된 희생자가 아니라는 걸 알게 된 지금에 와서는, 로즈메리 하이트는 우연히 죽은 것이 아니라고 생각할 수 있습니다. 즉 로즈메리 하이트는 처음부터 살해당할 예정이 아니었을까요?"

"로즈메리가 처음부터 살해당할 예정이었다니……." 퍼트리샤는 낯선 나라의 말을 하듯 되풀이했다.

"그렇지만……." 브래드퍼드가 되물으려고 했다.

"네, 압니다. 이 부분에 대해서는 많은 의문과 이의가 생길 겁니다. 하지만 노라가 계획된 희생자가 아니라면, 이것만이 사건에 대한 유일한 논리적 설명이 됩니다. 그러므로 우리는 그 사실을 새로운 전제로 받아들여야만 하겠죠. 그러니까 로즈메리가 살해되도록 돼 있었다는 것을 말입니다. 그래서 나는 자문해봤어요. 그 세 통의 편지는 로즈메리의 죽음과 관련이 있는 게 아닐까? 표면적으로는 아닙니다. 그 편지에서는 짐의 아내에 대한 죽음을 말하고 있었으니까요."

"로즈메리는 형부의 누이동생이었잖아요." 퍼트리샤가 눈살을 찌푸리며 말했다.

"그렇죠. 게다가 로즈메리는 추수감사절과 크리스마스에 예정된 병의 징후를 전혀 일으키지 않았습니다. 그리고 세 통의 편지가 몇 년 전에 쓰여진 것으로 해석되는 지금에 와서는, 그 편지를 범죄와 관련된 것으로 생각할 수는 없어요. 그 편지는 노라가 아닌, 짐의 첫 번째 아내가 병으로 인해 자연사했을 때를 가리키고 있을 뿐입니다. 그러니까 짐이 뉴욕에서 결혼한 첫 아내 말입니다. 짐이 노라를 버리고 떠난 후 다시 그가 노라와 결혼하기 위해 라이츠빌로 돌아올 때까지, 그 사이의 어느해 1월 1일 뉴욕에서 죽은 아내를 가리키는 걸 겁니다."

"하지만 형부는 전처가 있었다는 이야기를 한 번도 한 적이 없어요." 퍼트리샤가 이의를 제기했다.

"말하지 않았다고 해서, 그가 결혼하지 않았다고 볼 수는 없어." 카터가 말했다.

"그래요." 엘러리가 고개를 끄덕였다. "어쩌면 그 일은 이번 사건과는 전혀 관계가 없을지도 모릅니다. 다만 여기에 매우 의미심장하고도 의심스러운 부분이 두 가지 있습니다. 첫째로, 그 편지를 쓰기는 했지만 보내지 않았다는 점입니다. 마치 뉴욕에서 그 편지대로 죽은 사람이 없었던 것처럼요. 그리고 둘째는 라이츠빌에서 1941년 1월 1일 자정에 한 여자가 실제로 죽었다는 사실입니다. 짐이 사건이 일어나기 훨씬 전에 쓴, 마지막 편지의 내용대로 되었던 것입니다. 우연이었을까요? 우연이라고만 생각하기에는 뭔가 개운치 못합니다. 우연이 아닙니다. 나는 로즈메리가 죽은 것과 짐이 쓴 세 통의 편지 사이에 반드시 어떤 연관성이 있다고 봅니다. 그 편지는 물론 그가 쓴 것이죠. 엘리 마틴 판사님은 유감스럽게도 법정에서 필적이 짐의 것인지 아닌지에 대해 의혹을 나타냈는데, 과감한 것인지는 모르나 자포자기의 몸부림에 지나지 않았습니다."

앤더슨이 잠에서 깨어나 시끄럽다는 듯이 주변을 둘러보았다. 거스 올젠이 고개를 저었다. 앤더슨은 비틀거리며 바 쪽으로 다가갔다. "주인장, 사발에 술이 넘치도록 따라주시오!"

"우리 가게에서는 술을 사발로 팔지 않아요. 그리고 앤더슨, 이제 마실 만큼 마셨어요." 거스가 타이르듯이 말했다. 앤더슨 노인은 바에 머리를 기대고 울기 시작했으나 금방 다시 잠들어 버렸다.

엘러리는 생각에 잠겨 말을 이었다. "로즈메리 하이트의 죽음과, 훨씬 이전에 짐 하이트가 쓴 세 통의 편지는 어떤 연관성이 있을까? 그리고 이 문제에서, 우리는 문제의 핵심에 도달하게 됩니다. 처음부터 계획되어 있던 희생자가 로즈메리라면 이 세 통의 편지는 훌륭한 눈가림이며, 현명한 기만이며, 경찰의 눈으로부터 진실을 감추기 위한 심리적 연막이었다고 해석할 수 있어요! 사실이 그렇지 않습니까? 브래드퍼드, 당신도 데이킨 서장님도 로즈메리를 이 사건에 우연히 끼어든 단순한 희생자로만 보았고, 노라를 예정된 희생자로 간주하고 수사를 거기에 집중시키지 않았습니까? 그런데 그것이 바로 로즈메리를 죽인 사람이 노린 방향이었습니다! 당신들은 표면상의 살인 동기를 규명하려는 나머지 실제 희생자를 등한시했던 겁니다. 그러므로 당신들은 노라를 독살했을지도 모르는 유일한 인물인 짐을 중심으로 수사했습니다. 단 한순간이라도 로즈메리를 독살한 동기와 기회를 가진 진범을 찾아보려고 하지 않았습니다."

퍼트리샤는 뭐가 뭔지 도무지 알 수 없다는 표정이 되어 건성으로 듣고 있었다. 그러나 브래드퍼드는 탁자 위에 몸을 얹고 엘러리의 얼굴에서 눈을 한순간도 떼지 않은 채 열성적으로 집중했다. "그래서요? 계속해요, 퀸 씨!" 그는 재촉했다.

"조금 뒤로 돌아갑시다." 엘러리는 말하며 담배에 불을 붙였다. "이제 우리는 그 세 통의 편지가 밝혀지지 않은, 한 번도 언급되지 않은, 짐의 전처를 가리키고 있음을 알고 있습니다. 만일 그 아내가 2년, 혹은 3년 전인 1월 1일에 죽었다면, 짐은 왜 그 편지를 누이동생에게 보내지 않았을까요? 더욱 중요한 것은 그가 체포되었을 때 어째서 그 사실을 말하지 않았을까요? 어째서 변호사에게 그 편지는 노라에 대해 쓴 것이 아니라고 말함으로써 재판 때 스스로를 변호하지 않았을까요? 만일 전처가 있었고 실제로 죽었다면, 그것을 입증하는 일은 아주 간단합니다. 입회한 의사의 진술서, 사망진단서, 그런 것들이면 충분하죠. 그런데 짐은 입을 다문 채 아무 말도 하지 않았습니다. 그는 노라와 다투고 이곳을 떠난 다음 그녀와 결혼하려고 라이츠빌로 다시 돌아왔죠. 그러나 지난 3년 동안 다른 여자와 결혼했다는 사실에 대해서는 한 마디도 꺼내지 않았습니다. 왜? 왜 짐은 알 수 없는 침묵을 지켰을까요?"

"어쩌면 형부는 실제로 계획을 세우고 전처의 살인을 실행했던 것이 아닐까요?" 퍼트리샤는 몸을 떨었다.

"그렇다면 어째서 그 편지를 누이동생에게 보내지 않았을까요? 그것 때문에 편지를 쓴 것일 텐데요?" 카터가 말했다.

"아, 그것이 바로 거꾸로 생각해보아야 할 점입니다. 그래서 나는 이렇게 생각해보았지요. '짐은 전처를 죽일 계획을 세웠지만, 예정된 시기에 그것을 실행하지 못한 게 아닐까' 하고요."

"그렇다면 형부가 라이츠빌로 다시 돌아왔을 때도 그 전처는 살아 있었다는 말이군요." 퍼트리샤는 놀라 숨을 들이키며 말했다.

"살아 있었을 뿐만 아니라……." 엘러리는 천천히 담배꽁초를 재떨이에 비볐다. "여기까지 뒤쫓아왔어요."

"전처가 말입니까?" 카터는 놀랐다.

"여기 라이츠빌에?" 퍼트리샤가 외쳤다.

"그렇습니다. 하지만 짐의 전처로서 온 것은 아닙니다. 두 번째, 세 번째 아내도 아니고요."

"그렇다면……?"

"그 여자는 누이동생으로서 라이츠빌에 왔습니다." 엘러리가 말했다.

그때 정신을 차린 앤더슨이 거스에게 말했다. "여보시오, 주인장……."

"돌아가요." 거스는 머리를 저으며 말했다.

"나에게 벌꿀 술을! 망각의 약을!" 앤더슨 노인이 애원했다.

"여긴 그런 거 취급 안 해요." 거스가 말했다.

"형부가 누이동생이라고 우리에게 소개한 로즈메리 하이트라는 여자가 누이동생이 아니었다는 말인가요? 그 여자가 전처였다고요?" 퍼트리샤가 작은 소리로 말했다.

"그래요." 엘러리는 거스 올젠에게 손짓했다. 거스는 이미 새 술을 준비해두고 있었다. 앤더슨은 거스가 들고 가는 쟁반을 눈을 번득이며 바라보았다. 거스가 다시 제자리로 돌아갈 때까지 아무도 입을 열지 않았다.

"퀸 씨, 도대체 그 사실을 어떻게 알아냈습니까?" 카터는 현기증이 난다는 듯 물었다.

"로즈메리 하이트가 짐 하이트의 누이동생이라는 것을 뒷받침할 만한 사실이 무엇 하나 있던가요?" 엘러리가 되물었다. "짐과 로즈메리가 그렇게 말했을 뿐이죠. 그리고 그들은 둘 다 죽었습니다……. 그렇지만 그녀가 그의 아내였다는 것을 알게 된 건 지금 설명한 사실들 때문만은 아닙니다. 내가 그녀를 죽인 진범을 알고 있기 때문입니다. 그녀를 죽인 사람이 누구인지 알고 나니 로즈메리가 짐의 동생일 수가 없다는 게 더 분명해지더군요. 로즈메리는 살인자가 살해 동기를 가질 만한 단

하나의 존재였습니다. 바로 짐의 전처였던 것이죠."

"그렇지만 엘러리 씨, 당신은 그날 스티브 플래리스의 영수증에 적힌 그 여자의 필적과 형부가 로즈메리 하이트에게서 받은 편지 봉투에 적힌 필적이 같다며 그 여자가 형부의 누이동생이라고 인정했잖아요?"

"내가 틀렸어요." 엘러리는 얼굴을 찡그렸다.

"나는 어리석은 잘못을 저질렀던 겁니다. 그 두 가지 필적이 같다는 것은 다만 같은 사람이 썼다는 것을 입증할 뿐이죠. 다시 말해서 이 거리에 나타난 여자와 짐을 그토록 당황하게 만든 그 편지를 쓴 여자가 단지 동일 인물이라는 데 지나지 않습니다. 나는 그 여자가 봉투에 로즈메리 하이트라고 썼기 때문에 깜박 속아 넘어갔습니다. '로즈메리 하이트.' 그녀는 그 이름을 사용했지요. 아무튼 내가 어리석었어요. 같이 마실까요?"

"새해 전날 밤에 독살당한 여자가 짐의 전처였다면, 그녀가 살해당한 다음 어째서 진짜 누이동생이 나타나지 않았을까요? 신문에 그렇게 크게 실렸는데도 말입니다!" 카터가 반문했다.

"만일 형부에게 진짜 누이동생이 있었다면 말이죠. 정말로 있었다면 말이에요!" 퍼트리샤도 중얼거렸다.

"물론 그에게는 누이동생이 있었습니다. 만일 없었다면, 뭣 때문에 그런 편지를 썼겠습니까. 그가 자기의 첫 아내를 죽이려고 계획을 세웠을 때, 그 편지는 자기에게 죄가 없는 것처럼 보이게 하는 하나의 자료가 될 것이라고 생각했을 겁니다. 그 편지를 진짜 누이동생인 로즈메리 하이트에게 보낼 생각이었을 거고요. 살인 사건으로 수사가 시작될 경우 진짜 누이동생이 나타나지 않는다면, 그는 얼마나 난처한 입장에 몰릴까요.

그러므로 짐에게는 진짜 누이동생이 있었습니다."

"그렇지만 신문에 크게 실렸잖아요!" 퍼트리샤가 말했다. "카터가 말했듯이 온 신문에 제임스 하이트의 누이동생 로즈메리 하이트가 라이츠빌에서 죽었다고 기사가 났다고요. 만일 형부에게 로즈메리 하이트라는 진짜 여동생이 있었다면, 급히 라이츠빌에 와서 잘못을 바로잡았겠지요."

"꼭 그랬을 거라고는 할 수 없죠. 그러나 사실상…… 짐의 누이동생은 라이츠빌에 왔습니다. 잘못된 사실을 정정하기 위해서인지는 알 수 없지만……. 어쨌든 그녀는 오빠와 의논한 끝에 자신의 신분을 드러내지 않기로 했지요. 아마 짐이 그녀에게 말하지 말아달라고 당부했을 겁니다. 그래서 진짜 여동생은 그 약속을 지킨 겁니다."

"도저히 이해할 수가 없네요." 카터는 답답하다는 듯이 말했다. "당신은 마치 모자 속에서 토끼를 꺼내는 마술사 같은 말만 늘어놓고 있어요. 그렇다면 로즈메리 하이트는 지난 몇 달 동안 라이츠빌에 와 있으면서 다른 이름으로 행세했다는 말입니까?"

엘러리는 어깨를 으쓱했다. "곤경에 빠진 짐을 도운 사람이 누구누구인지 생각해봐요. 라이트 집안사람들, 오래전부터 사귄 친구들…… 물론 그들의 이름은 전부 알고 있겠죠. 그리고 나와…… 또 한 사람 더. 그 사람은 여자죠."

"로버타군요! 기자 로버타 로버츠!" 퍼트리샤가 소리질렀다.

"그녀야말로 꼭 들어맞는 유일한 여성이죠." 엘러리는 고개를 끄덕이며 말했다. "네, 로버타 로버츠입니다. 달리 또 누가 있겠습니까? 그녀는 처음부터 짐이 무죄라는 사실을 믿고 그를 위해 싸웠어요. 그 때문에 직업마저 잃고, 자포자기한 끝에 마지막에는 짐이 묘지에서 달아날 수 있도록 차까지 준비했죠. 여러 가지 점으로 미루어볼 때 짐의 누이동생은 로버타라고 생각할 수밖에 없습니다. 그렇다면 그녀의 유별난 행동들이 납득되지 않습니까? 로버타 로버츠란 그녀가 오랫동안 사용해 온 필명일 뿐이고 본명은 로즈메리 하이트였겠죠!"

"그래서 그녀가 형부의 장례식 때 그렇게 울었군요." 퍼트리샤가 조용히 말했다. 거스 올젠이 바에서 유리잔을 닦는 소리와 앤더슨 노인의 잠꼬대 이외에 주변에서는 아무 소리도 들리지 않았다.

"점점 분명해지는군요." 한참 만에 카터가 말했다. "하지만 짐의 전처가 왜 누이동생이라고 속이면서까지 라이츠빌에 왔는지는 이해가 되지 않아요." 카터가 말했다.

"게다가 왜 형부는 그 여자를 내버려두었을까요? 전부 미친 짓 같아요!"

"아뇨. 꼼꼼히 따져보면 절대 미친 짓이 아니라는 걸 알 수 있습니다. 왜 그랬느냐고요? 나도 생각해봤어요. 그리고 결론을 내렸습니다." 엘러리는 음료수 한 모금을 마셨다. "짐은 약 4년 전, 결혼식 바로 전날 밤에 집 문제로 노라와 싸우고는 뛰쳐나가버렸습니다. 그는 아마 한없이 참담한 심정으로 뉴욕으로 갔을 겁니다. 그러나 짐의 성격을 생각해봐요. 그는 강철처럼 독립심이 강한 사람이었죠. 고집과 자존심은 늘 붙어 다니게 마련입니다. 그런 성격 때문에 그는 노라에게 편지를 보내지도 않았고 라이츠빌에 돌아오지도 않았는데, 그건 결코 분별력 있는 사람의 행동이라고는 할 수 없죠. 그러나 그와 같은 남성에게 자립이라는 게 얼마나 소중한 것인지 이해하지 못한 노라에게도 얼마만큼의 책임은 있다고 생각합니다.

아무튼 뉴욕에서 짐의 생활은 견디기 어려울 정도로 공허했을 겁니다. 그런 가운데 한 여자를 만났겠지요. 우리는 그녀가 어떤 성격의 소유자인지 이미 알고 있지요. 그녀는 시큰둥하면서도 선정적이며, 사람의 마음을 몹시 끄는 데가 있었습니다……. 특히 불행한 사랑의 상처로 아파하는 남자의 눈에는 더욱 매력적으로 보였을 겁니다. 그 반동으로, 여자는 짐을 사로잡았겠지요. 그들은 분명히 비참한 생활을 했을 겁니다. 짐은 선량하고 건실한 남자였으나, 그 여자는 무책임하고 제멋대로이며 남자를 미치게 만드는 성격을 가졌으니까요. 그녀가 그의 생활을 엉망으로 만들었을 겁니다. 왜냐하면 짐은 결코 사람을 죽일 수 있는 성격이 못 되는데도, 결국 그녀를 살해할 계획을 세울 정도였으니까요. 그가 그녀를 죽이기 위해 그토록 주의 깊게 계획을 세우고 누이동생에게 미리 편지까지 써놓았다는 건, 그가 그녀를 죽이려는 생각에 얼마나 강하게 사로잡혀 있었는가를 잘 반영하고 있는 겁니다."

"이혼을 했더라면 좋았을걸!" 퍼트리샤가 안타깝다는 듯 말했다.

엘러리는 어깨를 으쓱했다. "이혼을 할 수 있었으면 했겠지요. 나는 처음부터 그녀가 이혼을 승낙하지 않았으리라고 생각합니다. 속명(屬名)이 인간이고, 성별이 여자인 거머리였던 거죠. 물론 나는 단정 지어 말할 수는 없습니다. 그러나 카터, 만일 당신이 다시 처음부터 조사해본다면, 반드시 이런 사실을 알게 되리라고 확신합니다.

첫째, 그녀는 이혼을 거부했다. 둘째, 그는 그녀를 살해할 계획을 세웠다. 셋째, 어떤 계기로 그녀가 그 계획을 알아내 그를 피해 도망갔고, 그는 그 계획을 포기했다. 넷째, 그녀는 마침내 이혼 서류를 그에게 보내왔다!

그 후에 일어난 일들을 생각해보면 틀림없이 지금 말한 대로라는 것을 짐작할 수 있습니다. 자, 이제 짐이 어떤 여자와 결혼했었다는 것도 알았고, 그런 다음 짐이 라이츠빌로 돌아와 노라에게 프로포즈를 했다는 것도 알게 되었습니다. 그가 그렇게 한 것은 전처로부터 자유로워졌다고 생각했기 때문이겠죠. 그가 그렇게 믿은 것은 전처가 그에게 그렇게 믿을 수 있는 근거를 제시했기 때문일 겁니다. 그래서 나는 그녀가 짐에게 이혼이 성립된 것처럼 거짓말을 했다고 생각합니다.

그다음에는 어떻게 되었을까요? 짐은 노라와 결혼했습니다. 그는 너무 기쁜 나머지 《독물학》 책에 끼워두었던 그 편지에 대해서는 완전히 잊고 말았죠. 그리고 신혼여행을 마치고 짐과 노라는 라이츠빌로 돌아와 그 작은 집에서 신혼살림을 시작했습니다……. 그리고 불행은 이때부터 시작됐습니다. 짐의 '누이동생'으로부터 편지가 온 것이지요. 패티, 그날 아침을 기억하죠? 우편배달부가 편지를 가져왔을 때, 짐은 몹시 당황했습니다. 그는 나중에 노라에게 '누이동생'에게서 편지가 왔는데 그녀를 라이츠빌로 오게 해도 괜찮으냐고 물었죠." 퍼트리샤는 고개를 끄덕였다.

"짐의 누이동생이라며 불쑥 나타난 그 여자는, 그리고 짐이 누이동생으로 맞아들이고 동생이라고 소개했던 그 여자는, 사실 그의 누이동생이 아니라 전처였다는 것을 이젠 알겠죠. 짐이 받은 편지가 전처로부터 왔다는 더 확실한 증거가 있습니다……. 짐은 자신이 받은 편지를 불태웠는데, 그 타다 남은 봉투의 사인과 스티브 플래리스가 영수증에 받은 사인이 동일인의 것임을 내가 대조해보고 확인했으니까요. 짐에게 편지를 보낸 사람은 전처였고, 그녀가 라이츠빌에 오는 것을 짐이 기뻐할 리 없으므로 그녀가 여기 온 것은 짐의 뜻이 아니라 그녀의 생각이었을 겁니다. 그가 받아서 태워버린 편지에 그런 말들이 쓰여 있었던 게 분명합니다.

그러나 그녀는 도대체 무슨 이유로 짐에게 편지를 보냈으며, 그의 누이동생으로 가장해 라이츠빌에 왔을까요? 그리고 짐은 어째서 그녀가 오는 것을 허락했을까요? 아니 그것을 막지는 못했다고 하더라도, 왜 그녀에게 동조했으며 그녀가 죽은 후에도 그것을 숨기고 있었을까요? 그 모든 것의 이유는 오직 하나밖에 없습니다. 그녀가 짐의 약점을 쥐고 있었기 때문입니다.

입증할 수 있느냐고요? 물론입니다. 짐은 많은 돈을 '낭비'하고 다녔습니다. 그리고 그 낭비는 전처가 라이츠빌에 도착한 것과 거의 비슷한 시기에 시작되었지요. 그가 무엇 때문에 노라의 보석들을 전당포에 잡혔을까요? 그리고 왜 라이츠빌 개인 금융회사에서 5천 달러나 되는 돈을 빌렸을까요? 무엇 때문에 노라에게 돈을 달라고 졸랐을까요? 그리고 그 돈들은 모두 어디로 갔을까요? 당신은 도박에서 잃었다고 생각해 그것을 입증하려 했었죠?"

"그렇습니다. 증언에 의하면, 짐 자신도 도박 때문에 돈을 잃었다고 아내에게 말하지 않았습니까?" 카터가 항의했다.

"만일 존재를 숨기고 있던 전처가 협박을 했다면, 짐은 노라에게 갑자기 그 많은 돈이 왜 필요한지 구실을 지어내야 했겠지요! 카터, 당신은 짐이 빅터 캘러티의 핫 스팟에서 도박으로 돈을 잃은 사실을 실제로 입증하지는 못했습니다. 그곳에서 짐이 도박을 하는 장면을 목격한 증인도 찾을 수 없었죠. 당신은 짐이 노라에게 도박으로 돈을 잃었다고 말하는 것을 엿들은 사람 하나를 겨우 증인으로 내세웠을 뿐입니다! 짐은 확실히 핫 스팟에서 술을 많이 마셨어요. 절망에 빠져 있었으니까. 그러나 도박을 하지는 않았습니다.

어쨌든 그 돈들은 어디로 갔는지 다 없어졌습니다. 좀 전에 내가 짐이 전처에게 약점이 잡혀 있을 거라고 말했죠? 내 결론은 이렇습니다. 그는 로즈메리에게 돈을 주고 있었을 겁니다. 그러니까, 로즈메리라고 자신을 지칭하는 여자, 새해 전날 죽은 그 여자 말입니다. 짐은 그 냉혹한 여자가 시키는 대로 돈을 갖다 주고, 자신의 동생 행세를 하는 것도 가만히 두고 볼 수밖에 없었을 겁니다!"

"엘러리 씨, 그녀는 형부의 어떤 약점을 쥐고 있었을까요? 분명히 끔찍한 뭔가가 있었을 거예요!" 퍼트리샤가 소리쳤다.

"그 질문에 대한 대답은 딱 하나밖에 없습니다." 엘러리는 말하면서 무서운 표정을 지었다. "그 대답은 석고상이 틀에 맞듯이 우리가 알고 있는 사실들에 꼭 들어맞아요. 우리가 로즈메리라고 부르고 있던 여자와 짐이 이혼하지 않았다고 가정하면 어떨까요? 짐이 자유로워졌다고 생각하게끔 여자가 그를 속였다면 어떨까요? 어쩌면 그에게 위조한 이혼 서류를 보여주었을지도 모르죠. 돈만 내면 무엇이든 할 수 있는 세상이니까! 그렇다면 모든 게 말이 됩니다. 짐은 노라와 결혼함으로써 중혼이라는 죄를 범하게 되었죠. 그래서 그 여자의 손아귀에 영원히 잡히고 만 겁니다. 그녀는 미리 편지로 경고를 한 다음 그의 누이동생으로 가장해 라이츠빌로 왔습니다. 이렇게 함으로써 노라와 가족들에게 자신의 정체를 밝히지 않은 채 짐을 협박할 수 있는 입장이 된 겁니다.

자, 이제 왜 그 여자가 누이동생 행세를 했는지 분명히 알겠지요? 만일 그 여자가 자신의 정체를 밝히면 짐에게 공감할 명분이 없어지고 마는 겁니다. 그 여자는 돈이 필요했을 뿐, 복수가 목적은 아니었을 겁니다. 짐의 머리 위로, 사실을 폭로하겠다는 폭탄을 들이대고 있는 동안 그 여자는 그가 말라비틀어질 때까지 단물을 짜낼 수 있었을 겁니다. 그러기 위해서 그 여자는 누이동생으로 지낼 필요가 있었겠지요……. 짐은 그녀의 덫에 걸려 그 여자를 내버려둘 수밖에 없었을 겁니다. 절망으로 미칠 지경이 될 때까지 계속 돈을 주어야만 했겠죠. 로즈메리는 희생자의 성격을 잘 알고 있었어요. 짐은 이 사실을 노라에게 도저히 말할 수 없었을 겁니다."

"할 수 없었을 거예요." 퍼트리샤가 슬픈 목소리로 말했다.

"왜 그렇죠?" 카터가 물었다.

"전에 한 번 그는 노라를 두고 달아났고, 그 후 노라는 가족이며 마을 사람들 앞에서 얼굴도 못 들게 되었습니다. 라이츠빌이라는 마을에는 비밀도 동정도 없습니다. 오직 잔혹함만이 있을 뿐이죠. 노라처럼 감수성이 예민하고 내성적인 사람은, 세상 사람들의 소문의 주인공이 되는 것을 일생을 망칠 정도의 비극이라고 생각했을 겁니다. 짐은 자기가 노라를 버렸을 때 그녀에게 얼마나 심한 충격을 주었는지 잘 알고 있었을 겁니다. 노라를 자기만의 세계 속으로 움츠러들게 만들었고, 부끄러움으로 미칠 지경까지 만들었지요. 노라는 라이츠빌로부터, 친구들로부터, 심지어는 가족에게서까지 도망쳐버렸어요. 결혼식을 하지 않은 것만으로 그토록 큰 충격을 주었는데, 만일 노라가 이미 결혼한 사람과 또 결혼했다는 사실을 알게 된다면 어땠을까요? 노라는 미쳐버리거나 자살해버렸을지도 모릅니다.

짐은 그 점을 잘 알고 있었던 겁니다. 로즈메리가 걸어놓은 덫은 악마가 되어 그를 괴롭혔습니다. 짐은 노라에게 진실을 말할 수도 없었고, 노라가 법적인 부인이 아니라는 사실을 알게 해서도 안 됐고, 자신들의 결혼이 진짜 결혼이 아니었다는 사실을 알게 해서도 안 됐습니다……. 게다가 태어날 아이가……. 라이트 부인이 증언했듯이, 짐은 일찍이 노라가 임신했다는 사실을 알고 있었으니까요."

"정말 말도 안 되는 일이로군요." 카터가 쉰 목소리로 말했다.

엘러리는 술을 한 모금 마시고는 담배에 불을 붙이고, 반짝이며 타는 담배 끝을 물끄러미 바라보았다. "그러니 점점 더 말하기가 어려워졌을 겁니다." 한참 후에 엘러리가 말을 이었다. 짐은 미친 듯이 돈을 구해 어떻게 해서든지 그 여자 입을 틀어막으려고 했겠지요. 그렇게 해서라도 노라를 미치게 하거나 죽음으로 몰아넣을지도 모르는, 그 무서운 비밀이 탄로 나지 않기를 바랐던 겁니다."

퍼트리샤는 울먹이며 말했다. "불쌍한 형부가 아빠 은행의 돈을 횡령하지 않은 게 이상할 정도네요!"

"그리고 술에 취하면 짐은 분노에 떨며 그 여자를 해치우겠다, 죽여야겠다는 말을 지껄였지요. 그것은 아내를 가리키는 말임에 틀림없으나, 그의 법적인 아내, 즉 로즈메리 하이트로 가장한 전처를 두고 한 말이었습니다. 짐이 술에 취해서 어리석게도 협박조의 고함을 지른 말은 결코 노라를 두고 한 말이 아니었어요."

"하지만, 그가 체포되어 죽게 될 상황이었는데도 잠자코 있었다는 것은……." 카터는 중얼거리듯이 말했다.

"나는, 짐이 그의 방식대로는 상당히 훌륭한 사람이라고 생각합니다." 엘러리는 슬픈 미소를 지었다. "그는 자기가 노라에게 저지른 일 때문에 죽을 각오를 했던 겁니다. 그가 그녀에게 사죄할 수 있는 유일한 방법으로 선택한 것이 바로 아무 말도 하지 않고 자기 목숨을 버리는 일이었습니다. 진짜 누이동생인 로버타 로버츠에게도 비밀을 지키도록 맹세하게 했을 겁니다. 짐이 카터 당신과 데이킨 서장님에게 사실을 털어놓게 되면 어쩔 수 없이 로즈메리의 정체를 폭로해야만 합니다. 그가 전에 그녀와 결혼했다는 사실, 이혼이라고 할 수 없는 이혼, 그리고 그 때문에 노라는 미혼모가 된다는 사실을 모두 드러내는 결과가 되겠지요. 그리고 진실을 말한다고 해도 그에게는 유리할 것이 없습니다. 왜냐하면 짐에게는 노라를 죽이는 것보다 로즈메리를 죽여야 할 동기가 훨씬 많았기 때문입니다. 그는 이런 모든 더러운 이야기를 자기 가슴속에 묻은 채 무덤으로 가는 것이 가장 좋은 방법이라고 결심한 겁니다."

퍼트리샤는 울고 있었다.

"그리고 짐에게는 또 한 가지 잠자코 있어야 할 이유가 있었습니다." 엘러리는 중얼거렸다. "그게 가장 큰 이유죠. 영웅적이고, 시적인 이유였습니다. 두 분은 그게 무엇인지 상상할 수 있는지 궁금하군요." 두 사람은 그를 쳐다보다가 서로 마주보았다. "알 수 없겠죠." 엘러리는 한숨을 쉬었다. "절대로 모를 겁니다. 진실은 너무나 단순해서, 우리는 마치 유리를 통해 보듯 그 진실을 볼 수 있습니다. 그 진실은 2 더하기 2, 아니면 2 빼기 1처럼 단순하지만, 그러면서도 가장 어려운 계산입니다."

붉고 둥그스름한 물체가 그의 어깨 너머로 나타났다. 앤더슨의 커다란 코였다. "불행은 길고, 행복은 짧도다!" 앤더슨이 큰 소리로 말했다. "벗이여, 옛사람들의 지혜를 배워라……. 나 같은 가난뱅이가 하늘이 주신 이런 좋은 날에 어떻게 행운을 잡았는지 이상하게 생각하겠지. 나에게는 돈을 부쳐주는 사람이 있나니, 오늘은 배가 항구에 도착했단 말이다. 행복은 짧도다!" 그리고 그는 퍼트리샤의 유리잔을 만지기 시작했다.

"앤더슨, 저쪽으로 가서 조용히 있어요." 카터가 소리를 질렀다.

"여보시오, 검사 양반. 내 목숨 헤아리는 모래시계에는 이젠 모래가 얼마 남지 않았소. 이제 나는 여기서 내 목숨을 끝마쳐야 하리." 앤더슨 노인은 퍼트리샤의 잔을 가지고 자기의 탁자로 가더니 단숨에 마셔버렸다.

"엘러리 씨, 여기서 멈추면 안 돼요!" 퍼트리샤가 말했다.

"당신들 두 사람은 진실을 들을 각오가 돼 있습니까?"

퍼트리샤는 카터를, 카터는 퍼트리샤를 바라보았다. 카터는 탁자 위로 손을 뻗어 퍼트리샤의 손을 잡으며 말했다. "말씀하세요."

엘러리는 고개를 끄덕였다. "남은 질문은 하나밖에 없습니다. 가장 핵심적인 질문이죠. 로즈메리 하이트를 진짜로 죽인 사람은 누구인가? 짐의 재판에서 살인 동기와 기회를 가지고 있었던 사람은 짐 하나뿐인 것이 밝혀졌습니다. 칵테일을 만든 사람도, 나누어준 사람도 짐이었습니다. 따라서 독이 든 칵테일을 예정된 희생자에게 전달할 수 있는 유일한 사람은 짐이었습니다. 또한, 카터, 당신은 짐이 쥐약을 통해 비소를 얻고, 칵테일에 비소를 넣을 수 있었다고 입증했지요. 그 모든 것은 합리적이어서 반대할 여지가 없었고요. 짐이 노라를 죽이려 했고, 노라에게 칵테일을 건넸다는 점. 그러나 이제 우리는 그가 노라를 죽일 마음이 전혀 없었다는 것을 알았습니다. 그러니까 처음부터 진짜 희생자로 정해진 사람은 로즈메리였고, 그 외에는 그 누구도 아니었다는 사실을 염두에 두어야 합니다!

그래서 나는 이 사건의 초점을 다시 맞추어봤습니다. 예정된 희생자가 로즈메리라는 걸 알게 된 이상, 과연 노라가 희생자일 거라고 믿었을 때와 동일한 결론을 얻을 수 있을까요? 물론 짐에게는 칵테일에 독약을 넣을 기회가 있었으며, 로즈메리가 예정된 희생자라고 한다면 짐은 아주 큰 살인 동기가 있습니다. 게다가 여전히 비소도 가지고 있었고요. 그러나…… 로즈메리를 예정된 희생자라고 할 경우, 짐은 독이 든 칵테일을 자기 마음대로 조정해 그녀에게 권할 수 있었을까요? 기억하세요. 짐은 이후에 비소가 들어있다고 발견된 칵테일을 노라에게 건네주었습니다……. 그는 과연 독약이 든 칵테일이 결국에는 로즈메리의 손에 넘어갈 것이라고 미리부터 확신할 수 있었을까요? 아니요!" 엘러리는 흥분하여 목소리가 몹시 날카로워졌다.

"그는 그날 그 마지막 칵테일을 주기 전에도 몇 번이나 로즈메리에게 칵테일을 주었습니다. 그러나 이전의 칵테일 속에는 독약이 들어 있지 않았습니다. 마지막 쟁반에서, 오로지 노라의 잔 속에만…… 노라와 로즈메리를 동시에 중독시킨 그 잔에만…… 비소가 들어 있었습니다! 만일 짐이 노라에게 준 칵테일 속에 비소를 넣었을 경우, 어떻게 그 칵테일을 로즈메리가 마시리라고 짐작했겠습니까? 그는 알 수 없었습니다. 상상할 수도, 계획할 수도, 기대할 수도 없는 일입니다. 사실 그때를 떠올려보면 로즈메리가 노라의 칵테일을 마셨을 때, 짐은 거실 밖에 나가 있었습니다. 나는 여러 가지를 생각한 후에 이런 질문을 하지 않을 수 없었습니다. 짐은 독약이 든 칵테일을 로즈메리가 반드시 마신다고 확신할 수 없었다. 그렇다면 그것을 확신할 수 있었던 사람은 누구였을까?"

카터 브래드퍼드와 퍼트리샤는 탁자 모서리에 몸을 갖다 붙이고 숨을 멈춘 채 꼿꼿이 앉아 있었다.

엘러리는 어깨를 으쓱했다. "둘에서 하나를 빼면…… 바로 알 수 있지요. 믿을 수 없는 일이고 속이 메스꺼울 일이지만, 그것이 단 하나의 가능한 진실입니다. 2에서 1을 빼면…… 1입니다. 그냥 1……. 두 사람의 손을 거쳐 간 그 칵테일 잔에서 한 사람을 빼면, 오직 한 사람만이 그 칵테일에 독약을 넣을 수 있는 기회를 가지고 있었습니다. 단 한 사람…… 로즈메리에게 잔을 건네 준 단 한 사람 말이죠! 그 사람은 로즈메리를 죽여야 하는 확실한 동기를 가지고 있었고, 짐이 순수하게 쥐를 잡기 위해 사다 놓았던 쥐약을 사용할 수 있었습니다……. 쥐약을 사오라는 건 아마도 다른 누군가의 제안이었겠죠. 짐이 마일론 가백의 약국에서 처음에 퀵코를 한 통 사 갔고 얼마 후에 또 한 통 사 갔다고 말한 걸 기억하고 있죠? 그때 그는 먼저 산 쥐약을 어디에 두었는지 '잊어버렸다'고 말했습니다. 어째서 '잊어버렸'을까요? 지금 우리가 알고 있는 사실을 바탕으로 생각하면, 그것을 어디에 두었는지 생각나지 않은 것이 아니라, 누군가가 로즈메리를 죽이기 위해 그것을 훔쳐서 숨겨놓았다는 것이 분명하지 않습니까?"

엘러리는 퍼트리샤를 한 번 흘긋 보고는 고통스러운 듯 눈을 감아버렸다. 그리고 입술 끝에 담배를 문 채 말했다. "새해 전야 파티에서 로즈메리에게 칵테일을 건네준 사람만이 그 오직 하나의 인물이 될 수 있습니다."

카터 브래드퍼드는 여러 번 입술을 축였다. 퍼트리샤는 꼼짝도 하지 않았다. "미안해요, 퍼트리샤." 엘러리가 눈을 다시 뜨고 말했다. "정말이지, 뭐라고 말해야 할지 모를 정도로 미안해요. 하지만 이건 죽음 그 자체처럼 논리적입니다. 그리고 나는 두 사람에게 기회를 주기 위해 말하지 않을 수 없었어요."

퍼트리샤는 정신을 잃어가며 외쳤다. "아니에요. 노라 언니는 아니에요!"

# 30
## 5월의 두 번째 일요일

"너무 많이 마신 것 같군요. 거스, 가게 뒷방을 좀 사용해도 될까요?" 엘러리는 거스 올젠에게 재빨리 물었다.

"네, 그럼요. 브래드퍼드 씨, 죄송합니다. 이 음료에는 고급 럼주가 들어 있거든요. 그렇지만 이 아가씨는 한 잔 밖에 마시지 않았는데……. 두 번째 잔은 앤더슨이 빼앗아갔으니까요. 자, 나도 도울게요."

"걱정 마세요. 우리가 부축할 테니. 그리고 버번이 약간 더 있으면 도움이 되겠습니다." 엘러리가 말했다.

"하지만 속이 불편하다면서…… 어쨌든 알겠습니다." 거스는 이상하다는 듯이 말했다.

앤더슨 노인은 카터와 엘러리가 괴로움에 눈이 희멀개진 퍼트리샤를 부축해 뒷방으로 들어가는 모습을 멍하니 바라보았다. 두 사람이 검은 말가죽으로 된 긴 의자에 그녀를 눕혔을 때 거스가 급히 술잔을 들고 들어왔고, 카터 브래드퍼드는 그 술을 그녀에게 억지로 마시게 했다. 퍼트리샤는 기침을 하며 눈물을 흘렸다. 그리고 술잔을 밀어젖히고는 긴 의자 위에서 벽을 향해 돌아누웠다. "이 숙녀분이 벌써 회복됐네요." 엘러리가 안심시키듯 말했다. "거스, 고맙습니다. 라이트 양은 우리가

돌보겠습니다." 엘러리가 말했다. 거스가 고개를 갸웃거리며
중얼거렸다. "거 참 이상하군. 우리 가게에서는 고급 럼주만 사
용하는데! 빅터 캘러티의 가게처럼 기름 덩어리 같은 술 따위
는 넣지 않는데 말야."

　퍼트리샤는 그대로 누워 있었다. 카터는 어색하게 그 옆으로
다가가 앉아서 그녀의 손을 꼭 쥐었다. 엘러리는 그녀의 까무
잡잡한 손가락이 압력으로 하얗게 되는 것을 보았다. 그는 몸
을 돌려 반대쪽으로 걸어가 낡은 맥주 광고를 들여다보았다.
침묵이 흘렀다.

　"엘러리 씨." 패티의 중얼거림에 그는 뒤를 돌아보았다. 퍼
트리샤는 긴 의자에 앉아 있었고, 그녀의 두 손은 카터 브래드
퍼드가 꼭 붙잡고 있었다. 그는 필사적으로 그녀의 두 손을 잡
고 있었다. 마치 위로가 필요한 것은 그녀가 아니라 그라는 듯
이. 엘러리는 이 몇 초 사이의 침묵 동안 그들이 엄청난 전쟁을
치렀고, 결국 승리했다고 생각했다. 그는 긴 의자 앞으로 의자
하나를 당겨 두 사람을 마주 보며 앉았다. "그다음 이야기를 해
주세요. 엘러리 씨, 어서 계속하세요." 퍼트리샤는 그의 눈을
들여다보며 말했다.

　"들어도 달라지는 건 없어, 패티. 너도 알잖아." 카터가 중얼
거렸다.

　"나도 알아, 카터."

　"무슨 일이 있었든…… 노라는 아팠어. 예전부터 심한 노이
로제에 걸려 있었어. 항상 위험한 경계선에 서 있었지."

　"그래, 카터. 엘러리 씨, 그다음을 이야기해주세요."

　"패티, 11월 초쯤, 로즈메리가 오고 이삼 일 후에 우연히 언

니 집에 갔다가 노라가 식기실에서 '이러지도 저러지도 못하고' 있는 걸 발견했다고 나한테 얘기했던 거 기억나요?"

"형부와 로즈메리가 말다툼하고 있는 것을 노라 언니가 들은 것 같다고 한 것 말인가요?"

"네. 그때 당신은 이야기의 끝부분만을 들어서 중요한 내용은 모르겠다고 했어요. 그리고 노라는 어떤 말을 들었는지 가르쳐주지 않았다고 했지요. 다만 그때 노라는 세 통의 편지를 보았을 때와 같은 표정을 짓고 있었다고 했고요."

"네……."

"아마 그때가 전환점이었을 거예요. 패티, 노라는 그때 모든 진실을 알았던 것 같아요. 순전히 우연으로, 그녀는 남편과 로즈메리의 입을 통해 모든 사실을 알았을 겁니다. 로즈메리가 짐의 동생이 아니라 부인이라는 것을, 그러므로 자신은 법적으로는 짐의 부인이 아니라는 추악한 진실을…… 알게 되었겠지요." 엘러리는 자신의 손을 물끄러미 들여다보았다. "그로 인해…… 노라는 무너졌습니다. 한순간 그녀의 세계는 무너졌고, 그와 동시에 그녀는 도덕적인 감각과 정신 건강도 잃어버렸을 겁니다. 그녀는 직면할 수조차 없는 역겨운 굴욕과 맞부딪쳤어요. 게다가 노라는 짐이 갑자기 달아났다가 다시 돌아와 결혼할 때까지 보냈던 부자연스러운 생활로 정서적으로 매우 약한 상태였지요. 그때 노라는 선을 넘고 말았던 겁니다."

"선을 넘었다……." 퍼트리샤는 핏기 없는 입술로 작게 말했다.

"정상이 아닌 노라는 그 두 사람이 자기 자신을 더럽혔다고, 자기 인생을 파괴했다고 생각했어요. 그래서 그들에게 복수할 계획을 세웠던 겁니다. 노라는 스스로를 로즈메리라 칭하는, 남편의 전처를 죽일 계획을 세웠습니다. 그리고 짐이 그 범죄의 대가를 치르도록 하기 위해 그것이 마치 신의 심판인 양 몇 년 전 짐이 세웠던 계획을 그대로 도구로 사용하기로 했습니다. 아주 천천히, 생각을 거듭했을 겁니다. 그러다 결국 결론을 내렸겠지요. 그녀는 수수께끼의 편지 세 통을 가지고 있었습니다. 그리고 그 수수께끼를 풀었고요. 짐의 여러 행동을 통해 짐은 자신에게 죄가 있다는 오해를 더욱 부풀렸습니다. 노라는 자신에게 엄청난 힘과 지혜가 있다는 것을 알게 되었을 겁니다. 자신의 진짜 감정을 온 세상에 숨길 수 있는, 거의 천재적인 재능을 발견한 겁니다."

퍼트리샤는 눈을 감았고 카터는 그녀의 손에 키스했다.

"우리가, 그러니까 패티와 내가 그 세 통의 편지를 알고 있다는 걸 알고 노라는 의도적으로 그 편지에 쓰여진 대로 따랐습니다. 추수감사절에 고의로 비소를 조금 먹음으로써 짐이 계획을 실천하고 있다고 우리가 생각하게 만든 겁니다. 노라가 저녁 식탁에서 비소중독 증세를 보인 후 곧바로 뭘 했는지 기억하죠? 그녀는 2층으로 올라가 엄청난 양의 마그네슘 유제를 마셨습니다. 그건 그날 밤 내가 내 방에서 말한 대로 비소중독의 응급 해독제입니다. 일반인들이 흔히 알 수 있는 사실은 아니죠. 노라는 그걸 찾아본 겁니다. 물론 그 사실이 노라가 스스로 독을 먹었다는 걸 증명하지는 않습니다. 하지만 노라가 저지른 다른 일들과 함께 고려하면 상당히 중요한 의미를 갖습니다.

패티, 계속 이야기할 필요가 있을까요? 카터에게 지금 바래 다달라고 하면……."

"모두 다 듣고 싶어요. 지금 여기서 말이에요. 엘러리 씨, 모두 말씀해주세요……."

"패티다운 말이군." 카터 브래드퍼드가 쉰 목소리로 말했다.

"'노라가 저지른 다른 일들' 말입니다." 엘러리는 조용히 말했다. "생각해봐요! 노라가 정말로 겉으로 보이는 것처럼 남편의 안전에 대해 걱정을 했다면, 그 세 통의 편지를 그토록 허술하게 모자 상자 속에 넣어두었을까요? 정말로 짐을 걱정했다면 그 편지는 곧바로 태워버리지 않았을까요? 그런데 노라는 그러지 않았습니다. 당연하죠. 짐이 체포될 경우, 그 편지가 가장 불리한 증거가 될 거라는 걸 알고 있었으니까요. 그래서 간직해두었던 것입니다. 실제로, 데이킨 서장님이 그 편지를 어떻게 발견할 수 있었습니까?"

"노라……. 노라가 하는 말을 듣고 알았지요." 카터가 천천히 말했다. "히스테리를 일으키면서 그 편지들을 언급해서요. 우리는 전혀 모르고 있었는데……."

"언급이라고요?" 엘러리가 외쳤다. "히스테리라고요? 브래드퍼드. 그것이야말로 최고의 연기였습니다. 히스테리를 가장한 거죠. 그녀는 내가 당신에게 그 편지 얘기를 했다고 말했죠. 그렇게 말함으로써, 그 편지의 존재가 검찰에 유리한 증거가 되도록 한 겁니다. 끔찍하죠. 하지만 노라가 진범임을 알게 될 때까지 나는 그 행동에 아무런 의미도 두지 않았습니다." 엘러리는 이야기를 멈추고 담배를 더듬어 찾았다.

"또 무엇이 있나요, 엘러리 씨?" 퍼트리샤는 떨리는 목소리로 물었다.

"한 가지가 더 남았습니다, 패티. 괜찮아요? 얼굴빛이 안 좋은데……."

"그게 뭐죠?"

"짐이죠. 그는 진실을 알고 있던 유일한 사람이었습니다. 어쩌면 로버타 로버츠도 눈치챘을지는 모르겠네요. 짐은 자기가 칵테일에 독을 넣지 않았으니, 오직 노라만이 독을 넣을 수 있었다는 걸 알았을 겁니다. 그래도 짐은 잠자코 있었지요. 아까 내가 한 말의 뜻을 알겠습니까? 짐에게는 보다 숭고한 이유가 있다고 말했었죠. 그는 정말로 죗값을 치르고 있었던 겁니다. 그는 노라에게 닥친 비극은 모두 자기 때문이라고 생각했지요. 노라를 살인자로 만들었으니까요. 그래서 그는 아무 말 없이, 자신의 패배를 순순히 받아들였습니다. 죗값을 치르는 것처럼! 고뇌에 찬 영혼이 판단을 잘못 내린 거죠. 다만…… 짐은 그녀를 쳐다볼 수 없었습니다. 법정에서 그의 태도가 기억납니까? 한 번도 노라를 보지 않았어요. 재판 전에도, 재판 후에도, 그리고 재판이 한참 진행되는 동안에도 그녀를 만나려고도, 이야기하려고도 하지 않았습니다. 차마 감당할 수 없었을 겁니다. 결국 노라는……." 엘러리는 일어섰다. "내가 하려던 말은 이게 전부입니다."

퍼트리샤는 긴 의자에 앉아 머리를 벽에 기댔다. 카터는 그녀의 표정을 보고는 움찔했다. 그리고 그는 퍼트리샤의 충격을 줄여보기라도 하겠다는 듯이 말했다.

"그렇지만 퀸 씨, 노라와 짐이 같이, 공범자로서 한 일은 아닐까요……?"

엘러리는 빠른 어조로 말했다. "만일 그 두 사람이 일을 같이 계획했다면, 함께 로즈메리를 제거하려 했다면, 짐 혼자만 범인으로 몰릴 계획을 세웠을까요? 절대로 아닙니다. 두 사람이 적을 없애려 손을 잡았다면 두 사람 다 말려들지 않게 계획을 세웠을 겁니다."

그리고 잠시 침묵이 흘렀다. 바에서 앤더슨 노인의 목소리가 시냇물이 흐르듯 들려왔다. 그 목소리는 맥주의 맥아향과 섞여 듣기 좋았다.

퍼트리샤는 카터를 돌아다보았다. 이상하게도 그녀는 미소를 짓고 있었다. 그러나 아주 희미한 그림자 같은 미소였다.

"아니야. 말하지 마. 나는 듣고 싶지 않아." 카터가 말했다.

"카터, 내가 어떤 말을 하려는지 알지도 못하면서……."

"알고 있어! 난 받아들일 수 없어!"

"자……." 엘러리가 입을 열려고 하는데 카터가 먼저 앞질렀다.

"내가 이 사실을 세상에 알릴 거라고 생각해? 라이츠빌의 에 멀린 뒤프레 같은 패들에게 소문거리나 제공하는 그런 비겁자로 나를 생각하는 거야? 단지 내 직업상 의무를 충족시키기 위해서? 그렇다면 당신은 내가 결혼하고 싶어 하는 그런 여자가 아니야, 패티!" 카터가 소리쳤다.

"나는 너와 결혼할 수 없어, 카터. 내 언니인 노라가…… 그런 일을 저질렀는데……." 퍼트리샤는 짓눌린 목소리로 말했다.

"당신 언니는 책임이 없어! 아팠으니까! 퀸 씨, 패티가 분별 있는 생각을 하게 도와주십시오……. 패티, 자꾸 그렇게 바보처럼 굴면 나는 검사직을…… 던져버릴 거야!" 카터는 그녀를 소파에서 일으켜 세우고는 힘껏 껴안았다. "패티, 그런 일을 한 건 당신의 언니가 아니었어. 짐도 아니고. 패티의 아버지도, 어머니도, 롤라 씨도 아니고, 패티도 아니야. 나는…… 내가 병원에 가지 않았다고 생각하지는 않겠지. 난…… 병원에 갔었어. 인큐베이터에서 막 나온 아기를 보고 왔어. 아기가 나한테 뭐라고 옹알거리더니, 소리를 지르더라고. 그러더니……. 빌어먹을! 패티, 모든 일이 정리되면 우리 결혼하자. 그리고 이 시시한 비밀은 무덤까지 가지고 가는 거야. 그리고 꼬마 노라를 양녀로 삼아서, 책에서나 나올 법한 이야기들을 현실로 만드는 거야. 그렇게 하는 거야. 알겠어?

"그래, 카터." 작은 목소리로 퍼트리샤가 대답했다. 그녀는 눈을 감고 뺨을 카터의 어깨에 기댔다.


뒷방에서 느릿느릿 걸어 나오는 엘러리 퀸은 미소를 짓고 있었으나 어딘지 모르게 슬퍼 보였다.

그는 거스 올젠의 계산대 위에 10달러짜리 지폐를 놓으며 말했다. "뒷방에 뭐라도 좀 갖다줘요. 그리고 앤더슨 씨에게도. 거스름돈은 필요 없어요. 안녕히 계세요. 지금 가서 뉴욕행 기차를 타야겠어요."

거스는 지폐를 보았다. "내가 꿈을 꾸는 겁니까? 당신 산타클로스요?"

"정확히 말하자면 그렇진 않지요. 하지만 나는 지금 저 두 사람에게 갓난아기를 선사하고 왔어요. 머리부터 발끝까지 완벽하고 진주같이 작은 발톱을 가진 아기를 말입니다."

"도대체 뭔 소리요? 뭔가 축하할 일인 겁니까?" 거스가 물었다.

엘러리는 멍청히 입을 벌리고 있는 앤더슨에게 윙크를 했다.

"물론이지요! 몰랐습니까? 오늘은 어버이날 아닙니까!"

**작품 해설**

## 미스터리의 탁월한 기획자이자 창조자,
## 엘러리 퀸

어린 시절, 동서추리문고의 《프랑스 파우더 미스터리》《샴 쌍둥이 미스터리》《이집트 십자가 미스터리》등 국가 이름을 앞세운 제목에 끌린 나는, 그때부터 엘러리 퀸이 쓴 미스터리를 읽기 시작했다. 그런데, 엘러리 퀸이 쓴 책의 주인공도 엘러리 퀸이었다. 다시 말해, 엘러리 퀸의 직업은 탐정이자 작가인 것이다. 자신이 개입하여 풀어낸 사건들을 직접 책으로 쓰는 탐정이라니. 설정부터가 흥미진진했고, 정교하게 짜인 트릭도 손에 땀을 쥐게 했다.

그런데 재미있는 점은 그의 소설만이 아니었다. 엘러리 퀸이라는 작가는 사실 두 명이고, 작업 방식이 특이할 뿐더러 발표하는 작품들의 경향이나 전개 방식도 여타의 작가들과는 미묘하게 달랐다. 애거서 크리스티처럼 실종사건에 휘말리거나 수수께끼의 당사자가 되는 정도는 아니지만, 엘러리 퀸이 어떻게 '작가'로서 성공하고 또 진화했는지를 살펴보는 것은 꽤나 흥미로운 일이다. 엘러리 퀸은 두 사람이 협업하고 라디오 드라마와 잡지를 만들어내면서 다양한 미디어 믹스를 전개했으며, 후기에는 고스트라이터를 기용하며 기획자로서의 면모를 보이기도 했다. 영감을 타고난 뛰어난 예술가라기보다 철저하게 조직하고 체계를 세워 작가와 작품을 만들어낸 비즈니스맨 같은 느낌도 든다. 일찌감치 '문화 상품'이라는 개념을 잘 이해했던 인물인 것 같다.

엘러리 퀸은 사촌인 프레더릭 다네이와 만프레드 리의 필명이다. 동갑내기인 다네이와 리는 어린 시절부터 절친이었고 마침 뉴욕에서 각각 영화사와 광고 회사에서 일하고 있었다. 툭하면 어울려 점심을 먹고 이야기를 나누던 다네이와 리는 《밴슨 살인사건》과 《비숍 살인사건》 등으로 인기를 끌었던 밴 다인처럼 되고 싶었다. 함께 아이디어를 구상하고 소설을 쓰기로 결심한 다네이와 리는 엘러리 퀸이라고 필명을 정하고 탐정의 이름도 동일하게 정한다. 많은 독자들이 작가의 이름을 기억하지 못하기 때문에 아예 탐정을 작가로 내세운 것이다. 밴 다인 스타일의 치밀하고 논리적인 미스터리를 구상한 엘러리 퀸의 데뷔작은 《로마 모자 미스터리》(1929)였다.

《로마 모자 미스터리》에는 엘러리 퀸과 아버지인 리처드 퀸 경감이 등장한다. 경찰인 리처드 퀸이 사건을 맡으면 탐정이자 작가인 아들 엘러리 퀸에게 자문을 요청하여 함께 사건을 풀어가는 형식이었다. 20대의 엘러리 퀸은 현학적인 말들로 잘난 척하는 취미도 있지만 한편으로는 스포츠를 무척 좋아하는 유쾌한 미국 청년이었다. 《로마 모자 미스터리》부터 《스페인 곶 미스터리》(1935)까지를 엘러리 퀸 미스터리 1기로 보는데, 밴 다인의 영향이 많이 보이는 1기의 작품은 철저하게 독자와의 게임을 의식한다. 엘러리 퀸은 수사에 참여한 사건을 정리하고 책으로 발표한다. 자신이 얻은 정보와 단서를 성실하게 독자에게 보여주고 마지막 해결 직전까지 독자가 추리에 참여할 수 있게 한다. 작품 속의 탐정과 독자가 동일한 정보를 가지고 추리를 하는 것이다. 수수께끼는 공정하고, 사건의 전개 과정을 치밀한 플롯으로 그려낸다. 말하자면, 독자와의 게임이자 도전이다.

또한 1기에 엘러리 퀸은 국명 시리즈 이외에《X의 비극》《Y의 비극》등 비극 시리즈를 발표한다. 그런데 비극 시리즈의 작가 이름은 엘러리 퀸이 아니라 바너비 로스였다. 귀가 들리지 않는 노탐정 드루리 레인이 나오는 비극 시리즈도 대단히 인기를 끌어, 같은 작가라는 것을 모르는 대중과 미디어는 엘러리 퀸과 바너비 로스를 라이벌로 여기기도 했다. 다네이와 리는 각각 엘러리 퀸과 바너비 로스로 대중 앞에 등장하거나 강연을 하기도 했고 때로는 같은 장소에 나타나기도 했다. 그것 역시 일종의 트릭이자 흥미진진한 이야깃거리였다.

2기는《중간 지대》(1936)부터《용의 이빨》(1939)까지다. 대공황 이후인 1930년대는 할리우드 영화 산업이 폭발적으로 성장하던 시기였다. 대실 해밋을 비롯한 소설가들이 대거 할리우드의 작가로 영입되었다. 엘러리 퀸도 할리우드행 대열에 동참했다. 시나리오를 쓰면서 소설 작업을 병행했던 엘러리 퀸의 2기 작품은 1기에 비해서 치밀함이나 트릭의 기발함이 떨어진다는 평가가 많다. 영화적으로 과장된 인물과 드라마틱한 스토리 위주라는 것이다. 영화는 소설과 달리 '영상' 매체다. 소설은 눈으로 문자를 읽고 의미를 해석하는 과정이 필요하지만 영화는 보는 그대로 전달되고 느낀다. 30년대에 호조였던 할리우드의 장르 영화는 시작하고 적어도 10여 분 안에 관객이 등장인물에 감정이입을 하게 만들었다. 인물은 친숙하고, 플롯은 명확해야 했다. 그래야만 몰입이 가능하고 이야기에 푹 빠져들 수 있으니까. 또한 세계대전 이후 문학에서는 하드보일드 소설이, 영화에서는 필름 누아르가 시작되었다. 엄청난 비극을 거치면서 인간과 세계에 대한 비관적인 성찰이 중요하게 대두된 것이다. 미스터리의 흐름이 고전 추리에서 하드보일드로 넘어가는 과정에서 엘러리 퀸의 미스터리도 변화를 겪게 된 것이라 볼 수 있다. 반면 건조하고 차갑던 소설에 온기가 느껴지기 시작했다는 평가도 있는데, 1기 작품에서도 범죄자에 대한 연민을 보이거나 나약한 인간의 모습에 갈등하는 엘러리 퀸의 모습이 있었지만, 그런 인간적인 시선이 2기에 더욱 크게 발현된 것으로 보인다.

2기 작품 이후 엘러리 퀸이 3기 작품들을 발표하기까지는 약 3년의 공백이 있다. 프러데릭 다네이의 교통사고도 있었고, 단편집도 출간했고, 라디오 드라마 〈엘러리 퀸의 모험〉에 열중하기도 했다. 그리고 세계 각국의 추리소설을 수집하며 1941년 《엘러리 퀸 미스터리 매거진》을 창간했다.

그리고 1942년, 라이츠빌 시리즈로도 잘 알려진 3기가 시작된다. 3기 작품들은 가공의 도시 라이츠빌을 배경으로 한 작품을 비롯하여 인간관계와 심리를 깊이 파고드는 작품들이 많으며, 《재앙의 거리》(1942)부터 《최후의 일격》(1958)까지 약 16년 동안 발표되었다. 엘러리 퀸의 3기 작품들은 평론가들에게 가장 높은 평가를 받고 있다.

우리가 알고 있는 미국의 소설과 영화들에는 작은 도시, 마을에 도사리고 있는 어둠에 대해 그리는 작품들이 많다. 데이비드 린치의 〈트윈 픽스〉나 스티븐 킹의 〈언더 더 돔〉처럼. 라이츠빌이 그 정도로 '지옥'에 가까운 악몽을 그리지는 않는다. 엘러리 퀸은 호러 작가가 아니라 성실한 미스터리 작가니까. 그럼에도 《재앙의 거리》에 그려지는 라이츠빌은 우리가 살아가고 있는, 기쁨과 즐거움은 물론 추함과 증오, 폭력이 공존하는 연옥이다.

《재앙의 거리》에서 엘러리 퀸은 소설을 쓰기 위해 소도시 라이츠빌을 찾는다. 조용하고 목가적인 소도시다. 엘러리 퀸은 몇 개월간 작업을 할 집을 찾다가 라이트 부부가 지어둔 빈 집을 빌리게 된다. 둘째 딸인 노라의 결혼을 위해 지었지만 결혼 이틀 전에 신랑이 될 짐이 사라져 빈 집으로 둔 것이다. 그리고 3년 후, 다시 짐이 나타나 노라와 결혼을 하지만 계속해서 의심스러운 행동을 하고 다닌다. 《재앙의 거리》에는 리처드 퀸이 없다. 엘러리 퀸은 우연히 라이츠빌에 머무르다가 사건에 개입된다. 살인사건이 벌어지고, 용의자가 잡히고, 재판까지 벌어지지만 엘러리 퀸이 공식적으로 개입할 일은 거의 없다. 《재앙의 거리》에서 엘러리 퀸은 대부분 목격자로서의 위치를 고수한다. 그 시선 덕분에 '라이츠빌'이라는 공간은 더욱 객관적으로 독자의 눈에 들어온다. 살인사건이 벌어진 후 마을을 찾은 한 기자는 이렇게 쓴다.

두 달 전에는 존 라이트와 헐마이니 라이트가 이 거리 시민들의 수호신이나 다름없었다는 것을 먼저 알아두어야만 합니다. 그런데 지금 그 부부와 매력적인 세 딸들은 최하급 대우를 받는 천민이 되고 말았습니다. 모두 앞을 다투어 그들에게 돌을 던지려고 합니다. 지난날에는 라이트 집안의 찬미자이자 친구였던 많은 사람들이 지금은 그들의 약점을 찾아내려고 안간힘을 쓰고, 실제로 칼을 쑤셔넣고 있습니다! 인간의 비열함, 악의, 비뚤어진 근성을 이미 알고 이곳에 들어왔지만, 이번 일은 구토를 일으킬 정도입니다.

엘러리 퀸은 고뇌한다. 사건의 진상을 파악하게 된 후에, 그는 모든 것을 덮어버리려고 한다. 진실을 안다 해도, 그 누구에게도 도움이 되지 않으니까. 당사자들에게는 모두 절실한 이유가 있었고 이미 모든 것은 끝나버렸으니까. 사건의 해결이 가장 중요한 목표인 탐정이지만《재앙의 거리》에서 엘러리 퀸은 탐정으로서의 역할, 지위를 기꺼이 내던진다. 그가 보는 것은 사건이 아니라 그 뒤에 존재하는 사람들의 마음이다. 진실이 어떻건 그들은 이미 대중의 악의, 분노에 노출되었고 앞으로도 사라지지 않을 테니까. 그래서 '이 시시한 비밀은 무덤까지 가지고' 가야만 한다. 엘러리 퀸은 라이츠빌 시리즈를 통해서 최고의 명성을 얻게 된다. 단지 독자와의 게임을 벌이는 작가를 넘어 독자의 마음을 사로잡는 작가가 된 것이다.

3기가 끝나면서 엘러리 퀸의 작업 방식이 바뀐다. 그동안은 다네이가 소설 전체의 구성을, 리가 구체적인 인물과 사건을 발전시켰는데《상대편 플레이어》(1963)로 시작된 4기부터는 다네이가 개요를 만들면 다른 작가가 글을 쓰고 다네이와 리가 최종 수정을 한다. 일종의 고스트라이터를 기용한 것인데, 그래서 4기의 소설은 엘러리 퀸의 작품이 아니라고 보는 이들도 있다. 4기의 작품들은 대중 취향과는 멀어졌지만 대담한 방식으로 과거의 주제들을 되살리는 실험적인 면모도 보여주었다. 엘러리 퀸은 추리소설의 역사에 위대한 족적을 남겼고, 일본의 신본격 작가들인 시마다 소지, 아리스가와 아리스, 노리즈키 린타로 등에 의해 집중적으로 연구되며 큰 영향을 주었다.

엘러리 퀸의 미스터리는 변화의 과정마다 독특한 재미를 주었다. 치밀한 논의에 의해 만들어진 기획 소설처럼, 독자의 요구와 반응을 잘 찾아내 만들어진 소설처럼 보이기도 한다. 다네이와 리가 함께 만들어낸, 탁월한 문화 상품으로서의 미스터리. 지금 읽어도 엘러리 퀸의 소설은 의도가 분명하고 쟁점이 명확한 미스터리로서 즐거움을 준다. 엘러리 퀸의 작품 중에서도 가장 평가가 좋았던 라이츠빌 시리즈는 미스터리 애호가만이 아니라 일반 독자들에게도 충분히 읽는 재미를 주는 작품들이다. 누구나 알고 지내며 언제든 서로를 도와줄 것만 같은 소도시가 어째서 가장 끔찍하고 소름 끼치는 폐쇄 공간으로 느껴지는지 보여주는 소설. 일찌감치 엘러리 퀸은 대중문화의 트렌드를 제대로 읽어냈던 작가였던 것이다.

김봉석(대중문화평론가)

**옮긴이 정태원**

1954년 서울에서 태어났다. 중앙대학교 연극영화과를 졸업하고 연극, 영화, CF 감독, 출판 기획, 번역 등 다방면에서 활동했다. 주요 번역 작품으로는 《마니아를 위한 미스터리 걸작선》, 《셜록 홈즈 전집》, 《백야행》, 《검은 화집》, 《점과 선》, 《미소 수프》, 《셜록 홈즈의 7퍼센트 용액》 등이 있다. 2011년 6월 10일 지병이 악화되어 54세를 일기로 타계했다.

**Calamity Town**

# 재앙의 거리

2014년 5월 12일 초판 1쇄 인쇄
2014년 5월 20일 초판 1쇄 발행

지은이 | 엘러리 퀸
옮긴이 | 정태원
발행인 | 이원주

책임편집 | 김수현
책임마케팅 | 조용호

발행처 | (주)시공사
출판등록 | 1989년 5월 10일(제3-248호)
브랜드 | 검은숲

주소 | 서울 서초구 사임당로 82 (우편번호 137-879)
전화 | 편집 (02)2046-2817 · 영업 (02)2046-2800
팩스 | 편집 (02)585-1755 · 영업 (02)588-0835
홈페이지 | www.sigongsa.com

ISBN 978-89-527-7134-6 04840
      978-89-527-6337-2(set)

 **국명 시리즈**
*Country Series*

### 로마 모자 미스터리 The Roman Hat Mystery
로마 극장, 가장 인기 있던 연극의 2막이 끝나갈 무렵 발견된 한 남자의 시체.
두 사촌 형제의 역사적인 첫 공동 작업.

### 프랑스 파우더 미스터리 The French Powder Mystery
프렌치 백화점 전시실에서 튀어나온 시체. 용의자를 모으고 소거한 후
범인을 지적하다. 미스터리 역사상 가장 멋진 결말.

### 네덜란드 구두 미스터리 The Dutch Shoe Mystery
네덜란드 기념 병원, 이동식 침대에서 발견된 시체. 흰색 바지와 흰색 신발
한 켤레를 바탕으로 펼쳐지는 놀라운 추리.

### 그리스 관 미스터리 The Greek Coffin Mystery
미술품 중개업자의 죽음, 사라진 유언장. 최강의 적과 맞닥뜨린
엘러리 퀸의 당혹. 미국 미스터리를 대표하는 걸작.

### 이집트 십자가 미스터리 The Egyptian Cross Mystery
T자형 십자가에 매달린 목이 잘린 시체. 희생자는 더 늘어날 수 있는 상황.
엘러리 퀸의 치열한 추적이 시작된다.

### 미국 총 미스터리 The American Gun Mystery
2만 명이 모인 로데오 경기장에서 발생한 죽음. 25구경 자동권총의 행방은?
두 번째 살인 사건 이후 마침내 도달한 진상은?

### 샴 쌍둥이 미스터리 The Siamese Twin Mystery
화재에 쫓겨 산 정상에 있는 은퇴한 의사의 집에 도착한 퀸 부자.
다음 날 발생한 기이한 살인. 피해자의 손에 쥐어진 스페이드 6 카드의 비밀은?

### 중국 오렌지 미스터리 The Chinese Orange Mystery
모든 것이 뒤집어진 이상한 사무실에서 뒤집어진 차림새의 시체가 발견된다.
신원을 알 수 없는 이 시체는 왜 이상한 차림으로 죽어 있는가?

### 스페인 곶 미스터리 The Spanish Cape Mystery
대서양을 향한 반도, 월스트리트 악탈자의 거대한 저택에서 발견된
목 졸린 시체. 그는 왜 망토로 온몸을 감싸고 있었을까?